MARIE STUART

Né à Vienne en 1881, fils d'un industriel, Stefan Zweig a pu étudier en toute liberté l'histoire, les belles lettres et la philosophie. Grand humaniste, ami de Romain Rolland, d'Émile Verhaeren et de Sigmund Freud, il a exercé son talent dans tous les genres (traductions, poèmes, romans, pièces de théâtre) mais a surtout excellé dans l'art de la nouvelle (*La Confusion des sentiments, Vingt-quatre heures de la vie d'une femme*), l'essai et la biographie (*Marie-Antoinette, Fouché, Magellan...*). Désespéré par la montée du nazisme, il fuit l'Autriche en 1934, se réfugie en Angleterre puis aux États-Unis. En 1942, il se suicide avec sa femme à Petropolis, au Brésil.

Paru dans Le Livre de Poche :

AMERIGO
AMOK
L'AMOUR D'ERIKA EWALD
BALZAC
LE BRÉSIL, TERRE D'AVENIR
BRÛLANT SECRET
CLARISSA
LE COMBAT AVEC LE DÉMON
LA CONFUSION DES SENTIMENTS
CONSCIENCE CONTRE VIOLENCE
CORRESPONDANCE (1897-1919)
CORRESPONDANCE (1920-1931)
CORRESPONDANCE (1932-1942)
DESTRUCTION D'UN CŒUR
ÉRASME
ESSAIS (*La Pochothèque*)
FOUCHÉ
LA GUÉRISON PAR L'ESPRIT
HOMMES ET DESTINS
IVRESSE DE LA MÉTAMORPHOSE
LE JOUEUR D'ÉCHECS
MARIE-ANTOINETTE
MARIE STUART
LE MONDE D'HIER
PAYS, VILLES, PAYSAGES
LA PEUR
PRINTEMPS AU PRATER *suivi de* LA SCARLATINE
LES PRODIGES DE LA VIE
ROMAIN ROLLAND
ROMANS ET NOUVELLES (*La Pochothèque*)
ROMANS, NOUVELLES ET THÉÂTRE (*La Pochothèque*)
SIGMUND FREUD
LES TRÈS RICHES HEURES DE L'HUMANITÉ
TROIS MAÎTRES (BALZAC, DICKENS, DOSTOÏEVSKI)
TROIS POÈTES DE LEUR VIE
UN MARIAGE À LYON
UN SOUPÇON LÉGITIME
VINGT-QUATRE HEURES DE LA VIE D'UNE FEMME
LE VOYAGE DANS LE PASSÉ
VOYAGES
WONDRAK

STEFAN ZWEIG

Marie Stuart

TRADUIT DE L'ALLEMAND PAR ALZIR HELLA

GRASSET

Titre original :

MARIA STUART

Insel-Verlag, Leipzig, 1935

ISBN : 978-2-253-15079-4 – 1re publication LGF

DRAMATIS PERSONÆ

ÉCOSSE

Jacques V, 1512-1542 : *père de Marie Stuart.*

Marie de Guise-Lorraine, 1515-1560 : *sa femme, mère de Marie Stuart.*

Marie Stuart, 1542-1587.

Jacques Stuart, comte de Murray, 1533-1570 : *fils illégitime de Jacques V et de Marguerite Douglas, fille de lord Erskine, régent d'Écosse avant et après le règne de Marie Stuart.*

Henry Darnley Stuart, 1546-1567 : *arrière-petit-fils d'Henri VII par sa mère lady Lennox, nièce d'Henri VIII. Second époux de Marie Stuart et comme tel élevé à la dignité de « roi consort ».*

Jacques VI, 1566-1625 : *fils de Marie Stuart et d'Henry Darnley. Roi légitime d'Écosse après la mort de Marie Stuart en 1587, roi d'Angleterre après la mort d'Élisabeth en 1603, sous le nom de Jacques Ier.*

James Hepburn, comte de Bothwell, 1536-1578 : *par la suite duc d'Orkney et troisième époux de Marie Stuart.*

William Maitland de Lethington : *chancelier d'État de Marie Stuart.*

Jacques Melville : *diplomate et homme de confiance de Marie Stuart.*

James Douglas, comte de Morton : *régent d'Écosse après l'assassinat de Murray, exécuté en 1581.*

Mathew Stuart, comte de Lennox : *père d'Henry Darnley.*

Argyll Arran Morton Douglas Erskine Gordon Harries Huntly Kirkcaldy of Grange Lindsay Mar Ruthven	*Lords, tantôt partisans, tantôt ennemis de Marie Stuart et ayant presque tous succombé de mort violente.*

Marie Beaton Marie Fleming Marie Livingstone Marie Seton	*Les quatre Marie, compagnes de jeunesse de Marie Stuart.*

John Knox, 1505-1572 : *prédicateur de la « Kirk », principal adversaire de Marie Stuart.*

Pierre de Chastelard : *poète français à la cour de Marie Stuart, exécuté en 1563.*

David Riccio : *musicien et secrétaire à la cour de Marie Stuart, assassiné en 1566.*

George Buchanan : *humaniste et précepteur de Jacques VI, auteur de pamphlets haineux dirigés contre Marie Stuart.*

FRANCE

Henri II, 1518-1559 : *roi de France à partir de 1547.*

Catherine de Médicis, 1519-1589 : *sa femme.*

François II, 1544-1560 : *leur fils aîné, premier époux de Marie Stuart.*

Charles IX, 1550-1574 : *frère cadet de François II, roi de France après la mort de celui-ci.*

Le cardinal de Lorraine Claude de Guise François de Guise Henri de Guise	*Les quatre Guise, oncles de Marie Stuart.*

Ronsard
Du Bellay
Brantôme — *Poètes, auteurs d'œuvres à la louange de Marie Stuart.*

ANGLETERRE

Henri VII, 1457-1509 : *roi d'Angleterre à partir de 1485, grand-père d'Élisabeth et arrière-grand-père de Marie Stuart et de Darnley.*

Henri VIII, 1491-1547 : *son fils, roi à partir de 1509.*

Anne de Boleyn, 1507-1536 : *deuxième femme d'Henry VIII, déclarée adultère et décapitée.*

Marie Ire, 1516-1558 : *fille d'Henry VIII, née de son mariage avec Catherine d'Aragon, reine d'Angleterre après la mort d'Édouard VI en 1553.*

Élisabeth, 1533-1603 : *fille d'Henry VIII et d'Anne de Boleyn, déclarée bâtarde du vivant de son père, mais reine d'Angleterre après la mort de sa demi-sœur Marie en 1558.*

Édouard VI, 1537-1553 : *fils d'Henri VIII, né de son troisième mariage avec Jeanne Seymour, fiancé tout jeune à Marie Stuart, roi à partir de 1547.*

Jacques Ier : *fils de Marie Stuart, successeur d'Élisabeth.*

William Cecil, lord Burleigh, 1520-1598 : *le tout-puissant et dévoué chancelier d'État d'Élisabeth.*

Sir Francis Walsingham : *secrétaire d'État et ministre de la police.*

William Davison : *deuxième secrétaire.*

Robert Dudley, comte de Leicester, 1532-1558 : *favori et homme de confiance d'Élisabeth, proposé par elle comme époux à Marie Stuart.*

Thomas Howard, duc de Norfolk : *premier gentilhomme du royaume, prétendant à la main de Marie Stuart.*

Talbot, comte de Shrewsbury : *chargé pendant quinze ans par Élisabeth de la surveillance de Marie Stuart.*

Amyas Paulett : *le dernier gardien de Marie Stuart.*

Le bourreau de Londres.

PRÉFACE

Ce qui est clair et évident s'explique de soi-même, mais le mystère exerce une action créatrice. C'est pourquoi les figures et les événements historiques qu'enveloppe le voile de l'incertitude demanderont toujours à être interprétés et poétisés de multiples fois. La tragédie de la vie de Marie Stuart en est l'exemple classique par excellence. Peu de femmes, dans l'histoire, ont provoqué une éclosion aussi abondante de drames, de romans, de biographies et fait naître autant de discussions. Pendant plus de trois siècles, elle n'a pas cessé d'attirer les poètes, d'occuper les savants, et aujourd'hui encore sa personnalité s'impose avec force à notre examen. Car tout ce qui est confus désire la clarté, tout ce qui est obscur réclame la lumière.

Le mystère qui entoure la vie de Marie Stuart a été l'objet de représentations et d'interprétations aussi contradictoires que fréquentes : il n'existe peut-être pas d'autre femme qui ait été peinte sous des traits aussi différents, tantôt comme une criminelle, tantôt comme une martyre, tantôt comme une folle intrigante, ou bien encore comme une sainte. Chose curieuse, cette diversité d'aspects n'est pas due au manque de matériaux parvenus jusqu'à nous, mais au contraire à leur surabondance embrouillée, les procès-verbaux, actes, lettres et rapports conservés se comptant par milliers. Mais plus on approfondit ces documents, plus on se rend compte de la fâcheuse fragilité de tout témoignage historique. Car bien qu'ancien et certifié authentique, un document n'en est pas pour cela plus sûr et plus vrai au point de vue humain. Nulle part autant qu'ici on ne constate aussi nettement l'étonnante différence qui peut exister entre les récits faits à la même heure d'un seul et même événement par plusieurs observateurs. A chaque « oui » basé sur des pièces s'oppose un « non » s'appuyant sur des preuves, à chaque accusation, une justification. Le faux s'emmêle tellement au vrai, le fictif au réel, qu'il est possible de prouver avec la plus grande vraisemblance chaque façon de voir les choses : celui qui veut démontrer que Marie Stuart fut complice du meurtre de son époux peut produire des témoignages à la douzaine, de même que celui qui veut faire la preuve de son innocence. Si la partialité de la politique ou du patriotisme vient encore s'ajouter à la confusion des rapports, l'altération du portrait n'en est que plus grande. Et lorsque, comme dans le cas présent, les biographes de l'héroïne appartiennent pour la plupart à deux courants, à deux religions ou deux conceptions sociales en opposition, obligatoirement leur opinion est faite d'avance; en général les auteurs protestants ne voient qu'une coupable en Marie Stuart, cependant que les auteurs catholiques accusent Élisabeth. Chez les écrivains anglais, la reine d'Écosse est presque toujours dépeinte comme une criminelle; chez les écrivains de son pays, comme l'innocente victime d'une infâme calomnie. Les uns attestent l'authenticité des « lettres de la cassette », chose la plus controversée, aussi énergiquement que les autres en certifient la fausseté; le fait le plus insignifiant est matière à discussion. C'est pourquoi il est peut-être possible à celui qui n'est ni anglais ni écossais, à celui que n'encombrent point les préjugés de race, d'être plus objectif et d'aborder cette tragédie avec toute la passion et l'impartialité de l'artiste.

A vrai dire, il serait osé de la part de celui-ci de vou-

loir prétendre connaître l'exacte vérité sur tous les événements de la vie de Marie Stuart. Ce à quoi il peut parvenir, ce n'est qu'à un maximum de vraisemblance et même ce qu'il jugera de bonne foi être purement objectif sera toujours subjectif. Les sources n'étant pas pures, il lui faudra faire jaillir la lumière de l'obscurité, les récits contemporains se contredisant, il devra, en présence du moindre détail de ce procès, choisir entre les témoignages à charge et ceux à décharge. Et aussi prudent qu'il puisse être dans son choix, il sera obligé en toute honnêteté d'accompagner son opinion d'un point d'interrogation et d'avouer que tel ou tel acte de la vie de Marie Stuart est demeuré obscur et le demeurera probablement à jamais.

Dans le présent essai, un principe a donc été rigoureusement observé, celui de n'accorder aucune valeur aux déclarations arrachées par la torture, la contrainte et la peur : un véritable psychologue ne doit jamais considérer comme complets ou véridiques des aveux de ce genre. De même les rapports des ambassadeurs et des espions (c'était presque la même chose à cette époque) n'ont été utilisés qu'avec la plus extrême prudence et l'on a commencé par mettre en doute chaque document. Si toutefois nous nous sommes prononcé pour l'authenticité des sonnets et de la plus grande partie des lettres de la cassette, ce n'est qu'à la suite d'un examen des plus sévères et en présence de motifs capables d'entraîner notre conviction personnelle. Chaque fois que nous avons rencontré dans les documents de l'époque deux affirmations opposées, nous nous sommes enquis soigneusement des sources et des raisons politiques de chacune d'elles : et lorsqu'une décision en faveur de l'une ou de l'autre était inévitable, notre dernier critérium fut toujours de nous demander dans quelle mesure tel ou tel acte pouvait s'harmoniser au point de vue psychologique avec l'ensemble du caractère.

Car, en soi, le caractère de Marie Stuart n'a rien de si mystérieux : il ne manque d'unité que dans ses manifestations extérieures; intérieurement, il est rectiligne et clair du commencement à la fin. Marie Stuart appartient à ce type de femmes très rares et captivantes dont la capacité de vie réelle est concentrée dans un espace de temps très court, dont l'épanouissement est éphémère mais puissant, qui ne dépensent pas leur vie tout au long de leur existence, mais dans le cadre étroit et brûlant d'une passion unique. Jusqu'à vingt-trois ans son âme respire le calme et la quiétude; après sa vingt-cinquième année elle ne vibrera plus une seule fois intensément; mais entre ces deux périodes un ouragan la soulève et d'une destinée ordinaire naît soudain une tragédie aux dimensions antiques, aussi grande et aussi forte peut-être que l'Orestie. Ce n'est que pendant ces deux brèves années que Marie Stuart est vraiment une figure tragique, ce n'est que sous l'effet de sa passion démesurée qu'elle s'élève au-dessus d'elle-même, détruisant sa vie tout en l'immortalisant.

Étant donné cette particularité, toute représentation de Marie Stuart a sa forme et son rythme fixés d'avance : l'artiste n'a qu'à s'efforcer de mettre en relief dans tout ce qu'elle a d'étrange et d'exceptionnel cette courbe vitale qui monte à pic et retombe brusquement sur elle-même. Qu'on ne prenne donc pas pour un paradoxe le fait que la période de ses vingt-trois premières années et celle de ses vingt ans ou presque de captivité ne tiennent guère ensemble dans ce livre plus de place que les deux ans de sa tragédie amoureuse. Dans la sphère d'une destinée, la durée du temps à l'extérieur et à l'intérieur n'est la même qu'en apparence; en réalité, ce sont les événements qui servent de mesure à l'âme : elle compte l'écoulement des heures d'une tout autre façon que le froid calendrier. Enivrée de sentiment, transportée et fécondée par le destin, elle peut éprouver d'infinies émotions dans le temps le plus court; par contre, sevrée de passion, d'interminables années lui feront l'effet d'ombres fugitives. C'est pourquoi seuls les moments de crise, les moments décisifs comptent dans l'histoire d'une vie, c'est pourquoi le récit de celle-ci n'est vrai que vu par eux et à travers eux. C'est seulement quand un être met en jeu toutes ses forces qu'il est vraiment vivant pour lui, pour les autres, toujours il faut qu'un feu intérieur embrase et dévore son âme pour que s'extériorise sa personnalité.

Reine au berceau

1542-1548

A l'âge de six jours Marie Stuart est reine d'Écosse : dès le commencement de sa vie s'accomplit la loi de son destin qui veut qu'elle reçoive tout trop tôt de la fortune pour pouvoir en jouir consciemment. Lorsqu'elle vient au monde au château de Linlithgow, en ce sombre jour de décembre 1542, son père Jacques V agonise dans un château voisin, à Falkland ; il n'a que trente et un ans et cependant il est déjà écrasé par la vie, las de la lutte, las de la couronne. C'était un homme brave, chevaleresque et naguère d'humeur joyeuse, un ami passionné des arts, des femmes et un roi familier avec ses sujets : souvent, on l'avait vu sous un déguisement aux fêtes de village, où il dansait et plaisantait avec les paysans ; il était l'auteur de plusieurs chansons ou ballades qui lui survécurent longtemps dans la mémoire du peuple. Mais cet héritier infortuné d'une race malheureuse, né à une époque barbare, dans un pays insubordonné, était prédestiné à un sort tragique. Un voisin autoritaire et sans scrupules, Henri VIII, le presse d'introduire la Réforme dans ses États. Jacques V résiste et reste fidèle à l'Église ; les nobles Écossais, toujours heureux de créer des difficultés à leur souverain, profitent de ce désaccord pour inquiéter et pousser à la guerre cet homme d'esprit enjoué et pacifique. Quatre ans plus tôt, Jacques V, aspirant à la main de Marie de Guise, lui avait clairement décrit le destin malheureux d'un roi condamné à régner sur des clans indisciplinés et rapaces : « Madame, écrit-il dans sa lettre de demande en mariage, lettre d'une émouvante sincérité, je n'ai que vingt-sept ans et la vie me pèse déjà autant que ma couronne... Orphelin dès l'enfance, j'ai été le prisonnier de nobles ambitieux ; la puissante maison des Douglas m'a tenu longtemps en servitude et je hais leur nom et tout ce qui me rappelle les sombres jours de ma captivité. Archibald, comte d'Angus, de même que George, son frère et tous leurs parents exilés ne cessent d'exciter le roi d'Angleterre contre moi et les miens ; il n'y a pas de noble dans mes États qu'il n'ait séduit par ses promesses ou suborné avec son argent. Il n'y a pas de sécurité pour ma personne, rien ne garantit l'exécution de ma volonté ni celle de lois équitables. Tout cela m'effraye, Madame, et j'attends de vous appui et conseil. Sans argent, réduit aux seuls secours que je reçois de France ou aux dons parcimonieux de mon opulent clergé, j'essaye d'embellir mes châteaux, d'entretenir mes forteresses et de construire des vaisseaux. Malheureusement mes barons tiennent un roi qui veut vraiment régner pour un insupportable rival. Malgré l'amitié du roi de France et l'aide de ses troupes, malgré l'attachement de mon peuple, je crains bien de ne jamais pouvoir remporter sur mes barons rebelles une victoire décisive. Je surmonterais tous les obstacles pour ouvrir à cette nation la voie de la justice et de la paix et j'atteindrais peut-être mon but si je n'avais contre moi que la noblesse de mon pays. Mais le roi d'Angleterre ne cesse de semer la discorde entre elle et moi, et les hérésies qu'il a implantées dans mes États étendent leurs ravages jusque dans l'Église. De tout temps, mon pouvoir et celui de mes ancêtres n'a reposé que sur la bourgeoisie et le clergé, et je suis obligé de me demander si ce pouvoir durera encore longtemps. »

Toutes les calamités que le roi a prévues dans

cette lettre prophétique s'accomplissent et un malheur plus grave encore le frappe. Les deux fils que Marie de Guise lui a donnés meurent au berceau et Jacques V, qui se trouve alors à la fleur de l'âge, ne voit pas venir d'héritier pour cette couronne qui d'année en année pèse plus lourdement sur son front. Finalement ses barons l'entraînent dans une guerre contre la puissante Angleterre, pour le lâcher ensuite traîtreusement au moment décisif. A Solway-Moss, l'Écosse perd non seulement une bataille, mais aussi son honneur : abandonnées par leurs chefs sans avoir vraiment combattu, les troupes écossaises fuient en désordre ; quant au soldat chevaleresque qu'avait été le roi, il y a longtemps à cette heure tragique que la fièvre le tient alité dans son château de Falkland et qu'il ne lutte plus contre l'ennemi étranger mais contre la mort.

Le 9 décembre 1542, par une triste journée d'hiver où le brouillard assombrit la fenêtre, un messager frappe à la porte du malade. Il lui annonce qu'une fille, qu'une héritière lui est née. Mais le cœur épuisé de Jacques V n'a plus la force d'espérer ni de se réjouir. Pourquoi n'est-ce pas un fils, un héritier ? Le moribond ne voit plus en toute chose que malheur, tragédie et ruine. Résigné il répond : « La couronne nous est venue avec une femme, elle s'en ira avec une femme ! » Cette sombre prophétie est sa dernière parole. Il soupire, se tourne vers le mur et ne répond plus aux questions qu'on lui pose. Quelques jours plus tard il est enterré, et voilà Marie Stuart héritière d'un trône avant que ses yeux soient bien ouverts.

Mais c'est un héritage doublement fatal que d'être reine d'Écosse et une Stuart en même temps ; jusqu'ici il n'a été accordé à aucun des membres de cette famille qui ont occupé le trône de vivre heureux ou longtemps. Deux d'entre eux, Jacques Ier et Jacques III, ont été assassinés, deux autres, Jacques II et Jacques IV, sont tombés sur le champ de bataille ; et le destin a réservé à deux de leurs descendants, à cette enfant innocente et à son petit-fils Charles Ier, un sort encore plus tragique : l'échafaud. Aucun de ces nouveaux Atrides n'a pu atteindre le sommet de la vie ; rien ne leur est favorable. Les Stuart sont constamment obligés de se battre contre l'ennemi du dehors, contre l'ennemi du dedans et contre eux-mêmes ; l'inquiétude règne sans cesse autour d'eux, l'inquiétude est en eux. Leur pays — « ung pays barbare et une gent brutelle », ainsi que le remarque avec mécontentement Ronsard égaré dans ce coin brumeux — est aussi tourmenté qu'eux-mêmes : de tout temps les moins fidèles des habitants ont été ceux qui eussent dû l'être le plus : les lords et les barons, race farouche, indomptable, aux passions effrénées, individus belliqueux et avides, arrogants et intraitables. Ces hommes qui vivent comme de petits rois dans leurs châteaux et sur leurs terres ne connaissent pas d'autre joie que la guerre ; maîtres absolus dans leurs clans, on les voit traînant à leur suite, comme du bétail, bergers et paysans dans leurs éternelles guérillas ou expéditions de brigandage. La bataille est leur plaisir, la jalousie leur mobile, l'ambition la pensée de toute leur vie. « L'argent et l'intérêt, écrit l'ambassadeur français, sont les seules sirènes auxquelles les lords écossais prêtent l'oreille. Rappeler à ces hommes leurs devoirs envers leurs princes, leur parler d'honneur, de justice, de vertu, de nobles actions ne ferait que provoquer leurs rires. » Semblables aux condottieri italiens dans leur amour amoral de la querelle et du pillage, mais moins civilisés et avec moins de retenue dans leurs penchants, les vieux clans puissants des Gordon, Hamilton, Arran, Maitland, des Crawford, Lindsay, Lennox et des Argyll ne font que s'agiter et se disputer sans cesse la prééminence. Tantôt ils se liguent les uns contre les autres dans des « feuds » de plusieurs années, tantôt ils se jurent dans des « bonds » solennels une fidélité de courte durée dirigée contre un tiers ; sans cesse ils nouent des alliances ou forment des associations, mais il n'y en a pas un au fond qui soit réellement attaché à l'autre et bien que tous alliés ou apparentés chacun demeure pour l'autre un rival, un ennemi mortel. Quelque chose de païen et de barbare subsiste dans leurs âmes farouches ; qu'ils se prétendent protestants ou catholiques — selon ce qu'exige leur intérêt — tous sont les petits-fils de Macbeth et de Macduff, les thanes sanglants que Shakespeare a si magistralement dépeints.

Ces hommes jaloux et indomptables ne sont vraiment unis que lorsqu'il s'agit de résister à leur maître commun, à leur roi, car l'obéissance leur est aussi insupportable que la fidélité leur est inconnue. Si cette « pack of rascala » pour parler comme Burns, qui était un pur Écossais, tolère encore que l'ombre d'une royauté s'étende sur ses châteaux et ses terres, seule la rivalité des clans en est la raison. Les Gordon laissent la couronne aux Stuart afin qu'elle ne tombe pas aux mains des Hamilton et les Hamilton par jalousie envers les Gordon. Mais malheur au roi d'Écosse qui a l'audace de prétendre régner vraiment, de vouloir être le maître, d'essayer de rétablir l'ordre et la discipline dans son royaume, malheur à lui si dans un élan de jeunesse il cherche à barrer la route à l'orgueil et à la rapacité des lords ! Aussitôt cette clique, d'habitude en proie à la discorde, fraternise pour réduire son souverain à l'impuissance et si elle n'arrive pas à ses fins par l'épée, c'est au poignard qu'elle fait appel.

C'est un pays tragique, déchiré par de funestes passions, sombre et romantique comme une ballade que cette petite presqu'île du nord de l'Europe, et de plus c'est un pays pauvre. Car une guerre éternelle détruit toutes ses forces. Les rares villes qui ne sont pas des villes à vrai dire mais des agglomérations de chaumières tapies derrière une forteresse ne peuvent jamais atteindre à la richesse ou même à une aisance bourgeoise parce que toujours pillées ou incendiées. D'autre part les burgs aujourd'hui encore sinistres et formidables dans leurs ruines ne représentent pas de véritables châteaux où règnent le luxe et la magnificence ; ce sont des forteresses imprenables destinées à la guerre et non à l'aimable pratique de l'hospitalité. Entre cette poignée de grands seigneurs et leurs serfs, il manque la puissance créatrice d'une classe moyenne, force nourricière et conservatrice d'un État. La seule région où la densité de la population soit élevée, celle située entre la Tweed et le Firth, trop près de la frontière anglaise, est constamment ravagée et dépeuplée par les invasions. Dans le nord, on peut voyager pendant des heures le long de lacs abandonnés, à travers des prairies désertes et de sombres forêts sans rencontrer une ville, un village, un château. Les localités ne se pressent pas les unes contre les autres comme dans les régions surpeuplées de l'Europe, pas de larges routes qui favorisent le négoce et l'essor des villes, pas de navires quittant les rades pavoisées d'oriflammes, comme en Angleterre, en Hollande et en Espagne pour ramener l'or et les épices d'au-delà des océans ; comme aux temps patriarcaux, les gens de ce pays vivent pauvrement de l'élevage des moutons, de la pêche et de la chasse : par ses lois et ses mœurs, par sa pauvreté et sa barbarie, l'Écosse d'alors est de cent ans en retard, pour le moins, sur les autres pays. Tandis que dans toutes les villes maritimes d'Europe les banques et les bourses commencent à prospérer, tandis que les échanges d'une nation à l'autre se font avec de l'argent et de l'or, ici, comme aux âges bibliques, une fortune s'évalue et se compte en moutons : Jacques V, le père de Marie Stuart, en possède dix mille et c'est là tout son avoir. Il ne dispose pas d'un trésor ; il n'a ni armée ni garde du corps pour assurer le maintien de son autorité, car il ne pourrait pas les payer et le Parlement, où les lords font la loi, n'accordera jamais à son roi les moyens d'acquérir une puissance réelle. Tout ce que le roi possède, en dépit de cet état d'indigence extrême, lui a été procuré ou donné par de riches alliés, par la France ou par le Pape; chaque tapis, chaque Gobelins, chaque candélabre qui orne ses appartements et ses châteaux, il l'a payé d'une humiliation.

Cette éternelle misère est une plaie suppurante sur le corps de l'Écosse par laquelle s'échappe sa puissance politique. En raison de la nécessité et de la cupidité de ses rois, de ses lords, de ses barons, cet État sera toujours un jouet sanglant entre les mains des puissances étrangères. Celui qui combat contre le roi et pour le protestantisme est à la solde de Londres; celui qui se bat pour le catholicisme et les Stuart est à celle de Paris, de Madrid et de Rome : toutes ces puissances payent le sang écossais rubis sur l'ongle. La balance oscille toujours entre deux grandes nations, la France et l'Angleterre; aussi cette voisine immédiate d'Albion est-elle une partenaire irremplaçable pour la France. Toutes les fois que les armées anglaises envahissent la Normandie, la France aiguise en toute hâte ce couteau pour l'enfoncer dans le dos de son adversaire; au premier appel, les Écossais, de tout temps belliqueux, courent à la frontière et se précipitent sur leurs « auld enemies »; même en temps de paix ils sont pour ceux-ci une menace perpétuelle. Le renforcement militaire de l'Écosse est le constant souci de la politique française; rien de plus naturel donc que de son côté l'Angleterre cherche à briser cette puissance en excitant les lords et en provoquant sans cesse des rébellions. C'est ainsi que ce malheureux pays est le théâtre d'une guerre longue et douloureuse dont l'issue est liée au destin de l'innocente enfant qui vient de naître.

N'est-ce pas un symbole au plus haut point dramatique que cette lutte commence en fait à la naissance de Marie Stuart? L'enfant est encore au maillot, elle ne parle pas, ne pense pas, ne sent pas, à peine, même, peut-elle mouvoir ses menottes dans son berceau que déjà la politique cherche à s'emparer de son corps informe, de son âme inconsciente. C'est le destin de Marie Stuart d'être toujours écartée des calculs dont elle est l'objet. Il ne lui sera jamais accordé de disposer librement de son moi, sans cesse elle restera prisonnière de la politique, le jouet de la diplomatie, l'objet des convoitises étrangères, elle ne sera que reine, gardienne de la couronne, l'alliée ou l'ennemie. A peine le messager a-t-il apporté à Londres la nouvelle de la mort de Jacques V et celle de la naissance de sa fille, l'héritière du trône d'Écosse, que Henri VIII décide de demander au plus tôt la main de cette précieuse fiancée pour son fils et héritier Édouard, encore mineur. La politique ne s'occupe jamais des sentiments, mais de couronnes, de pays, de droits d'héritage. L'individu, son bonheur, sa volonté n'existent pas pour elle, ils ne comptent pas à côté des valeurs réelles et positives du monde. Cette fois, cependant, l'idée d'Henri VIII de fiancer l'héritière du trône d'Écosse avec l'héritier du trône d'Angleterre est pleine de bon sens et d'humanité même. Il y a longtemps que cette division permanente entre les deux nations sœurs n'a plus de raison d'être. Formant une même île au milieu de la mer, protégées et assaillies par les mêmes eaux, de races alliées et se trouvant dans les mêmes conditions d'existence, il n'est pas douteux qu'un même devoir s'impose aux nations anglaise et écossaise : s'unir; ici la nature a clairement exprimé sa volonté. Seule la jalousie de deux dynasties s'oppose encore à la réalisation de ce dessein; mais si grâce à un mariage la discorde qui règne entre elles se transforme en union, alors les héritiers communs des Stuart et des Tudor pourront être à la fois rois d'Angleterre, d'Écosse et d'Irlande, une Grande-Bretagne puissante et unie pourra prendre part à un combat d'un caractère plus élevé : la lutte pour la suprématie mondiale.

Hélas! en politique chaque fois, sans exception, qu'une idée claire et logique apparaît, elle est compromise par de folles combinaisons. D'abord tout semble marcher à souhait. Les lords auxquels on s'est hâté de remplir les poches adhèrent avec joie à la proposition de mariage. Mais un simple parchemin ne suffit pas au prudent Henri VIII. Trop souvent il a été dupe de l'hypocrisie et de la rapacité de ces hommes d'honneur pour ne pas savoir qu'un traité n'engage jamais des gens de peu de foi et que devant une offre plus avantageuse ils seraient aussitôt prêts à vendre l'enfant royal à l'héritier du trône de France. Aussi, comme première condition, exige-t-il des négociateurs écossais la remise immédiate de la mineure à l'Angleterre. Mais si les Tudor se méfient des Stuart, ceux-ci ne se méfient pas moins des Tudor et la mère de Marie, en particulier, s'élève contre cette prétention. Fervente catholique comme tous les Guise, elle ne veut pas confier l'éducation de son enfant à des hérétiques ; outre cela elle a découvert sans peine dans le traité un piège dangereux. En effet, dans une clause secrète, les négociateurs écossais, subornés par Henri VIII, se sont engagés, au cas où Marie mourrait prématurément, à intervenir pour que, malgré cela, « le gouvernement et la possession du royaume d'Écosse reviennent à Henri VIII ». Ce point est gravé ; on peut toujours craindre de la part d'un homme qui a déjà fait trancher la tête à deux de ses femmes que pour disposer d'un héritage si important il ne hâte la mort de l'enfant. Aussi, en mère soucieuse de la vie de sa fille, Marie de Lorraine refuse de l'expédier à Londres. Il s'en faut de peu qu'une guerre ne sorte de cette demande en mariage. Henri VIII envoie des troupes en Écosse pour s'emparer de force du gage précieux que représente Marie.

L'ordre transmis à ses soldats donne une idée de la froide brutalité de l'époque : « C'est la volonté de Sa Majesté que tout soit exterminé par le feu. Brûlez et rasez Édimbourg dès que vous y aurez pris et pillé tout ce que vous pourrez... Pillez Holyrood et autant de villes et de villages des environs d'Édimbourg qu'il vous sera possible, pillez, incendiez et réduisez à l'obéissance Leith et toutes les autres villes, exterminez sans ménagement hommes, femmes, enfants, partout où vous rencontrerez de la résistance. » Tels des Huns, les bandes armées de Henri VIII envahissent la frontière. Mais au dernier moment, la mère et l'enfant sont mises en sûreté au château fort de Stirling et Henri VIII doit se contenter d'un traité dans lequel l'Écosse s'engage à remettre Marie Stuart à l'Angleterre (toujours elle sera traitée et vendue comme un objet) le jour où elle aura atteint sa dixième année.

Tout semble être heureusement arrangé. Mais de tout temps la politique a été la science de l'absurdité. Elle est opposée aux solutions simples, naturelles et raisonnables ; les difficultés représentent son plus grand plaisir et la discorde est son élément. Bientôt le parti catholique commence de secrètes intrigues ; il se demande si l'on ne ferait pas mieux de vendre l'enfant — qui ne sait encore que sourire et gazouiller — au fils du roi de France au lieu de le livrer au fils du roi d'Angleterre. Et quand Henri VIII meurt, le désir des Écossais de respecter le traité est déjà bien faible. Mais voici que le « protecteur » anglais Sommerset exige au nom du roi mineur Édouard la remise de la petite fiancée et comme l'Écosse résiste il envoie une armée pour faire entendre aux lords le seul langage qu'ils comprennent : celui de la force. Le 10 septembre 1547 la bataille — ou plutôt la boucherie — de Pinkie réduit à néant la puissance écossaise ; plus de dix mille morts jonchent le champ de bataille. Marie Stuart n'a pas encore atteint sa cinquième année que déjà des rivières de sang ont coulé à cause d'elle.

Maintenant l'Écosse s'offre sans défense aux Anglais. Mais dans ce pays vingt fois pillé il reste peu de chose à prendre ; pour les Tudor, il ne contient en vérité qu'un seul trésor, Marie, qui personnifie la couronne et ses droits. Mais, au grand désespoir des espions anglais, elle a disparu du château de Stirling. Même parmi les familiers, personne ne sait où la reine-mère la tient cachée. L'endroit est excellemment choisi : la nuit et en grand secret des serviteurs tout à fait sûrs l'ont conduite au couvent de Inchmahome, blotti sur une petite île du lac de Menkeith, « dans le pays des sauvages », comme le rapporte l'ambassadeur français. Aucun chemin ne mène à ce lieu romantique : il a fallu transporter la précieuse cargaison en canot sur le rivage de l'île où elle a été confiée à de pieux gardiens qui ne quittent jamais leur couvent. Là, dans un profond mystère, loin de l'agitation et des tourments du monde, l'insouciante enfant vit à l'abri des événements, tandis que par-delà les mers la diplomatie file activement sa destinée. Entre temps, la France est entrée en scène, menaçante, pour empêcher que l'Angleterre ne soumette l'Écosse à son joug. Henri II envoie une flotte puissante et le lieutenant-général du corps expéditionnaire français demande au nom du roi la main de Marie Stuart pour son fils héritier François. En une nuit, le sort de l'enfant a subitement changé « grâce » au vent de la politique qui souffle sur la Manche, violent et belliqueux ; au lieu d'être reine d'Angleterre, la fille des Stuart est brusquement destinée à devenir reine de France. A peine ce nouveau et avantageux marché est-il conclu en bonne et due forme que le 7 août 1548 Marie Stuart, alors âgée de cinq ans et huit mois, est expédiée en France, où réside le nouveau fiancé qu'on lui a choisi et qui lui est aussi inconnu que le premier.

L'insouciance est la grâce de l'enfance. Que sont la guerre et la paix, que sont les batailles et les traités pour une enfant de cinq ans ? Que signifient pour elle les noms France et Angleterre, Édouard et François ? Que lui importe la folie furieuse de l'univers ? Pourquoi aurait-elle peur, la petite Marie, sur ce haut navire dont les voiles blanches claquent au vent, au milieu de gens de guerre et de matelots barbus ? Tout le monde est doux et gentil à son égard ; Jacques, son frère consanguin, âgé de dix-sept ans — un des nombreux bâtards que Jacques V a eus avant son mariage — caresse ses cheveux blonds, et les quatre Marie sont là également. Car — pensée charmante en des temps barbares — on lui a donné très tôt quatre compagnes de son âge, issues des plus grandes familles d'Écosse, qui partagent ses plaisirs et ne la quittent jamais — le trèfle porte-bonheur des quatre Marie : Marie Fleming, Marie Beaton, Marie Livingstone et Marie Seton. Ces enfants sont aujourd'hui ses joyeuses camarades de jeu ; demain ce seront des amies qui lui feront paraître l'étranger moins hostile ; plus tard elles seront ses dames d'honneur, et, dans un moment de tendresse, elles feront le vœu de ne pas se marier avant leur jeune souveraine. Si par la suite trois d'entre elles l'abandonnent dans le malheur, la quatrième la suivra dans l'exil et jusqu'à l'heure de la mort : ainsi un reflet de son heureuse enfance éclairera toujours Marie Stuart, même aux heures les plus noires de sa vie. Mais ils sont encore loin les sombres jours qui l'attendent ! Pour le moment cinq petites filles, insouciantes et gaies, s'ébattent et rient au milieu des canons du vaisseau de guerre français et des rudes marins, ravies comme le sont toujours les enfants d'un changement imprévu. Là-haut, pourtant, dans la hune, la vigie est inquiète : elle sait que la flotte anglaise croise dans la Manche pour s'emparer de la fiancée du roi d'Angleterre avant qu'elle devienne celle de l'héritier du trône de France. Mais Marie ne voit que ce qui est près d'elle et nouveau, la mer est bleue, les hommes sont aimables et forts et le navire fend les flots avec l'aisance d'un puissant et gigantesque animal.

Le 13 août, le galion atteint enfin le petit port de Roscoff. Les embarcations gagnent la rive. Enchantée de cette magnifique aventure, joyeuse, exubérante, la petite reine d'Écosse, qui n'a pas encore six ans, saute sur la terre française. Son enfance a pris fin, sa destinée va commencer.

Jeunesse en France

1548-1555

La cour de France a une longue expérience des belles manières, elle est irréprochable dans l'art mystérieux de l'étiquette. Un Henri II, un Valois sait quels honneurs sont dus à la fiancée d'un dauphin. Avant qu'elle arrive, il signe un décret ordonnant que la « reinette » soit reçue dans toutes les villes et localités qui se trouvent sur son passage avec le même cérémonial que si elle était sa propre fille. C'est ainsi que Nantes réserve à Marie Stuart les plus charmantes attentions. On ne s'est point contenté d'ériger au coin des rues des galeries ornées d'emblèmes classiques : déesses, nymphes et sirènes, d'égayer l'humeur des gens de l'escorte avec quelques tonneaux d'un vin excellent, de tirer des feux d'artifice et des salves d'artillerie, mais encore une sorte de régiment d'honneur lilliputien de cent cinquante petits enfants vêtus de blanc, tous âgés de moins de huit ans, jouant du fifre et du tambour, armés de piques et de hallebardes minuscules précèdent la petite reine à travers la ville en poussant des vivats. Et il en est de même dans toutes les bourgades : c'est au milieu d'une succession ininterrompue de fêtes que Marie Stuart arrive enfin à Saint-Germain. Là, elle voit pour la première fois son fiancé, moins âgé qu'elle encore, un petit garçon de quatre ans et demi, pâle, chétif, rachitique, que son sang empoisonné prédestine à la maladie et à une fin prématurée et qui salue timidement sa fiancée. Les autres membres de la famille royale, séduits par la grâce de Marie, l'accueillent avec la plus grande affection ; Henri II, ravi, dira dans une de ses lettres qu'elle est « la plus parfayt enfant que je vys jamès ».

La cour de France est à ce moment-là une des plus brillantes et des plus grandioses du monde. Cette époque de transition qui succède au sombre moyen âge garde un dernier reflet romantique de la chevalerie expirante. La force et le courage virils se manifestent encore dans les plaisirs de la chasse, des carrousels et des tournois, dans les aventures et la guerre à l'ancienne et rude manière ; cependant l'esprit a déjà acquis des droits magnifiques dans la société des grands et, après avoir conquis les cloîtres et les universités, l'humanisme a pénétré dans les palais royaux. L'amour du luxe chez les papes, le besoin de jouissances sensuelles et spirituelles de la Renaissance, la recherche de la joie dans l'art venus d'Italie ont pénétré victorieusement en France ; on assiste alors à quelque chose d'unique : la communion de la force et de la beauté, du courage et de l'insouciance : on aime la vie et cependant la mort n'est point redoutée. Nulle part la bravoure et la légèreté ne s'allient plus naturellement et plus librement que chez les Français ; l'esprit chevaleresque du Gaulois se marie à merveille avec la culture classique de la Renaissance. On exige d'un gentilhomme que, dans les tournois, vêtu de la cotte de mailles, la lance au poing, il charge son adversaire avec violence et que, d'autre part, il exécute avec grâce les figures de danse les plus ingénieuses ; il doit connaître magistralement le rude art de la guerre aussi bien que les douces lois de la courtoisie ; la même main qui manie le pesant espadon dans les corps à corps doit savoir jouer du luth avec délicatesse et écrire un sonnet pour une femme aimée : l'idéal de l'époque c'est d'être à la fois fort et délicat, rude et cultivé, exercé au combat et versé dans les arts. Pendant le jour, le roi et les gentilshommes de sa cour, accompagnés d'une meute écumante, chassent le cerf et le sanglier, ou bien font des armes ; mais le soir ils se réunissent avec leurs nobles épouses dans les salles splendidement restaurées des châteaux du Louvre ou de Saint-Germain, de Blois ou d'Amboise pour se recréer spirituellement : là on lit des vers, on fait de la musique, on dit des madrigaux et l'on ressuscite dans des mascarades l'esprit de la littérature antique. La présence de jolies femmes aux parures splendides, les œuvres de poètes et de peintres de l'ordre d'un Ronsard et d'un Clouet donnent à cette cour somptueuse une couleur et un air d'allégresse uniques qui s'expriment avec prodigalité dans toutes les formes de l'art et de la vie. Comme partout en Europe avant les funestes guerres de religion, la civilisation en France est à cette époque en plein essor.

Celui qui doit vivre à la cour, et, surtout, celui qui doit y régner un jour en maître est obligé de se conformer aux nouvelles exigences intellectuelles. Il doit s'efforcer d'atteindre la perfection dans tous les arts et dans toutes les sciences, il doit savoir assouplir son esprit et son corps. Ce qui demeurera éternellement une des plus belles pages de gloire de l'humanisme, c'est d'avoir fait un devoir à ceux qui veulent jouer un rôle dans les sphères élevées de la vie de se familiariser avec tous les arts. Rares sont les époques où l'on a attaché une telle importance à une parfaite éducation, non seulement en ce qui concerne les hommes de qualité, mais aussi les dames de la noblesse. Comme Marie d'Angleterre et Élisabeth, Marie Stuart doit apprendre aussi bien le grec et le latin que l'italien, l'anglais et l'espagnol. Mais grâce à sa clarté et à sa vivacité d'esprit et à cet amour de l'étude qu'elle tient de ses aïeux, toute difficulté devient un jeu pour cette enfant douée. A l'âge de treize ans déjà, Marie, qui a appris le latin dans les *Colloques* d'Erasme, déclame dans la grande salle du Louvre, en présence de toute la cour, un discours latin dont elle est l'auteur, et son oncle maternel, le cardinal de Lorraine, peut écrire avec orgueil à Marie de Guise : « Vostre fille est tellement creue et croist tous les jours en grandeur, bonté, beauté, saigesse et vertus que c'est la plus parfayte et accomplie en toutes choses honnêtes et vertueuses qu'il est possible, et ne se voit aujourd'hui rien de tel en ce royaulme, soit en fille noble ou aultre de quelque basse ou moyenne condition et qualité qu'elle puisse être ; et suis contrainct vous dire, madame, que le roy y prend tel goust, qu'il passe bien son temps à deviser avec elle l'espace d'une heure, et elle le sçait aussi bien entretenir de bons et saiges propos, comme feroit une femme de vingt-cinq ans. » Et en effet le développement intellectuel de Marie Stuart est étrangement précoce. Elle possède bientôt le français avec une telle maîtrise qu'elle se risque dans la voie poétique et qu'elle peut dignement répondre aux vers flatteurs d'un Ronsard et d'un Du Bellay. Et ce n'est pas seulement comme amusement de cour qu'elle emploie la poésie ; plus tard, dans les moments de détresse, c'est à elle qu'elle confiera de préférence ses sentiments. Elle montre aussi un goût extraordinaire pour les autres formes de l'art : elle chante à ravir en s'accompagnant sur le luth, le charme de sa danse est célèbre, ses broderies ne sont pas seulement l'œuvre d'une main habile, elles révèlent un talent particulier ; ses toilettes restent discrètes et n'ont pas l'aspect de lourdeur des pompeux vertugadins dans lesquels se pavane Élisabeth : vêtue du kilt écossais ou en robe de soie, parée de sa grâce virginale, elle a toujours l'air aussi naturel. Le bon goût et le sens du beau sont des dons inhérents à la nature de Marie Stuart ; cette noble attitude, jamais théâtrale, qui donne à sa personne un éclat romantique, la fille des Stuart la conserve toujours, même aux heures les plus sombres, comme un héritage précieux de son sang royal et de son éducation princière. Dans le domaine du sport, c'est à peine si elle le cède aux plus habiles des gentilshommes de la cour : c'est une cavalière infatigable, une chasseresse passionnée, une adroite joueuse de paume ; ce long et svelte corps de jeune fille, malgré toute sa grâce, ne connaît ni fatigue ni lassitude. Insouciante, gaie, heureuse, elle prodigue partout sa riche et enthousiaste jeunesse sans se douter qu'elle est en train d'épuiser le plus pur bonheur de sa vie.

Non seulement les muses mais aussi les dieux bénissent son enfance. A ses joyeux dons spirituels Marie Stuart joint d'extraordinaires attraits physiques. A peine est-elle devenue jeune fille que déjà les poètes célèbrent à l'envi sa grâce particulière. « Venant sur les quinze ans sa beauté commença à paroistre, comme la lumière en beau plein midy », proclame Brantôme, et Du Bellay, avec plus de passion encore, s'écrie :

En vostre esprit le ciel s'est surmonté,
Nature et art ont en vostre beauté
Mis tout le beau dont la beauté s'assemble.

Chez Lope de Vega c'est presque du délire : « Les étoiles empruntent à ses yeux leur éclat merveilleux et à son visage ces couleurs qui les rendent si belles. » Lorsque François II meurt, Ronsard met dans la bouche de Charles IX s'adressant à son frère les mots suivants :

Avoir joui d'une telle beauté
Sein contre sein valait ta royauté.

Et Du Bellay résume toutes les louanges dans cette exclamation pleine d'enivrement :

Contentez-vous mes yeux !
Vous ne verrez jamais une chose plus belle.

Mais toujours les poètes exagèrent par habitude, et surtout les poètes de cour, dès qu'il s'agit de vanter les perfections de leur souveraine. C'est pourquoi l'on regarde avec curiosité les portraits de l'époque, dont la fidélité se trouve garantie par la main d'un maître tel que Clouet et l'on n'est ni déçu ni complètement gagné par cet enthousiasme lyrique. La beauté n'est pas rayonnante, mais plutôt piquante : on voit un ovale délicat et gracieux, auquel le nez, un peu pointu, vient apporter ce charme de l'irrégularité qui donne toujours un attrait particulier à un visage féminin ; un œil doux et sombre au regard plein de mystère et à l'éclat voilé ; la bouche est muette. Il faut reconnaître que vraiment la nature a employé pour cette fille de roi ses matériaux les plus précieux : une peau étincelante de blancheur, une chevelure blond cendré, luxuriante, des mains longues, fines et blanches, un buste élancé, souple, « dont le corsage laissait entrevoir la neige de la poitrine ou dont le collet relevé droit découvrait le pur modelé des épaules ». On ne trouve pas de défaut dans ce visage, mais c'est précisément parce qu'il est aussi froidement parfait, aussi uniment beau qu'il lui manque tout trait caractéristique. On ne sait rien de cette gracieuse jeune fille quand on regarde son portrait et elle-même ne sait encore rien de sa vraie nature. Ni l'âme ni les sens ne s'expriment sur ce visage, la femme n'a pas encore parlé dans cette femme : c'est une jolie et douce pensionnaire qui vous regarde d'un air aimable et gracieux.

Ce manque de maturité, cette somnolence des sens se trouvent confirmés par tous les rapports oraux en dépit de leurs débordements lyriques. Car justement, en vantant sans cesse chez Marie Stuart la brillante éducation, l'absence de défauts, l'application, la correction, on parle d'elle comme d'une élève parfaite. On apprend qu'elle étudie très bien, que sa conversation est pleine de charme, qu'elle est pieuse et a de belles manières, qu'elle excelle dans tous les jeux et dans tous les arts, sans manifester pour aucun de ceux-ci des dispositions particulières, qu'elle est courageuse et docile et se tire à la perfection des devoirs imposés à une fiancée royale. Mais ce ne sont là que des qualités sociales, des qualités de cour que tous admirent, des choses impersonnelles en somme. D'elle-même, de son caractère, on ne nous dit rien de particulier, ce qui prouve que le fond de sa nature, que sa personnalité reste provisoirement cachée à tous les regards, pour la simple raison qu'elle n'est pas encore éclose. Pendant des années encore l'éducation et les manières distinguées de la princesse ne laisseront pas deviner la violence des passions qui agiteront un jour l'âme épanouie de la femme lorsqu'elle aura été ébranlée au plus profond d'elle-même. Pour le moment son front brille toujours d'un éclat muet et froid, son sourire est doux et gracieux, son regard sombre qui n'a vu que le monde extérieur et n'a pas encore sondé les profondeurs de son cœur médite et interroge. Marie Stuart, pas plus que les autres, ne sait rien de l'héritage que charrie son sang, ni des dangers qui l'attendent. C'est toujours la passion qui dévoile à une femme son caractère, c'est toujours dans l'amour et dans la douleur qu'elle atteint sa véritable mesure.

On s'apprête à célébrer le mariage plus tôt qu'on ne l'avait prévu à cause des qualités pleines de promesses qui se révèlent chez la future princesse. Déjà Marie Stuart est appelée à voir les heures de sa vie fuir plus vite que celles des jeunes filles de son âge. Il est vrai que le fiancé qu'on lui a destiné est à peine âgé de quatorze ans et c'est de plus un garçon maladif. Mais en la circonstance la politique est moins patiente que la nature, elle ne veut pas et ne peut pas attendre. La hâte suspecte que met la cour de France à régler cette affaire n'est-elle point dictée, en somme, par les rapports inquiétants que lui ont communiqués les médecins sur la maladie qui mine l'héritier du trône ? Le principal dans cette union, pour les Valois, est de s'assurer la couronne d'Écosse ; c'est pourquoi l'on traîne précipitamment les deux enfants devant l'autel. Dans le contrat de mariage conclu avec les représentants du Parlement écossais, le dauphin reçoit la « couronne matrimoniale », il sera « co-roi » d'Écosse. Mais en même temps les parents de Marie, les Guise, font signer dans le plus grand secret à cette enfant de quinze ans, entièrement irresponsable, un deuxième document qui doit rester ignoré du Parlement écossais et dans lequel Marie Stuart lègue son pays à la France dans le cas où elle mourrait jeune et sans enfant — comme si l'Écosse était son bien personnel — et même ses droits à la couronne d'Angleterre et d'Irlande.

Bien entendu ce traité est une malhonnêteté — le mystère qui entoure cette signature en est une preuve. Car Marie Stuart n'a pas le droit de changer de sa seule volonté l'ordre de succession au trône d'Écosse et de léguer son pays à un gouvernement étranger comme s'il s'agissait d'un manteau ou d'un bien quelconque ; mais ses oncles veulent qu'elle signe et sa main encore innocente obéit. Tragique symbole ! La première signature que Marie Stuart, sous la dictée de ses parents, appose au bas d'un document politique est aussi la première trahison de cette nature franche, confiante et droite, au fond. Mais pour être reine, pour rester reine, il ne lui sera dès lors plus permis d'être entièrement sincère. Celui qui s'est donné à la politique ne s'appartient plus et doit obéir à d'autres lois qu'aux lois sacrées de sa nature.

Le spectacle grandiose de la cérémonie du mariage masque admirablement aux yeux des gens ces machinations secrètes. Catherine de Médicis se souvient de son pays et des cortèges de la Renaissance conçus par les plus grands artistes et elle met son point d'honneur à ce que le mariage de son enfant l'emporte sur les plus somptueux festivals de sa jeunesse : Paris, en ce 24 avril 1558, est la première ville du monde pour les réjouissances. On dresse devant Notre-Dame un pavillon avec ciel royal en soie de Chypre bleue et semé de lys d'or auquel conduit un tapis bleu également brodé de lys. Les musiciens habillés de jaune et de rouge marchent en tête et jouent de toutes sortes d'instruments ; ensuite s'avance, salué par des cris d'allégresse, le cortège royal « resplendissant d'or et d'argent ». Le mariage est célébré sous les yeux du peuple ; des milliers et des milliers d'yeux admirent la fiancée aux côtés de ce garçon fluet et pâle, ployant presque sous sa pompe. Les poètes de la cour se surpassent à cette occasion dans leurs descriptions extatiques de la beauté de Marie : « Elle apparut, écrit lyriquement Brantôme qui se complaît d'habitude dans les anecdotes galantes, cent fois plus belle qu'une divinité céleste. » Peut-être à cette heure-là l'éclat de son bonheur a-t-il vraiment donné à la dauphine un rayonnement particulier ? Car cette radieuse jeune fille qui salue de tous côtés en souriant connaît l'instant le plus magnifique de sa vie. Jamais plus Marie Stuart ne verra autant de richesses autour d'elle, ne sera autant acclamée qu'au moment où, aux côtés du premier prince de l'Europe, à la tête d'une escorte de chevaliers aux armures ciselées, elle traverse les rues de la capitale qui retentissent de cris de joie et d'enthousiasme. Le soir, un festin a lieu au Palais de Justice où tout Paris se bouscule pour admirer la jeune fille qui apporte une nouvelle couronne à la France. Ce jour glorieux se termine par un bal où des artistes ont réservé aux assistants les surprises les plus merveilleuses. Six galères dorées, aux voiles argentées imitant habilement les mouvements d'un navire ballotté par la tempête, sont amenées dans les grandes salles par des machinistes invisibles. Dans chacune d'elles se trouve un prince vêtu d'or et masqué de soie qui aborde une des dames de la cour et la conduit galamment dans sa nef. Ce jeu symbolique figure un heureux voyage à travers la vie au milieu du luxe et de la magnificence. Mais le destin n'obéit pas aux désirs des hommes et le vaisseau de la vie emporte Marie Stuart loin de ces amusements et vers d'autres rivages plus périlleux.

Le premier danger surgit de façon inattendue. Marie Stuart est depuis sa naissance reine d'Écosse. A présent que l'héritier du trône de France en a fait sa femme, une seconde couronne, plus belle que la première, flotte déjà, invisible, au-dessus de sa tête. Mais voici que le destin — fatale tentation ! — en fait briller une troisième devant ses yeux ; éblouie par son éclat trompeur et mal avisée elle cherche à s'en emparer d'une main maladroite. En cette même année 1558 où Marie Stuart épouse le dauphin de France, la reine d'Angleterre, Marie Tudor, meurt, et sa sœur consanguine, Élisabeth, monte sur le trône. Mais celle-ci est-elle vraiment la reine légitime ? Henri VIII-Barbe-Bleue avait laissé trois enfants, Édouard et deux filles, dont Marie, l'aînée, née de son mariage avec Catherine d'Aragon, et Élisabeth, de son union avec Anne de Boleyn. Édouard étant mort jeune, Marie était devenue l'héritière ; mais maintenant qu'elle est morte sans laisser d'enfants, Élisabeth a-t-elle de réels droits à la couronne d'Angleterre ? Oui, disent les juristes anglais, puisque le mariage d'Henri VIII avec Anne de Boleyn a été célébré par un évêque et reconnu par le pape. Non, disent les juristes français, car, par la suite, Henri VIII a fait casser ce mariage et un arrêt du Parlement a déclaré Élisabeth bâtarde. Si l'on adopte cette dernière façon de voir — qui est approuvée par le monde catholique — Élisabeth étant indigne de régner, personne d'autre que Marie Stuart, l'arrière-petite-fille d'Henri VIII, n'a le droit de monter sur le trône d'Angleterre.

Voici donc du jour au lendemain cette jeune fille de seize ans, sans expérience, en présence d'un problème effrayant et lourd de conséquences historiques. Deux solutions se présentent à Marie Stuart : elle peut se montrer accommodante et agir en habile politique, elle peut reconnaître en sa cousine Élisabeth une reine légitime d'Angleterre et renoncer quant à elle à toute prétention qu'on ne pourrait d'ailleurs faire valoir que par les armes. Ou bien elle doit déclarer franchement, énergiquement, qu'Élisabeth est une usurpatrice et faire appel à l'armée française et à l'armée écossaise pour la renverser. La fatalité veut que Marie Stuart et ses conseillers choisissent une troisième solution, la plus funeste qui soit en politique : le moyen terme. Au lieu d'attaquer résolument Élisabeth, la cour de France donne avec fanfaronnade un coup d'épée dans l'eau : sur l'ordre d'Henri II, le couple héritier ajoute à ses armes celles de la couronne d'Angleterre, et plus tard Marie Stuart se fera appeler dans tous les actes officiels : « *Regina Francioe, Scotioe, Anglioe et Hibernioe.* » Ainsi on élève des prétentions mais on ne les fait pas valoir. On n'attaque pas Élisabeth, on l'irrite seulement. Au lieu d'agir réellement en recourant aux armes, on préfère accomplir le geste impuissant de peindre et de graver ses revendications, ou de les écrire sur le parchemin. On crée de cette façon une équivoque permanente, car sous cette forme les droits de Marie Stuart au trône d'Angleterre existent et n'existent pas ; selon qu'on le juge à propos, on les tait un jour pour s'en prévaloir de nouveau le lendemain. C'est ainsi qu'Henri II répond à Élisabeth qui lui demandait, conformément aux traités, de lui restituer Calais : « En ce cas, Calais doit être rendu à la dauphine, à la reine d'Écosse, que nous considérons tous comme étant la reine d'Angleterre. » Mais d'autre part il ne fait pas un geste pour donner vie aux prétentions de sa belle-fille et il continue de traiter avec la soi-disant usurpatrice comme avec une souveraine légitime.

Ce geste absurde et stérile, cette peinture d'armoiries d'une vanité tout enfantine n'a rien apporté à Marie Stuart, au contraire, elle lui a causé le plus grand préjudice. Il y a dans la vie de chaque homme des fautes irréparables. La maladresse politique qu'elle a commise alors plutôt par bravade et gloriole que consciemment a fait le malheur de sa vie, elle lui a valu l'inimitié mortelle de la femme la plus puissante d'Europe. Une véritable souveraine peut permettre et tolérer tout excepté que l'on conteste ses droits de reine et que l'on revendique sa couronne : c'est pourquoi on ne peut pas en vouloir à Élisabeth si, à partir de ce moment-là, elle considère Marie Stuart comme une ennemie dangereuse, si elle voit constamment se dresser derrière son trône l'ombre de sa rivale. Toute l'amitié des deux femmes sur laquelle on a écrit et dont on a parlé ne fut que vernis et trompe-l'œil pour masquer leur profonde inimitié : au fond la blessure reste, inguérissable. Dans la politique et dans la vie, les demi-mesures et les hypocrisies font toujours plus de mal que les décisions nettes et énergiques. Plus de sang a coulé pour cette couronne d'Angleterre jointe aux armes de Marie Stuart que pour une vraie couronne. Une guerre franche eût définitivement tranché la question dans un sens ou dans l'autre ; au contraire la guerre sournoise que se font les deux femmes trouble toute leur existence.

Au début de juillet 1559, à l'occasion d'un tournoi donné à Paris pour célébrer la paix de Cateau-Cambrésis, le dauphin et la dauphine arborent encore ostensiblement le fatal écusson porteur des insignes de la puissance britannique. Henri II, roi chevaleresque, tient à rompre en personne une lance « pour l'amour des dames », et tout le monde sait de quelle dame il veut parler : de la belle et fière Diane de Poitiers qui, de sa loge, penche ses regards sur son royal amant. Mais soudain le jeu devient terriblement sérieux. L'histoire se décide dans ce combat. Le capitaine de la garde écossaise, Montgomery, dont la lance s'est brisée et qui n'a plus que le tronçon en main, charge le roi, son adversaire, avec une violence telle qu'un éclat pénètre profondément dans l'œil de celui-ci et qu'il tombe de cheval, évanoui. On croit d'abord que la blessure n'est pas dangereuse, mais le roi ne reprend pas connaissance. La famille royale consternée ne quitte point le lit du blessé ; pendant quelques jours, la robuste nature du vaillant Valois lutte contre la mort ; finalement, le 10 juillet, son cœur cesse de battre.

La cour de France, même dans les moments les plus douloureux, respecte les traditions qui sont pour elle des lois souveraines. Comme la famille royale quitte le palais, Catherine de Médicis, l'épouse de Henri II, s'arrête soudain devant la porte. Depuis l'instant qui l'a fait veuve, le droit de préséance ne lui appartient plus : il appartient à la femme que ce même instant a élevée au rang de reine. D'un pas timide, Marie Stuart, épouse du nouveau roi de France, troublée, passe — il le faut — devant la reine d'hier. En faisant ce pas, elle a, à l'âge de seize ans, dépassé toutes les femmes de son âge et atteint le plus haut degré de puissance que la vie pouvait lui accorder.

Reine, veuve et reine encore

Juillet 1560-août 1561

Rien n'a rendu la destinée de cette Stuart plus tragique que l'empressement trompeur avec lequel la fortune a remis le pouvoir entre ses mains. Tout lui tombe d'une invisible corne d'abondance en apparence inépuisable; elle ne doit rien à sa propre volonté, à son énergie, à ses efforts ni à son mérite, tout n'est qu'héritage, faveur et présents : comme s'il s'agissait d'un rêve, où tout s'enfuit dans un envol coloré, elle se voit mariée, couronnée, et avant que ses sens éveillés aient pu jouir de ce printemps précoce il est déjà fané, défleuri, passé : elle se réveille déçue, désemparée, dépouillée. A un âge où les autres commencent seulement à souhaiter, à espérer, à désirer, elle a déjà connu tous les triomphes possibles avant que son esprit ait eu le temps de s'en rendre compte. C'est dans cette précipitation de sa destinée que se trouve contenu en puissance le secret de son inquiétude et de son insatisfaction : celle qui a été si jeune la première femme d'un pays, d'un monde, ne pourra jamais se contenter d'un mode d'existence plus modeste. Seules les natures faibles peuvent renoncer et oublier; les natures fortes ne se résignent pas et provoquent même au combat le destin tout-puissant.

En vérité le règne de Marie Stuart en France s'écoule comme un rêve bref, inquiet et angoissant.

La cathédrale de Reims offre pendant le sacre un spectacle d'un éclat et d'une couleur uniques : l'archevêque pose la couronne sur la tête d'un garçon pâle et maladif, et, au milieu de la noblesse, la jeune et belle reine, parée de tous les joyaux du trésor royal, brille d'une blanche clarté, tel un lys svelte et gracile à peine éclos ; en dehors de cette cérémonie, la chronique ne mentionne ni fêtes, ni réjouissances. Le destin ne laisse pas à Marie Stuart le temps de fonder cette cour romantique d'art et de poésie à laquelle elle pensait ; il ne laisse pas non plus aux peintres le temps de fixer dans de somptueux tableaux les traits du monarque et de sa belle épouse, ni aux chroniqueurs de peindre leur caractère ni au peuple de connaître ses souverains ou de les aimer. Comme deux ombres fugitives chassées par un vent violent ces deux formes enfantines passent rapidement dans le long cortège des rois de France.

François II est malade, dès le début de son règne il est marqué pour une mort précoce. Ce pâle adolescent au visage rond et bouffi vous regarde avec des yeux anxieux, lourds et las, les yeux d'un individu réveillé en sursaut ; une croissance soudaine et anormale vient encore affaiblir davantage sa résistance. Les médecins veillent constamment sur sa santé et lui recommandent vivement de se ménager ; mais ce jeune homme est possédé d'un orgueil insensé, il ne veut pas être inférieur à sa femme qui, svelte et nerveuse, se livre avec passion à la chasse et aux sports. Il se force à accomplir de rudes chevauchées et de nombreux efforts physiques afin de se donner l'illusion de la santé et de la virilité ; mais on ne trompe pas la nature. Son sang, funeste héritage de son grand-père François Ier, demeure irrémédiablement pauvre et vicié, il a sans cesse des accès de fièvre, quand le temps est mauvais il faut qu'il garde la chambre, ombre lamentable qu'entourent de soins une foule de docteurs. Un aussi triste roi inspire à sa cour plus de pitié que de respect; dans le peuple au contraire de fâcheux bruits circulent : il serait atteint de la lèpre et pour guérir il se baignerait dans le sang de petits enfants fraîchement égorgés; les paysans jettent de sombres regards à ce garçon blême et chétif lorsqu'il passe lentement à cheval devant eux. Les courtisans, gens prévoyants, ne tardent pas à se grouper autour de la reine-mère et de Charles, l'héritier du trône. On ne peut pas tenir longtemps les rênes du pouvoir avec des mains aussi débiles; de temps à autre l'enfant-roi, de son écriture raide et maladroite, appose bien un « François » au bas de documents et de décrets, mais en réalité ce sont les parents de Marie Stuart, les Guise, qui gouvernent à sa place; François II est suffisamment occupé par la lutte qu'il mène pour conserver aussi longtemps que possible le peu de force et de vie qui est en lui.

Il est difficile d'appeler un heureux mariage — s'il y eut accomplissement du mariage — cette vie commune dans une chambre de malade, ces précautions et ces soucis constants. Mais cependant rien ne laisse supposer que cette union d'adolescents ait été malheureuse; dans une cour aussi médisante que la cour de France, où Brantôme, dans *La Vie des dames galantes*, note chaque liaison amoureuse, on n'entend pas un mot de blâme ou même de soupçon sur la conduite de Marie Stuart. Longtemps avant que la raison d'État les conduisît devant l'autel, François et Marie se connaissaient, ils avaient été des compagnons de jeu; aussi l'érotisme n'a pas dû tenir une bien grande place dans la vie du jeune couple; il se passera d'ailleurs encore bien des années avant que Marie Stuart éprouve un réel sentiment d'amour, et François, ce garçon épuisé par la fièvre, serait le dernier capable d'éveiller chez elle pareil sentiment. Étant donné son caractère compatissant et bienveillant, il est certain que Marie Stuart a entouré son mari des plus grands soins, sa raison d'ailleurs devait lui dire que toute sa grandeur et tout son pouvoir étaient liés au souffle et aux battements du cœur de ce pauvre corps malade et qu'elle luttait pour elle en veillant sur la vie de son époux. Mais il n'y eut jamais de place pour un bonheur réel dans ce règne de courte durée. L'agitation des huguenots bouleverse alors le pays et après la Conjuration d'Amboise, de funeste mémoire, qui menaçait personnellement le couple royal, Marie Stuart doit payer un pénible tribut en sa qualité de souveraine. Il lui faut assister à l'exécution des rebelles — cet instant restera profondément gravé dans son cœur et peut-être un miroir magique le lui rappellera encore à une heure semblable, la sienne ; il faut qu'elle voie la victime, les mains liées derrière le dos, penchée sur le billot, la hache du bourreau pénétrer dans la nuque d'un être vivant avec un craquement sourd et la tête sanglante rouler dans le sable : spectacle suffisamment féroce pour effacer l'éclatante vision du sacre de Reims. D'autre part, les mauvaises nouvelles se succèdent ; sa mère, Marie de Lorraine, qui gouvernait l'Écosse en son nom est morte en juin 1560, laissant le pays en proie aux soulèvements et aux dissensions religieuses ; la guerre est aux frontières d'Écosse, les troupes anglaises ont pénétré fort avant dans les marches. Marie Stuart est obligée de porter des vêtements de deuil au lieu d'habits de gala dont elle rêvait dans son enfance. Plus de musique, elle qui l'aime tant, plus de danse ! Et voici que la mort vient frapper une nouvelle fois à sa porte de son doigt osseux. François II s'affaiblit de jour en jour, le sang vicié qui coule dans ses veines lui martelle douloureusement les tempes et bourdonne dans ses oreilles. Il ne peut plus monter à cheval, il ne peut plus marcher et il faut le transporter d'un endroit à l'autre. Finalement l'humeur lui jaillit de l'oreille, les médecins se déclarent impuissants et le 6 décembre 1560 le malheureux garçon a fini de souffrir. La scène de naguère entre Catherine de Médicis et Marie Stuart se renouvelle.

A peine François II a-t-il exhalé le dernier soupir que Marie Stuart est obligée de s'effacer devant Catherine de Médicis ; la plus jeune des veuves royales doit céder le pas à la plus âgée. Elle n'est plus la première femme du royaume, elle est de nouveau la seconde ; son rêve n'a duré qu'une année, Marie Stuart a cessé d'être reine de France, elle n'est plus que ce qu'elle était au début de sa vie et ce qu'elle restera jusqu'à la fin : reine d'Écosse.

Suivant l'étiquette de la cour de France la durée du grand deuil pour la veuve d'un roi est de quarante jours. Pendant cette rigoureuse retraite elle n'a pas le droit de sortir un seul instant et durant les deux premières semaines personne, à l'exception du nouveau roi et de ses plus proches parents, ne peut franchir le seuil de ses appartements tendus de draperies sombres et qu'éclairent des cierges. La veuve royale, en ces jours-là, ne s'habille pas comme les autres femmes, de noir, l'éternelle couleur de deuil ; à elle et à elle seule est réservé le « deuil blanc ». La coiffe, au-dessus de son pâle visage, est blanche, sa robe est en brocart blanc, ses chaussures, ses bas sont blancs ; c'est ainsi que Clouet nous montre Marie Stuart dans un tableau célèbre, c'est ainsi que Ronsard nous la dépeint dans un poème :

Un crespe long, subtil et délié
Ply contre ply, retors et replié
Habit de deuil, vous sert de couverture,
Depuis le chef jusqu'à la ceinture,
Qui s'enfle ainsi qu'un voile quand le vent
Souffle la barque et cingle en avant.
De tel habit vous étiez accoutrée
Partant, hélas ! de la belle contrée
Dont aviez eu le sceptre dans la main
Lorsque, pensive et baignant votre sein
Du beau cristal de vos larmes coulées,
Triste marchiez par les longues allées
Du grand jardin de ce royal château
Qui prend son nom de la beauté des eaux.

Jamais peut-être aucun autre portrait que celui de Clouet n'a rendu d'une façon aussi nette la sympathie et la douceur qui se dégagent de ce jeune visage ; un air de gravité réfléchie transfigure son regard ordinairement mobile, cette monotonie de couleur fait ressortir plus vivement la pure blancheur de son teint ; la femme en deuil nous montre incomparablement mieux ce qu'il y a de grand et de royal en elle que les tableaux précédents qui la représentent dans l'éclat et la magnificence de son rang, couverte de joyaux et parée de tous les insignes du pouvoir.

Cette noble mélancolie s'exhale dans la plainte funèbre que Marie Stuart composa alors en l'honneur du défunt. Les vers sont dignes de son maître et professeur Ronsard. Même si elle n'avait pas été écrite par une main royale, cette douce nénie parlerait au cœur par la sincérité et la simplicité du ton. La veuve ne se vante pas le moins du monde d'avoir porté au disparu un amour ardent — Marie Stuart n'a menti qu'en politique, jamais dans ses vers —, elle ne parle que de son abandon et de sa solitude :

Sans cesse mon cœur sent
Le regret d'un absent.
Si parfois vers les cieux
Viens à dresser ma veue
Le doux traict de ses yeux
Je vois en une nue ;
Soudain je vois en l'eau
Comme dans un tombeau.
Si je suis en repos,
Sommeillant sur ma couche,
Je le sens qui me touche :
En labeur, en recoy,
Tousjours est près de moy.

La tristesse de Marie Stuart, sans aucun doute, n'a pas été qu'une simple fiction poétique mais l'expression de regrets sincères et véritables. Elle n'a pas seulement perdu en François II un camarade doux et bienveillant, un ami affectueux, mais encore sa position en Europe, sa puissance, sa sécurité. Bientôt la jeune veuve sentira vraiment quelle place importante occupe la première à la cour, la reine, et combien on est peu de chose lorsqu'on est brusquement relégué au second rang. Cette situation déjà pénible en soi est encore aggravée par l'inimitié que lui témoigne sa belle-mère, Catherine de Médicis, depuis qu'elle est devenue la régente; Marie Stuart, croit-on, a mortellement offensé par des paroles inconsidérées cette hautaine et hypocrite Médicis un jour qu'elle a comparé avec dédain la modeste origine de « cette fille de marchands » avec sa royauté transmise de génération en génération. Livrée à elle-même, son impétuosité la poussera d'ailleurs à commettre de semblables fautes envers Élisabeth. Entre femmes, de telles étourderies sont souvent plus funestes qu'une hostilité ouverte : à peine au pouvoir, Catherine de Médicis, qui a dû imposer silence à son ambition pendant vingt ans, d'abord à cause de Diane de Poitiers, puis à cause de Marie Stuart, témoigne aux deux vaincues une haine tyrannique et agressive.

Mais à ce moment Marie Stuart dévoile le trait essentiel de son caractère : son orgueil immense, viril, inflexible; jamais elle ne restera là où elle n'est que la seconde, jamais son âme altière et passionnée ne se contentera d'une pareille position. Plutôt le néant, plutôt la mort! Un moment, elle songe à se retirer dans un couvent, à renoncer à jamais à toute dignité, puisque tout espoir d'occuper le premier rang en France lui est désormais interdit. Mais l'attrait de la vie est encore trop grand, le renoncement éternel trop contre nature, pour une jeune femme de dix-huit ans. Et puis, à la place de la couronne perdue, elle peut encore en obtenir une autre tout aussi magnifique. Déjà, l'ambassadeur du roi d'Espagne demande sa main pour Don Carlos, le futur maître des deux mondes, déjà la cour d'Autriche envoie en secret des négociateurs; les rois de Suède et de Danemark lui offrent de partager leur trône. Enfin, la couronne de ses pères, la couronne d'Écosse, est toujours son bien, et elle n'a pas abandonné ses prétentions à la couronne voisine, à celle d'Angleterre. Elle a encore devant elle de nombreuses possibilités, cette jeune veuve dont la beauté est seulement en train de s'épanouir. Seulement ce n'est plus comme autrefois, le destin ne lui apportera ni ne lui offrira plus rien; à partir de maintenant, il faudra tout emporter de haute lutte, tout arracher à d'opiniâtres adversaires par l'adresse et la patience. Mais avec un courage comme le sien, avec tant de jeunesse dans un corps ardent et florissant, on peut jouer hardiment sa partie. Et c'est l'âme résolue que Marie Stuart marche au combat.

A vrai dire, elle ne quittera pas la France d'un cœur léger. Elle a vécu douze ans à cette cour magnifique et, au fond, ce riche et beau pays avec ses joies sensuelles est bien plus sa patrie que l'Écosse de sa lointaine enfance. C'est en France que sont ses parents maternels qui veillent sur elle, c'est là que sont les palais où elle a été heureuse, c'est là que vivent les poètes qui la célèbrent et la comprennent, c'est là qu'on goûte les charmes d'une vie facile et chevaleresque pour laquelle, au fond d'elle-même, elle se sent née. De mois en mois, elle diffère son retour dans son royaume. Elle va visiter ses parents à Joinville, à Nancy, elle assiste à Reims au couronnement de son beau-frère Charles IX, alors âgé de dix ans. Guidée pour ainsi dire par un secret pressentiment, elle cherche sans cesse de nouveaux prétextes pour ajourner son voyage : on dirait qu'elle attend un décret du destin qui lui épargne ce voyage.

Car si neuve et si inexpérimentée dans les affaires d'État que soit cette jeune fille de dix-huit ans, Marie Stuart doit avoir compris que de dures épreuves l'attendent en Écosse. Depuis la mort de sa mère les lords protestants, ses plus terribles ennemis, ont la haute main sur le pays et cachent à peine la répugnance qu'ils éprouvent à rappeler une fervente catholique, une zélatrice de la messe exécrée. Ils déclarent ouvertement — l'ambassadeur anglais l'annonce à Londres avec enthousiasme — « qu'il faut retarder le voyage de la reine d'Écosse de quelques mois encore, et que s'ils n'étaient pas contraints d'obéir ils se soucieraient fort peu de la revoir jamais ». Depuis longtemps, ils lui ont joué en secret un méchant tour, ils ont essayé de proposer pour époux à la reine d'Angleterre le plus proche héritier du trône, un protestant, le comte d'Arran, et de remettre entre les mains d'Élisabeth, de façon illégitime, une couronne qui appartient en toute certitude à Marie Stuart. Elle ne peut pas se fier davantage à son demi-frère Jacques Stuart, qui vient la trouver en France de la part du Parlement écossais, car il est en relations singulièrement étroites avec Élisabeth, il est même sans doute à sa solde. Seul le retour à temps de Marie Stuart peut encore étouffer ces sourdes et sombres intrigues, ce n'est que par son seul courage, legs de ses aïeux, qu'elle peut défendre son trône. Aussi, pour ne pas perdre deux couronnes dans la même année, l'âme en peine, en proie à de sombres pressentiments, elle se décide enfin à répondre à un appel qui ne part pas d'un cœur sincère et auquel elle n'accorde que peu de confiance.

Mais, avant de rentrer dans ses États, Marie Stuart est obligée de tenir compte que l'Écosse touche à l'Angleterre et que c'est une autre qu'elle qui règne sur ce pays. Élisabeth n'a aucune raison et encore moins l'envie de rendre la vie facile à sa rivale ; son ministre Cecil appuie du reste avec sa cynique franchise ses procédés hostiles : « Plus, lui dit-il, les affaires de la reine d'Écosse iront mal, plus celles de Votre Majesté iront bien. » Le différend existant entre elle et Marie Stuart n'est pas encore réglé. Les ambassadeurs écossais ont bien conclu à Édimbourg avec les ambassadeurs anglais un traité par lequel ils s'engagent au nom de leur reine à reconnaître Élisabeth comme reine légitime d'Angleterre « *for all times coming* » ; mais une fois le document à Paris, quand il s'est agi de mettre leur signature au bas de la convention pourtant en règle, Marie Stuart s'est dérobée ainsi que François II ; sa plume s'est refusée à signer cette renonciation, jamais celle qui a affiché ses prétentions à la couronne d'Angleterre en portant les armes du pays comme un drapeau n'abaissera ce drapeau. Par politique, elle est prête, à la rigueur, à taire ses droits, mais rien ne la fera y renoncer ouvertement et franchement.

Élisabeth ne peut pas tolérer l'existence d'une telle équivoque. Les ambassadeurs de la reine d'Écosse ont signé en son nom le traité d'Édimbourg, en conséquence, prétend-elle, Marie Stuart est contrainte de faire honneur à cette signature. Une reconnaissance « *sub rosa* » ne peut pas satisfaire la protestante Élisabeth, dont la moitié du royaume professe encore un catholicisme ardent ; une prétendante catholique n'est pas seulement un danger pour son trône, mais encore pour sa vie. Aussi longtemps que sa rivale n'aura pas renoncé d'une façon claire et nette à ses prétentions, elle sent sa position incertaine.

Dans ce différend, nul ne saurait le nier, le droit est du côté d'Élisabeth ; mais elle se met bientôt elle-même dans son tort en cherchant à régler d'une façon étroite et mesquine un conflit d'une telle ampleur. En politique, les femmes ont toujours la dangereuse spécialité de blesser leurs adversaires à coups d'épingle et d'user d'attaques personnelles ; voilà que cette souveraine, si clairvoyante d'ordinaire, commet elle aussi la même faute. Pour se rendre en Écosse, Marie Stuart a demandé à l'Angleterre un sauf-conduit, ce qui, venant de sa part, ne peut même être interprété que comme un acte de courtoisie, de politesse officielle, car autrement, pour retourner dans sa patrie, la mer lui est ouverte. Si elle a jugé bon de passer par l'Angleterre, n'est-ce point pour offrir à sa cousine l'occasion d'un échange de vues amical ? Mais celle-ci lui répond brutalement qu'elle ne lui accordera pas de « *safe conduct* » tant qu'elle n'aura pas signé le traité d'Édimbourg.

Jusqu'ici le conflit intime qui divisait ces deux femmes était plus ou moins avoué ; à présent les masques tombent, leurs orgueils se heurtent sans ménagement. Sur-le-champ Marie Stuart mande auprès d'elle l'ambassadeur anglais et l'apostrophe vivement :

« Rien ne m'afflige autant que de m'être oubliée au point de demander à votre reine une faveur qui ne m'était nullement nécessaire. J'ai aussi peu besoin de son autorisation pour mon voyage qu'elle de la mienne pour les siens, et je puis retourner dans mon royaume sans son sauf-conduit ou sa permission. Car bien que le feu roi ait mis sur mon chemin tous les obstacles possibles pour me capturer quand je vins dans ce pays, sachez monsieur l'Ambassadeur que j'ai fait une heureuse traversée et que je trouverais également le moyen de regagner mon pays de semblable façon, si je voulais faire appel à mes amis... Vous m'avez souvent dit qu'une amitié serait souhaitable entre la reine et moi, et à l'avantage de toutes deux. J'ai maintenant quelque raison de supposer que la reine n'est pas de cet avis, car sans cela elle n'aurait pas repoussé ma requête aussi inamicalement. Il semble qu'elle attache plus de prix à l'amitié de mes sujets rebelles qu'à la mienne, qu'à celle d'une souveraine qui occupe le même rang qu'elle bien que lui étant inférieure en sagesse et en savoir, mais qui est cependant sa plus proche parente et sa voisine la plus immédiate... Je ne désire d'elle rien autre chose que son amitié, je n'apporte pas le désordre dans ses États ni ne traite avec ses sujets, et je sais pourtant qu'il y en aurait assez, dans mon royaume, qui seraient disposés à écouter mes offres. »

C'est là une menace sérieuse, plus dangereuse qu'habile peut-être, car déjà avant que Marie Stuart ait fait un pas vers l'Écosse elle dévoile son inébranlable résolution de porter au besoin la lutte contre Élisabeth en Angleterre. L'ambassadeur se dérobe poliment et lui fait remarquer que toutes ces difficultés découlent du fait qu'elle a, à une certaine époque, joint les armes de l'Angleterre aux siennes et porté un titre qu'elle n'avait point. Marie Stuart a vite trouvé une réponse à ce reproche :

« Monsieur l'Ambassadeur, j'étais alors sous l'autorité du roi Henri, mon beau-père, et du roi, mon seigneur et maître, et tout ce qui est arrivé ne s'est fait que sur leur ordre et d'après leurs décisions... Depuis leur mort, vous le savez, je n'ai jamais porté ni les armes de l'Angleterre ni le titre de reine de ce pays. Je crois que cette façon d'agir devrait rassurer la reine. D'ailleurs ce ne serait pas un si grand déshonneur pour ma cousine la reine si, moi, une reine déjà, j'arborais les armes de l'Angleterre, car j'en sais d'autres d'un rang inférieur au mien et d'une parenté moins proche que la mienne qui portent aussi ces armes. Après tout, vous ne pouvez pas nier que ma grand'mère était la sœur du roi son père et même l'aînée de ses sœurs. »

De nouveau, la menace perce sous la cordialité du ton : en soulignant qu'elle descend de la branche aînée, Marie Stuart ne fait que confirmer ses prétentions. Lorsque l'ambassadeur l'engage, en termes mesurés, pour mettre fin à ce fâcheux incident, à tenir personnellement sa parole et à signer le traité d'Édimbourg, elle cherche une échappatoire, elle atermoie, comme chaque fois que l'on touche à ce point délicat : elle ne le peut en aucune façon avant d'en avoir délibéré avec le Parlement écossais; mais, de son côté, l'ambassadeur est aussi peu disposé à donner des assurances au nom d'Élisabeth. Dès que les négociations arrivent à ce point critique où l'une des deux reines doit de toute évidence céder à l'autre une part de ses droits, apparaît la mauvaise foi. Chacune serre convulsivement ses atouts dans sa main ; de cette façon, le jeu se prolonge à l'infini et tourne au tragique. Finalement, Marie Stuart rompt brusquement l'entretien ; on pense au déchirement d'une étoffe :

« Si mes préparatifs n'étaient pas si avancés, l'incivilité de la reine votre maîtresse aurait peut-être pu empêcher mon voyage. Mais à présent je suis décidée à risquer la chose, advienne que pourra. J'espère que le vent me sera favorable et que je n'aurai pas besoin d'aborder sur la côte d'Angleterre ; si j'y aborde, monsieur l'Ambassadeur, votre reine me tiendra entre ses mains et pourra faire de moi ce qu'elle voudra. Si elle est si cruelle que de vouloir ma mort, qu'elle fasse selon son plaisir ; qu'elle me sacrifie. Peut-être ce destin vaudra-t-il mieux pour moi que la vie. Que la volonté de Dieu s'accomplisse ! »

C'est la première fois que Marie Stuart parle sur ce ton décidé, énergique, orgueilleux. D'une nature plutôt douce, insouciante, légère, préférant les jouissances de la vie à la lutte, cette femme est subitement dure, audacieuse, arrogante dès que son honneur est en jeu, dès que l'on touche aux droits qu'elle exige en tant que reine. Plutôt périr que plier, plutôt commettre une royale folie que montrer la moindre faiblesse. L'ambassadeur a fait connaître à Londres le résultat de cette entrevue. Élisabeth, en habile et souple politique qu'elle est, s'empresse maintenant de céder aux désirs de Marie Stuart. On établit un passeport que l'on envoie à Calais. Mais il arrive deux jours trop tard. Entre temps, Marie s'est décidée à entreprendre le voyage, bien que des corsaires anglais croisent dans la Manche ; elle choisit hardiment la voie la plus dangereuse plutôt que la plus sûre qui lui coûterait une humiliation. Élisabeth a manqué là une occasion magnifique de mettre fin à un conflit dangereux en n'obligeant point généreusement celle qu'elle considère comme sa rivale. Mais la raison et la politique suivent rarement le même chemin et ce sont peut-être ces occasions manquées qui donnent à l'histoire son caractère dramatique.

Une fois encore, tandis que les feux du soleil couchant embrasent et dorent trompeusement le paysage, Marie Stuart assiste, à l'heure de son départ, à toute la pompe et à tout le faste du cérémonial français qui se déroule en son honneur. Celle qui est entrée dans ce pays en qualité de fiancée du roi ne doit pas quitter sans escorte les lieux où s'exerçait sa souveraineté perdue ; il faut montrer au monde que la reine d'Écosse ne retourne pas dans sa patrie comme une pauvre veuve abandonnée, comme une faible femme sans appui mais que l'honneur des armes françaises veille sur son destin. Une grandiose cavalcade la suit de Saint-Germain à Calais. Montée sur des chevaux aux caparaçons d'une richesse merveilleuse, vêtue avec tout le débordement de luxe de la Renaissance française, l'élite de la noblesse s'avance aux côtés de Marie Stuart dans un cliquetis d'armes et de harnois dorés et savamment damasquinés. En tête, dans un somptueux carrosse, se trouvent ses trois oncles, le duc de Guise et les cardinaux de Lorraine et de Guise. Marie Stuart est entourée de ses quatre fidèles Marie, de dames de la noblesse, de suivantes, de pages, de poètes et de musiciens ; de lourds chariots chargés d'un précieux mobilier et de nombreux objets qui ont orné ses demeures ferment ce pittoresque défilé. Marie Stuart quitte la patrie de son cœur comme elle est venue, en reine, au milieu d'égards et d'honneurs, avec éclat et pompe. Il ne manque que la joie, cette joie insouciante qui brillait autrefois si magnifiquement dans les yeux ravis de l'enfant.

La plus grande partie du cortège s'arrête à Calais. Les gentilshommes tournent bride. Demain ils serviront au Louvre une autre reine, car pour les courtisans le rang seul compte et non celui qui l'occupe. Ils oublieront tous Marie Stuart dès que le vent aura gonflé les voiles des galions ; sa pensée quittera le cœur de tous ceux qui, le regard transfiguré et le genou à terre devant elle, viennent de lui promettre une fidélité éternelle. Ils n'ont vu dans cette escorte d'adieu qu'une cérémonie émouvante comme l'est un couronnement ou un enterrement, rien de plus. Il n'y a que les poètes qui ressentent une tristesse sincère, un chagrin réel en voyant partir Marie Stuart, parce qu'ils sont plus sensibles aux pressentiments et aux présages. Ils savent que les muses quittent la France en même temps que cette jeune femme qui voulait y créer une cour de gaîté et de beauté ; pour eux comme pour tous, de sombres années approchent : années de luttes politiques et religieuses avec la Saint-Barthélemy et le règne du fanatisme. Finis l'éclat chevaleresque et romantique, le triomphe du beau et des arts. La Pléiade pâlira bientôt dans le ciel obscurci par la guerre. Les douces joies de l'esprit s'en vont avec Marie Stuart :

Ce jour le même voile emporta loin de France
Les muses qui songeoient y faire demourance.

Une dernière fois Ronsard, dont le cœur est toujours jeune au contact de la jeunesse et de la grâce, célèbre dans son élégie « Au départ », la beauté de Marie Stuart, comme s'il voulait y fixer ce que ses yeux ardents ne verront jamais plus ; sa peine sincère se traduit dans des vers d'une éloquence émouvante :

Comment pourroient chanter les bouches des poètes,
Quand par vostre départ les muses sont muettes ?
Tout ce qui est de beau ne se garde longtemps.
Les roses et les lys ne règnent qu'un printemps.
Ainsi vostre beauté, seulement apparue

Quinze ans en nostre France, est soudain disparue,
Comme on voit d'un éclair s'évanouir le trait,
Et d'elle n'a laissé sinon le regret,
Sinon le déplaisir qui me remet sans cesse
Au cœur le souvenir d'une telle princesse.

Si la cour, les nobles et les chevaliers français oublient bientôt l'absente, les poètes demeurent au service de leur reine. A leurs yeux le malheur est une nouvelle noblesse ; cette souveraine dont ils ont célébré la beauté, ils l'aimeront doublement dans la douleur. Ils lui seront fidèles jusqu'au bout, ils chanteront sa vie et sa mort. Quand la vie d'un grand personnage se déroule comme un poème, comme une ballade, comme un drame, il ne manque jamais de poètes pour la recréer sous des formes toujours nouvelles.

Le 14 août 1561 un fastueux galion peint en blanc et arborant les couleurs françaises et écossaises prend Marie Stuart dans le port de Calais. Mais le bâtiment n'a pas encore quitté le port, les voiles sont à peine hissées qu'un événement tragique se déroule sous ses yeux ; mal gouvernée, une embarcation qui rentrait se brise et ses occupants sont noyés. Cet incident au moment où elle quitte la France qu'elle aime pour aller prendre le pouvoir dans un pays qu'elle ne connaît pas est pour elle un triste présage.

Est-ce la secrète angoisse de ce qui l'attend, est-ce le regret de la patrie perdue, pressent-elle qu'elle n'y reviendra jamais plus ? Quoi qu'il en soit Marie Stuart ne peut pas détourner son regard voilé de larmes de la terre où elle a passé sa jeunesse, heureuse et sans souci. Brantôme nous décrit d'une façon touchante la morne douleur de son départ :

« La galère estant sortie du port, et s'estant élevé un petit vent frais, on commença à faire voile... Elle, les deux bras sur la poupe de la galère du costé du timon, se mit à fondre à grosses larmes, jetant toujours ses beaux yeux sur le port et le lieu d'où elle estoit partie, prononçant toujours ces tristes paroles : "Adieu France..." jusqu'à ce qu'il commença à faire nuict. Elle voulut se coucher sans avoir mangé et ne voulut descendre dans la chambre de poupe, et lui dressa-t-on là son lit. Elle commanda au timonier, sitost qu'il seroit jour, s'il voyoit et découvroit encore le terrain de la France, qu'il l'éveillast et ne craignist pas de l'appeler : à quoy la fortune la favorisa, car le vent s'estant cessé et ayant eu recours aux rames, on ne fit guère de chemin cette nuict, si bien que, le jour paroissant, parut encore le terrain de France et, n'ayant failli le timonier au commandement qu'elle lui avait faict, elle se leva sur son lit et se mit à contempler la France tant qu'elle pust... à donc redoubla encore ces mots : "Adieu France ! adieu France ! je pense ne vous revoir jamais plus !" »

Retour en Écosse

Août 1561

Le 19 août 1561, Marie Stuart aborde à Leith ; un brouillard épais, chose plutôt rare sur ces côtes en été, masque le rivage. Combien cette arrivée est différente de son départ de la « douce France » ! Là-bas, les plus hauts représentants de la noblesse française l'avaient accompagnée en un majestueux cortège, princes et comtes, poètes et musiciens lui avaient fait leurs adieux dans les formes raffinées de respect en usage à la cour. Ici personne n'est venu l'attendre ; ce n'est que lorsque les canots atteignent la terre que le peuple se rassemble, étonné et curieux : quelques pêcheurs dans leurs grossiers vêtements de travail, des soldats désœuvrés, des marchands, des paysans venus à la ville pour vendre leurs moutons. Avec plus de crainte que d'enthousiasme, ils regardent débarquer ces hautes dames et ces gentilshommes aux vêtements somptueux et aux parures magnifiques. Ce sont des étrangers qui s'examinent l'un l'autre. Un rude accueil, sévère et dur comme l'âme de ce pays nordique. Dès les premières heures, Marie Stuart s'aperçoit avec douleur de l'effrayante misère de sa patrie ; elle constate que pendant ces cinq jours de navigation elle est véritablement revenue cent ans en arrière, qu'elle est passée d'une civilisation riche, prodigue, jouisseuse, dans un monde étroit, sombre et tragique. Vingt fois pillée et incendiée par les

Anglais et les rebelles, cette ville n'a pas de palais, pas le moindre château pour la recevoir dignement; et pour ne point coucher à la belle étoile la reine de ce pays devra passer la nuit chez un simple marchand.

Les premières impressions ont un grand pouvoir sur l'âme, elles y restent profondément gravées avec un sens prophétique. Peut-être que cette jeune femme ignore ce qui l'émeut à ce point en rentrant dans ses États après treize ans d'absence. Est-ce le mal du pays, est-ce un inconscient besoin de cette vie tiède et douce qu'elle a appris à aimer sur la terre de France, est-ce la lumière grise de ce ciel étranger, est-ce la prévision des dangers qui vont venir? En tout cas, Marie Stuart, à peine seule, fond en larmes ainsi que nous le rapporte Brantôme. Elle ne pose pas sur le sol britannique un pied ferme et assuré comme Guillaume le Conquérant, avec le légitime orgueil de fouler la terre d'un royaume qui lui appartient. Sa première impression est qu'elle n'est pas libre; elle a l'angoissant pressentiment des événements futurs.

Le jour suivant, son demi-frère Jacques Stuart, connu plus tard sous le nom de lord Murray, qu'on a averti entre-temps, et quelques autres gentilshommes arrivent au grand galop pour lui faire une escorte à demi convenable jusqu'à la ville voisine, Édimbourg. Mais ce ne sera pas un cortège solennel. Sous le prétexte cousu de fil blanc de donner la chasse à des pirates, les Anglais ont confisqué un des navires sur lequel se trouvait le palefroi favori de la reine, et c'est tout juste si, dans la petite ville de Leith, on découvre pour elle un cheval passable et assez bien bridé; furieux, les dames et les gentilshommes de la suite doivent par contre se contenter de haridelles que l'on a réquisitionnées en toute hâte dans les environs. A cette vue, les larmes montent aux yeux de Marie Stuart. Une fois de plus elle sent tout ce que la mort de son mari lui a ravi et combien une reine d'Écosse est peu de chose à côté de la reine de France qu'elle était. Sa fierté lui interdit de se montrer à ses sujets dans un aussi pauvre et indigne équipage. Au lieu de faire une « joyeuse entrée » à travers les rues d'Édimbourg, elle se rend directement avec sa suite au château de Holyrood situé en dehors des murs de la ville. Cette demeure bâtie par son père étend sa sombre masse sur le fond du paysage, seuls se détachent les tours et leurs créneaux menaçants. Du dehors elle paraît grandiose avec ses formes nettes et le poids de ses pierres de taille. Mais à l'intérieur quel accueil glacial et peu solennel font ces pièces vides à celle que la France a tant gâtée ! Pas de Gobelins, pas de lustres aux lumières éclatantes que les glaces de Venise se renvoient d'un mur à l'autre, pas de draperies précieuses, pas de scintillements d'or ni d'argent. Depuis des années, la cour ne s'est pas tenue ici, aucun rire n'habite ces pièces abandonnées, aucune main royale, depuis la mort de son père, n'a entretenu ni décoré ces lieux ; là aussi, la misère, l'éternelle malédiction qui plane sur son pays la regarde de ses yeux creux.

A peine les habitants d'Édimbourg ont-ils appris que leur reine est à Holyrood qu'ils sortent bien avant l'aube pour lui souhaiter la bienvenue. Il ne faut pas s'étonner si Marie et les gentilshommes français de sa suite avec leurs goûts délicats et raffinés trouvent la réception quelque peu grossière et rustique ; les bourgeois d'Édimbourg n'ont pas de « musiciens ou de poètes de la cour » pour charmer l'élève de Ronsard avec de tendres madrigaux ou des canzones composées avec art. Ils ne peuvent fêter leur reine qu'à la manière ancienne, en édifiant sur la place publique d'immenses tas de bois, seule chose que ces contrées incultes produisent en abondance, pour en faire des « bonfires » qui jettent leurs flammes claires dans la nuit. Puis ils se rassemblent sous les fenêtres du château et se mettent à jouer sur leurs cornemuses, bagpipes et autres instruments rudimentaires quelque chose qu'ils croient être de la musique, mais qui, pour ces hôtes cultivés, n'est qu'un vacarme infernal; ensuite, ils chantent de leurs voix mâles et rudes des psaumes et des chants religieux — les textes profanes leur sont interdits par les prêtres calvinistes; avec la meilleure volonté du monde, ils ne peuvent rien faire de plus. Mais cela n'empêche pas Marie Stuart de se réjouir ou, du moins, de se montrer affable et gaie. Pour la première fois depuis bien des années dans ce pays tragique et meurtri, l'harmonie règne entre le maître et son peuple, tout au moins durant les premières heures de son arrivée.

Ni la reine ni ses conseillers ne s'illusionnent sur l'énorme difficulté de la tâche qui attend une souveraine dépourvue de toute expérience politique. Maitland de Lethington, l'esprit le plus avisé de l'Écosse, avait prédit avant le retour de Marie Stuart que sa rentrée en Écosse « ne manquerait pas de provoquer d'étranges tragédies ». Même un homme résolu et énergique, à la poigne de fer, ne pourrait pas constamment y maintenir la paix : comment une jeune femme de dix-neuf ans, étrangère à son pays et non exercée au pouvoir y parviendrait-elle ? Un royaume pauvre, une noblesse corrompue, qui accueille avec joie tout prétexte de rébellion et de guerre, une infinité de clans qui vivent dans un éclat de dissentiment et de discorde éternels et qui ne cherchent qu'un motif pour transformer leur haine en guerre civile, un clergé catholique et un clergé protestant qui luttent avec férocité pour avoir la suprématie, une voisine vigilante et dangereuse, qui saisit habilement toutes les occasions pour faire naître des troubles dans le pays ou les attiser; ajoutez à cela l'antagonisme des grandes puissances qui sans cesse veulent entraîner l'Écosse dans leur jeu sanglant : telle est la situation en face de laquelle se trouve Marie Stuart.

Au moment où elle arrive dans son pays, la discorde entre catholiques et protestants est en pleine effervescence. Au lieu de caisses bien remplies, sa mère lui a laissé un véritable « damnosa hereditas » : la guerre religieuse, qui agite ici les esprits avec plus de violence qu'ailleurs. Pendant les années d'heureuse insouciance que Marie a passées en France, la Réforme s'est introduite victorieusement en Écosse. La cour, les villes, les villages, les familles et les foyers sont divisés ; une partie de la noblesse est protestante, l'autre est catholique ; les villes sont dévouées à la croyance nouvelle, la plaine est fidèle à l'ancienne, les clans, les maisons sont dressés les uns contre les autres cependant que des prêtres fanatiques ne cessent d'attiser la haine des deux partis que soutiennent par politique des puissances étrangères. Mais le danger le plus grand pour Marie Stuart, c'est que la noblesse la plus puissante et la plus influente du pays se trouve précisément dans le camp des calvinistes ; l'occasion de s'emparer des biens de l'Église et d'affaiblir en même temps le pouvoir royal a eu un effet magique sur cette troupe ambitieuse et rebelle. Ils ont maintenant un magnifique prétexte pseudo-moral pour se soulever contre leur souveraine catholique en tant que protecteurs de la véritable Église, en tant que « lords of the Congregation » et ils ont trouvé en Angleterre une alliée toujours prête à appuyer leur rébellion. Élisabeth, d'habitude économe, a déjà sacrifié deux cent mille livres pour arracher l'Écosse aux Stuart catholiques par des révoltes et des soulèvements ; même à présent que la paix a été solennellement conclue, bon nombre des sujets de Marie sont secrètement à sa solde. Celle-ci pourrait rétablir l'équilibre d'un seul coup, si elle voulait embrasser la religion protestante, ce à quoi plusieurs de ses conseillers la poussent vivement. Mais Marie Stuart est une Guise. Elle descend de cette famille d'ardents champions du catholicisme, et si, personnellement, elle n'est pas d'une piété fanatique, elle est cependant fidèle et passionnément attachée à la foi de ses ancêtres. Elle ne s'écartera jamais de ses convictions et, même en face du plus grand danger, d'accord avec sa nature hardie, elle préférera s'engager dans une lutte éternelle plutôt que de commettre une seule lâcheté envers sa conscience. Mais cette situation a provoqué une irrémédiable scission entre elle et la noblesse ; et des conséquences néfastes sont toujours fatales lorsqu'un souverain appartient à une autre religion que ses sujets. En présence d'une aussi violente opposition, la balance ne peut pas osciller sans cesse, il faut qu'elle finisse par pencher d'un côté ou de l'autre : de sorte que Marie Stuart, finalement, n'a que le choix entre se rendre maîtresse de la Réforme ou être vaincue par elle. Par un hasard étrange le conflit entre Luther, Calvin et Rome a été transporté dans sa vie d'une façon dramatique ; la lutte entre Marie Stuart et Élisabeth, entre l'Angleterre et l'Écosse — c'est pourquoi elle revêt tant d'importance — c'est aussi la lutte entre l'Angleterre et l'Espagne, entre la Réforme et la contre-Réforme.

Cette situation, déjà lourde de conséquences par elle-même, est encore aggravée par le fait que la discorde religieuse s'étend jusque dans sa famille, dans son château, dans son conseil. L'homme le plus puissant d'Écosse, lord Murray, auquel elle a confié la direction des affaires publiques, est un protestant convaincu et un protecteur de cette « Kirk » qu'en fervente catholique elle réprouve comme une hérésie. Quatre ans plus tôt il a apposé sa signature sous le serment des lords de la Congrégation qui se sont engagés à abjurer « la religion de Satan — la religion catholique — avec sa sorcellerie et son idolâtrie et à s'en déclarer désormais nettement les adversaires ». Il existe ainsi dès le commencement un désaccord fondamental entre la reine et son premier ministre, et un tel état de choses n'est pas prometteur de paix. Dans le fond de son cœur, Marie n'a qu'une pensée : réprimer la Réforme en Écosse. Murray n'a qu'une volonté : l'élever au rang de religion unique. Deux façons de voir aussi opposées ne peuvent que déclencher un conflit à la première occasion.

Ce Murray est appelé à devenir l'une des figures principales du drame de Marie Stuart; le destin lui a imparti un rôle important et il l'incarne en maître. Fils naturel de Jacques V et de Marguerite Erskine, issu d'une des premières familles d'Écosse, il semble, tant en raison de son sang royal que de son énergie de fer, désigné par la nature comme le plus digne héritier de la couronne. Mais la nécessité de raffermir son pouvoir et ses finances a obligé le roi à renoncer à légaliser son union avec lady Erskine et à épouser une princesse française, la mère de Marie Stuart. L'ambitieux Murray porte ainsi la flétrissure d'une naissance illégitime qui lui barre l'accès au trône et que n'a pu effacer la reconnaissance officielle par le pape de son origine royale.

L'histoire et Shakespeare, son plus grand pasticheur, ont représenté un nombre infini de fois la tragédie morale du bâtard, de ce fils qui n'en est pas un, auquel les lois politiques, religieuses, humaines retirent impitoyablement un droit que la nature a mis dans son sang et inscrit sur son visage. Condamnés par un préjugé — le plus dur, le plus impitoyable de tous les jugements — ces enfants illégitimes, engendrés hors du lit royal, sont tenus à l'écart des héritiers, généralement plus débiles, parce que procréés par calcul politique et non par amour; toujours réprouvés et repoussés, ils sont réduits à la mendicité alors qu'ils devraient commander et régner. Mais quand un homme est visiblement marqué du sceau de l'infériorité, le constant sentiment qu'il a de cette infériorité le fortifie ou l'affaiblit. Il peut briser un caractère ou bien le durcir d'une façon étonnante. Il rend les mous et les lâches plus lâches et plus mous encore; quémandeurs et flatteurs, ils entrent au service des héritiers reconnus légitimes et acceptent leurs présents. Un tel sentiment, au contraire, déchaîne et accroît les forces obscures des natures énergiques; puisqu'on ne les laisse pas accéder de bon gré au pouvoir par le droit chemin, ils apprendront à le créer en eux-mêmes.

Murray est une de ces natures fortes. L'énergie farouche de ses royaux ancêtres, leur fierté et leur volonté de domination s'agitent sombrement dans ses veines. Par son intelligence et la netteté de ses résolutions il dépasse d'une tête la troupe rapace des lords et des barons. Ses visées sont vastes, ses plans d'une haute conception politique ; aussi intelligent que sa sœur, il lui est infiniment supérieur par sa prudence et son expérience d'homme de trente ans. Il la regarde agir comme on regarde jouer un enfant et il laisse faire tant que le jeu ne gêne pas ses plans. Il n'obéit pas comme elle à de violentes impulsions nerveuses et romanesques ; il n'a rien d'un prince héroïque, mais il connaît en revanche le secret d'une patiente attente qui garantit plus sûrement le succès qu'un élan prompt et passionné.

Le premier indice qui dénote un politicien clairvoyant, c'est avant tout de ne pas chercher à atteindre ce qui est inaccessible. L'inaccessible pour ce fils illégitime, c'est donc la couronne royale. Jamais Murray, il le sait, ne pourra s'appeler Jacques VI. Ainsi, dès le début ce fin politique abandonne toute prétention à ce sujet. Il renonce aux insignes du pouvoir, à ses apparences, à seule fin de mieux tenir en main le pouvoir véritable. Jeune homme il l'acquiert déjà sous sa forme la plus matérielle, la richesse ; il tire profit de la dissolution des biens monastiques, il tire profit de la guerre ; à chaque « coup de filet », le sien est le premier rempli. Sans la moindre vergogne, il accepte des subsides d'Élisabeth. Au moment où Marie Stuart fait sa rentrée en Écosse, elle est bien obligée de reconnaître en son demi-frère l'homme le plus riche et le plus puissant du pays, assez fort pour ne pas craindre d'être délogé de sa position par personne. Plus par besoin que par penchant véritable Marie recherche son amitié; pour assurer sa propre souveraineté, elle lui donne tout ce qu'il désire, elle étanche sa soif inextinguible de richesses et d'autorité. Par bonheur pour Marie, les mains de son demi-frère sont sûres; fortes et souples à la fois, elles savent tenir et savent céder. Politique-né, Murray se montre l'homme d'un juste milieu : il est protestant, mais point iconoclaste, patriote écossais et pourtant en faveur auprès d'Élisabeth, il est assez l'ami des lords, mais il sait leur montrer les dents au moment voulu; c'est en somme un froid calculateur que l'éclat du pouvoir ne fascine pas et qui se contente du pouvoir lui-même.

Un homme aussi extraordinaire est un appui considérable pour Marie Stuart tant qu'il se tient à ses côtés. Et un immense danger s'il se dressait contre elle. Murray a du reste tout intérêt, au point de vue purement égoïste, à soutenir sa sœur, car, à sa place, un Hamilton ou un Gordon ne lui accorderait jamais autant de liberté dans la direction des affaires publiques, une autorité aussi illimitée; c'est pourquoi il se plaît à la laisser représenter et ne jalouse point son sceptre et sa couronne tant que le pouvoir réel demeure entre ses mains. Mais dès l'instant qu'elle cherchera à régner elle-même et à amoindrir son autorité, leurs deux orgueils de Stuart se heurteront avec violence. Et il n'est pas d'inimitié plus terrible que celle de deux êtres semblables qui combattent l'un contre l'autre avec des forces égales et poussés par les mêmes instincts.

Maitland de Lethington, le second personnage de la cour et le secrétaire d'État de Marie Stuart, est protestant, lui aussi. Il est néanmoins tout d'abord de son côté. Maitland, esprit fin, souple, cultivé, « *the flower of wits* », comme l'appelait Élisabeth, n'aime pas le pouvoir avec l'impérieux orgueil d'un Murray. Diplomate, il ne se complaît qu'au jeu compliqué et déconcertant de la politique et de l'intrigue, qu'à l'art des combinaisons; il ne s'agit pas pour lui de principes inflexibles, de religion et de patrie, de reine et de royauté, mais de l'art de nouer et de dénouer, en ayant la main partout, les fils embrouillés de la politique. Il n'est ni bien fidèle ni vraiment infidèle à Marie Stuart, à laquelle il voue personnellement une très grande affection — une des quatre Marie, Marie Fleming, deviendra sa femme. Il la servira tant qu'elle connaîtra le succès et l'abandonnera dans le danger; c'est à cette girouette dorée qu'elle pourra reconnaître si le vent est favorable ou non. En vérité ce n'est pas la reine, l'amie, qu'il sert, mais la fortune de celle-ci.

A droite comme à gauche, dans le pays comme dans sa propre maison, Marie Stuart, à son retour, ne trouve aucun ami à qui se fier. Mais avec un Murray, un Maitland, il est toujours possible de gouverner en pactisant. Il n'en est pas de même avec John Knox, le prédicateur populaire d'Édimbourg, l'organisateur et le chef de la Kirk écossaise, le maître de la démagogie religieuse qui, dès le premier jour, se dresse devant elle en adversaire farouche, irréconciliable, implacable. Avec lui commence une lutte à mort.

Le calvinisme de John Knox, c'est en quelque sorte un superlatif du protestantisme. Ce n'est plus seulement l'Église réformée, c'est aussi un système rigide de gouvernement divin qui exige des rois eux-mêmes une soumission servile à ses commandements. Étant donné sa nature douce et souple, Marie Stuart se serait peut-être entendue avec une Église anglicane, avec une Église luthérienne, avec n'importe quelle Église protestante plus modérée. Mais le caractère dictatorial du calvinisme écarte d'emblée toute possibilité d'accord. Élisabeth elle-même qui se servait de Knox pour créer des difficultés à sa rivale ne pouvait s'empêcher de le détester à cause de son orgueil démesuré. A plus forte raison on devine combien le sombre fanatisme de cet homme devait révolter la bien plus humaine Marie Stuart. Rien ne pouvait être plus contraire à sa manière d'envisager l'existence et d'en jouir, à ses penchants artistiques que cette froide austérité, cette attitude hostile envers la vie, cette iconoclastie, cette haine de la joie qui s'affirmaient dans la doctrine genevoise ; rien de plus insupportable pour elle que cette rigidité hautaine qui défend le rire et condamne le beau comme un crime, qui veut détruire tout ce qui lui est cher, les formes joyeuses des mœurs, la musique, la poésie et la danse ; rien de plus opposé à ses sentiments que cette religion qui chez un peuple déjà sombre par lui-même prend encore un aspect plus funèbre.

John Knox, le plus obstiné, le plus fanatique, le plus intraitable des fondateurs d'Église, qui dépasse encore en intransigeance et en intolérance son maître Calvin, donne à la Kirk d'Édimbourg une volonté de fer, un caractère talmudique. Tout d'abord prêtre catholique d'un rang inférieur, il s'est jeté dans les bras de la Réforme avec toute la fougue et la violence de son esprit autoritaire et chicanier ; c'est un élève de George Whishart que Marie de Lorraine, la mère de Marie Stuart, fit brûler vif comme hérétique. Ces flammes dans lesquelles périt son maître continuent de brûler dans son cœur. Lors du soulèvement dirigé contre la régente et où il figurait parmi les chefs, il est fait prisonnier par les troupes expéditionnaires françaises et envoyé aux galères. Il y demeure enchaîné pendant dix-huit mois, mais sa volonté, loin de faiblir, y égale bientôt la dureté de ses fers. Libéré, il se réfugie auprès de Calvin ; c'est là qu'il puise cette puissance d'éloquence et cette impitoyable haine de puritain pour toute la lumière hellénique ; de retour en Écosse, il contraint en quelques années à peine, par son génie de la violence, les lords et le peuple à embrasser la Réforme.

John Knox est peut-être le type le plus accompli du fanatique religieux que l'histoire connaisse, plus dur que Luther, dont une gaîté intérieure venait du moins de temps en temps animer l'esprit, plus austère que Savonarole, dont il n'a pas l'envolée éclatante et illuminée du mystique. D'une entière bonne foi dans son attitude rectiligne, son abominable étroitesse de vues fait de lui un de ces esprits intransigeants pour qui leur vérité seule est vraie, leur vertu seule vertueuse, leur foi seule chrétienne. Celui qui n'est pas de son opinion est un criminel, celui qui change une seule lettre à ses volontés, un suppôt de Satan. Knox a l'humeur tragique de celui qui est possédé de lui-même, la passion de l'extatique borné et le puant orgueil de l'homme imbu de soi : sous sa brutalité couve le plaisir redoutable qu'il ressent de sa propre dureté, sous son intolérance, la sombre joie que lui procure sa certitude d'avoir raison. Tous les dimanches, avec sa barbe de fleuve, tel Jéhovah, il occupe la chaire de Saint-Gilles et vomit sa haine et ses malédictions sur ceux qui ne sont pas de son avis ; il lance de furieuses invectives contre la « race satanique » des insouciants, des négligents qui ne servent pas Dieu ponctuellement selon ses conceptions personnelles. Ce froid fanatique ne connaît pas d'autre bonheur que le triomphe de ses dogmes, pas d'autre justice que la victoire de sa cause. Il jubile avec naïveté lorsque quelque catholique ou autre adversaire est humilié ou supprimé, et quand une main criminelle débarrasse la Kirk d'un ennemi il déclare que cet acte louable a été voulu et exigé par Dieu. De sa chaire, Knox entonne des chants de triomphe lorsque le jeune François II, l'époux de Marie Stuart, meurt d'un abcès purulent à l'oreille, « cette oreille qui se refusa à entendre la voix de Dieu ». A la mort de Marie de Lorraine, il s'écrie avec force, au cours de son sermon : « Puisse la grâce de Dieu nous délivrer bientôt de l'autre du sang des Guises. Amen ! Amen ! » On ne sent rien de la douceur ni de la divine bonté de l'Évangile dans ses sermons, où il semble agiter de menaçantes disciplines ; seul le Dieu de vengeance, le Dieu jaloux et inexorable est son Dieu, seul l'Ancien Testament, d'une rigueur barbare, est sa véritable Bible. Ses sermons ne sont qu'allusions aux Moab, aux Amalec, aux ennemis de la vraie foi — la sienne, par conséquent — qu'il faut exterminer par le fer et par le feu. Et quand il fustige la reine Jézabel, ses auditeurs savent bien à quelle reine il pense en réalité. Tel un orage obscurcissant le ciel, le calvinisme s'étend sur toute l'Écosse et à chaque instant la tension qu'il crée peut causer un bouleversement général.

Il n'y a pas d'entente possible avec un homme aussi intransigeant qui veut commander seulement et ne tolère qu'une soumission aveugle ; les avances qu'on lui fera et le mal qu'on se donnera à cause de lui ne pourront que le rendre plus dur, plus sarcastique et plus prétentieux. Toute tentative de rapprochement se brise contre le bloc de pierre de son vaniteux entêtement. Toujours, les hommes qui prétendent combattre pour Dieu sont les plus insociables de la terre ; parce qu'ils croient entendre des messages divins, leurs oreilles restent sourdes à toute parole d'humanité.

Il n'y a pas encore une semaine que Marie Stuart est dans son pays que déjà elle est forcée de s'apercevoir de la sombre présence de ce fanatique. Avant d'occuper le pouvoir elle avait non seulement assuré à ses sujets une entière liberté de conscience — ce qui, pour son tempérament tolérant, ne représentait pas un bien grand sacrifice — mais elle avait aussi dû reconnaître la loi interdisant la célébration publique de la messe en Écosse, pénible concession faite aux partisans de John Knox, qui, selon ses propres paroles, « eût préféré voir débarquer dix mille ennemis en Écosse plutôt que de savoir qu'on y disait une seule messe ». Mais bien entendu la fervente catholique, la nièce des Guise, s'est réservé le droit de pratiquer librement sa religion dans sa chapelle privée et le Parlement a acquiescé sans hésiter à sa juste demande. Pourtant, le dimanche suivant, à peine avait-on achevé les préparatifs pour célébrer le service divin dans la chapelle du château d'Holyrood qu'une foule excitée et menaçante s'avance jusqu'à l'entrée. Les cierges que l'aumônier de la reine veut porter à l'autel lui sont brutalement arrachés des mains et mis en pièces. Des cris s'élèvent réclamant l'expulsion et même la mort du « prêtre idolâtre » ; on peut redouter d'un moment à l'autre l'envahissement de la chapelle par la populace. Heureusement, lord Murray, bien qu'étant lui-même un champion de la Kirk, se jette au-devant de la foule fanatique et en barre l'entrée. Cet angoissant service divin terminé, le prêtre terrifié est ramené sain et sauf dans sa chambre ; un malheur public est évité, l'autorité de la reine est sauvegardée, encore qu'avec peine. Mais les réjouissances données en l'honneur de son arrivée, les « joyousities », comme les appelle avec raillerie le terrible John Knox, sont interrompues, à la grande joie de ce dernier : la romanesque Marie Stuart voit pour la première fois la réalité lui résister.

Elle répond à cette offense par une explosion de colère. Son exaspération s'exhale en larmes amères et en paroles violentes. Et c'est ainsi qu'une lumière plus vive vient éclairer son caractère non encore bien accusé jusque-là. Cette jeune femme, gâtée par la fortune depuis sa plus tendre jeunesse, est, par nature, douce et avenante, affectueuse et tendre ; depuis les premiers gentilshommes de la cour jusqu'à ses suivantes et ses femmes de chambre, tous vantent ses façons aimables, simples et cordiales. Elle sait gagner tous les cœurs, parce que jamais elle ne se prévaut avec arrogance auprès de personne de sa souveraineté et qu'elle fait oublier par un relâchement naturel la grandeur de son rôle. Mais à côté de cette cordialité elle possède à un haut degré le sentiment de sa valeur, invisible tant que personne ne le heurte, mais qui s'affirme avec passion dès que quelqu'un ose la contredire ou lui résister. Souvent cette femme étonnante a pu oublier une offense personnelle, mais jamais le moindre manquement à ses droits de reine.

C'est pourquoi elle ne veut pas tolérer cet affront

un moment de plus. Il faut, tout de suite, faire rentrer sous terre une pareille prétention. Et elle sait à qui elle doit s'en prendre, elle a entendu parler de l'homme à la longue barbe de l'Église hérétique qui excite le peuple contre ses croyances et qui a lancé cette meute sur son château. Elle décide aussitôt de l'entreprendre sérieusement. Habituée à être obéie depuis son enfance, accoutumée à l'omnipotence des rois de France, Marie Stuart, qui a grandi avec l'idée qu'elle est reine par la grâce de Dieu, ne peut pas se figurer le moins du monde qu'un sujet, qu'un *bourgeois* puisse lui résister. Elle peut s'attendre à tout en ce monde, sauf à ce qu'on ose lui tenir tête ouvertement et avec insolence. John Knox s'y apprête cependant, il s'y apprête même avec joie : « Pourquoi, s'écrie-t-il, le joli visage d'une noble dame m'effrayerait-il, moi qui ai regardé dans les yeux tant d'hommes en colère sans jamais ressentir le moindre effroi ? » Il se rend au palais avec enthousiasme, car combattre — combattre pour Dieu, comme il croit le faire — n'est-ce point le bonheur suprême du fanatique ? Si Dieu a donné une couronne aux rois, il a accordé à ses ministres et à ses envoyés un verbe enflammé. Pour John Knox, le prêtre de la Kirk est au-dessus du roi en tant que gardien du droit divin. Sa mission est de défendre le royaume de Dieu sur la terre et il ne doit pas hésiter à fustiger de sa colère les rebelles, comme faisaient jadis Samuel et les Juges bibliques. On assiste donc à une véritable scène de l'Ancien Testament où s'affrontent la superbe du roi et l'orgueil du prêtre ; ce n'est pas une femme et un homme qui luttent isolément pour la suprématie, mais deux idées vieilles comme le monde qui se rencontrent pour la mille et unième fois dans un combat acharné.

Marie Stuart s'efforce de rester calme. Elle souhaite une entente, elle cache son ressentiment, car elle voudrait que la paix régnât dans son pays. Elle commence l'entretien sur un ton courtois. Mais John Knox a résolu d'être insolent et de montrer à cette « idolâtre » qu'il ne s'incline pas du tout devant les puissances de ce monde. Muet et sombre, figure d'accusateur et non d'accusé, il écoute la reine lui faire des reproches au sujet de son livre « *The first blast of the trumpet against the monstrous regiment of women* » dans lequel il conteste aux femmes le droit de régner. Mais le même Knox, qui a fait après coup d'humbles excuses à la protestante Élisabeth à propos de ce livre, persiste dans son opinion, en recourant à toutes sortes d'équivoques, devant sa souveraine papiste. Peu à peu, le ton de l'entretien devient plus mordant. Marie Stuart demande à Knox, les yeux dans les yeux, si les sujets ont pour devoir absolu d'obéir à leur souverain. Mais au lieu de répondre par le « bien entendu » qu'elle attend, l'habile tacticien limite le devoir d'obéissance en énonçant cette parabole : « Si un père perdait la raison et voulait tuer ses enfants, les enfants auraient le droit de lui tenir les mains et de lui arracher son épée. Si les princes persécutaient les enfants de Dieu, ceux-ci auraient le droit de se défendre. » La reine sent dans cette restriction la révolte du théocrate contre son droit de souveraine. « Je vois, dit-elle, que mes sujets ont à vous obéir et non à moi ; il s'ensuit que je devrai faire leur volonté et non la mienne. »

C'est bien l'avis de John Knox. Mais il est trop prudent pour s'exprimer aussi clairement en présence de Murray. Il répond évasivement : « Les princes et leurs sujets doivent obéir à Dieu. Les rois doivent être les pères nourriciers de l'Église et les reines, ses nourrices.

— Mais votre Église n'est pas celle que je veux nourrir, réplique la reine, irritée par son ambiguïté. Je veux entourer de mes soins l'Église catholique que je tiens pour la véritable Église de Dieu. »

Finalement, on ne se ménage plus. On est arrivé au point où il n'y a plus de discussion possible entre une croyante catholique et un protestant fanatique. Knox devient impoli et grossier et traite l'Église romaine de prostituée, indigne d'être la fiancée de Dieu. Et comme la reine lui interdit de prononcer de telles paroles parce qu'elles offensent ses croyances, il répond sur un ton provocateur : « La croyance exige la connaissance et je crains que vous n'ayez point la vraie connaissance. » Au lieu d'amener une réconciliation, ce premier entretien n'aboutit qu'à un renforcement des oppositions. Knox s'est rendu compte de la force de ce « Satan » et sait qu'il ne peut espérer voir plier Marie Stuart. « Je me suis buté dans cette discussion à une volonté que je n'avais jamais rencontrée à cet âge, écrira-t-il, exaspéré. Je n'ai plus rien à faire à la cour et elle n'a plus rien à faire avec moi. » De son côté, la jeune souveraine a senti les limites de son pouvoir royal. Knox quitte la pièce la tête haute, content de lui et fier d'avoir bravé une reine, cependant que Marie Stuart demeure bouleversée et verse des pleurs amers devant son impuissance. Ce ne seront pas les derniers. Bientôt elle apprendra qu'il ne suffit pas d'hériter du pouvoir par le sang, mais qu'il faut encore le conquérir au prix de luttes et d'humiliations incessantes.

Premier avertissement

1561-1563

Les trois premières années de veuvage que la jeune reine passe en Écosse s'écoulent dans un calme et une monotonie relatifs : une particularité de sa destinée qui a tant attiré les dramaturges, c'est que chez elle tout événement se condense en épisodes très courts et très simples. Pendant ces années-là, Murray et Maitland gouvernent, Marie Stuart représente; et cette division du pouvoir s'avère excellente pour tous. Car Murray aussi bien que Maitland gouvernent avec sagesse et prudence et Marie Stuart représente à merveille. Douée par la nature de beauté et de grâce, rien que son aspect extérieur lui vaut déjà l'admiration générale; le peuple d'Édimbourg regarde avec orgueil la fille des Stuart quand le matin de bonne heure, le faucon au poing, elle sort à cheval au milieu d'une cavalcade aux couleurs éclatantes et répond à chaque salut sur un ton amical et enjoué : quelque chose de lumineux, de limpide, de touchant et de romanesque, un tendre rayon de soleil est entré avec la jeune reine dans ce pays sévère et sombre, et toujours la beauté et la jeunesse d'un souverain attirent mystérieusement l'amour d'une nation. De leur côté, les lords admirent sa mâle intrépidité; Marie Stuart peut galoper toute une journée en tête de son escorte dans la plus furieuse des chevauchées sans se fatiguer; de même que sous l'amabilité qui lui gagne les cœurs, son âme, non encore épanouie, cache un orgueil inflexible, de même son corps svelte, délicat et léger cache une force peu commune. Aucun effort n'est excessif pour son ardent courage ; un jour, au plus fort de la joie que lui cause une chasse à courre endiablée, elle dit à son compagnon qu'elle voudrait bien être un homme pour savoir aussi ce que c'est que de passer la nuit sur le champ de bataille. Quand le régent Murray va combattre dans le nord le clan rebelle des Huntly, elle le suit résolument, à cheval, l'épée au côté, les pistolets à la ceinture ; cette palpitante aventure lui plaît prodigieusement avec son puissant attrait de sauvagerie et de danger, car se donner à une chose de toutes ses forces, de tout son cœur, de toute sa passion, est le propre de cette nature énergique. Simple et endurante comme un chasseur, comme un soldat dans ces chevauchées et ces expéditions, elle sait, dans son palais, exercer ses fonctions de souveraine avec un art raffiné et être la plus gaie, la plus aimable de sa petite société : sa seule jeunesse symbolise d'une façon vraiment typique l'idéal de l'époque, où se trouvent réunis le courage et la légèreté, la force et la douceur sous une forme romanesque et audacieuse. Avec Marie Stuart un dernier reflet de la chevalerie et des troubadours éclaire ce pays nordique froid et brumeux que vient encore obscurcir l'ombre de la Réforme.

Jamais l'image de cette veuve juvénile n'a rayonné avec plus d'éclat que pendant sa vingtième et sa vingt et unième année ; ici encore son triomphe vient trop tôt, parce qu'elle n'en saisit pas l'importance et n'en profite pas. Sa vie intérieure n'est pas encore complètement éveillée, la femme ignore toujours les ardeurs secrètes de son sang, sa personnalité ne s'est pas encore développée ni formée. Ce n'est que dans la passion, dans le danger que la vraie Marie Stuart se révélera ; ces premières années passées en Écosse ne sont qu'une récréation sans but, une vague préparation, une période d'attente, sans qu'au fond elle sache bien ce qu'elle attend ni qui elle attend. C'est un moment vide, sans intérêt, comme lorsqu'on prend haleine avant un effort violent, décisif. Pour Marie Stuart qui a été reine de France dans son adolescence, il ne s'agit rien moins que de la petite Écosse. Elle n'est pas rentrée dans sa patrie pour régner sur ce pays pauvre et isolée; dès le premier instant elle ne voit dans cette couronne qu'un enjeu qui lui permettra d'en gagner une plus brillante dans le jeu de la politique mondiale et ils se trompent du tout au tout ceux qui croient ou qui déclarent que Marie Stuart n'aurait rien désiré d'autre que d'administrer tranquillement et paisiblement l'héritage paternel en honnête légataire de la couronne d'Écosse. Ceux qui lui prêtent une ambition aussi restreinte rapetissent la mesure de son âme, car une volonté furieuse, indomptable de régner sur un grand pays anime cette jeune femme; celle qui, à quinze ans, fut unie à un dauphin de France dans la cathédrale de Notre-Dame, qui fut fêtée avec faste au Louvre comme la souveraine de millions de sujets, ne se contentera jamais d'être suzeraine d'une vingtaine de comtes et de barons insubordonnés et aux mœurs grossières, la reine de quelques centaines de milliers de pâtres et de pêcheurs. Rien n'est plus artificiel et plus invraisemblable que de lui supposer un sentiment national, invention des siècles ultérieurs. Les princes du XVe et du XVIe siècle — à l'exception peut-être de sa grande adversaire Élisabeth — ne pensent pas le moins du monde à leurs peuples, mais seulement à leur puissance personnelle. Les empires sont taillés et cousus comme des vêtements, ce sont les guerres et les mariages qui forment les États et non la libre détermination des peuples. Qu'on ne commette donc pas d'erreur sentimentale : Marie Stuart était alors prête à échanger l'Écosse contre le trône d'Espagne, d'Angleterre, de France ou tout autre; quitter ces forêts, ces lacs et ces châteaux romantiques ne lui aurait probablement pas coûté une larme, car jamais son orgueil passionné n'a vu autre chose dans ce petit royaume qu'un tremplin. Elle se sait élue souveraine par hérédité, sa beauté et sa culture la rendent digne de toutes les couronnes d'Europe, et, avec la passion obscure dont les femmes de son âge rêvent d'amours sans bornes, elle ne rêve que de puissance illimitée.

C'est pourquoi, au début, elle abandonne à Murray et Maitland la direction des affaires de l'État sans la moindre contrariété et même sans que cela l'intéresse réellement. Indifférente, elle les laisse tous deux gouverner et régner à leur guise. Jamais l'administration, l'accroissement de son bien, cet art suprême de la politique, ne fut le fort de Marie Stuart. Elle ne sait que défendre et point garder. Ce n'est que lorsqu'on provoque son orgueil, quand ses droits sont menacés, quand on touche à ses prérogatives que sa volonté se réveille, farouche et brutale : c'est seulement dans les grands moments que cette femme se montre grande et énergique, en temps normal elle est indolente et quelconque.

Pendant cette période de tranquillité, l'inimitié de sa rivale se modère aussi; chaque fois que Marie Stuart garde son calme et tempère l'ardeur de ses sentiments, Élisabeth s'apaise. De tout temps, un des traits politiques les plus importants de cette grande réaliste fut de ne pas s'entêter à vouloir empêcher l'inévitable et de s'incliner devant le fait accompli. Elle s'était opposée de tout son pouvoir au retour de Marie Stuart en Écosse et avait mis tout en œuvre pour le rendre impossible : maintenant qu'il a eu lieu, Élisabeth ne lutte plus contre un fait irrémédiable et s'efforce plutôt d'entrer en relations d'amitié avec sa « sœur » — tant qu'elle ne pourra pas s'en débarrasser. En femme sensée, Élisabeth n'aime pas la guerre — c'est là une des plus fortes qualités positives de ce caractère capricieux et insaisissable. Elle craint fort les décisions violentes et les responsabilités; d'une nature calculatrice, elle tire plus d'avantages des négociations et des traités et triomphe plus facilement par l'adresse et l'intelligence. Aussitôt que le retour de Marie Stuart en Écosse fut devenu certain, lord Murray, usant de mots émouvants, avait vivement pressé Élisabeth de conclure avec elle un pacte loyal d'amitié.

— Vous êtes deux jeunes et grandes reines et votre sexe devrait être un empêchement de chercher à accroître votre gloire par la guerre et dans le sang, lui avait-il dit en substance. Vous êtes fixées sur la cause qui a fait naître entre vous ce sentiment d'inimitié, et Dieu m'est témoin que j'eusse souhaité que ma souveraine n'eût jamais pris sur elle d'émettre des prétentions ou des droits sur le royaume de Votre Majesté. Malgré cela vous auriez dû être et demeurer amies. Malheureusement, comme ma reine l'a dit un jour, je crains que la mésentente ne règne entre vous deux tant que cet obstacle n'aura pas été écarté du chemin. Votre Majesté ne peut pas céder sur ce point, et, d'autre part, il peut sembler pénible à ma souveraine, qui par son sang est si près de l'Angleterre, d'y être traitée en étrangère. N'existe-t-il pas de moyen d'entente ?

Élisabeth ne se montre pas inaccessible à une telle proposition; d'abord Marie Stuart, simple reine d'Écosse sous la surveillance de Murray à la solde de l'Angleterre, n'est plus aussi redoutable que lorsqu'elle était deux fois reine, de France et d'Écosse. Rien ne l'empêchait de lui témoigner de l'amitié sans la ressentir. Une correspondance commence bientôt entre Élisabeth et Marie Stuart dans laquelle ces deux reines, abusant de l'indulgence du papier, se transmettent mutuellement leurs sentiments les plus cordiaux; on pourrait croire en lisant ces lettres qu'il n'y a pas de plus tendres parentes que ces deux cousines. Marie envoie à Élisabeth une jolie bague en gage d'amitié et celle-ci lui en fait parvenir une plus précieuse encore ; elles jouent aux yeux du monde et se jouent à elles-mêmes la plaisante comédie de l'amour familial. Marie assure que son plus grand plaisir sur terre serait de voir sa « chère sœur », qu'elle va rompre son alliance avec la France, qu'elle apprécie l'affection d'Élisabeth « *more than all uncles of the world* » ; à son tour Élisabeth, de sa grande écriture solennelle qu'elle n'emploie que dans les occasions importantes, lui donne la plus haute assurance de son attachement et de sa fidélité. Mais dès qu'il s'agit d'arriver réellement à un accord et de fixer une entrevue personnelle, toutes deux se dérobent prudemment. En somme l'ancienne discussion en est toujours au même point mort. Marie Stuart ne veut apposer sa signature au bas du traité d'Édimbourg reconnaissant les droits d'Élisabeth au trône d'Angleterre que si celle-ci admet ses droits d'héritière, ce qui produirait à sa cousine le même effet que si elle signait son propre arrêt de mort. Aucune ne cède d'un pouce à l'autre et en fin de compte toutes ces phrases fleuries recouvrent un infranchissable abîme. « Il ne peut pas y avoir deux soleils dans le ciel ni deux Khans sur la terre », disait le grand conquérant Djinghiz-Khan. L'une des deux femmes doit disparaître, Élisabeth ou Marie Stuart ; elles le savent très bien et elles attendent le moment propice. Mais tant que l'heure n'est pas venue, pourquoi ne pas se réjouir de cette courte trêve ? Quand une méfiance éternelle habite au fond des cœurs, les occasions de la réveiller ne manquent pas.

Ces années-là, des soucis d'ordre secondaire assaillent la jeune reine, les affaires publiques la préoccupent, elle se sent de plus en plus étrangère au milieu de ces nobles rudes et belliqueux, toutes ces jalousies de prêtres, toutes ces intrigues secrètes autour d'elle lui sont antipathiques ; en de telles heures, elle se réfugie dans la patrie de son cœur, la France. Si elle ne peut pas quitter l'Écosse, elle a fondé à Holyrood une petite France à elle, un minuscule fragment de monde où en toute liberté et à l'abri des regards indiscrets elle peut se livrer à ses plaisirs favoris. La petite cour policée, romantique, dans le goût français qu'elle a organisée se tient dans une des tours du château ; on y voit des Gobelins et des tapis turcs, des lits, des meubles fastueux et des tableaux qu'elle a emportés de Paris, des livres finement reliés, son Érasme, son Rabelais, son Aristote et son Ronsard. On y parle français, on y vit à la française ; le soir, à la lumière vacillante des cierges, on fait de la musique, on organise des jeux de société, on lit des vers, on chante des madrigaux. C'est à cette cour en miniature que, pour la première fois de l'autre côté de la Manche, apparaissent les « Masques », ces petites pièces classiques de circonstance qui, plus tard, prendront un tel essor dans le théâtre anglais. Au cours d'une de ces mascarades, *The Purpose,* la reine se montre une nuit travestie en homme, avec un pantalon de soie noire collant, cependant que son partenaire, le jeune poète Chastelard, est déguisé en femme — spectacle qui sans nul doute eût outré John Knox.

Mais ces moments de joie ne sont point pour les puritains, les fanatiques ou autres gens moroses et c'est en vain que Knox s'indigne et tempête contre ces « souparis » et « dansaris » du haut de la chaire de Saint-Gilles, au point que sa barbe oscille comme un pendule : « Les princes, s'écrie-t-il, sont plus accoutumés à faire de la musique et à s'asseoir à des banquets qu'à écouter et à lire l'auguste parole divine. Les musiciens et les flatteurs, qui corrompent toujours la jeunesse, leur plaisent plus que les sages vieillards qui, par leurs salutaires exhortations, veulent abattre une partie de l'orgueil dans lequel nous sommes tous nés. » Mais ce jeune et joyeux cénacle fait peu de cas des « salutaires exhortations » du « tue-joie » ; là, les quatre Marie, quelques gentilshommes français ou d'esprit français sont contents d'oublier dans le cadre lumineux et tiède de l'amitié les ténèbres de ce pays sévère et tragique, et Marie Stuart surtout est heureuse de pouvoir y déposer le froid masque de la majesté et de n'être qu'une jeune femme enjouée au milieu d'un cercle de compagnons de son âge et pensant comme elle.

Un tel besoin n'est que naturel. Mais il sera toujours dangereux pour Marie Stuart de céder à l'indolence. La dissimulation l'ennuie, la prudence lui est insupportable à la longue ; mais précisément cette vertueuse inaptitude à feindre, ce « je ne sais point déguiser mes sentiments » (comme elle l'écrit un jour) lui crée plus de désagréments qu'à d'autres la plus noire perfidie et la plus impitoyable dureté. La liberté avec laquelle la reine se conduit au milieu de ces jeunes gens, lorsqu'elle accepte leurs hommages en souriant et peut-être même les provoque innocemment, fait naître de leur part une camaraderie déplacée et devient même pour quelques-uns plus passionnés une tentation. Il a dû y avoir chez cette femme, dont la beauté ne saute pas aux yeux dans ses portraits, quelque chose qui excitait les sens ; peut-être des hommes ont-ils déjà deviné à cette époque, à certains signes, que sous les manières douces, accortes et l'assurance parfaite en apparence de cette jeune femme d'aspect virginal se cachait un prodigieux potentiel de passion comme parfois un riant paysage cache un volcan ; peut-être longtemps avant que Marie Stuart découvrît elle-même son secret ont-ils pressenti, flairé, avec leur instinct de mâle, son manque d'empire sur elle-même, car il y avait quelque chose en elle qui poussait plus fortement les hommes à la sensualité qu'à un amour romanesque. Il est possible, justement parce que ses sens sommeillent encore, qu'elle tolère de petites familiarités physiques — un regard engageant, la caresse d'une main, un baiser — plus facilement qu'une femme avertie, qui sait que de telles libertés sont de dangereuses entremetteuses ; en tout cas, elle laisse souvent oublier aux jeunes de son entourage qu'en elle la femme, en tant que reine, doit rester inaccessible à toute pensée hardie. Une fois déjà, un jeune capitaine écossais nommé Hepburn s'était stupidement permis certaine insolence envers elle, et seule la fuite immédiate l'avait préservé du châtiment. Mais le bon cœur de Marie Stuart lui a fait oublier ce fâcheux incident et son indulgence encourage un autre gentilhomme de son petit cercle.

Cette aventure revêt un caractère absolument romantique ; comme presque tous les épisodes qui se déroulent sur cette terre d'Écosse, elle prend l'aspect d'une sombre et sanglante ballade. Un admirateur de Marie Stuart à la cour de France, d'Anville, qui a suivi la reine dans son voyage en Écosse en compagnie d'autres gentilshommes, doit rentrer en France, où l'appellent sa femme et ses devoirs ; mais avant de partir il fait de son jeune ami, le troubadour Chastelard, le confident et en quelque sorte le vicaire de sa flamme. Celui-ci se met à composer des vers pleins de tendresse en l'honneur de sa chère maîtresse. Marie Stuart accepte étourdiment les hommages poétiques de ce jeune huguenot versé dans tous les arts de la chevalerie, elle répond même à ses vers par quelques poèmes : quelle jeune femme sensible aux Muses, obligée de vivre au milieu de gens grossiers et arriérés, ne serait pas flattée de s'entendre célébrer dans des strophes aussi admiratives que celle-ci :

Oh Déesse immortelle
Escoute donc ma voix
Toy qui tiens en tutelle
Mon pouvoir sous tes loix
Afin que si ma vie
Se voit en bref ravie
Ta cruauté
La confesse périe
Par ta seule beauté

et surtout quand elle se sent sans reproche ? Car Chastelard ne peut pas se vanter que sa passion soit réellement payée de retour. Mélancoliquement, il avoue :

Et néanmoins la flâme
Qui me brûle et enflâme
De passion
N'émeut jamais ton âme
D'aucune affection.

Marie Stuart, qui connaît bien en sa qualité de poétesse l'exagération de tout lyrisme, reçoit le sourire aux lèvres les vers de son gentil Céladon dans lesquels elle ne voit probablement que des galanteries parmi tant d'autres complaisantes flatteries de courtisans ; sans arrière-pensée, elle estime que ce sont là des hommages qui n'ont rien de singulier à la cour d'une femme romantique. Elle plaisante et badine avec Chastelard tout aussi naturellement qu'avec ses quatre Marie. Elle l'honore de quelques innocentes gentillesses, elle danse avec lui, qui de par son rang devrait à peine avoir le droit de l'approcher et une fois, en dansant, elle s'appuie sur son épaule ; elle lui permet de tenir des propos plus libres qu'il ne conviendrait, ce qui fait s'écrier à John Knox que « *such fashions more lyke to the bordell than to the comeliness of honest women* » ; peut-être même accorde-t-elle à Chastelard en jouant aux masques ou aux gages un furtif baiser. En elles-mêmes sans gravité, ces familiarités ont cependant de fâcheuses conséquences ; de son côté le jeune poète, semblable au Tasse, ne perçoit plus clairement la différence qui existe entre la reine et le serviteur ; il dépasse les limites qui séparent le respect de la camaraderie, la bonne tenue de la galanterie, le sérieux de la plaisanterie. Il s'ensuit un incident regrettable : un soir, les jeunes filles qui servent Marie Stuart trouvent Chastelard caché derrière les rideaux de la chambre à coucher de la reine. Elles n'y voient rien de suspect et regardent cette puérile folie comme une niche ; l'audacieux n'en est pas moins vivement chassé hors de la chambre. Marie Stuart accueille la nouvelle avec plus d'indulgence que de réelle indignation ; on tait soigneusement l'affaire à Murray, et si l'on avait tout d'abord envisagé de punir un aussi grossier manquement aux mœurs il n'en est bientôt plus question. Mais cette indulgence n'est pas comprise par le coupable. En effet, ou bien cette tête folle se sent encouragée à recommencer, ou bien une passion véritable pour Marie Stuart lui ôte toute retenue — toujours est-il qu'il suit en cachette la reine dans son voyage à Fife, sans que personne s'en aperçoive ; ce n'est que lorsque Marie Stuart est déjà à demi dévêtue qu'on découvre une fois de plus l'insensé dans sa chambre. Effrayée, elle pousse un cri strident qui retentit à travers la maison ; Murray accourt d'une chambre voisine ; à présent le pardon et le silence ne sont plus possibles. On prétend, chose peu vraisemblable, qu'à ce moment Marie Stuart demanda à son demi-frère de poignarder sur-le-champ l'insolent. Quoi qu'il en soit Murray qui, contrairement à sa sœur plus passionnée, calcule sagement toutes les conséquences de ses actes, n'en fait rien ; il sait bien que le sang d'un jeune homme dans la chambre d'une reine éclabousserait son honneur. Une telle faute doit être publiquement dénoncée, publiquement expiée pour faire éclater aux yeux du peuple et de l'univers l'entière innocence de la souveraine.

La légèreté de Chastelard a été qualifiée de malveillance, son insolente témérité a été considérée comme un crime. A l'unanimité les juges lui infligent la peine la plus rigoureuse : la mort par la hache. Même si elle le voulait, Marie Stuart ne peut plus à présent gracier l'insensé ; déjà les ambassadeurs ont instruit de l'affaire toutes les cours. Londres, Paris surveillent son attitude avec curiosité. Tout mot en faveur du condamné serait interprété comme un aveu de complicité. Il faut qu'elle se montre plus sévère qu'elle n'avait sans doute l'intention de l'être et qu'elle laisse sans espoir et sans aide à l'heure la plus pénible le compagnon d'heures agréables.

Chastelard meurt d'une façon romanesque, comme il convient à la cour d'une telle reine. Il refuse toute assistance spirituelle, seule la poésie le consolera et l'idée que son « malheur déplorable sera sur lui immortel ». Le vaillant troubadour marche au supplice la tête haute et, au lieu de psaumes et de prières, il récite à voix haute sur son chemin le célèbre hymne à la mort de son ami Ronsard :

Je te salue, heureuse et profitable Mort,
Des extrêmes douleurs médecin et confort !

Devant le billot, il lève une dernière fois la tête pour lancer un cri qui est plus un soupir qu'une accusation : « O cruelle dame », puis il s'incline, résigné, pour recevoir le coup mortel.

Cet infortuné ne fait que marcher en tête d'un sombre cortège. Avec lui commence la danse macabre de tous ceux qui périssent pour cette femme, attirés par son destin. Ils viennent de tous les pays, comme chez Holbein, ils se traînent, sans volonté, derrière le noir tambour, ils approchent pas à pas, année par année, princes et régents, comtes et gentilshommes, prêtres et soldats, jeunes gens et vieillards se sacrifiant tous pour elle, tous sacrifiés pour elle. Rarement le destin a mis autant de mortelle magie dans un corps de femme ; comme le ferait un invisible aimant, elle attire à elle pour leur infortune tous les hommes de son entourage. Celui qui se trouve sur son chemin, qu'il soit en faveur ou en défaveur, est voué au malheur et à une mort violente. Il n'a jamais porté bonheur à personne de haïr Marie Stuart et ceux qui ont osé l'aimer l'ont expié encore plus durement.

L'épisode de Chastelard n'est qu'apparemment un simple incident : la loi de la destinée de Marie Stuart s'y manifeste, sans qu'elle le comprenne tout de suite, loi qui ne lui permet jamais d'être impunément insouciante, légère et confiante. Dès la première heure, sa vie est de jouer un rôle représentatif, d'être reine, rien que reine et toujours reine, personnage officiel, jouet de la politique mondiale ; ce qui semblait être au début une faveur, son précoce couronnement, ce rang qu'elle occupe dès sa naissance, est une véritable malédiction. Chaque fois qu'elle essaie de s'appartenir, de vivre selon sa fantaisie, de suivre ses inclinations, elle en est terriblement punie. Chastelard n'est qu'un premier avertissement. Après une enfance qui n'en fut pas une, et avant que pour la seconde fois on l'oblige à se lier à un homme, elle avait essayé, pendant quelques mois, de n'être rien d'autre qu'une jeune femme sans souci, de ne faire que respirer, vivre et s'amuser : voilà que des mains brutales l'arrachent à ce doux plaisir. Rendus inquiets par l'incident, le régent, le Parlement, les lords la pressent de se remarier. Marie Stuart doit choisir un époux — pas un époux qui lui plaise, bien entendu, mais un mari qui accroisse la puissance et la sécurité du pays. Les négociations ouvertes sont activées, car une sorte de crainte est venue aux ministres responsables que cette jeune étourdie ne finisse vraiment par porter atteinte à sa réputation par une folie quelconque. Marie Stuart est rejetée dans l'arène de la politique qui emprisonne impitoyablement sa vie.

Grand marché matrimonial politique
1563-1565

Les deux jeunes femmes de l'époque les plus demandées en mariage sont certainement Élisabeth d'Angleterre et Marie Stuart. Tout célibataire possédant une couronne ou appelé à en posséder une leur envoie ses ambassadeurs ; les Bourbons et les Habsbourg, Philippe II et son fils Don Carlos, l'archiduc d'Autriche, les rois de Suède et de Danemark, vieillards et enfants, adultes et adolescents sont sur les rangs. Depuis longtemps le marché matrimonial politique n'a pas été aussi actif. S'unir avec une princesse est encore pour un prince la façon la plus commode d'étendre sa puissance. Ce n'est pas par la guerre, mais par le mariage que les grands empires héréditaires se sont édifiés en ces temps d'absolutisme, la France, l'Espagne, la maison des Habsbourg y ont recouru. Deux couronnes ont donc soudain un attrait inattendu : celle d'Angleterre représentée par Élisabeth et celle d'Écosse par Marie Stuart. Et celui qui obtiendra par le mariage l'une de ces deux couronnes aura remporté une double victoire, car l'issue de cette compétition est liée à celle du conflit spirituel et religieux qui divise le monde : si, par le mariage d'une des deux souveraines, l'Écosse ou l'Angleterre échoit à un roi catholique, la balance, dans la lutte entre le catholicisme et le protestantisme, penche en faveur de Rome, l'*ecclesia universalis* triomphe.

C'est ainsi que cette course acharnée à la fiancée dépasse considérablement le cadre d'une affaire privée et porte en elle la solution d'une question mondiale.

Si la question est mondiale, elle est aussi vitale pour ces deux femmes, pour ces deux reines. Que l'une des deux rivales s'élève par un mariage, le trône de l'autre chancelle aussitôt ; que l'une monte un échelon, il faut que l'autre descende. Le semblant d'amitié qui lie Marie Stuart et Élisabeth ne peut durer que tant que l'équilibre ne sera pas rompu, tant qu'elles demeureront toutes deux célibataires, l'une rien que reine d'Angleterre, l'autre rien que reine d'Écosse. Pour trancher ce nœud gordien, une guerre à mort est donc inévitable.

Pour ce drame magnifiquement échafaudé, l'Histoire a choisi deux adversaires de grand modèle. Marie Stuart et Élisabeth possèdent des dons incomparables, d'une nature particulière. A côté de ces figures énergiques les autres monarques de l'époque, l'ascétique Philippe II, Charles IX avec ses lubies d'enfant, l'insignifiant Ferdinand d'Autriche, ont l'air de pâles figurants ; aucun d'eux n'atteint ni seulement n'approche le plan spirituel élevé où s'affrontent ces femmes extraordinaires. Intelligentes toutes deux — leur intelligence se trouve fréquemment entravée par des passions et des caprices féminins —, toutes deux d'une ambition effrénée, elles se sont spécialement préparées depuis leur prime jeunesse à la haute dignité qui les attendait. Au point de vue de la représentation elles sont exemplaires, leur culture est en parfaite harmonie avec ce siècle d'humanisme. En plus de sa langue maternelle chacune d'elles parle couramment le latin, le français et l'italien, en outre Élisabeth sait encore le grec et leurs lettres à toutes deux l'emportent de beaucoup en force plastique sur celles de leurs meilleurs ministres ; celles d'Élisabeth sont infiniment plus colorées, plus imaginées que celles de son habile secrétaire d'État Cecil ;

celles de Marie Stuart, plus ciselées et plus personnelles que les lettres d'une diplomatie doucereuse d'un Murray ou d'un Maitland. Leur intelligence à toutes deux, leurs sentiments artistiques, leur grandeur pourraient faire face aux juges les plus sévères, et si Élisabeth s'impose à l'admiration d'un Shakespeare et d'un Ben Jonson, Marie Stuart gagne celle d'un Ronsard et d'un Du Bellay. Mais toute la ressemblance entre ces deux femmes s'arrête à cette commune supériorité de leur niveau intellectuel ; le contraste intérieur dont les poètes de toutes les époques ont tout de suite senti et représenté le caractère tragique n'en est que plus prononcé.

Ce contraste est si parfait qu'il apparaît déjà avec une clarté toute géométrique dans les lignes de leurs destinées. Différence primordiale : chez Élisabeth, les débuts sont durs et chez Marie Stuart c'est la fin qui est pénible. La fortune et la puissance de Marie Stuart montent avec l'aisance, la rapidité et l'éclat de l'étoile du matin dans un ciel clair ; mais tout aussi rapide et soudaine est sa chute. Son destin est concentré dans trois ou quatre catastrophes isolées, d'une forme dramatique bien caractérisée — raison pour laquelle on la choisit toujours comme héroïne de tragédie. L'ascension d'Élisabeth s'accomplit lentement, opiniâtrement (aussi n'y a-t-il qu'une œuvre de l'envergure d'une épopée qui puisse bien la représenter). Dieu n'a pas répandu sur elle ses dons d'une main généreuse ; déclarée bâtarde dans son enfance, jetée à la Tour par sa propre sœur, menacée de mort, il lui a fallu d'abord conquérir à force de ruse et de précoce diplomatie le simple droit de vivre.

Les lignes de deux destinées aussi dissemblables divergent fatalement. Il peut arriver qu'elles se rencontrent et s'entrecroisent, mais jamais elles ne se confondent. Le fait que l'une de ces deux femmes est née avec une couronne comme certains enfants naissent avec des cheveux, tandis que l'autre a lutté, rusé pour conquérir sa place et qu'elle n'est encore qu'une reine d'une légitimité contestable, — cette différence fondamentale se manifeste profondément dans tous les mouvements et dans toutes les tonalités de leurs caractères. La facilité avec laquelle tout lui échut en partage — trop tôt hélas! — fait naître chez Marie Stuart une légèreté et une confiance en soi extraordinaires, elle lui donne cette témérité qui fait sa grandeur et son malheur. Elle tient sa couronne de Dieu, personne ne peut la lui ôter... C'est à elle de commander, aux autres d'obéir et quand bien même l'univers entier douterait de ses droits elle reconnaîtrait sa souveraineté à l'ardeur de son sang. Elle s'enthousiasme facilement, sans réfléchir, elle prend ses décisions comme on porte la main à l'épée, avec promptitude et impétuosité, et de même qu'en cavalière hardie elle franchit sans hésitation haies et obstacles en tirant sur la bride de son cheval, de même elle pense pouvoir surmonter les difficultés et les barrières de la politique à l'aide de son seul courage. Si, pour Élisabeth, régner c'est jouer aux échecs, résoudre des énigmes, concentrer perpétuellement sa pensée, pour Marie Stuart, régner est une profonde jouissance, un accroissement des joies de l'existence, c'est jouter à la manière des chevaliers. Elle a, comme le dit un jour le pape en parlant d'elle, « le cœur d'un homme dans le corps d'une femme ». C'est justement cette audace imprudente, cet orgueil royal qui lui donnent tant d'attrait pour le poème, la ballade, la tragédie, qui causent sa chute prématurée.

Car, malgré sa nature positive, son sens presque génial des réalités, Élisabeth ne remporte la victoire qu'en profitant habilement des étourderies et des folies de sa romanesque adversaire. De son œil clair et pénétrant d'oiseau de proie elle observe avec méfiance le monde dont elle a appris de bonne heure à redouter les dangers. Toute jeune elle a eu l'occasion de voir avec quelle rapidité la roue de la fortune monte et descend et qu'il n'y a qu'un pas du trône à l'échafaud, mais qu'en revanche un seul pas aussi sépare la Tour, ce parvis de la mort, de Westminster. C'est pourquoi elle considérera éternellement le pouvoir comme une chose éphémère et peu sûre ; prudente et craintive, Élisabeth serre contre elle sa couronne et son sceptre comme s'ils étaient de verre et pouvaient lui glisser des mains à tout moment ; sa vie entière s'écoule en vérité dans l'indécision et les alarmes. Ses portraits s'accordent tous à compléter les peintures qu'on nous a laissées de son caractère : elle n'a dans aucun le regard serein, franc et fier d'une véritable souveraine, ses traits sont constamment crispés par l'inquiétude et la peur, comme si elle attendait, comme si elle épiait quelque chose ; jamais ne passe sur ses lèvres le sourire des gens confiants en eux-mêmes. Timide et vaine à la fois, son pâle visage, glacé, dirait-on, par l'excès de parure, ressort encore davantage au milieu du pompeux apparat de ses robes. On sent que dès qu'elle est seule avec elle-même, que le manteau royal a glissé de ses épaules osseuses, que le fard a disparu de ses joues maigres, qu'alors sa majesté l'abandonne, qu'il ne reste plus qu'une pauvre femme désemparée et vieille avant l'âge, une créature solitaire et tragique qui peut à peine se dominer et encore bien moins régner sur un peuple. Une attitude aussi peu décidée chez une reine n'a sans doute rien d'héroïque, de même que son manque de fermeté, son irrésolution, son indétermination éternelles n'ont rien de majestueux ; mais la grandeur politique d'Élisabeth repose sur une autre base que le romanesque. Sa force ne se manifeste pas dans des plans et des décisions hardis, mais dans un travail de longue haleine, soutenu et obstiné, dans une œuvre de consolidation et de développement, d'économie et d'accroissement, dans des vertus tout à fait bourgeoises et ménagères : ses défauts, sa prudence, son inquiétude sont justement devenus productifs au sens politique du mot. Si Marie Stuart vit pour elle-même, Élisabeth, réaliste, vit pour son pays et regarde son état de souveraine comme une profession comportant des devoirs, tandis que Marie Stuart voit dans la royauté une prédestination qui la dispense de toute obligation. Toutes deux sont fortes, toutes deux sont faibles, dans un sens différent. Si l'héroïque et folle témérité de Marie Stuart fait son malheur, les hésitations et les temporisations d'Élisabeth finissent par lui être profitables. En politique, la lente persévérance triomphe toujours de la force indomptée, le plan soigneusement élaboré de l'élan improvisé, le réalisme du romanesque.

Dans cette lutte entre les deux reines, le contraste s'étend encore plus loin. Non seulement en tant que souveraines mais encore en tant que femmes Élisabeth et Marie Stuart représentent deux types tout à fait opposés, comme s'il avait plu un jour à la nature de construire avec ces deux figures une grande antithèse historique, parfaite en tous points jusque dans ses moindres détails. Marie Stuart est femme, de la tête jusqu'aux pieds, et les décisions importantes de sa vie émanent de la source la plus profonde de son sexe. Non pas qu'elle ait toujours été une nature passionnée, dominée par ses instincts ; au contraire, ce qui chez elle frappe tout d'abord le psychanalyste, c'est sa longue froideur. Bien des années s'écoulent avant que la vie sexuelle s'éveille en elle. Longtemps on ne voit en Marie Stuart (et ses portraits le confirment) qu'une femme aimable, douce, tendre, aux yeux légèrement languissants, au sourire presque puéril, un être nonchalant, indolent, une femme-enfant. Cependant elle est très émotive, comme toute nature véritablement féminine ; son cœur vibre aisément, à la moindre occasion elle rougit, elle pâlit, elle a la larme prompte. Mais pendant de longues années ces vagues rapides et superficielles qui agitent son sang n'atteignent pas les profondeurs de son âme ; parce qu'elle est vraiment femme, Marie Stuart ne découvre le tréfonds de son cœur, sa force véritable que dans la passion amoureuse — et ce, une seule fois dans sa vie. Mais on sent alors combien sa nature est impulsive et instinctive, combien elle est prisonnière de son sexe. Dans ses brefs moments d'extase, les forces culturelles supérieures, chez cette femme tout d'abord réservée, disparaissent soudain, toutes les digues de la bonne éducation, de la morale et de la dignité se rompent ; ayant à choisir entre son honneur et sa passion, Marie Stuart préfère renoncer à la royauté qu'à sa féminité. Brusquement son manteau royal tombe : ardente et nue, elle n'est plus qu'une des innombrables femmes qui veulent aimer et être aimées. Et rien ne lui prête autant de grandeur que d'avoir méprisé titre, pouvoir, royaume pour quelques heures de vie intense.

Élisabeth, par contre, ne fut jamais capable de se donner ainsi tout entière, et cela pour des raisons physiologiques : elle n'est pas faite « comme les autres femmes ». Non seulement elle ne peut être mère, mais il lui est encore interdit de goûter aux émotions naturelles de l'acte d'amour. Ce n'est pas aussi volontairement qu'elle le prétend qu'elle est restée la « *virgin Queen* », et bien que quelques détails donnés par des contemporains, comme Ben Jonson, sur son infirmité soient mis en doute, il est certain qu'un empêchement physique ou moral apporte des perturbations dans les zones les plus profondes de sa féminité. Pareille disgrâce exerce forcément une influence capitale sur un être humain, et ce secret contient pour ainsi dire en substance toutes les autres énigmes de son caractère. L'instabilité, la mobilité, la versatilité de son humeur qui place toujours sa personne sous un jour d'hystérie, ce défaut d'équilibre, cette éternelle façon de passer d'un extrême à l'autre, de jouer la comédie, ce raffinement dans l'hypocrisie, sans parler de sa coquetterie qui joua les pires tours à sa dignité de reine, tout cela provient de sa déficience cachée. La faculté de sentir, de penser, d'agir clairement et normalement avait été refusée à cette femme blessée au plus profond de son être, personne ne pouvait compter sur elle et elle n'était pas sûre d'elle-même le moins du monde. Mais bien que tourmentée par ses nerfs, quoique dangereuse par son génie de l'intrigue, Élisabeth n'est ni cruelle, ni inhumaine, ni froide, ni dure. On n'a rien inventé de plus faux, de plus superficiel, de plus banal que cette conception devenue bien vite classique et adoptée par Schiller d'une Élisabeth jouant, telle une chatte perfide, avec une Marie Stuart douce et sans défense. Quiconque examine de plus près cette femme qui frissonne, solitaire, sur son trône, qui n'éprouve avec ses demi-amants que des tourments hystériques parce qu'elle ne peut se donner entièrement au sens propre du mot à aucun d'eux, découvre en elle une ardeur secrète, dissimulée et, derrière toutes ses lubies et ses violences, un désir sincère d'être bonne et magnanime. La violence ne correspondait pas du tout à sa nature craintive, elle aimait mieux se réfugier dans les petits artifices exaspérants de la diplomatie, manœuvrer sous main à l'abri des responsabilités ; elle hésitait, elle tremblait devant une déclaration de guerre, une condamnation à mort lui pesait comme un pavé sur la conscience et elle employait le meilleur de ses forces à conserver la paix à son pays. Si elle combattait contre Marie Stuart ce n'était que parce qu'elle se sentait, non sans raison, menacée par elle et volontiers elle eût abandonné la lutte parce que c'était une joueuse, une tricheuse et non une guerrière. Toutes deux, Marie Stuart par nonchalance, Élisabeth par pusillanimité, auraient préféré maintenir une demi-paix, une paix boiteuse. Mais le moment ne leur permettrait pas de vivre l'une à côté de l'autre. Indifférente en face de l'intime volonté de l'individu, la volonté plus forte de l'histoire heurte souvent les hommes et les puissances dans son jeu meurtrier.

Derrière le contraste profond des deux personnalités les grandes oppositions de l'époque se dressent comme des ombres puissantes et gigantesques. Le fait que Marie Stuart fut la championne du catholicisme, de l'ancienne religion, et Élisabeth la protectrice de la Réforme, de la nouvelle, n'est pas un hasard, mais un symbole : ces souveraines incarnaient deux conceptions différentes du monde, Marie Stuart le monde expirant, le moyen âge chevaleresque, Élisabeth le monde futur, les temps nouveaux. C'est une transition historique qui s'opère dans le conflit des deux reines.

Marie Stuart — et c'est ce qui donne tant de romanesque à sa personne — combat et tombe pour une cause ancienne, arriérée, en vrai paladin. Esprit rétrograde, elle obéit à la volonté de l'Histoire en s'alliant aux puissances qui ont déjà dépassé leur zénith, l'Espagne et la Papauté ; au contraire, la perspicace Élisabeth envoie ses ambassadeurs dans les pays les plus lointains, en Russie et en Perse, et on la voit diriger l'énergie de son peuple vers les océans, comme si elle pressentait que les piliers du monde futur seraient érigés sur d'autres continents que l'Europe. Marie Stuart demeure obstinément dans la routine, elle ne sort pas de la conception de la royauté héréditaire ; à son avis un pays a des devoirs envers son souverain, mais le souverain n'en a aucun envers son pays ; et en effet elle a régné sur l'Écosse et n'a jamais été une reine pour l'Écosse. Elle a écrit des centaines de lettres qui traitent de l'affermissement, de l'extension de ses droits personnels, mais pas une qui parle du bien public, de développer le commerce, la navigation ou la puissance militaire de son pays. De même qu'elle emploie toute sa vie le français dans la conversation comme dans ses poésies, de même ses pensées, ses sentiments ne sont jamais devenus écossais, nationaux : ce n'est pas pour l'Écosse qu'elle a vécu et qu'elle est morte, mais pour demeurer reine d'Écosse. Du reste, Marie Stuart n'a rien donné à son pays de plus fécond que la légende de sa vie.

L'égoïsme de Marie Stuart, le fait de se mettre ainsi au-dessus de tout devait fatalement avoir comme corollaire l'isolement. Certes elle était de beaucoup supérieure à Élisabeth en courage et en décision, mais celle-ci sentant son infériorité avait su fortifier à temps sa situation en faisant appel au concours de gens pondérés et clairvoyants ; tout un état-major la conseillait adroitement pendant cette guerre avec sa cousine et, en face de décisions importantes à prendre, la protégeait contre la mobilité et la versatilité de son tempérament. Elle avait créé autour d'elle une organisation si parfaite qu'il est presque impossible aujourd'hui de démêler son travail personnel de celui des remarquables conseillers qui la servirent durant « l'époque élisabéthaine ». Tandis que Marie Stuart n'est que Marie Stuart, Élisabeth, en somme, représente Élisabeth plus Cecil, plus Leicester, plus Walsingham, plus l'énergie incommensurable de tout son peuple ; c'est ainsi qu'il est difficile de dire si c'est elle qui a fait la grandeur de l'Angleterre ou si c'est celle-ci qui a fait la grandeur de sa reine tant leur activité se confond dans une unité magnifique. Rien n'a placé Élisabeth à un rang si élevé parmi les monarques de son temps que de n'avoir pas voulu être la maîtresse de l'Angleterre, mais l'exécutrice de la volonté du peuple anglais et d'une mission nationale ; elle a compris le courant de l'époque, qui va de l'autocratique au constitutionnel. Elle reconnaît spontanément les forces nouvelles qui naissent de la transformation des classes sociales, de l'élargissement de l'univers par suite des découvertes géographiques et elle encourage tout le monde, les corporations, les marchands, les financiers et même les pirates parce qu'ils préparent à l'Angleterre la suprématie maritime. En d'innombrables occasions, elle sacrifie ses désirs personnels au bien général, au bien national, chose que Marie Stuart ne fait jamais. L'éternel remède à sa secrète détresse, c'est de s'employer à une œuvre féconde ; du malheur qui la frappe en tant que femme, Élisabeth a fait le bonheur de son pays. Femme sans enfants, sans époux, elle a converti tout son égoïsme, toute sa passion du pouvoir en nationalisme ; être grande aux yeux de la postérité par la grandeur de l'Angleterre fut la plus noble de ses coquetteries. Aucune autre couronne ne pouvait la séduire, alors que Marie Stuart était toujours prête à échanger la sienne avec enthousiasme contre une plus belle ; pendant que sa rivale brillait d'un merveilleux éclat dans le présent, l'économe, la prévoyante Élisabeth consacrait toutes ses forces à l'avenir de son pays.

Il est donc tout naturel que la lutte entre Marie Stuart et Élisabeth se soit terminée en faveur de la reine progressiste et positive et non de la reine rétrograde et romanesque ; la victoire d'Élisabeth, ce fut le triomphe de la volonté de l'Histoire, qui va sans cesse de l'avant, qui rejette derrière elle comme des coquilles vides les formes désuètes et essaye de recréer ses forces dans des formes toujours nouvelles. La vie d'Élisabeth personnifie l'énergie d'une nation qui veut conquérir sa place dans l'univers ; la fin de Marie Stuart, c'est la mort héroïque et sublime d'une époque. Mais dans ce combat chacune d'elles réalise parfaitement son idéal : Élisabeth, la réaliste, vainc dans le domaine de l'Histoire, Marie Stuart, la romantique, dans celui de la poésie et de la légende.

Dans le temps, dans l'espace et dans ses formes, l'opposition est grandiose : quel dommage que la lutte qu'elle a provoquée ait été d'une aussi pitoyable mesquinerie ! Malgré leur envergure extraordinaire, ces deux femmes restent toujours des femmes, elles ne peuvent pas surmonter les faiblesses de leur sexe ; la haine qu'elles se portent, au lieu d'être franche, est petite et perfide. Placés dans la même situation, deux hommes, deux rois s'expliqueraient nettement, une fois pour toutes et, dans l'impossibilité de s'entendre, se prendraient aussitôt à la gorge ; au contraire la lutte entre Marie Stuart et Élisabeth, c'est une bataille de chattes où l'on rampe et s'épie en rentrant ses griffes, un jeu plein de traîtrise et d'astuce. Pendant un quart de siècle, ces deux femmes n'ont pas cessé de se mentir, de se tromper, sans du reste se faire illusion à elles-mêmes une minute. Jamais leur haine ne sera ouverte, déclarée, évidente ; elles se font des politesses, des cadeaux, des compliments accompagnés de sourires et de flatteries hypocrites tout en tenant leur couteau caché derrière le dos. L'histoire de la guerre que se font Élisabeth et Marie Stuart ne relate pas de situations glorieuses, de batailles homériques, ce n'est pas une épopée, mais bien un combat perfide, à la Machiavel, extrêmement captivant, certes, au point de vue psychologique, mais d'une moralité révoltante.

Ce jeu hypocrite commence aussitôt engagés les pourparlers en vue du mariage de Marie Stuart. Les soupirants royaux sont entrés en scène et pour elle l'un vaut l'autre. Elle prendrait tout aussi bien Don Carlos, un garçon de quinze ans, quoique la rumeur le dépeigne comme un méchant et un fou furieux, que Charles IX, un autre mineur. Que le mari soit jeune ou vieux, attirant ou repoussant, peu importe à son orgueil pourvu que le mariage l'élève au-dessus de sa rivale abhorrée. Personnellement, les négociations l'intéressent donc fort peu et elle en remet le soin à son demi-frère Murray, qui les conduit avec un zèle égoïste, car si sa sœur régnait à Paris, à Vienne ou à Madrid, il en serait débarrassé et redeviendrait le roi non couronné de l'Écosse. Mais Élisabeth, admirablement servie par ses espions écossais, entend bientôt parler de ces négociations et se hâte d'y opposer un énergique veto. Elle déclare sur un ton de franche menace à l'ambassadeur d'Écosse que, dans le cas où Marie Stuart accepterait une demande en mariage venant d'Autriche, de France ou d'Espagne, elle considérerait cela comme un acte d'hostilité ; ce qui, en même temps, ne l'empêche en aucune façon d'exhorter tendrement Marie à ne se fier qu'à sa chère cousine « quelles que soient les montagnes de félicités et de magnificence temporelle qu'on lui promette ». Certes elle n'aurait rien à objecter contre le choix d'un prince protestant, d'un roi de Danemark ou d'un prince de Ferrare — en bon français : contre le choix d'un souverain inoffensif, insignifiant — mais le mieux serait que Marie Stuart se mariât « chez elle » à quelque gentilhomme écossais ou anglais. Dans ce cas, elle l'assurait de son assistance et de son amour éternels.

L'attitude d'Élisabeth est un « *foul play* » évident, et tout le monde pénètre ses intentions ; la « *virgin Queen* » malgré elle ne cherche qu'à compromettre les chances de sa rivale. Mais Marie Stuart renvoie la balle d'une main habile. Certes elle ne pense pas un seul instant à reconnaître à Élisabeth le droit d'intervenir dans ses affaires matrimoniales, mais comme le marché est loin d'être conclu et que rien n'est encore sûr concernant Don Carlos, le principal candidat, elle commence par feindre une vive reconnaissance pour la sollicitude d'Élisabeth. Elle déclare qu'elle ne voudrait pas « *for ail uncles of the world* » que sa conduite fît douter en aucune façon de la profondeur de son amitié pour la reine d'Angleterre. Elle est prête de bon cœur à suivre fidèlement tous ses avis, qu'Élisabeth lui fasse connaître les soupirants qu'elle doit regarder comme « *allowed* » et ceux qu'elle ne doit pas tenir pour tels. Cette soumission est touchante ; mais, au beau milieu de ses protestations d'amitié, Marie Stuart glisse une timide question : de quelle façon Élisabeth entend-elle la récompenser de sa docilité ? Bon, dit-elle en substance, je me conforme à tes désirs, je n'épouserai pas un homme d'un rang supérieur au tien, ô ma sœur bien-aimée. Mais alors, accorde-moi une compensation et aie la bonté de t'expliquer : où en sont mes droits à ta succession ?

Voilà le conflit revenu à l'ancien point mort. Dès qu'Élisabeth est invitée à se prononcer d'une manière précise sur ce sujet, Dieu lui-même ne la contraindrait pas à parler avec netteté. Elle répond cauteleusement, en usant de circonlocutions, que vu que son affection est tout entière acquise à sa sœur elle pourvoira à ses intérêts comme elle le ferait pour ceux de sa propre fille : de mielleuses paroles coulent sur plusieurs pages, mais elle n'en prononce pas une seule qui soit décisive, qui l'engage. Pareilles à deux marchands levantins, elles ne veulent traiter que donnant donnant, aucune ne lâche prise la première. Épouse celui que je te propose, dit Élisabeth, et je ferai de toi mon héritière. Fais de moi ton héritière et j'épouserai celui que tu me proposeras, répond Marie Stuart. Aucune des deux ne fait confiance à l'autre, car elles cherchent à se tromper réciproquement.

Ces discussions au sujet du mariage, des soupirants, des droits d'héritage traînent pendant deux ans. Mais sans le savoir les deux tricheuses marchent étrangement la main dans la main. Élisabeth ne cherche qu'à entraver Marie Stuart et celle-ci a malheureusement affaire au plus lent de tous les monarques, à Philippe II, le Cunctator. Ce n'est que lorsque les négociations avec l'Espagne échouent et qu'il faut prendre une autre détermination que Marie Stuart juge nécessaire d'en finir avec ces louvoiements et ces tromperies : elle met le couteau sur la gorge de sa chère sœur en lui faisant demander de dire clairement quel est cet époux digne de son rang qu'elle lui propose.

Élisabeth n'a jamais aimé les questions ni les réponses catégoriques. Certes, il y a longtemps qu'elle a parlé à mots couverts de l'époux qu'elle avait en vue pour Marie Stuart ; elle a murmuré des paroles équivoques : elle lui donnerait quelqu'un auquel personne n'eût jamais pensé. Mais la cour d'Écosse a fait comme si elle ne comprenait pas et demande à présent une proposition nette, un nom.

Mise au pied du mur, Élisabeth ne peut pas se retrancher plus longtemps derrière des allusions. Finalement le nom de celui qu'elle a choisi sort de ses lèvres : Robert Dudley.

Pour l'instant, la comédie diplomatique menace de tourner à la farce. Ou bien la proposition d'Élisabeth est un monstrueux affront ou bien un énorme bluff. Prétendre d'une reine d'Écosse, de la veuve d'un roi de France, qu'elle épouse un « subject » de sa sœur, un nobliau qui n'a pas une goutte de sang royal dans les veines, est déjà pour ainsi dire une injure, vu les opinions de l'époque. Mais l'offense est plus grande encore par le choix du personnage proposé : tout le monde sait que Robert Dudley est depuis des années le partenaire érotique d'Élisabeth, et par conséquent que la reine d'Angleterre veut, de ce fait, abandonner à la reine d'Écosse, tel un vêtement usagé, un homme qu'elle n'estime pas assez pour l'épouser elle-même. Certes, pendant des années l'éternelle indécise avait caressé l'idée de se marier avec lui (elle ne fera jamais que caresser l'idée du mariage) mais lorsque la femme de Dudley, Anny Robsart, fut trouvée assassinée dans des circonstances vraiment étranges, vite elle s'était dérobée pour échapper à tout soupçon de complicité. L'offre à Marie Stuart comme époux de cet homme doublement compromis aux yeux du monde, d'abord par cette sombre affaire, puis par ses relations amoureuses, fut peut-être de tous les actes brusques et inattendus qu'Élisabeth accomplit durant son règne le plus déconcertant.

Il est impossible de bien pénétrer quelles étaient alors les intentions secrètes de la reine d'Angleterre : qui peut se risquer à expliquer logiquement les désirs confus d'une hystérique ! Désirait-elle, en amante sincère, donner par héritage à son bien-aimé, qu'elle n'osait pas épouser, ce qu'elle avait de plus précieux, son royaume ? Ou bien voulait-elle seulement se débarrasser d'un sigisbée devenu importun ? Espérait-elle mieux tenir son orgueilleuse rivale sous sa dépendance en plaçant près d'elle un homme de confiance ? Son but était-il simplement d'éprouver la fidélité de Dudley ? Rêvait-elle d'un ménage à trois, d'une communauté amoureuse ? Ou bien inventa-t-elle cette proposition absurde à seule fin de mettre dans son tort Marie Stuart, qui la rejetterait inévitablement ? Toutes les suppositions sont possibles, mais celle-ci surtout : au fond cette femme lunatique ne savait pas elle-même ce qu'elle voulait et sans doute s'est-elle amusée de cette idée tout comme elle s'amusait des hommes et des projets. Personne ne peut imaginer ce qui serait arrivé si Marie Stuart avait accepté la proposition que lui faisait Élisabeth de prendre pour mari l'amant déposé. Dans un brusque revirement d'idée la reine d'Angleterre aurait peut-être alors défendu à Dudley de se marier, accablant ainsi sa rivale d'un nouvel affront.

La proposition d'Élisabeth fait à Marie Stuart l'effet d'un outrage. Sous le coup de la colère, elle demande avec ironie à l'ambassadeur d'Angleterre si sa souveraine pense sérieusement qu'elle doit se marier avec « lord Robert ». Mais elle dissimule aussitôt son dépit et montre un visage aimable : il ne faut pas, par un refus brutal, irriter trop vite une rivale aussi redoutable. Lorsque nous aurons pour époux l'héritier du trône de France, ou d'Espagne, nous demanderons raison de cette offense, se dit-elle. Dans cette lutte fratricide, on répond à une fourberie par une autre fourberie, à une offre perfide d'Élisabeth succède aussitôt une amabilité aussi hypocrite. Aussi, à Édimbourg, ne rejette-t-on pas sur-le-champ le candidat d'Élisabeth. Marie Stuart fait comme si elle prenait la farce au sérieux et cela la met en bonne posture pour le deuxième acte. Jacques Melville est envoyé en mission officielle à Londres, soi-disant pour entamer les pourparlers au sujet de Dudley, en réalité pour emmêler davantage cet écheveau de mensonges et de perfidies.

Melville, le plus fidèle des gentilshommes de Marie Stuart, possède, outre un grand talent de diplomate, celui de bien écrire et de savoir bien décrire, ce dont nous lui sommes particulièrement reconnaissants. Sa visite nous vaut une peinture du plus saisissant relief d'Élisabeth dans l'intimité et un excellent acte de comédie historique. La reine d'Angleterre sait que cet homme cultivé a vécu à la cour de France et à la cour d'Allemagne ; aussi met-elle tout en œuvre pour faire impression sur lui en tant que femme sans se douter que la mémoire féroce du visiteur transmettra à l'Histoire chacune de ses faiblesses et de ses coquetteries. Sa vanité féminine joue d'ailleurs souvent de mauvais tours à sa dignité royale : cette fois encore, la coquette, au lieu de chercher à remporter une victoire politique sur l'ambassadeur d'Écosse, essaye d'abord d'en imposer à l'homme par ses qualités personnelles. Elle ne cesse de faire la roue. Elle sort de sa garde-robe gigantesque (on y a compté trois mille vêtements après sa mort) les toilettes les plus somptueuses, elle apparaît tantôt vêtue à la mode anglaise, tantôt à la mode italienne ou à la mode française, elle se montre prodigue de décolletés un peu trop révélateurs ; en même temps elle fait parade de son latin, de son français, de son italien, et elle accueille avec un plaisir sans bornes les éloges visiblement exagérés de l'ambassadeur. Mais tous les superlatifs qui vantent sa beauté, son intelligence, son savoir ne lui suffisent pas : elle veut absolument forcer l'ambassadeur de la reine d'Écosse à avouer — « petit miroir, dis-moi je t'en supplie, de ce pays qui est la plus jolie » — qu'il l'admire plus que sa propre souveraine. Elle veut l'entendre dire qu'elle est plus belle ou plus intelligente ou plus instruite que Marie Stuart. Elle lui montre par exemple ses cheveux d'un blond roux magnifiquement ondulés et lui demande si ceux de Marie Stuart sont aussi beaux — question embarrassante pour l'envoyé d'une reine ! Melville se tire avec adresse de l'affaire en faisant cette réponse digne de Salomon : il n'y a pas en Angleterre de femme qui puisse être comparée à Élisabeth et il n'y en a pas en Écosse qui surpasse Marie Stuart. Mais ce partage ne satisfait pas la folle vaniteuse ; elle ne cesse de faire étalage de ses charmes, elle joue du clavecin et chante en s'accompagnant sur le luth : à la fin, Melville, se rendant bien compte qu'il est de son devoir de la flatter avec habileté, lui concède qu'elle a le teint plus blanc, qu'elle est meilleure musicienne et qu'elle se tient mieux en dansant que Marie Stuart. En s'exhibant avec un pareil empressement, Élisabeth a tout d'abord oublié l'affaire elle-même ; mais lorsque Melville touche à ce sujet délicat, déjà reprise par ses habitudes de comédienne, elle va chercher dans une commode une miniature de Marie Stuart et la baise tendrement. Puis elle déclare d'une voix vibrante qu'elle serait on ne peut plus heureuse de faire enfin connaissance avec sa sœur bien-aimée (après qu'elle a tout fait, en réalité, pour empêcher leur rencontre). Celui qui croirait cette comédienne effrontée serait convaincu qu'il n'y a rien pour elle de plus important au monde que le bonheur de sa royale cousine. Mais Melville a la tête froide et le regard clair. Il ne se laisse pas prendre à toutes ces feintes et il relatera en rentrant à Édimbourg qu'Élisabeth n'a pas parlé ni agi avec franchise et n'a fait que montrer beaucoup de dissimulation, d'énervement et de crainte. Lorsque, enfin, Élisabeth en vient à demander ce que Marie Stuart pense d'un mariage avec Dudley, ce diplomate avisé évite de répondre nettement. Il se dérobe en prétextant que sa reine n'a pas encore bien envisagé cette éventualité. Mais plus il recule, plus Élisabeth insiste : « Lord Robert, dit-elle, est mon meilleur ami. Je l'aime comme un frère et je n'aurais jamais épousé personne d'autre que lui si j'avais pu me résoudre à me marier. Mais comme je ne puis surmonter ma répugnance à cet égard, je désirerais que ma sœur, du moins, le choisisse, car je ne sais personne de préférable avec qui je la voudrais voir partager ma succession. Afin que ma sœur ne le mésestime point, je l'élèverai dans quelques jours à la dignité de comte de Leicester et de baron de Denbigh. »

Effectivement, quelques jours plus tard — troisième acte de la comédie — la promotion annoncée s'accomplit au milieu du plus grand cérémonial. En présence de toute la noblesse, lord Robert s'agenouille devant sa souveraine, devant l'amie de son cœur et se relève comte de Leicester. Mais en cet instant solennel, la femme, chez Élisabeth, a joué une fois de plus un tour insensé à la reine. Tandis que la souveraine pose la couronne sur la tête de son fidèle serviteur, l'amante ne peut s'empêcher, dans un geste de familière tendresse, de caresser les cheveux de son ami ; la cérémonie tourne à la farce et l'envoyé écossais peut rire dans sa barbe : quel joyeux rapport il fera de son ambassade !

Mais Melville n'est pas du tout venu à Londres à seule fin de se divertir au spectacle d'une comédie royale, il a aussi son rôle à jouer. Sa serviette diplomatique renferme plusieurs compartiments secrets qu'il n'a nullement l'intention d'ouvrir devant Élisabeth et tous ses entretiens à la cour à propos du comte de Leicester ne sont que manœuvres pour masquer le véritable but de sa mission à Londres. Il doit avant tout frapper un grand coup auprès de l'ambassadeur d'Espagne : il veut savoir si, en définitive, Don Carlos refuse ou accepte d'épouser Marie Stuart, celle-ci ne pouvant pas attendre plus longtemps. En outre, il doit encore entrer discrètement en contact avec un candidat de deuxième plan, Henry Darnley.

Ce Darnley est pour le moment sur une voie secondaire. Marie Stuart le garde en réserve dans le cas extrême où tout espoir d'un mariage plus brillant serait anéanti. Car il n'est ni roi ni prince ; son père, le comte de Lennox, a même été exilé comme ennemi des Stuart et la confiscation de ses biens prononcée. Mais, du côté maternel, ce jeune homme de dix-huit ans a bel et bien du sang royal, du sang des Tudor dans les veines ; arrière-petit-fils d'Henry VII, il est à la cour d'Angleterre le premier prince du sang et, de ce fait, peut être regardé comme digne de la main d'une reine ; il a de plus l'avantage d'être catholique. Quoi qu'il en soit le jeune Darnley vient sur les rangs comme troisième, quatrième ou cinquième prétendant et, sans s'engager, Melville s'entretient à différentes reprises avec son ambitieuse mère.

Dans une bonne, dans une véritable comédie, il est essentiel que tous les acteurs se bernent réciproquement ; pas au point, cependant, que de temps à autre l'un d'eux ne regarde un moment dans les cartes de son adversaire. Élisabeth n'est pas assez simple pour croire que Melville est venu à Londres rien que pour la complimenter sur la beauté de ses cheveux et sur ses talents de claveciniste : elle sait bien que la proposition qu'elle a faite à Marie Stuart ne peut pas l'emballer, elle connaît aussi l'ambition et l'activité de sa chère parente, lady Lennox. Ses espions n'ont pas été sans la renseigner. Lors de la cérémonie en l'honneur de « lord Robert », tandis qu'en sa qualité de premier prince du sang Henry Darnley la précède en portant le sceptre royal, la rusée se tourne vers Melville et dans un soudain accès de franchise lui jette ces mots au visage : « Je sais bien que cette jeune perche vous plaît davantage. » Mais Melville, devant cette attaque brusquée dirigée contre ses plans secrets, ne perd pas son sang-froid un seul instant. Il serait un bien mauvais diplomate s'il ignorait l'art de mentir audacieusement dans un moment critique. Avec une moue de mépris il répond, en jetant un regard dédaigneux sur ce même Darnley au sujet duquel il discutait hier encore avec tant de chaleur : « Une femme d'esprit n'ira jamais choisir un garçon de ce genre, à la taille aussi fine, au menton imberbe, plus semblable à une femme qu'à un homme. »

Élisabeth se laisse-t-elle abuser par ce dédain habilement feint ? L'adroite parade du diplomate a-t-elle endormi sa méfiance ? Ou bien joue-t-elle dans toute cette affaire un double jeu mystérieux ? En tout cas l'invraisemblable se produit : lord Lennox, le père de Darnley, obtient bientôt l'autorisation de rentrer en Écosse, puis Darnley lui-même. Ainsi, Élisabeth — on ne saura jamais par quel caprice ou par quelle ruse — place sur la route de Marie Stuart un candidat vraiment dangereux. Chose étrange, celui qui intercède en faveur de cette autorisation n'est autre que le comte de Leicester qui joue aussi de son côté un double jeu pour éviter ce lien matrimonial que sa souveraine lui a tressé. D'un seul coup la trame habile des imbroglios se rompt et la comédie des prétendants se termine d'une façon déconcertante et imprévue pour tous.

La politique, cette force artificielle des hommes, se heurte à une force éternelle de la nature. Après bien des années d'attente calme et patiente, la femme s'est enfin éveillée en Marie Stuart. Jusqu'alors elle n'avait été que fille, femme et veuve de roi, le jouet de volontés étrangères, une docile créature de la diplomatie. Mais maintenant un sentiment véritable vient d'éclore dans son cœur, elle veut disposer librement de son jeune corps. Elle n'écoute plus les autres. Elle n'entend plus que les pulsations de son sang, elle n'obéit plus qu'au désir et à la volonté de ses sens.

Et c'est ici que commence l'histoire de sa vie intérieure.

Second mariage

1565

L'événement inattendu qui se produit alors est tout ce qu'il y a de plus commun au monde : une jeune femme s'éprend d'un jeune homme. Marie Stuart, femme au sang chaud et au tempérament sain, se trouve à ce tournant de sa destinée, au seuil de sa vingt-troisième année. Pendant ses quatre ans de veuvage elle est restée chaste, sa conduite a été absolument irréprochable. Mais toute réserve sentimentale a une fin : même chez une reine, la femme exige un jour son droit sacré, le droit d'aimer et d'être aimée.

L'objet de cette première passion de Marie Stuart n'est autre que Darnley, qui, sur l'ordre de sa mère, se rend en Écosse au début de janvier 1565. Ce jeune homme n'est pas tout à fait inconnu de Marie Stuart : quatre ans auparavant, à l'âge de quinze ans, il était venu en France apporter à la veuve de François II les condoléances de ses parents. Mais depuis il s'est considérablement développé : c'est un grand et solide gaillard aux cheveux d'un blond paille, au visage à la fois aussi imberbe et aussi joli que celui d'une femme, où deux grands yeux ronds d'enfant regardent le monde d'un air mal assuré. « Il n'est possible de voir un plus beau prince », écrit de lui Mauvissière, et la jeune reine elle-même déclare qu'il est le garçon le plus élancé, le plus joli et le mieux fait qu'elle ait jamais vu. Il est dans le caractère ardent et passionné de Marie Stuart de s'illusionner facilement. Les songe-creux de son espèce considèrent rarement les choses à leur vraie mesure ; ils ne les voient que telles qu'ils voudraient qu'elles fussent. Sans cesse balancés entre l'engouement et la déception, ces incorrigibles ne se dégrisent jamais complètement ; revenus d'une illusion, ils retombent aussitôt dans une autre, car l'illusion est leur véritable monde et non la réalité. Ainsi Marie Stuart, dans la spontanéité de sa sympathie pour ce grand garçon imberbe, ne remarque pas que les dehors agréables de Darnley cachent peu de profondeur, qu'il n'y a pas de force réelle sous ces muscles tendus, pas de culture intellectuelle sous ses manières de courtisan. Peu gâtée par son entourage puritain, elle voit seulement que ce jeune prince monte à cheval à la perfection, qu'il danse avec souplesse, qu'il aime la musique et le propos joyeux et qu'au besoin il s'entend à tourner galamment des vers. Une semblable teinture de goûts artistiques fait toujours impression sur elle ; elle est sincèrement ravie de trouver en lui un charmant partenaire pour les arts, la danse, un compagnon pour la chasse et le jeu. Sa présence apporte un changement et le frais parfum de la jeunesse à cette cour quelque peu ennuyeuse. Les autres aussi accueillent avec amitié Darnley, qui, selon les recommandations de sa mère, plus avisée que lui, se comporte avec la plus grande modestie ; il ne tarde pas à devenir un hôte considéré de tout Édimbourg, « *well liked, for his personnage* », comme le dit naïvement Randolph, l'espion d'Élisabeth. Avec plus d'adresse qu'on n'en attendait de lui, il joue à la perfection le rôle de prétendant non seulement auprès de Marie Stuart, mais de tous les côtés. Il se lie d'amitié avec David Riccio, le nouveau secrétaire particulier de la reine et homme de confiance de la contre-Réforme ; le jour ils jouent ensemble à la paume, la nuit ils dorment dans le même lit. En même temps qu'il fait la cour au parti catholique, il flatte les protestants. Le dimanche il accompagne le régent Murray à la Kirk et y affiche un air ému en écoutant les sermons de John Knox; à midi il déjeune avec l'ambassadeur d'Angleterre et il lui vante la bonté d'Élisabeth; le soir il danse avec les quatre Marie; bref, ce grand jeune homme, peu intelligent, mais qui sait bien sa leçon, joue admirablement son jeu et c'est justement sa médiocrité qui le préserve de toute suspicion hâtive.

Mais soudain le cœur de Marie s'est enflammé. Celle que courtisent les princes et les rois s'amourache de ce jeune fou de dix-neuf ans. Cette passion éclate avec la violence que l'on remarque chez les êtres qui n'ont pas gaspillé ni épuisé prématurément leurs forces sentimentales dans les aventures amoureuses. Son mariage avec François II, véritable mariage d'enfants, n'avait guère dépassé la camaraderie et depuis la mort de son mari la femme en elle n'a vécu que dans une sorte de crépuscule. Tout à coup la voici entrée en contact avec un homme sur qui son trop-plein de passion va pouvoir se déverser. Sans penser, sans réfléchir, elle voit en lui, comme font souvent les femmes, l'être unique, celui dont elles avaient rêvé. Sûrement, il serait plus sage d'attendre, de mettre sa valeur à l'épreuve. Mais demander de la logique à une jeune femme amoureuse serait vouloir l'impossible. Car il appartient à toute vraie passion de demeurer inanalysable, irrationnelle; elle est en dehors de tout calcul et de toute appréciation. A coup sûr, le choix de Marie Stuart se fit sans le concours de sa raison d'habitude si lucide; rien dans ce frivole adolescent qui n'a pour lui que sa beauté ne justifie son enthousiasme : pareil à tant d'autres hommes qui furent aimés par des femmes qui leur étaient intellectuellement supérieures, Darnley ne possède pas d'autre mérite, pas d'autre pouvoir magique que d'être arrivé par hasard à un moment décisif, alors qu'étaient sur le point de s'éveiller les désirs amoureux longtemps endormis d'une femme.

Il a fallu du temps, beaucoup de temps, avant que le sang de cette fille altière des Stuart entrât en ébullition. Maintenant elle tremble, elle frémit d'impatience. Quand Marie Stuart veut quelque chose, il n'est pas dans sa nature d'attendre ni de réfléchir. Que lui importent à présent l'Angleterre, la France, l'Espagne, que lui importe l'avenir en regard de ce présent si cher ? Elle ne veut plus jouer à cache-cache avec Élisabeth, elle se refuse à attendre plus longtemps le lent prétendant de Madrid, dût-il lui apporter la couronne de deux mondes : voici un joli garçon aux lèvres rouges et sensuelles, aux yeux enfantins et fous qui lui offre sa tendresse toute neuve ! S'unir à lui en toute hâte, lui appartenir bien vite, c'est là la seule pensée qui l'occupe en ce bienheureux état de délire amoureux. De toute la cour, il n'y a qu'une seule personne qui connaisse sa passion, sa douce détresse : David Riccio, qui emploie toute son adresse pour conduire à Cythère le vaisseau des amants. Ce confident des papistes voit déjà dans cette union avec un catholique les bases de la future suprématie de l'Église en Écosse et son zèle d'entremetteur se soucie moins du bonheur du couple que des vues politiques de la contre-Réforme. Avant que les dirigeants effectifs du royaume, Murray et Maitland, devinent les intentions de Marie Stuart, il écrit au pape afin d'obtenir la dispense nécessaire au mariage des deux amoureux qui sont cousins ; examinant prudemment toutes les difficultés possibles, il demande à Philippe II si Marie peut compter sur son aide dans le cas où Élisabeth s'opposerait à leur union. Jour et nuit, Riccio travaille à la réussite du projet qui fera en même temps grandir son étoile. Mais il peut s'employer et se démener autant qu'il le veut pour préparer le terrain, tout est encore trop lent, trop prudent, trop timide au gré de l'impatiente. Elle se refuse à attendre pendant des semaines et des semaines que les lettres aient franchi terres et mers à une allure de tortue, elle est trop certaine d'obtenir la dispense du Saint-Père pour patienter jusqu'à ce qu'un parchemin vienne ratifier ce qu'elle veut réaliser tout de suite. Marie Stuart montre toujours dans ses décisions la même volonté aveugle, la même outrance folle et magnifique. Finalement, l'ingénieux Riccio arrive à donner satisfaction à ce désir de sa maîtresse comme à tous les autres : il mande dans sa propre chambre un prêtre catholique qui unira sans plus tarder Marie Stuart et Darnley. S'il est impossible de prouver qu'un mariage anticipé, conforme à l'esprit de l'Église, ait réellement eu lieu — on ne doit jamais se fier à des rapports uniques dans l'histoire de Marie Stuart — une sorte de fiançailles ou d'union quelconque à dû cependant être célébrée entre les deux amants. « *Laudate sia Dio !* » s'écrie en effet Riccio, leur vaillant assistant, personne ne peut plus à présent « *disturbare le nozze* ». Avant même que la cour soupçonne en Darnley un prétendant sérieux, il est déjà en réalité le maître de la vie de Marie Stuart et peut-être aussi de son corps.

Il n'y a pas à craindre que ce *matrimonio segreto* soit dévoilé puisqu'il n'est connu que des trois personnes intéressées et du prêtre obligé de se taire. Mais de même que la fumée permet de deviner une flamme invisible, de même les manières des deux amoureux ne tardent pas à les trahir; au bout de peu de temps, la cour commence à les surveiller. Déjà on s'était étonné de la sollicitude et du dévouement avec lesquels la reine avait soigné son parent lorsque le jeune homme fut subitement atteint de la rougeole. N'était-elle point restée assise tous les jours à son chevet durant cette maladie bizarre ? A peine guéri, Darnley ne la quitte plus. Murray, le premier, fronce les sourcils. Il avait encouragé de bonne foi (surtout dans son propre intérêt) tous les projets matrimoniaux de sa sœur; bien que fervent protestant, il avait même consenti à ce qu'elle épousât Don Carlos, figure représentative du catholicisme, parce qu'il sait, d'ailleurs, que Madrid est trop loin d'Holyrood pour pouvoir déranger ses plans. Mais le « projet Darnley » contrarie brutalement ses intérêts; Murray est assez clairvoyant pour se rendre compte qu'aussitôt devenu le mari de la reine, ce garçon vaniteux voudra exercer l'autorité royale. En outre, il possède assez de flair politique pour savoir que les intrigues de Riccio tendent au rétablissement de la suprématie catholique en Écosse et à l'anéantissement de la Réforme. L'ambition de Murray se joignant à ses convictions religieuses, sa passion du pouvoir aux préoccupations nationales, il s'oppose par ses avis aux projets de sa sœur et s'efforce de la détourner d'un mariage qui risque de soulever d'immenses conflits dans le pays à peine apaisé. Quand il s'aperçoit que ses avertissements demeurent vains, il quitte la cour avec hauteur.

Le second et fidèle conseiller de Marie Stuart, Maitland, essaie également de résister. Lui aussi voit sa position et la paix intérieure de l'Écosse menacées, lui aussi est opposé en tant que ministre et en sa qualité de protestant à l'avènement d'un prince consort catholique; peu à peu la noblesse réformée du pays se rassemble autour de ces deux personnages. De son côté Randolph, l'ambassadeur d'Angleterre, commence à ouvrir les yeux. Honteux d'avoir manqué de clairvoyance, il dépeint dans ses rapports comme un sortilège, une « *witchcraft* », le pouvoir exercé par le beau jeune homme sur la reine et appelle bruyamment au secours. Mais que sont les mécontentements et les murmures de ces petites gens en regard du désarroi, de la véhémente et violente colère d'Élisabeth dès qu'elle apprend le choix de Marie Stuart ! On lui fait vraiment payer cher sa duplicité, on l'a bernée avec cette comédie matrimoniale jusqu'à l'en rendre ridicule. Sous prétexte de négocier au sujet de Leicester, on a réussi à lui prendre dans les mains le prétendant réel et à l'introduire en Écosse; la voilà à présent dans de beaux draps et elle en est pour ses frais de « superdiplomatie ». Dans son premier mouvement de fureur, elle fait jeter à la Tour lady Lennox, la mère de Darnley, qu'elle considère comme l'ourdisseuse de cette intrigue ; elle ordonne sur un ton menaçant à son « sujet » Darnley de rentrer sur-le-champ ; elle fait redouter au père la confiscation de ses biens ; elle convoque le conseil de la couronne qui, sur son désir, déclare ce mariage dangereux pour l'amitié des deux pays ; elle menace donc à mots couverts Marie Stuart de la guerre. Mais au fond, elle est si alarmée, si effrayée de sa défaite qu'elle essaye en même temps de traiter. Pour fuir le ridicule, elle jette avec précipitation son dernier atout sur la table, la carte qu'elle tenait jusque-là crispée entre ses doigts : elle s'engage ouvertement à assurer à Marie Stuart (puisque maintenant la partie est perdue pour elle) sa succession au trône d'Angleterre, elle charge même hâtivement un ambassadeur extraordinaire de lui faire cette promesse formelle : « *If the Queen of Scots would accept Leicester, she would be accounted and allowed next heir to the crown as though she were her own born daughter.* » Admirable preuve de l'éternelle absurdité de la diplomatie : ce que Marie Stuart a cherché pendant des années à arracher à sa rivale en déployant toute son intelligence, toute son énergie et toute sa finesse, la reconnaissance de ses droits d'héritière au trône d'Angleterre, elle peut à présent l'obtenir d'un seul coup, grâce à la plus grande folie de sa vie.

Mais le propre des concessions politiques c'est d'arriver toujours trop tard. Hier, Marie Stuart était encore une politicienne ; aujourd'hui, elle n'est plus rien qu'une femme, qu'une amante. Être reconnue l'héritière du trône d'Angleterre était il y a quelques semaines le rêve de sa vie ; aujourd'hui cette royale ambition disparaît devant le désir plus modeste mais plus impérieux de la femme : avoir, posséder vite ce jeune et joli garçon qu'est Darnley. Les menaces, les offres d'Élisabeth, les avertissements sincères de ses amis, comme ceux du duc de Lorraine, son oncle, qui lui conseille de se séparer de ce « joli hutaudeau », sont inutiles à présent. Pas plus que la raison humaine, la raison d'État n'a de pouvoir sur la furieuse impatience de Marie Stuart. Elle écrit avec ironie à Élisabeth qui s'est prise à son propre piège « que le mécontentement de sa sœur bien-aimée lui cause un véritable étonnement car ce choix qu'elle blâme aujourd'hui répond tout à fait à son vœu : elle a refusé tous les prétendants étrangers, elle a choisi un Anglais, deux fois de sang royal et qui est le premier prince d'Angleterre ». Élisabeth ne peut rien répondre à cela car Marie a réalisé le désir de sa cousine — à sa façon, certes. Mais comme elle continue, dans sa nervosité, à l'importuner de ses propositions et de ses menaces, Marie Stuart finit par se montrer d'une franchise brutale : il y avait trop longtemps qu'on la bernait de belles promesses et décevait ses espérances, elle s'est décidée à faire son choix elle-même avec l'assentiment de son pays. Sans se soucier du ton acrimonieux ou doucereux des lettres de Londres, Édimbourg prépare rapidement le mariage et Henry Darnley est nommé en toute hâte duc de Ross ; l'ambassadeur d'Élisabeth, accouru à la dernière minute d'Angleterre au grand galop pour protester au nom de sa reine, arrive juste à temps pour entendre annoncer que désormais on devra donner à Henry Darnley le « nom et le titre de roi ».

Le 29 juin 1565, un prêtre bénit l'union du couple dans la chapelle catholique de Holyrood. A cette occasion, Marie Stuart, toujours ingénieuse lorsqu'il s'agit de cérémonies représentatives, est apparue à la surprise générale en habits de deuil, ceux-là mêmes qu'elle portait à l'enterrement de son premier époux, le roi de France ; ceci pour montrer qu'elle ne l'a pas oublié et que c'est à seule fin de satisfaire le vœu de son pays qu'elle revient devant l'autel. Ce n'est qu'après avoir entendu la messe et s'être retirée dans sa chambre qu'elle se décide, sur les tendres prières de Darnley — la scène a été admirablement préparée — à quitter ces tristes vêtements et à revêtir de jolis habits de mariée qui sont à sa portée. En bas, une foule enthousiaste se presse autour du château et on lui jette de l'argent à pleines mains; le cœur en fête, la reine et son peuple s'abandonnent à la gaieté. A la très grande colère de John Knox, qui vient précisément, à l'âge de cinquante-six ans, de convoler en secondes noces avec une jeune fille de dix-huit ans, mais qui ne tolère pas d'autre joie que la sienne, la fête se poursuit pendant quatre jours et quatre nuits, comme si les ténèbres de l'Écosse devaient se dissiper pour toujours et le règne bienheureux de la jeunesse commencer.

Le désespoir d'Élisabeth est sans bornes quand elle apprend, elle, la célibataire, la « non-mariable », que Marie Stuart s'est mariée pour la deuxième fois. En dépit de son adresse à biaiser, elle s'est bien laissé manœuvrer en fin de compte. Elle a offert à la reine d'Écosse l'ami de son cœur : on le lui a refusé à la face du monde. Elle a opposé son veto au sujet de Darnley, on s'en est moqué. Elle a envoyé un ambassadeur chargé d'un dernier avertissement : on l'a laissé attendre devant les portes closes que le mariage fût célébré. A présent elle devrait faire quelque chose pour sauver sa dignité. Elle devrait ou rompre les relations diplomatiques ou déclarer la guerre. Mais quel prétexte trouver? Il est clair et évident que Marie Stuart a le droit de choisir le mari qu'elle veut; elle a de plus donné satisfaction à Élisabeth en ne choisissant pas un prince étranger; le mariage est normal et Darnley, l'arrière-petit-fils d'Henry VII et premier descendant mâle de la maison des Tudor, est un époux digne d'une reine. Toute protestation supplémentaire, vu son impuissance, ne ferait que rendre encore plus visible aux yeux du monde le dépit intime d'Élisabeth.

Mais la duplicité reste et demeurera toute sa vie le propre de la reine d'Angleterre. Même après cette expérience néfaste, elle ne s'écarte pas de sa méthode. Bien entendu, elle ne rappelle pas son ambassadeur, elle ne déclare pas la guerre à Marie Stuart, mais elle cherche en secret à créer le plus d'ennuis possible à ce couple heureux. Trop craintive, trop prudente, pour entrer en lutte ouverte avec Darnley et Marie Stuart, elle intrigue contre eux. Les rebelles et les mécontents sont toujours faciles à trouver en Écosse lorsqu'il s'agit de se dresser contre le pouvoir établi ; cette fois il y a même un homme parmi eux qui dépasse d'une tête tout ce menu fretin par ses réserves d'énergie, par la sincérité et la puissance de sa haine. Au mariage de sa sœur, Murray ne s'est point montré, et son absence a été regardée comme un mauvais présage par les initiés. Car cet homme, et c'est ce qui donne à son visage un attrait mystérieux si extraordinaire, possède un instinct étonnant qui lui fait prévoir les perturbations politiques ; il devine avec une sûreté incroyable le moment où la situation va devenir dangereuse, et, dans ce cas, il fait ce qu'un politique raffiné peut faire de plus sage : il disparaît. Ses mains abandonnent le gouvernail, il devient subitement invisible et introuvable. De même que le soudain tarissement des rivières, le dessèchement de cours d'eau annoncent de grandes catastrophes naturelles, de même, l'histoire de Marie Stuart le prouvera, la disparition de Murray annonce toujours un malheur politique. Tout d'abord cet homme reste passif. Il demeure dans son château, il évite la cour avec fierté, pour montrer qu'en sa qualité de régent et de protecteur du protestantisme il désapprouve le choix de Darnley comme roi d'Écosse. Mais Élisabeth veut quelque chose de plus qu'une protestation contre le couple royal. Elle veut une rébellion et cherche à soulever Murray et les Hamilton, également mécontents. En lui recommandant rigoureusement de ne pas la compromettre, « *in the most secret way* », elle charge son agent Bedford de les soutenir avec des troupes et de l'argent, « *as if from himself* », comme si ceux-ci venaient de lui et qu'elle n'en sût rien. L'argent tombe dans les mains avides des lords écossais comme la rosée sur une prairie desséchée, leur audace se réveille et les promesses de secours militaires font bientôt éclore la rébellion souhaitée par l'Angleterre.

C'est peut-être la seule faute que commit Murray, politique intelligent et perspicace d'ordinaire, en se fiant réellement à la moins sûre de toutes les souveraines et en se mettant à la tête de la révolte. A la vérité, ce prudent personnage ne livre pas bataille sur-le-champ ; il se contente provisoirement de réunir en cachette des alliés : en réalité, il veut attendre qu'Élisabeth se déclare ouvertement pour la cause des lords protestants et qu'il puisse marcher contre sa sœur comme défenseur de l'Église menacée et non en rebelle. Mais Marie Stuart, que la conduite équivoque de son frère inquiète et qui, avec raison, n'a pas l'intention de tolérer l'isolement hostile qu'il a adopté, lui ordonne de comparaître devant le Parlement afin de venir y justifier sa conduite. Murray, non moins fier que sa sœur, n'accepte pas une pareille assignation ; il refuse d'obéir avec arrogance et en invoquant qu'il est mis au ban du pays ainsi que ses partisans. Les armes au lieu de la raison trancheront le différend.

C'est lorsqu'il s'agit de prendre de graves décisions que la différence de tempérament entre la reine d'Angleterre et la reine d'Écosse apparaît avec une merveilleuse netteté. Marie Stuart montre de la promptitude dans ses résolutions, une hardiesse vive et rapide. Élisabeth, selon sa manière craintive, temporise, hésite, tergiverse. Avant que celle-ci ait décidé de donner l'ordre à son trésorier d'équiper une armée et de soutenir ouvertement les révoltés, Marie Stuart a déjà attaqué. Elle lance une proclamation dans laquelle elle dit leur fait aux rebelles : « Non contents d'entasser richesses sur richesses, honneurs sur honneurs, ils voudraient nous tenir tout entiers, notre royaume et nous, en leur pouvoir, pour disposer de nous à leur guise et nous obliger à n'agir uniquement que d'après leurs conseils. Bref, ils voudraient être rois eux-mêmes, tout au plus nous en laisser le titre en s'arrogeant le gouvernement du royaume. » Sans perdre une heure, cette femme intrépide saute en selle. Les pistolets à la ceinture, à ses côtés son jeune époux dans un harnois doré, entourée de la noblesse demeurée fidèle, elle chevauche à la tête de son armée levée en hâte au-devant des insurgés. La marche nuptiale a fait place à une marche militaire. Et la résolution de Marie Stuart s'avère excellente. La plupart des barons révoltés ne se sentent pas à l'aise devant cette jeune énergie, d'autant plus que les secours promis par l'Angleterre n'arrivent pas et qu'Élisabeth, au lieu de leur envoyer une armée, continue de leur adresser des discours embarrassés. Le front bas, ils reviennent l'un après l'autre auprès de leur souveraine légitime ; seul Murray ne veut pas plier et ne pliera pas ; mais, abandonné de tous avant d'avoir eu le temps de rassembler une armée, il est déjà vaincu et doit fuir. Dans une rude et ardente chevauchée le couple royal victorieux le poursuit jusqu'à la frontière. Le 14 octobre 1565, il gagne à grand'peine le territoire anglais où il vient chercher un refuge.

La victoire de Marie est complète, tous les barons et les lords du royaume se tiennent résolument à ses côtés ; l'Écosse entière est de nouveau sous le pouvoir véritable d'un roi et d'une reine. Pendant un moment la confiance parle si haut chez Marie Stuart qu'elle examine si elle ne va pas se jeter sur l'Angleterre, où, elle le sait, la minorité catholique l'acclamerait comme une libératrice ; ses conseillers, plus sages, ont de la difficulté à refréner son ardeur. Mais en tout cas, c'en est fini, à présent, des politesses depuis qu'elle a fait tomber les cartes des mains de son adversaire. Ce mariage conclu de sa propre autorité fut son premier triomphe sur Élisabeth, l'écrasement de la rébellion, le second; elle peut maintenant regarder bien en face, avec une claire assurance, son « excellente sœur » de l'autre côté de la frontière.

Si auparavant la position d'Élisabeth n'était pas enviable, à présent, après la défaite des hommes soutenus et encouragés par elle, elle est terrible. De tout temps, il est vrai, il a été d'un usage international de désavouer, lorsqu'ils ont été vaincus, les rebelles qu'on a suscités secrètement chez ses voisins. Mais dans la malchance les malheurs s'accumulent toujours. Un envoi d'argent d'Élisabeth aux lords est tombé au cours d'un coup de main hardi entre les mains de Bothwell, l'ennemi mortel de Murray; la preuve de sa complicité est ainsi clairement établie. Et, second désagrément, Murray, vaincu, s'est tout naturellement réfugié dans le pays qui lui a promis aide et assistance sur tous les tons. Soudain, on le voit même à Londres. Affreux embarras pour une femme qui s'entend si bien d'habitude à jouer double jeu! En effet, si elle reçoit Murray, rebelle à Marie Stuart, c'est donc qu'elle approuve sa révolte. D'un autre côté, si elle refuse de recevoir son allié secret, il pourrait se venger de cet affront en racontant sur celle qui le paye une foule de choses qu'il serait préférable que les cours étrangères n'apprissent pas; jamais Élisabeth n'a été placée par sa duplicité dans une situation plus alarmante qu'à ce moment.

Heureusement, ce siècle est celui des comédies géniales; ce n'est pas par hasard qu'Élisabeth respire le même air vivifiant et grisant qu'un Shakespeare et un Ben Jonson. Comédienne-née, elle se connaît mieux qu'aucune autre reine en théâtre et en scènes à effets : celles qu'on jouait alors à Hampton Court et à Westminster n'étaient pas inférieures à celles du théâtre du Globe ou de la Fortune. Le même soir de l'arrivée à Londres de l'importun, lord Cecil apprend à Murray, dans une sorte de répétition générale, le rôle qu'il devra jouer le jour suivant pour sauver l'honneur d'Élisabeth.

Il est difficile d'imaginer quelque chose de plus effronté que cette comédie du lendemain. L'ambassadeur de France est en visite et s'entretient avec Élisabeth de questions politiques, sans soupçonner qu'on l'a convié à une farce. Soudain un huissier entre et annonce le comte de Murray. La reine fronce les sourcils. Quoi? A-t-elle bien entendu? Lord Murray? Que vient faire à Londres cet infâme rebelle, traître à sa « chère sœur »? Et comment ose-t-il — témérité inouïe! — paraître devant elle qui, cependant, cela est connu de tout l'univers, ne fait qu'un cœur et qu'une âme avec Marie Stuart? Pauvre Élisabeth! Tout d'abord elle ne peut pas cacher sa surprise ni son indignation. Toutefois, après un moment d'hésitation pénible, elle décide de recevoir « l'audacieux », mais Dieu l'en garde, pas en tête-à-tête! Non, elle retient à dessein l'ambassadeur de France pour avoir un témoin de sa « juste colère »!

Maintenant, c'est au tour de Murray de faire le comédien. Et c'est avec le plus grand sérieux qu'il joue le rôle qu'on lui a appris. Déjà son entrée en scène est une « stylisation » remarquable de la contrition. Entièrement vêtu de noir, il s'approche, humble et craintif et non de ce pas ferme et décidé qui lui est habituel, plie le genou comme un suppliant et commence à parler à la reine en écossais. Élisabeth l'interrompt et lui ordonne de s'exprimer en français afin que l'ambassadeur suive l'entretien et que personne ne puisse prétendre qu'elle ait jamais eu des rapports secrets avec ce vil félon. Murray balbutie quelques mots d'un air embarrassé, mais Élisabeth lui fait aussitôt les plus amers reproches : elle ne comprenait pas comment il pouvait oser, lui, fugitif et rebelle à sa sœur, venir à sa cour sans y être invité. Sans doute il y avait eu entre Marie Stuart et elle des malentendus de toute sorte, mais ceux-ci n'avaient jamais revêtu un caractère bien sérieux. Elle continuait à considérer la reine d'Écosse comme sa sœur bien-aimée et elle espérait qu'elle le resterait toujours. En conséquence, Si Murray ne pouvait lui fournir la preuve qu'en se soulevant contre sa souveraine il était sous l'empire de la folie ou en cas de légitime défense, elle le ferait arrêter et lui demanderait compte de sa conduite. Qu'il s'explique donc!

Murray, bien stylé par Cecil, sait qu'il peut maintenant tout dire, à l'exception d'une chose : la vérité. Il sait qu'il doit prendre toute la faute sur lui seul, afin de décharger Élisabeth aux yeux de l'ambassadeur et de la montrer entièrement innocente dans cette révolte préparée par elle. Aussi, au lieu de se plaindre de Marie Stuart, il fait un éloge enthousiaste de sa demi-sœur. Elle l'avait gratifié de terres et d'honneurs, l'avait récompensé bien au-delà de son mérite; en retour, il l'avait servie de tout temps avec la plus grande fidélité et ce n'est que la crainte d'un complot dirigé contre sa personne, la peur d'être assassiné qui l'avait poussé à se conduire aussi stupidement. Il était venu voir Élisabeth à seule fin que celle-ci, dans sa bonté, l'aidât à obtenir son pardon de sa souveraine, la reine d'Écosse.

Voilà qui semble déjà disculper de façon éclatante l'instigatrice de la rébellion. Mais Élisabeth désire encore davantage. Car ce n'est pas pour que Murray endosse toute la faute que cette comédie a été montée, mais pour qu'il déclare qu'Élisabeth n'a pas pris la moindre part à cette affaire. Il n'en coûte pas plus de mentir que de respirer à un habile politique, et, devant l'ambassadeur, Murray affirme avec la plus grande solennité « qu'Élisabeth ne connaissait pas le premier mot de cette conjuration et que jamais ni lui ni ses amis n'ont été encouragés par elle à refuser obéissance à leur souveraine ».

La reine d'Angleterre possède à présent l'alibi désiré. Elle est tout à fait blanchie. Et, avec un accent pathétique du plus bel effet théâtral, elle peut, en présence de l'ambassadeur, tonner contre son partenaire : « Cette fois vous avez dit la vérité ! Car ni moi ni quelqu'un d'autre en mon nom ne vous a excité contre votre reine. Une aussi basse trahison ne pourrait que donner le mauvais exemple et encourager mes propres sujets à se révolter contre moi. Disparaissez de ma présence, vous êtes un traître odieux. »

Murray courbe très bas la tête ; peut-être est-ce aussi pour cacher le sourire qui erre sur ses lèvres. Il n'a pas oublié les milliers de livres qui ont été remis au nom de la reine à sa propre femme et aux autres lords ; il n'a pas oublié les lettres, les adjurations de Randolph, les promesses de la chancellerie anglaise. Mais il sait que s'il joue en ce moment le rôle de bouc émissaire, Élisabeth ne le chassera pas dans le désert. L'ambassadeur de France, de son côté, conserve une attitude calme et respectueuse ; en homme cultivé il sait apprécier une bonne comédie. Ce n'est qu'une fois rentré chez lui qu'il sourira en s'asseyant à son bureau pour rapporter cette scène amusante à son souverain. Il n'y a peut-être en ce moment qu'Élisabeth qui ne soit pas tout à fait de bonne humeur ; elle sait sans doute qu'elle n'a trompé personne. Mais personne du moins n'a osé rire tout haut, les apparences sont sauvées, qu'importe la vérité ! Muette et digne, elle quitte la salle dans le bruissement de son ample costume.

Rien ne montre mieux la puissance momentanée de Marie Stuart que la nécessité où se trouve son adversaire de recourir à des subterfuges aussi mesquins pour s'assurer une retraite morale après sa défaite. La reine d'Écosse peut maintenant relever fièrement la tête, tout a marché selon ses désirs. Le mari qu'elle a choisi porte la couronne. Les barons qui se sont soulevés contre elle sont rentrés au bercail ou bien promènent leur honte à l'étranger. Si maintenant elle pouvait donner un héritier à son jeune époux, le plus grand, le plus cher de ses vœux serait réalisé : un Stuart régnerait un jour sur l'Écosse et l'Angleterre réunies.

Les astres se montrent favorables, la paix s'étend sur le pays comme une bénédiction. A présent Marie Stuart pourrait se reposer et jouir du bonheur récolté. Mais souffrir et faire souffrir est la loi de cette nature indisciplinée. Rien ne sert à celui qui possède un cœur fougueux que le monde extérieur lui offre paix et bonheur, sans cesse se créent en lui-même de nouveaux périls et de nouveaux malheurs.

La nuit dramatique de Holyrood

9 mars 1566

Le propre de tout amour véritable est de ne pas compter ni lésiner, de ne pas hésiter ni questionner ; l'amour, pour une noble nature, signifie prodigalité et abnégation totale. Dans les premières semaines de son mariage, Marie Stuart ne cesse de combler de faveurs son jeune époux. Tous les jours elle fait de nouveaux présents à Darnley : tantôt c'est un cheval, tantôt un pourpoint ; elle lui offre ainsi cent petites et tendres choses, après qu'elle lui a accordé les plus grandes : le titre de roi et son cœur inquiet. « Ce qu'en fait d'honneurs une femme peut accorder à un homme, écrit à Londres l'ambassadeur anglais, lui est échu pleinement. Tous les éloges, toutes les dignités dont elle dispose, elle les lui a décernés depuis longtemps. Rien ne lui plaît qui ne lui agrée à lui, en un mot elle lui subordonne toute sa volonté. » Marie Stuart, conformément à sa nature véhémente, ne peut rien faire à moitié : quand elle se donne ce n'est pas d'un geste hésitant et craintif, elle se prodigue sans frein ni mesure. « Elle lui est entièrement soumise », écrit Randolph, « et se laisse guider et diriger selon son bon plaisir ». Amante passionnée, sa vie n'est plus qu'obéissance extatique et humilité. Seul un immense orgueil peut, chez une femme qui aime, se muer si merveilleusement en une immense abnégation.

Mais de riches présents ne sont une grâce que pour celui qui en est digne, pour tout autre ils deviennent un danger. L'accroissement subit de leur puissance trempe les caractères forts — la puissance est leur élément naturel — tandis que les caractères faibles succombent à leur bonheur immérité. Le triomphe ne les rend pas modestes, mais vaniteux, et dans leur puérile folie ils s'imaginent que la faveur de la fortune est un témoignage de leur propre valeur. Bientôt les faits montrent que la bonté rapide et sans limites de Marie Stuart envers ce garçon borné et prétentieux, qui aurait encore besoin d'un précepteur alors qu'il se sent maître d'une reine aimante et généreuse, n'est qu'un gaspillage malheureux. A peine Darnley prend-il conscience de son ascendant, qu'il devient insolent et arrogant. Il considère les présents de Marie Stuart comme un tribut et accepte la grâce de son amour royal comme une redevance à son titre de mâle; élevé à la dignité de maître, il croit avoir le droit de la traiter en vassale. Nature mesquine au cœur de cire — « *heart of wax* », dira de lui plus tard avec mépris Marie Stuart elle-même — ce jeune homme gâté perd toute retenue; gonflé d'orgueil il se mêle impérieusement des affaires de l'État. Finies les poésies et les manières délicates, elles sont devenues superflues; à présent il le prend de haut avec le conseil, il a le verbe rude et autoritaire; il boit ferme avec des compagnons et, un jour que la reine cherche à le soustraire à une société aussi indigne, il la tance en public d'une manière si humiliante que la malheureuse fond en larmes. Parce que Marie Stuart lui a donné le titre de roi — rien que le titre et pas davantage — il exige la couronne matrimoniale; avant même que la barbe lui ait poussé, ce garçon de dix-neuf ans veut être le maître absolu de l'Écosse. Mais tout le monde voit que derrière ses manières insolentes il n'y a aucun courage véritable, que ses rodomontades masquent un manque de volonté caractéristique. Bientôt Marie Stuart elle-même rougira d'avoir dilapidé son premier et son plus bel amour pour un ingrat et un fat. Elle peut regretter maintenant, mais trop tard, comme il arrive souvent, d'avoir négligé les avertissements bien intentionnés de ses meilleurs conseillers.

Or, il n'est pas, dans la vie d'une femme, de plus profonde humiliation que de s'être donnée inconsidérément à un homme qui n'était pas digne de son amour : jamais une vraie femme ne se pardonnera pareille faute, jamais elle ne pardonnera à l'homme indigne. Toutefois il ne serait pas naturel qu'à tant de passion entre deux êtres succédât une froide indifférence, une politesse facile : une fois allumé, un pareil sentiment continue à brûler, il ne peut que changer de couleur, couver sombrement comme le mépris et la haine, au lieu de flamber. Marie Stuart, toujours impétueuse, retire son amour à Darnley aussitôt qu'elle s'aperçoit qu'il ne le méritait pas, et cela plus brusquement peut-être que ne l'aurait fait une femme calme et calculatrice. Elle passe d'un extrême à l'autre. Elle reprend vite ce que, dans le premier élan de sa passion, elle lui avait dispensé sans réfléchir et sans compter. Tout à coup il n'est plus question d'un partage effectif de la royauté, de la couronne matrimoniale, qu'en son temps elle avait accordée à François II. Darnley constate, furieux, qu'il n'est plus convoqué aux séances importantes du conseil et qu'on lui refuse le droit de joindre à ses armes les insignes royaux. Devenu simple prince consort, il ne joue plus à la cour, au lieu du rôle principal dont il rêvait, que celui de mécontent. Le dédain dont il est l'objet de la part de Marie ne tarde pas à se manifester chez les courtisans : son ami Riccio ne lui montre plus aucun document d'État et appose sur les lettres de la reine, sans rien lui demander, le cachet qui tient lieu de signature royale ; l'ambassadeur d'Angleterre lui refuse le titre de Majesté et, à Noël déjà, six mois à peine après la lune de miel, il parle dans ses rapports « d'étranges changements » survenus à la cour royale d'Écosse. « Il y a peu de temps, remarque-t-il, on disait encore le roi et la reine, à présent on ne parle plus que de l'époux de la reine. Déjà habitué à voir son nom le premier sous tous les édits, il passe maintenant après celui de la reine. Dernièrement des monnaies avaient été frappées à la double effigie de "Henricus et Maria", elles sont retirées de la circulation et on en a frappé de nouvelles. Il existe entre eux un certain désaccord ; si ce ne sont là que querelles d'amoureux ou, comme on dit dans le peuple, des querelles de ménage, la chose est sans grande importance, à condition toutefois que cela ne s'envenime pas. »

Mais les choses s'enveniment. Aux humiliations que subit ce roi pour la forme à sa propre cour, s'ajoute celle, secrète et de toutes la plus sensible, infligée à l'époux. Nature foncièrement sincère, Marie Stuart a dû apprendre à mentir en politique depuis longtemps ; toutefois, quand son sentiment personnel est en jeu, elle ne parvient jamais à feindre. Dès qu'elle se rend compte de la nullité de celui auquel elle a prodigué son cœur, dès que surgit derrière le Darnley imaginaire de la lune de miel le freluquet stupide et insolent, brusquement son amour tourne à l'aversion physique. Il lui devient absolument impossible de se donner encore à cet époux pour lequel elle n'éprouve plus que mépris.

Dès qu'elle se sent enceinte, la reine se soustrait sous tous les prétextes à ses étreintes. Tantôt elle se dit malade, tantôt fatiguée, sans cesse elle trouve de nouvelles excuses pour ne point se donner à lui. Alors que durant les premiers mois c'est elle qui le sollicite — Darnley, dans sa colère, dévoile lui-même ces détails — elle l'humilie désormais par ses refus constants. Là aussi, dans ce domaine intime, le premier où il ait eu un certain pouvoir, Darnley se sent subitement repoussé et privé de ses droits et son amour-propre en souffre cruellement et profondément.

Il n'a pas la force morale de taire sa défaite. Comme un imbécile il crie son humiliation dans toutes les auberges, il grogne et menace, il se vante et annonce une terrible vengeance. Mais plus il claironne son dépit, plus il apparaît ridicule, et au bout de quelques mois il n'est plus qu'un personnage importun et ennuyeux auquel tout le monde tourne le dos. On ne s'incline plus, mais on sourit, quand cet *Henricus rex Scotioe* demande, veut ou exige quelque chose. Et la haine même n'est pas aussi terrible pour un souverain que le mépris général.

L'affreuse déception que Marie Stuart a éprouvée avec Darnley n'est pas seulement personnelle, elle est aussi politique. Elle espérait, aux côtés d'un jeune époux qui lui eût été dévoué corps et âme, se libérer enfin de la tutelle de Murray, de Maitland et des lords; mais toutes ses illusions ont disparu. Après avoir éloigné ses principaux conseillers pour Darnley, elle est plus que jamais seule à présent. Cependant une nature comme la sienne, si profonde qu'ait été sa déception, ne peut vivre sans avoir auprès d'elle quelqu'un en qui elle a confiance; elle cherche sans cesse un homme sûr, auquel elle puisse se fier entièrement. Elle préfère quelqu'un d'un rang inférieur, n'ayant pas le prestige d'un Murray et d'un Maitland, mais qui serait d'une fidélité et d'un dévouement à toute épreuve, chose bien plus nécessaire et bien plus précieuse en cette cour d'Écosse.

Le hasard a conduit dans le pays un homme qui répond à ces conditions. Lorsque l'ambassadeur de Savoie, le marquis de Moreta, se rend en Écosse, il se trouve dans sa suite un jeune Piémontais du nom de David Riccio, âgé de vingt-huit ans environ, au teint basané, aux yeux ronds et vifs et qui chante admirablement (« *particolarmente era buon musico* »). Or, on sait que poètes et musiciens sont toujours les bienvenus à la cour romantique de Marie Stuart. Elle tient de son père et de sa mère la passion des arts, et dans son lugubre entourage rien ne lui fait plus plaisir, ne la ravit davantage que d'entendre chanter, jouer du violon ou du luth. Il manquait justement à ce moment-là une basse dans son chœur, et comme « le seigneur David » — c'est ainsi qu'on le nommera désormais dans l'intimité — non seulement a une belle voix, mais encore compose très bien, Marie Stuart prie Moreta de lui céder le « *buon musico* ». L'ambassadeur est d'accord ainsi que Riccio, que la reine engage au traitement annuel de soixante-cinq livres. Il figurera sur les livres de comptes du palais sous le nom de « David le Chantre », mais il n'est connu de la domesticité que comme valet de chambre, ce qui n'a d'ailleurs rien de déshonorant, les musiciens les meilleurs, jusqu'au temps de Beethoven, n'ayant jamais été considérés autrement que comme des domestiques dans les cours princières. Wolfgang-Amédée Mozart et le vieux Haydn aux cheveux blancs, bien que déjà connus de toute l'Europe, ne mangent pas avec la noblesse et les princes, mais à une table sans apparat, avec les écuyers et les femmes de chambre.

Outre sa belle voix, Riccio a l'esprit éveillé, une intelligence vive et une culture artistique étendue. Il possède le latin et le français aussi bien que sa langue maternelle, il a un style parfait ; quelques-uns de ses sonnets qui nous ont été conservés témoignent de son goût poétique et de son sentiment de la forme. Bientôt se présente pour lui l'occasion de s'élever, de quitter la table des domestiques. Le secrétaire particulier de Marie Stuart, Raulet, n'avait pu résister à la corruption anglaise qui sévissait à la cour d'Écosse comme une épidémie et la reine s'était vue obligée de s'en défaire brusquement. L'habile Riccio réussit à se glisser dans la place vacante, à s'introduire dans le cabinet de la reine et, dès lors, son ascension se fait de plus en plus rapide. De simple scribe, il devient vite conseiller. Bientôt ce n'est plus Marie Stuart qui dicte ses lettres à son secrétaire piémontais, c'est lui qui les écrit à son idée ; au bout de quelques semaines son influence est déjà sensible dans les affaires de l'État. C'est à lui en grande partie qu'on doit la rapidité du mariage de sa maîtresse avec le catholique Darnley et l'extrême fermeté avec laquelle la reine refuse de gracier Murray et les autres rebelles écossais, ceux-ci l'attribuent, non à tort, à ses intrigues. Que Riccio ait été en outre l'agent du pape à la cour écossaise, la chose est très possible, ce n'est peut-être qu'une hypothèse ; en tout cas, bien que dévoué à la cause papale, à la cause catholique, il n'en sert pas moins Marie Stuart avec un attachement auquel jusque-là ses sujets ne l'avaient pas habituée. Or, quand Marie Stuart a éprouvé la fidélité de quelqu'un, elle sait la récompenser dignement ; sa main s'ouvre pour celui auquel elle peut parler à cœur ouvert. Elle honore visiblement Riccio, trop visiblement ; elle lui fait cadeau d'habits précieux, elle lui confie le sceau du royaume et tous les secrets de l'État. Bientôt le musicien David Riccio devient un grand personnage qui prend ses repas avec la reine et ses amies ; maître des plaisirs comme jadis Chastelard — fatale fraternité dans le destin — il contribue avec entrain à organiser à la cour des fêtes, concerts et autres réjouissances : les rapports de maître à serviteur se transforment de plus en plus en relations amicales. Cet étranger de basse extraction a le droit, à la grande jalousie de tous, de rester avec la reine dans l'intimité de ses appartements jusqu'à une heure avancée de la nuit. Orgueilleux et distant, vêtu princièrement, un homme arrivé à la cour il y a quelques années à peine pour ainsi dire en habit de laquais, n'ayant comme recommandation que sa belle voix, exerce à présent la plus haute charge de l'État. Rien ne se passe en dehors de sa volonté et de sa connaissance, mais cette volonté et cette connaissance servent les intérêts de la reine avec dévouement.

Marie Stuart a, pour soutenir son indépendance,

un autre pilier solide : non seulement le pouvoir politique, mais aussi le pouvoir militaire repose à présent en des mains sûres. Là aussi un homme nouveau la sert fidèlement : lord Bothwell, qui déjà dans sa jeunesse combattit pour la cause de sa mère, Marie de Guise, contre les lords protestants de la Congrégation — quoique protestant lui-même — et qui dut quitter le pays devant la haine de Murray. Revenu en Écosse après la chute de son ennemi mortel, il se met à la disposition de la reine avec tous les siens, et sa force est considérable. Guerrier décidé, prêt à toutes les aventures, nature de fer, aussi passionné dans la haine que dans l'amour, Bothwell a derrière lui ses « borderers », ses gens de la frontière. Sa personne à elle seule vaut une armée; Marie Stuart, reconnaissante, le nomme grand amiral et elle sait que, contre qui que ce soit, il est prêt à la défendre, elle et sa couronne.

Aidée de ces deux hommes qui lui sont tout dévoués Marie Stuart, à vingt-trois ans, tient enfin solidement en main les rênes du pouvoir. Elle peut risquer, maintenant, de gouverner seule contre tous, et cette imprudente a toujours eu toutes les audaces.

Cependant chaque fois qu'en Écosse un roi veut gouverner pour de bon les lords s'y opposent. Rien n'est plus insupportable pour ces rebelles arrogants qu'un maître qui ne les sollicite pas et ne les craint pas. D'Angleterre, Murray et les autres exilés insistent et font jouer tous les ressorts pour qu'on les rappelle; lorsque, contre toute attente, Marie Stuart tient bon, l'impatience de la noblesse s'en prend en premier lieu à Riccio, le conseiller de la reine; de sourdes rumeurs ne tardent pas à circuler dans les châteaux. Les protestants sentent qu'une diplomatie serrée et habile est à l'œuvre à Holyrood. Ils soupçonnent plus qu'ils ne le savent que l'Écosse est sur le point de se rallier au plan secret de la contre-Réforme, que peut-être aussi Marie Stuart s'est déjà engagée vis-à-vis des Guise, ses parents.

Ils en rendent exclusivement responsable l'intrus Riccio qui, en dehors de la reine dont il a la confiance illimitée, ne possède plus un ami à la cour. Les gens intelligents sont toujours les plus maladroits. Au lieu de cacher modestement sa puissance, Riccio — faute éternelle de tous les parvenus — en fait étalage. Il se rengorge, il accepte de nombreux cadeaux, il fait sentir à ses anciens commensaux de l'office combien il s'est élevé au-dessus d'eux ; de plus, il semble ne pas avoir été inaccessible à la corruption. Mais ce que, surtout, l'orgueil de la noblesse écossaise ne peut endurer, c'est qu'un ancien domestique, un musicien ambulant venu l'on ne sait d'où, passe des heures et des heures en conversations secrètes avec la reine. Le soupçon que ces conversations ont pour but l'extermination de la Réforme et l'implantation du catholicisme prend corps de plus en plus, et, pour contrecarrer à temps tout projet de cet ordre, un certain nombre de lords échafaudent un complot.

Depuis des siècles, la noblesse écossaise ne connaît qu'une méthode pour s'expliquer avec un adversaire gênant : le meurtre. Ce n'est que lorsque l'araignée qui tisse tous ses fils secrets sera écrasée, quand ce souple et impénétrable aventurier italien sera supprimé, que Marie Stuart redeviendra traitable et qu'ils reprendront le gouvernail. Le projet de se débarrasser de Riccio par un assassinat semble avoir eu de très bonne heure des adeptes parmi la noblesse écossaise, car plusieurs mois avant le crime l'ambassadeur anglais écrit à Londres en parlant de l'Italien « que Dieu lui prépare une fin rapide ou une vie insupportable ». Mais les conjurés hésitent longtemps avant d'oser se soulever. Le souvenir de la rapidité et de la fermeté avec lesquelles Marie Stuart abattit la dernière rébellion est encore trop présent à leur mémoire, ils ne tiennent pas à partager le sort de Murray et de ses amis. Ils ne craignent pas moins la main de fer de Bothwell, qui aime à frapper fort et qu'ils savent trop orgueilleux pour se commettre avec eux dans un complot. Ils se contentent donc de grogner et de serrer les poings, jusqu'au moment où l'un d'eux — l'idée est à la fois diabolique et géniale — décide de faire du meurtre de Riccio un acte légal et patriotique, en plaçant Darnley, le roi, à la tête de la conjuration. A première vue cette idée paraît absurde. Le souverain d'un pays conspirant contre sa propre épouse, le roi contre la reine ? Mais la combinaison s'avère juste au point de vue psychologique, car le mobile de tous les actes de Darnley, comme chez tous les êtres faibles, est sa vanité insatisfaite. Riccio a pris trop de place pour que Darnley, mis à l'écart, ne soit pas férocement jaloux de son ancien ami. Ce va-nu-pieds conduit des pourparlers diplomatiques, dont *Henricus rex Scotioe* n'est pas informé, il reste dans les appartements de la reine jusqu'à une heure, parfois deux heures du matin, alors qu'à ce moment-là elle devrait être tout entière à son époux, et son pouvoir à la cour augmente tous les jours dans la mesure où celui de Darnley diminue. Le refus de Marie Stuart de partager le pouvoir avec lui, de lui accorder la couronne matrimoniale, Darnley l'attribue, sans doute avec raison, à l'influence de Riccio, et rien que cela suffirait déjà à engendrer la haine chez un homme aussi stupide. Mais les lords distillent dans la plaie ouverte de sa vanité un venin encore bien plus subtil : ils touchent l'endroit le plus douloureux : son amour-propre d'homme et d'époux. Par toutes sortes d'allusions diverses ils éveillent en Darnley le soupçon que Riccio ne partage pas seulement la table, mais aussi le lit de la reine. Il est d'autant plus prêt à croire cette chose improuvable que Marie Stuart s'est de plus en plus refusée à lui depuis quelque temps. Serait-ce parce qu'elle lui préfère ce noiraud de musicien ? Il est facile d'exciter l'orgueil déjà blessé d'un individu, et une nature qui n'a pas confiance en elle-même est prompte à se méfier d'autrui. Darnley ne tarde pas à être fermement convaincu « que la plus grande humiliation que puisse subir un homme lui a été infligée ». Et l'invraisemblable ainsi devient réalité : le roi se met à la tête de la conspiration contre sa propre épouse, contre la reine.

Que ce petit ménétrier à la peau brune ait été réellement l'amant de Marie Stuart, la chose est encore à prouver. Mais précisément la faveur officielle que la reine accorde à son secrétaire devant toute la cour tendrait à faire croire le contraire. En admettant même qu'entre l'intimité spirituelle d'une femme et d'un homme et l'abandon physique il n'y ait qu'une étroite frontière que l'on franchit aisément dans une minute de trouble, dans un instant d'égarement, il faut tenir compte que Marie Stuart, déjà enceinte à l'époque, fait preuve dans son amitié pour Riccio d'une légèreté, d'une confiance que l'on ne rencontrerait jamais chez une femme adultère. Si elle avait vraiment eu avec Riccio des rapports coupables, son premier souci, le plus naturel, eût été d'éviter tout ce qui prêtait au soupçon ; elle n'aurait pas fait de musique ni joué aux cartes avec lui jusqu'au matin dans ses appartements, elle ne se serait pas enfermée avec Riccio dans son cabinet pour la rédaction de sa correspondance diplomatique. Mais, comme dans l'affaire Chastelard, c'est justement son trait le plus sympathique qui tourne à son désavantage : son mépris du qu'en-dira-t-on, sa manière souveraine de se mettre au-dessus de tous les commérages, son humaine spontanéité. L'imprudence et le courage vont presque toujours de pair, comme le danger et la vertu, comme l'avers et le revers d'une médaille : seuls les lâches et les timorés craignent l'apparence de la faute et agissent avec calcul et préméditation.

Mais si méchante et absurde que puisse être la rumeur qui circule au sujet de Marie Stuart, une fois répandue on ne l'arrête plus. Elle se propage de bouche en bouche et se nourrit au souffle de la curiosité. Un demi-siècle plus tard encore Henri IV reprendra la calomnie et, se moquant de Jacques Ier, dira qu'il aurait dû s'appeler Salomon, parce que fils de David. Pour la seconde fois, la réputation de Marie Stuart souffre profondément, non de la faute qu'elle n'a point commise, mais de son imprudence.

La preuve que les conjurés qui excitaient la jalousie de Darnley ne croyaient pas eux-mêmes à leur fable, c'est qu'ensuite ils proclamèrent solennellement le prétendu bâtard roi d'Angleterre : jamais ces hommes orgueilleux n'eussent prêté serment au rejeton adultérin d'un musicien étranger. Ainsi donc, malgré leur haine, ils savaient exactement à quoi s'en tenir. Le soupçon n'agit que sur Darnley, déjà irrité et l'esprit troublé par le sentiment de son infériorité; la colère se répand en lui comme un incendie; fou de rage, il se jette dans le complot que les autres ont machiné. Sans la moindre hésitation il se laisse entraîner dans une conspiration contre sa propre épouse, et au bout de quelques jours personne n'est plus aussi altéré du sang de Riccio que celui qu'il a aidé à gagner une couronne.

Un meurtre politique, aux yeux de la noblesse écossaise de l'époque, est une affaire solennelle : ce n'est pas un acte rapide, précipité, un mouvement spontané de colère; au contraire, les conjurés prennent tout d'abord leurs précautions — parole d'honneur et serment ne leur seraient pas une garantie suffisante, ils se connaissent trop pour cela — et signent un écrit qui sera ensuite revêtu de sceaux, comme s'il s'agissait d'un acte légal. Avant de se livrer à leur étrange et audacieuse entreprise les bandits princiers rédigent consciencieusement sur parchemin un « covenant » ou un « bond », par lequel ils se lient « à la vie et à la mort », car ils n'ont le courage de se dresser contre leur souveraine que groupés, en bande ou en clan. Pour la première fois dans l'histoire écossaise, des conjurés ont l'honneur d'avoir sur leur bond une signature royale. Entre eux et Darnley deux contrats sont établis en bonne et due forme, par lesquels le roi et les lords s'engagent point par point à arracher le pouvoir des mains de Marie Stuart. Dans l'un, Darnley promet à ses complices de sauvegarder leur liberté, de les protéger et de les défendre même au palais et devant la reine. Il consent ensuite à rappeler les lords exilés et à oublier leurs fautes, aussitôt qu'il disposera de la couronne matrimoniale que Marie Stuart jusque-là lui a refusée ; il déclare de plus qu'il défendra la Kirk contre toute atteinte à ses droits. Les conjurés lui promettent en échange, dans l'autre bond, d'accorder à Darnley cette couronne matrimoniale et même (on verra qu'ils n'ont pas envisagé cette possibilité à la légère), dans le cas d'une mort prématurée de Marie Stuart, de lui conférer la royauté. A travers ces mots en apparence limpides — Darnley ne s'en rend pas compte, mais l'ambassadeur anglais, lui, en comprend le sens véritable — perce l'intention de se débarrasser tout à fait de Marie Stuart et, peut-être, de la supprimer « par hasard » à l'occasion du meurtre de Riccio.

A peine les signatures sont-elles apposées au bas de ce honteux marché que déjà des messagers galopent vers Murray pour le mettre au courant et lui dire de se préparer à revenir. De son côté l'ambassadeur anglais, qui de Berwick participe activement au complot, se met en devoir d'apprendre à Élisabeth la sanglante surprise qu'on réserve à la reine, sa voisine. « A présent, je suis certain », écrivait-il à Londres dès le 13 février, donc, plusieurs semaines avant le meurtre, « que la reine regrette son mariage, et qu'elle le déteste, lui et toute sa tribu. Je crois aussi que Darnley croit avoir un partenaire dans son jeu *(partaker in play and game)* et que certaines tractations sont en cours entre le père et le fils pour qu'il s'empare de la couronne malgré elle. Je sais que si elles réussissent, David, avec l'assentiment du roi, aura la gorge tranchée avant dix jours. » Cet espion paraît renseigné sur les intentions les plus secrètes des conjurés : « Des choses encore pires que celles-ci », dit-il encore, « sont parvenues à mes oreilles, il s'agit même d'attentat contre sa personne à elle. » A en juger par cette lettre, il ne peut plus y avoir aucun doute que la conjuration avait des buts plus lointains que ceux confiés à cet imbécile de Darnley, que le coup mené soi-disant contre Riccio seul visait Marie Stuart elle-même et menaçait sa vie presque autant que celle de son secrétaire. Mais Darnley devenu fou furieux — les natures les plus lâches sont toujours les plus féroces, aussitôt qu'elles se sentent appuyées — veut une vengeance particulièrement cruelle vis-à-vis de l'homme qui lui a ravi la confiance de sa femme et dispose du sceau royal. Il exige que pour humilier la reine, le meurtre ait lieu en sa présence — illusion d'un faible, qui espère dompter une personnalité forte par une « punition » et reprendre une femme qui le méprise par un exploit brutal. Conformément à son désir, l'assassinat aura lieu, effectivement, dans les appartements de cette femme enceinte, et la date est fixée au 9 mars : l'horreur de l'exécution dépassera encore la bassesse de l'attentat.

Tandis qu'Élisabeth et ses ministres à Londres sont renseignés depuis des semaines sur ce qui va se passer (sans qu'elle songe à avertir sa « sœur » menacée), tandis que Murray tient ses chevaux sellés à la frontière et que John Knox prépare déjà le sermon qui exaltera le meurtre comme un acte « *most worthy of ail praise* », Marie Stuart, trahie par tous, ne devine rien. Au cours des derniers jours, précisément, Darnley — l'hypocrisie rend toujours la trahison spécialement odieuse — s'est montré tout à fait accommodant — et lorsque tombe le crépuscule du 9 mars, la reine est loin de se douter de la nuit d'épouvante qui l'attend et de ses répercussions fatales. Riccio, lui, a été averti par un inconnu, mais il n'en tient pas compte, car l'après-midi Darnley, pour endormir sa méfiance, l'a invité à une partie d'éteuf qu'il a acceptée avec joie et insouciance.

Le soir est venu. Marie Stuart, comme d'habitude, a fait servir le souper dans la pièce de la tour qui se trouve au premier étage et qui est contiguë à sa chambre à coucher : c'est une salle de peu d'importance qui ne peut réunir qu'une petite société. Quelques familiers, des gentilshommes et sa demi-sœur sont groupés autour de la lourde table ronde en chêne qu'éclairent des candélabres d'argent. David Riccio est assis en face de la reine ; il est couvert (selon la mode française) et porte un pourpoint de damas bordé de fourrure ; il bavarde gaiement, et sans doute fera-t-on un peu de musique après le souper ou se livrera-t-on à quelque distraction. Il ne paraît pas extraordinaire que tout à coup le rideau qui masque la chambre à coucher de la reine s'écarte et livre passage à Darnley, le roi, l'époux ; aussitôt tout le monde se lève, puis les convives se serrent pour faire une place à l'hôte de marque auprès de son épouse, qu'il enlace mollement et salue d'un baiser de Judas. La conversation continue, joyeuse, les assiettes et les verres font un bruit amical et hospitalier.

Mais voici que le rideau s'écarte encore. Cette fois les visages sont étonnés, inquiets, consternés : le nouveau venu est lord Patrick Ruthven, un des conjurés, homme redouté et qui passe pour se livrer à la magie. Il apparaît comme un ange noir, armé de pied en cap, l'épée nue à la main. Il est particulièrement pâle ; malgré la fièvre qui le tenait couché, il n'a pas craint de se lever pour participer à cette action d'éclat. Dans ses yeux ardents se lit une sombre énergie. La reine, soupçonnant aussitôt un danger — car personne en dehors de son époux n'a le droit de se servir de l'escalier secret qui conduit à sa chambre à coucher — apostrophe Ruthven, lui demande qui l'a autorisé à pénétrer chez elle sans se faire annoncer. Ruthven lui répond avec sang-froid qu'on ne nourrit vis-à-vis d'elle ni de personne de mauvaise intention. Il n'est venu que pour régler un compte avec ce « *yonder poltroon David* ».

Riccio pâlit sous son fastueux chapeau, ses mains crispées se serrent sous la table. Il a compris ce qui l'attend. Seule sa souveraine, seule Marie Stuart peut encore le sauver, car le roi ne fait pas mine de mettre l'insolent à la porte et reste là immobile, affectant un air détaché. Marie Stuart demande ce qu'on reproche à Riccio, quel crime il a commis.

Sur quoi Ruthven hausse dédaigneusement les épaules et répond : « Questionnez votre mari, Madame. »

Marie Stuart se tourne vers Darnley. Mais à l'heure décisive, le capon, qui depuis des semaines excite au meurtre, perd contenance. Il n'a pas le courage de se placer carrément à côté de Ruthven. « Je ne suis pas du tout au courant de cette affaire », dit-il gêné et en détournant le regard.

On entend derrière le rideau des pas énergiques et un cliquetis d'armes. Ce sont les autres conjurés, qui sont montés successivement par l'étroit escalier et qui, comme un mur de fer, coupent toute retraite à Riccio. La fuite est devenue impossible. Marie Stuart essaie de sauver son fidèle serviteur en discutant. Si l'on a quelque chose à reprocher à David, elle le traduira devant les lords du Parlement, mais pour l'instant elle ordonne à Ruthven et aux autres de quitter ses appartements. Des rebelles n'ont pas coutume d'obéir. Ruthven veut empoigner Riccio, pâle comme la mort, un autre lui jette une corde autour du corps et se met à le tirer dehors. Un affreux désordre se produit, la table se renverse, les lumières s'éteignent. Riccio, faible et sans armes, ni guerrier, ni héros, s'accroche à la robe de la reine ; on entend un cri strident, un cri d'angoisse : « *Madonna, io sono morto, giustizia, giustizia !* » Mais un des conjurés pointe son pistolet vers Marie Stuart et le déchargerait sur elle, ce qui eût été d'accord avec l'esprit du complot ; si un autre ne détournait pas l'arme à temps. Cependant Darnley est intervenu et retient sa femme dans ses bras jusqu'à ce que les conjurés aient sorti de la pièce la victime qui crie et se débat. Au moment où Riccio traverse la chambre à coucher il se cramponne au lit de la reine qui entend, impuissante, ses appels de détresse. Impitoyables, ses bourreaux lui font lâcher prise et le traînent plus loin encore, jusque dans la salle d'apparat ; là, ils se ruent sur lui comme des enragés. Leur intention, paraît-il, n'était que d'appréhender Riccio, pour le pendre le lendemain, solennellement, sur la place du Marché. Mais l'excitation les rend fous. Ils abattent, à l'envi, leurs poignards sur cet homme sans défense ; ivres de sang, ils frappent avec un tel acharnement qu'ils finissent par se blesser l'un l'autre. Déjà le parquet est tout baigné de sang et ils frappent toujours. Ils ne s'arrêtent qu'après avoir arraché le dernier soupir du corps palpitant du malheureux, dont le sang s'échappe par plus de cinquante plaies. Puis, lorsqu'il n'est plus qu'une horrible et informe masse de chair, le cadavre du meilleur ami de Marie Stuart est jeté par la fenêtre.

La reine exaspérée entend les cris d'agonie de son fidèle Riccio. Incapable d'échapper à l'étreinte de fer de Darnley, son âme passionnée se cabre devant l'incroyable humiliation que lui font subir ses sujets dans sa propre maison. Darnley peut lui meurtrir les mains, mais non lui fermer la bouche : écumant de rage, elle crache au visage du lâche son profond mépris. Elle l'appelle traître et fils de traître, elle s'accuse de l'avoir sorti de rien pour l'élever au trône. Darnley cherche en vain à excuser sa conduite, il lui reproche de s'être toujours refusée à lui depuis quelques mois, de s'être plus consacrée à Riccio qu'à son époux. Marie Stuart ne ménage pas non plus ses menaces à l'égard de Ruthven, qui vient de rentrer dans la pièce et se laisse tomber sur un siège, épuisé. Si Darnley pouvait lire dans les yeux de la reine, il frémirait tant ils contiennent de haine à son égard. Et s'il était plus intelligent, plus clairvoyant, quand elle lui déclare qu'elle ne se considère plus comme sa femme et qu'elle n'aura de repos que le jour où son cœur à lui sera en proie à la douleur et à l'épouvante comme le sien l'est à cette heure, il comprendrait toute la portée de ces mots. Mais Darnley, qui n'est capable que de courtes et brèves passions, ne se doute pas qu'en cet instant même elle vient de le condamner à mort. Il s'imagine, lorsque cette femme excédée se tait et se laisse conduire dans sa chambre avec une apparente docilité, que son énergie est brisée et qu'elle lui appartient de nouveau pour toujours. Il ne tardera pas à s'apercevoir qu'une haine qui sait se taire est plus dangereuse encore qu'une menace ouverte et que celui qui offense, comme il l'a fait, cette femme fière a prononcé sa propre condamnation.

Les cris de détresse de Riccio qu'on entraîne, le bruit des armes dans les appartements royaux ont réveillé le palais : l'épée à la main les fidèles de la reine, Bothwell et Huntly en tête, se précipitent hors de leur chambre. Mais les conjurés ont pris des précautions : de tous côtés Holyrood est entouré par leurs serviteurs en armes, les issues sont barrées afin qu'on ne puisse aller chercher du secours en ville. Pour sauver leur vie et appeler du renfort il ne reste à Bothwell et Huntly qu'à sauter par la fenêtre. Le prévôt d'Édimbourg, alerté par eux et mis au courant du danger où se trouve Marie Stuart, fait aussitôt sonner le tocsin. Cinq cents bourgeois se rassemblent autour du château et demandent à parler à la reine. Mais c'est Darnley qui les reçoit; il les rassure hypocritement en leur disant qu'il ne s'est rien passé de sérieux, qu'on n'a fait que se débarrasser d'un espion italien qui intriguait avec l'étranger dans le but de détruire le nouvel évangile et de réintroduire le papisme en Écosse. Le prévôt, bien entendu, n'ose pas douter de la parole royale, les braves bourgeois rentrent chez eux, cependant que Marie Stuart, qui avait essayé en vain de parler à ses sujets, est sévèrement consignée dans ses appartements. L'entrée en est défendue à ses dames d'honneur et à ses suivantes, toutes les portes du château sont triplement gardées : la reine est devenue prisonnière. La conjuration a réussi jusque dans ses plus petits détails. Le cadavre déchiqueté du meilleur serviteur de Marie Stuart est étendu dans une mare de sang au milieu de la cour, son mari se trouve à la tête de ses ennemis, c'est lui maintenant qui dispose des droits royaux, tandis qu'il ne lui est même plus permis à elle de quitter ses appartements. D'un seul coup elle est précipitée à terre du degré le plus élevé du pouvoir, elle est sans autorité, sans appui, abandonnée, méprisée. Tout semble perdu pour elle en cette effroyable nuit; mais sa volonté se durcit sous le marteau de la destinée. Marie Stuart trouve toujours, au moment où il y va de sa liberté, de son honneur, de sa royauté, plus de force en elle-même qu'en tous ses aides et serviteurs.

Les félons trahis

Mars-juin 1566

Le danger, pour Marie Stuart, est toujours une chose heureuse. Ce n'est que dans les moments décisifs, quand elle est obligée de mettre en jeu tout son être, qu'on se rend compte des dons extraordinaires que cette femme cache en elle : une volonté de fer, une vision nette et rapide des choses, un courage impétueux, voire héroïque. Mais pour que de telles facultés entrent en action, il faut qu'elle ait été touchée durement au plus profond d'elle-même. Ce n'est qu'alors que ces forces morales habituellement éparses se groupent et deviennent un bloc d'énergie. Celui qui essaie d'humilier Marie Stuart en réalité la fait se redresser ; toute épreuve du sort lui est favorable et profitable au sens le plus exact du mot. L'humiliation qu'on vient de lui infliger transforme son caractère, et ce pour toujours. Dans la forge ardente de cette terrible expérience où son insouciante confiance s'est vue trahie à la fois par son époux, son frère, ses sujets, tout, chez cette femme ordinairement douce et tendre, se trempe et acquiert la dureté et l'inflexibilité d'une épée. Mais comme toute bonne épée a deux tranchants, le caractère de Marie Stuart montre deux faces à partir de cette nuit où prend naissance la série de ses malheurs. La grande et sanglante tragédie a commencé.

Seule, l'idée de vengeance occupe son esprit,

lorsque, enfermée dans sa chambre, prisonnière de sujets félons, elle arpente fébrilement la pièce ; elle ne pense qu'à une chose, n'examine qu'une chose : elle se demande comment elle brisera le cercle de ses ennemis et vengera le sang de Riccio qui fume encore sur le plancher, comment elle fera de nouveau plier les rebelles ou comment elle poussera devant le billot ceux qui tout à l'heure la narguaient et mettaient la main sur elle, la reine. Il semble à cette audacieuse lutteuse qu'en présence de l'affront qu'elle a subi tous les moyens soient bons et permis. Un changement se produit au fond d'elle-même : celle qui jusque-là fut imprudente devient prudente et réservée, celle qui ne savait point mentir apprend à feindre, celle qui jusqu'à présent joua franc jeu avec tous usera désormais de tous les moyens pour battre les traîtres avec leurs propres armes. Il arrive qu'un individu apprenne plus en un jour que d'ordinaire pendant des mois ou des années ; c'est une de ces leçons décisives et inoubliables que Marie Stuart vient de recevoir ; les poignards des conjurés n'ont pas seulement assassiné sous ses yeux son fidèle serviteur, ils ont tué sa confiance et sa naïveté. Quelle erreur d'être crédule vis-à-vis de traîtres, honnête à l'égard de menteurs, quelle sottise de livrer son cœur à des sans-cœur ! Désormais elle dissimulera, elle masquera ses sentiments, cachera sa rage, elle fera bonne mine à ses ennemis jurés, elle rentrera sa haine et attendra l'heure de la vengeance, l'heure des représailles ! Elle mettra tout en œuvre pour cacher ses véritables pensées, elle endormira ses ennemis en les laissant s'abandonner à l'ivresse du triomphe, mieux vaut se faire humble pendant quelques jours pour ensuite pouvoir mater à jamais ces coquins ! On ne peut venger une telle offense qu'en trahissant les félons plus audacieusement, plus hardiment, plus cyniquement qu'ils n'ont trahi.

Avec le génie subit que le danger prête souvent aux individus, fussent-ils mous et nonchalants,

Marie Stuart dresse ses plans. Elle juge du premier coup d'œil que la situation est sans issue aussi longtemps que Darnley et les conjurés seront d'accord. Il n'y a qu'une chose qui puisse la sauver : réussir à enfoncer à temps un coin dans le bloc de ses ennemis. Ne pouvant pas briser d'un seul coup la chaîne qui l'étrangle, il faut que par la ruse elle essaie de la limer à l'endroit le moins solide : il faut qu'elle arrive à faire trahir les traîtres par l'un d'eux. Et celui de tous qui a l'âme la plus faible, elle ne le sait que trop, c'est Darnley, ce « cœur de cire », malléable sous la pression de toute main forte.

Marie Stuart fait preuve d'une très grande habileté psychologique : elle déclare tout d'abord être en proie aux douleurs de l'enfantement. L'agitation de la nuit précédente, un meurtre brutal perpétré devant une femme grosse de cinq mois peuvent faire croire à la possibilité d'un accouchement prématuré. Elle simule de violentes crampes, se couche sur l'heure, et personne, alors, ne peut, sans risquer de se voir accuser de cruauté, refuser à la malade l'assistance de ses servantes et du médecin.

Pour le moment, elle n'en demande pas davantage, car elle a réussi ainsi à desserrer l'étau de la surveillance dont elle est l'objet. Elle peut par l'intermédiaire de ses fidèles serviteurs faire parvenir un message à Bothwell et à Huntly. De plus, sa maladie simulée jette le trouble dans l'âme des conjurés et spécialement dans celle de Darnley. Car l'être qu'elle porte dans son sein est l'héritier du trône d'Écosse, du trône d'Angleterre et le père aurait aux yeux du monde une immense responsabilité si par sa faute la vie de l'enfant était menacée. Extrêmement inquiet, Darnley se rend dans les appartements de sa femme.

Et maintenant commence une scène d'envergure shakespearienne, que, dans son invraisemblance, on ne saurait comparer qu'à celle où Richard III, devant le cercueil de celui qu'il a assassiné, demande la main de la veuve et l'obtient. Ici aussi la victime n'est pas encore enterrée, ici aussi le meurtrier se trouve en face d'un être vis-à-vis duquel il a commis la trahison la plus infâme qu'on puisse imaginer, ici également l'art de feindre atteint une éloquence démoniaque. Personne n'a été témoin de cette scène, on n'en connaît que le début et la fin. Darnley arrive dans la chambre de celle qu'il a mortellement offensée la veille, et qui, dans sa première et sincère indignation, lui a juré de se venger. De même que Kriemhild devant le cadavre de Siegfried, hier elle crispait le poing contre le meurtrier, mais de même que Kriemhild également elle a appris en une nuit à masquer sa haine, à taire ses désirs de vengeance. Darnley ne reconnaît plus en Marie Stuart l'adversaire dressée altièrement devant lui, mais une pauvre femme brisée, lasse à mourir, un être soumis, qui le regarde tendrement, lui, l'homme fort et tyrannique qui a prouvé qu'il était le maître. Ce vaniteux imbécile trouve là tout le triomphe dont il rêvait la veille si superbement : enfin sa femme recommence à lui appartenir. Depuis qu'elle a senti sa main de fer, la fière et orgueilleuse créature est matée ; depuis qu'il a supprimé ce misérable Italien, elle sert de nouveau son véritable seigneur et maître.

Un homme intelligent et réfléchi jugerait une métamorphose aussi rapide plutôt louche. Le cri strident de la veille, lorsque les yeux luisants comme l'acier d'un poignard elle l'avait appelé traître et fils de traître, devrait encore résonner à ses oreilles. Il devrait se rappeler que cette fille des Stuart ignore le pardon d'une humiliation et l'oubli des offenses. Mais Darnley est crédule comme tous les fats quand on les flatte, et oublieux comme tous les imbéciles. De plus — étrange complication — ce garçon au sang chaud est de tous les hommes que Marie Stuart a rencontrés celui qui physiquement l'a aimée avec le plus de passion, cet homme sensuel est attaché à son corps avec la servilité d'un chien, et rien ne l'avait autant exaspéré que lorsqu'elle s'était brusquement refusée à ses étreintes. Et voilà que — miracle inespéré — la femme désirée promet d'être de nouveau sienne : celle qui avait pris l'habitude de le repousser insiste pour qu'il passe la nuit avec elle. Aussitôt l'énergie de Darnley s'évanouit, il se montre tendre et servile, il redevient son domestique, son esclave. Il ne s'est pas passé vingt-quatre heures depuis le meurtre que Darnley est déjà tout prêt à trahir ses complices ; la femme le ramène à elle plus aisément que les autres ne l'avaient attiré à eux. Il livre tous les noms des conjurés, il consent à faciliter la fuite de Marie Stuart et à fuir avec elle, il accepte lâchement de devenir l'agent d'une vengeance qui finalement doit l'atteindre lui-même. Il quitte transformé en instrument docile la pièce dans laquelle il croyait entrer en seigneur et maître. Quelques heures après avoir subi la plus cuisante des défaites, Marie Stuart a déjà rompu le front de ses ennemis. Le principal des conjurés s'est dressé contre ses complices sans qu'ils s'en doutent, une feinte adroite a vaincu la basse trahison des autres.

L'œuvre de sa libération est à moitié accomplie, lorsque Murray, accompagné des autres lords exilés, rentre à Édimbourg ; en tacticien adroit et avisé il s'est bien gardé d'être là au moment du meurtre et rien ne prouve sa participation au complot dont il a été l'âme — jamais cet homme habile ne s'aventurera sur un chemin trop dangereux. Comme toujours, quand d'autres se sont chargés de la besogne difficile, il arrive, calme, fier, sûr de lui, pour récolter de ses mains pures les fruits de leur action. C'est ce jour-là, précisément, le 11 avril, que, d'accord avec les dispositions prises par Marie Stuart, il allait être officiellement déclaré traître devant le Parlement. Soudain sa sœur captive a oublié toute haine. En parfaite comédienne, jouant le désespoir, elle se jette hypocritement dans ses bras. Elle supplie l'homme qu'elle bannissait hier de lui prêter aide et assistance.

Murray en bon psychologue juge clairement la situation. Il n'y a aucun doute qu'il a voulu et approuvé le meurtre de Riccio afin de contrecarrer la secrète politique catholique de Marie Stuart; l'Italien avait, à ses yeux, nui à la cause protestante, à la cause écossaise, et il était en outre un obstacle à son ambition. Maintenant que l'on s'est débarrassé de cet intrigant, Murray voudrait que toute cette trouble histoire fût effacée et c'est pourquoi il propose un compromis : les conjurés mettront fin sur l'heure à l'odieuse surveillance qu'ils ont imposée à la reine et lui rendront toute son autorité. Qu'elle, de son côté, oublie ces événements et pardonne aux meurtriers par patriotisme.

Marie Stuart, qui, pendant ce temps, a déjà combiné sa fuite avec son traître d'époux ne pense certes pas à pardonner aux assassins. Mais puisqu'il s'agit pour elle d'endormir la vigilance des rebelles elle adopte une attitude magnanime et fait mine d'être d'accord. Quarante-huit heures après le meurtre toute l'affaire semble enterrée en même temps que le corps déchiqueté de Riccio; on fera comme s'il ne s'était rien passé. Un petit ménétrier a été assassiné, quelle importance cela peut-il avoir! On oubliera ce va-nu-pieds étranger et la paix régnera de nouveau en Écosse.

Le pacte est conclu. Les conjurés, toutefois, hésitent à retirer les sentinelles placées aux portes de la reine. Ils éprouvent comme une espèce d'inquiétude. Ils connaissent trop l'orgueil des Stuart pour croire que réellement, malgré ses belles promesses, Marie oubliera et pardonnera le meurtre infâme de son serviteur. Il leur paraît plus sûr de surveiller en permanence cette femme indomptable et de lui enlever toute possibilité de vengeance : ils savent que tant qu'on lui laissera si peu que ce soit de liberté elle restera dangereuse. Et il y a autre chose encore qui ne leur plaît pas : c'est que Darnley se rend constamment dans ses appartements et qu'il a de longues conversations avec la soi-disant malade. Ils savent par expérience combien il est facile d'avoir raison de ce caractère faible. Ils commencent à exprimer ouvertement le soupçon que Marie Stuart veut l'attirer de son côté. Ils mettent instamment Darnley en garde contre les promesses de son épouse, ils le conjurent de leur rester fidèle, car, autrement — parole prophétique — ils auraient à le regretter elle et lui. Et bien que le menteur leur assure que tout est oublié et pardonné, ils estiment quand même qu'il vaut mieux ne pas retirer les gardes avant que Marie Stuart leur ait promis l'impunité par écrit. Comme pour le meurtre, ces étranges amis du droit veulent un papier, un « bond », pour son absolution.

Cependant Marie Stuart est bien trop prudente et bien trop fière pour se commettre avec des meurtriers et leur donner sa signature. Il ne faut pas qu'aucun de ces misérables puisse se vanter de tenir un engagement de sa main. Mais justement parce qu'elle est décidée à ne pas garantir l'impunité aux conjurés, elle fait mine d'y être disposée : il s'agit de gagner du temps jusqu'au soir ! Darnley, qu'elle a bien en main, est chargé de la triste tâche de tenir en échec ses complices de la veille tout en leur manifestant une fausse cordialité. Elle l'envoie auprès des rebelles comme négociateur, et, d'accord avec eux, il établit une lettre d'immunité à laquelle il ne manque plus rien que la signature de Marie Stuart. Darnley déclare alors qu'il ne peut pas l'aller demander à une heure aussi tardive, que la reine, complètement épuisée, s'est endormie. Mais il s'engage — qu'importe à ce menteur un mensonge de plus ! — à leur remettre le document signé le lendemain matin. Quand un roi donne sa parole, se méfier de lui serait une offense. Les conjurés retirent les gardes. Marie Stuart n'en demandait pas plus. Maintenant la voie est libre pour la fuite.

A peine les sentinelles ont-elles quitté sa porte, qu'elle abandonne vite son lit de fausse malade et fait ses préparatifs. Bothwell et ses amis du dehors sont prévenus depuis longtemps ; à minuit des chevaux sellés attendent à l'ombre du cimetière. Il faut cependant endormir tout à fait la vigilance des conjurés ; c'est encore à Darnley qu'incombe le rôle odieux de les griser de gentillesses et de vin. Marionnette docile, il invite ses complices à un grand souper où l'on boit ferme en fêtant la réconciliation jusqu'à une heure avancée de la nuit ; lorsque ses commensaux, la tête et les pieds lourds, vont enfin se coucher, Darnley évite exprès de se rendre dans la chambre de Marie Stuart afin de ne pas éveiller de soupçons. Mais ses compagnons se sentent trop sûrs pour s'inquiéter. La reine leur a promis le pardon, le roi le leur a garanti, Riccio est enterré et Murray est revenu : pourquoi réfléchir encore et rester sur ses gardes ? Il n'y a qu'à aller se coucher et, après une journée aussi fatigante, cuver l'ivresse du vin et du triomphe.

Le silence règne dans les couloirs du château endormi. A minuit une porte s'ouvre doucement ; Marie Stuart, longeant les chambres des domestiques, descend les escaliers à tâtons, gagne les caves d'où un passage souterrain mène au cimetière : chemin effroyable sous ces voûtes froides et suintantes ! Les flambeaux jettent une lueur tremblante sur l'obscurité des murs, frôlent des caveaux et des ossements mis en tas. Enfin l'air libre, la sortie ! Il ne s'agit plus que de traverser le cimetière à l'extérieur duquel ses amis l'attendent. Soudain Darnley hésite, trébuche presque, la reine le rejoint et ils voient avec effroi une tombe fraîche : celle de Riccio.

Le cœur d'acier de la femme offensée n'en sera que plus dur. Elle sait qu'elle a deux choses à accomplir : sauver par cette fuite son honneur de reine et donner au monde un enfant, un héritier à la couronne — ensuite se venger de tous ceux qui ont contribué à son humiliation ! Se venger aussi de celui qui, à présent, est son auxiliaire par bêtise !

Sans hésiter un instant cette femme grosse de cinq mois monte à califourchon derrière Arthur Erskine, le fidèle capitaine de sa garde du corps. Elle se sent plus sûre près de cet étranger que près de son époux qui, du reste, désireux de se mettre à l'abri, prend les devants sans l'attendre. Sur le cheval d'Erskine, cramponnée à lui, elle fait vingt et un milles au galop et arrive au château de lord Seton. Là on lui fournit un cheval et une escorte de deux cents cavaliers ; lorsque le jour se montre, la fugitive est redevenue souveraine. Dans la matinée elle atteint son château de Dunbar. Mais au lieu de se reposer, de s'accorder un peu de répit, elle se met tout de suite au travail : il ne suffit pas d'avoir le titre de reine, il faut, à des moments pareils, lutter pour l'être réellement. Elle dicte et envoie des lettres de tous les côtés pour convoquer les nobles qui lui sont restés fidèles, pour rassembler une armée contre les rebelles qui occupent Holyrood. Sa vie est sauve, il y va maintenant de la couronne, de l'honneur ! Toujours, quand il s'agit de tirer vengeance de ses ennemis, quand la passion allume son sang, cette femme sait vaincre fatigue et faiblesse ; dans les grands moments, dans les moments décisifs son cœur est à la hauteur du devoir à accomplir.

Cruel réveil pour les conjurés, le matin, au château de Holyrood : les chambres vides, la reine en fuite, leur associé et protecteur Darnley également disparu ! Au premier moment ils ne saisissent pas toute l'étendue de leur malheur ; confiants en la parole de Darnley, ils croient toujours que l'amnistie générale dont ils ont établi le texte avec lui la veille garde sa valeur. Et, en effet, il est difficile d'imaginer aussi infâme trahison. Ils ne peuvent pas encore y croire. Ils envoient humblement un messager, lord Sempill, à Dunbar, pour demander la remise du document. Mais Marie Stuart le fait attendre devant la porte pendant trois jours ; elle ne traite pas avec des rebelles et cela d'autant moins que Bothwell vient de rassembler ses troupes.

Les traîtres sentent passer un frisson sur leurs épaules, leurs rangs ne tardent pas à s'éclaircir. L'un après l'autre ils font leur soumission et supplient qu'on les pardonne ; quant aux acteurs principaux comme Ruthven, qui le premier s'est précipité sur Riccio, et ce Faudonside qui a braqué son pistolet sur la reine, ils savent qu'ils ne peuvent espérer leur grâce et s'empressent de quitter le pays ; John Knox lui-même, qui avait vanté trop tôt et trop haut ce meurtre comme une action bienfaisante, disparaît avec eux.

Si Marie Stuart obéissait à son désir de vengeance elle ferait un exemple et montrerait au clan rebelle des nobles qu'on ne conspire pas impunément contre elle. Mais la situation a été assez dangereuse pour lui apprendre à agir dorénavant avec plus de circonspection. Son demi-frère Murray, bien qu'étant au courant du complot — son retour au moment favorable le prouve —, n'y a pas pris une part active. Marie Stuart se rend compte qu'il est sage de ménager cet homme puissant. « Pour ne pas risquer d'avoir trop d'adversaires à la fois », comme elle le dit, elle aime mieux fermer les yeux. Si elle voulait sérieusement la punition des coupables, le premier à punir ne serait-ce pas Darnley qui a conduit les meurtriers dans ses appartements, qui lui a paralysé les mains pendant l'assassinat ? Mais après avoir déjà souffert dans sa réputation par le scandale Chastelard, Marie Stuart a toutes les raisons de ne pas faire apparaître son époux comme le vengeur ombrageux et jaloux de son honneur. *Semper aliquid haeret ;* il vaut mieux travestir les faits, faire croire que le principal instigateur du crime n'y a point participé. Chose difficile : Darnley n'a-t-il point signé deux bonds à ce sujet, conclu un contrat en règle dans lequel il assure à l'avance complète impunité aux assassins, prêté aimablement son propre poignard à l'un des bouchers — il fut retrouvé dans le corps déchiqueté de Riccio ? Et pourtant, manœuvré par Marie Stuart, il fait déclarer publiquement que « sur son honneur et sa parole de prince », jamais il n'a participé à « cette odieuse conspiration », que c'est mensonge et calomnie que de l'accuser de l'avoir « conseillée, commandée, approuvée et aidée », alors que dans tout le pays chacun sait que non seulement il l'a « counselled, commanded, consented, assisted » mais qu'il l'a également « approved » par écrit. Si la lâcheté dont ce veule pantin a fait preuve pendant le meurtre pouvait encore être dépassée, elle le serait par cette déclaration ; par ce faux serment devant le peuple et le pays il s'est jugé lui-même. De tous ceux dont Marie Stuart avait juré de se venger, Darnley est celui qu'elle a frappé le plus cruellement, en l'obligeant, lui, que secrètement elle méprisait depuis longtemps, à se rendre méprisable à tout jamais aux yeux du monde.

Un voile de mensonge recouvre maintenant le crime. Le couple royal, soudain merveilleusement uni, fait son entrée triomphale dans Édimbourg au son bruyant des fanfares. Tout paraît calme et apaisé. Pour garder une vague apparence de justice et malgré tout n'effrayer personne, on pend quelques pauvres diables de peu d'importance, des manants et des soldats qui, sur l'ordre de leurs seigneurs, gardaient les portes du château tandis qu'eux, à l'intérieur, jouaient du poignard ; quant aux criminels ils bénéficient de l'impunité ; on donne à Riccio, mince consolation pour un mort, une sépulture décente au cimetière royal, son frère le remplace dans la maison de la reine et l'on juge que le tragique événement doit être pardonné et oublié !

Après toutes ces péripéties et émotions Marie Stuart se rend compte que ce n'est que comme mère d'un futur roi que sa personne sera à l'abri, que pourra se redresser sa position bien ébranlée. Elle attend, soucieuse, l'heure de sa délivrance. Une étrange tristesse, une sorte de découragement s'empare d'elle pendant les dernières semaines. Une inquiétude persiste-t-elle en son âme depuis la mort de Riccio ? Craint-elle un malheur ? Toujours est-il qu'elle fait un testament dans lequel elle lègue à Darnley la bague qu'il lui a passée au doigt le jour de leur mariage ; elle n'oublie pas Joseph Riccio, ni Bothwell, ni les quatre Marie ; pour la première fois de sa vie, cette femme semble redouter la mort ou quelque danger. Elle quitte Holyrood qui, ainsi que l'a prouvé la nuit tragique, n'offre pas assez de sécurité et se rend au château d'Édimbourg, plus inconfortable, mais imprenable, pour donner la vie, peut-être au prix de la sienne, au futur héritier des couronnes écossaise et anglaise.

Le matin du 9 juin 1566 les canons de la forteresse tonnent pour annoncer à la ville la joyeuse nouvelle. Marie Stuart a mis au monde un fils, un Stuart, un roi d'Écosse est né ; c'en est fini du dangereux règne des femmes. Le rêve le plus ardent de la mère, le souhait du pays est superbement réalisé. A peine a-t-elle donné le jour à cet enfant que Marie Stuart se sent aussi le devoir de mettre l'honneur de son fils à l'abri. Elle n'ignore pas les moyens infâmes dont les conjurés se sont servis auprès de Darnley, elle sait qu'ils l'ont amené à croire qu'elle l'avait trompé avec Riccio. Elle devine combien on se réjouirait à Londres de tout prétexte permettant de contester à cet héritier une paternité régulière et peut-être plus tard la légitimité de ses droits à la couronne d'Angleterre ; c'est pourquoi elle veut mettre fin une fois pour toutes et publiquement aux bruits odieux qui courent. Elle fait appeler Darnley dans sa chambre et lui montre l'enfant devant la cour réunie en lui disant : « Dieu nous a donné un fils à vous et à moi, qui n'est engendré par personne d'autre que par vous. »

Darnley est embarrassé, car c'est lui qui a le plus contribué par ses bavardages jaloux à répandre les calomnies des lords. Que doit-il répondre à des paroles aussi solennelles ? Afin de cacher sa gêne il se penche sur le nouveau-né et l'embrasse.

Mais Marie Stuart prend l'enfant dans ses bras, le lui présente une seconde fois et dit à haute voix : « J'atteste devant Dieu, comme si je me trouvais ici au jugement dernier, que c'est là votre fils et non celui d'un autre, et je désire que toutes les femmes et que tous les hommes ici présents soient témoins que c'est tellement votre fils que je crains presque que cela ne tourne mal pour lui. »

C'est à la fois un grand serment et une étrange déclaration : même en cet instant imposant cette femme ne peut cacher sa méfiance vis-à-vis de Darnley. Il lui est impossible d'oublier combien son mari l'a déçue et blessée. Après ces paroles pleines d'allusions elle passe l'enfant à un des lords, William Standed, et dit : « Voici le prince qui le premier, je l'espère, réunira les deux royaumes d'Écosse et d'Angleterre. »

Quelque peu surpris, Standed lui répond :

« — Pourquoi donc, Madame, devrait-il précéder Votre Majesté et son père ?

« — Parce que son père a détruit notre union », déclare Marie Stuart.

Darnley, humilié devant tout le monde, essaie de calmer la reine :

« — Cela n'est-il pas contraire à votre promesse de tout pardonner et de tout oublier, Madame ?

« — J'ai tout pardonné, répond la reine, mais je ne pourrai jamais oublier. Si l'autre jour Faudonside avait déchargé son pistolet, que serait-il advenu de l'enfant et de moi ? Et qu'auriez-vous fait ? Dieu seul le sait, mais nous pouvons le supposer.

« — Madame, lui reproche alors Darnley, c'est pourtant là une affaire liquidée.

« — C'est bien, n'en parlons plus », achève la reine.

Ainsi se termine cette conversation orageuse annonciatrice de malheurs. Marie Stuart n'a dit que la moitié de la vérité, en déclarant qu'elle avait pardonné mais non oublié, car la paix ne régnera jamais plus dans ce château, dans ce pays, aussi longtemps que la violence n'aura pas répondu à la violence, que le sang n'aura pas lavé le sang.

A peine la mère est-elle délivrée, à peine l'enfant est-il né, que Jacques Melville, le messager le plus sûr de Marie Stuart, enfourche sa monture. Il est midi. Le soir il a déjà traversé l'Écosse et atteint la frontière. Il passe la nuit à Berwick, le lendemain matin il continue sa route au galop. Le 12 juin au soir, après ce tour de force, il entre à Londres sur son cheval écumant. Là il apprend qu'Élisabeth donne un bal au château de Greenwich ; en dépit de toute fatigue, il saute sur une autre monture, et en avant, pour apporter la nouvelle la nuit même !

Élisabeth elle-même a dansé à ce grand bal ; après une longue et grave maladie elle a recouvré ses forces. Vive, gaie, fardée et poudrée, elle est là dans sa robe cloche, telle une immense tulipe exotique, au milieu de ses courtisans. Voici que son secrétaire d'État Cecil, suivi de Jacques Melville, se fraie un chemin à travers les danseurs. Il se dirige vers la reine et lui chuchote que Marie Stuart vient de donner le jour à un fils.

Comme souveraine, Élisabeth est une habile diplomate, maîtresse d'elle-même et versée dans l'art de dissimuler ses véritables sentiments. Mais cette nouvelle touche la femme en elle, elle s'enfonce comme un poignard dans le plus profond de sa chair. La surprise est si grande que ses lèvres pincées, ses yeux en colère oublient de mentir. Son expression, l'espace d'un instant, devient hagarde, son sang se retire sous le fard, sa main se crispe. Elle fait taire la musique ; la danse se fige instantanément et la reine quitte la salle avec précipitation, parce qu'elle sent qu'elle ne saurait dominer ses nerfs plus longtemps. Mais dès qu'elle est dans sa chambre, entourée de ses femmes agitées, elle abandonne sa rigidité royale et, foudroyée, par la douleur, elle s'effondre sur un siège en gémissant et sanglotant : « La reine d'Écosse vient d'accoucher d'un fils, et moi je ne suis qu'un tronc stérile. »

Jamais, au cours de ses soixante-dix ans, la tragédie de cette malheureuse femme ne s'est manifestée plus nettement qu'en cette minute ; jamais son secret, sa souffrance de se savoir condamnée à la privation de tout amour normal et à la stérilité ne s'est autant trahie que dans ce cri, qui jaillit comme une hémorragie du plus féminin, du plus profond, du plus sincère d'elle-même. On le sent, cette femme aurait donné tous les royaumes de la terre pour le bonheur simple, pur et naturel d'être tout à fait femme, tout à fait amante. Elle eût peut-être pardonné à Marie Stuart son autorité, ses succès de reine, mais son âme se cabre de désespoir, une envie mortelle la déchire à l'idée que sa rivale est mère.

Le lendemain matin, cependant, Élisabeth est redevenue tout à fait reine, diplomate, femme politique. Elle montre à nouveau son art éprouvé de masquer mécontentement, rancune, douleur derrière des paroles froides et solennelles. Le sourire aux lèvres, tel un fard adroitement appliqué, elle reçoit Melville avec honneur et l'on croirait, à l'entendre, que rarement elle apprit aussi réjouissante nouvelle. Elle le prie de transmettre ses plus cordiales félicitations à Marie Stuart, elle renouvelle sa promesse d'être la marraine de l'enfant et de venir elle-même si possible au baptême. Justement parce qu'elle est jalouse de sa cousine, elle désire, — éternelle comédienne — paraître grande et généreuse aux yeux du monde.

La situation s'est nettement retournée en faveur de Marie Stuart, tous les dangers semblent surmontés, les difficultés réglées d'une façon merveilleuse. De nouveau les nuages amassés au-dessus d'elle se sont heureusement dissipés. Mais les épreuves n'assagissent point les audacieux, au contraire ils n'en deviennent que plus téméraires. Marie Stuart n'est pas née pour la tranquillité et le bonheur. Sans cesse la pousse une force intérieure. Il apparaît une fois de plus que ce ne sont pas les événements et les hasards du monde extérieur qui impriment sa forme et son sens à une destinée. Ce sont toujours les lois innées propres à l'individu qui créent ou détruisent sa vie.

Effroyable complication

Juillet à Noël 1566

La naissance de son enfant représente dans la tragédie de Marie Stuart la fin du premier acte, lequel n'est que la préparation de l'action. Les faits ont pris subitement une allure dramatique et tremblent de tension intérieure. De nouveaux personnages, de nouveaux caractères font leur apparition, la scène se modifie, de politique la tragédie devient personnelle. Jusqu'alors Marie Stuart avait lutté contre les rebelles de son pays, contre ses ennemis d'au-delà de la frontière. Et voilà qu'une force nouvelle l'assaille, plus redoutable que tous les lords et barons réunis : ce sont ses propres sens qui se révoltent à présent, c'est la femme en Marie Stuart qui entre en guerre contre la reine. Sa volonté de puissance s'efface devant la volonté du sang. Dans sa passion et sa légèreté, la femme qui s'est réveillée en elle détruit ce que la souveraine réfléchie avait jusqu'ici bien défendu ; comme on se précipite dans un abîme elle se jette à corps perdu dans une aventure amoureuse telle que l'histoire n'en connaît pas de semblable et qui lui fait oublier tout : morale, loi, honneur, couronne, pays — elle nous montre une âme tragique dont on ne pouvait guère soupçonner l'existence ni dans la brave et honnête petite princesse, ni dans la veuve calme et insouciante. En une année Marie Stuart fait de sa vie un drame aux dimensions infinies, en l'espace d'un an elle détruit cette vie.

Au début de ce second acte apparaît de nouveau Darnley, lui aussi changé et tragiquement transformé. Il est seul, car, à cet homme qui a tout trahi, personne n'accorde plus la moindre amitié, la moindre confiance. Une profonde amertume, une fureur impuissante rongent l'âme de cet individu ambitieux. Tout ce qu'un homme peut faire pour une femme il l'a fait et il pensait recevoir en échange une certaine reconnaissance, un peu de soumission, de dévouement, et peut-être même d'amour. Au lieu de cela Darnley ne rencontre plus chez Marie Stuart, dès qu'elle n'a plus besoin de lui, qu'une répugnance qui augmente chaque jour. La reine reste impitoyable. Pour se venger du traître, pour lui faire connaître la complicité de son mari dans l'assassinat de Riccio, les lords en fuite lui ont fait remettre en secret la lettre d'immunité signée par Darnley avant le crime. Ce papier n'apprend certes rien de nouveau à Marie Stuart, mais plus elle méprise l'âme vile et traîtresse de Darnley, moins cette femme fière peut se pardonner d'avoir aimé un être aussi vain. Elle hait en lui sa propre erreur ; il y a longtemps que l'homme en Darnley lui répugne comme une créature visqueuse, une limace, un serpent que la main se refuse à toucher et dont le corps nu d'une femme permet encore bien moins l'approche. L'existence et la présence d'un tel individu sont pour elle un cauchemar. Et une seule pensée l'occupe jour et nuit : comment se délivrer, se débarrasser de lui ?

Cette pensée, au début, n'est même pas accompagnée d'un désir de violence quelconque : ce qui arrive à Marie Stuart n'est pas un cas exceptionnel. Comme des milliers d'autres femmes, elle se sent, au bout de peu de temps de mariage, trop douloureusement déçue pour pouvoir supporter plus longtemps les caresses de cet homme, qui lui est devenu tout à fait étranger. Dans un pareil cas le divorce apparaît comme la solution la plus naturelle, et en effet Marie Stuart en parle déjà avec Murray et Maitland. Mais une séparation tout de suite après la naissance de l'enfant ranimerait les bavardages dangereux sur ses prétendus rapports avec Riccio et on ne manquerait pas de dire que son enfant est un bâtard. Pour ne pas risquer de voir souiller le nom de son fils, qui ne peut prétendre à lui succéder que s'il est le rejeton d'un mariage absolument inattaquable, la reine est obligée — souffrance effroyable ! — de renoncer à cette solution.

Mais on peut encore recourir à un autre moyen : il y a l'accord tacite entre l'homme et la femme de continuer à jouer pour l'extérieur le rôle de gens mariés tout en se rendant mutuellement leur liberté. De cette façon Marie Stuart serait débarrassée des sollicitations amoureuses de Darnley et devant le monde les apparences seraient sauvées. Que Marie Stuart ait aussi envisagé ce genre de libération, c'est ce que prouve une conversation qu'elle a eue avec Darnley et au cours de laquelle elle s'efforça de le convaincre de prendre une maîtresse, si possible la femme de Murray, l'homme qu'il détestait le plus au monde. Par cette invitation présentée sous forme de plaisanterie, elle voulait lui montrer qu'il ne l'offenserait pas du tout en cherchant une compensation ailleurs. Mais Darnley ne veut que d'elle, c'est à cette femme énergique et fière que ce pauvre et pitoyable garçon s'accroche avec désespoir. Jamais on ne le voit avec d'autres femmes, seule la sienne excite ses désirs et le rend fou. Sans cesse il se fait plus pressant auprès de son épouse, mais plus il la harcèle, plus elle se refuse brutalement à lui. Et plus elle le repousse, plus son désir se fait sournois, coléreux, plus il revient à la charge, servile et rampant. Malgré toute sa répugnance Marie Stuart reste donc liée à lui sans espoir de libération : c'est la rançon de son égarement, de la faute qu'elle a commise en accordant si précipitamment à cet individu sans principes ni noblesse l'autorité d'un mari.

Dans cette cruelle situation, Marie Stuart fait ce que font la plupart des personnes en pareil cas : elle fuit la décision, elle évite la lutte ouverte. Il est remarquable que presque tous ses biographes ont déclaré inconcevable le fait qu'elle ne se soit point reposée plus longtemps après son accouchement et ait quitté le palais et son enfant au bout de quatre semaines pour se rendre en bateau à Alloa, domaine du comte de Mar. Mais rien n'est plus explicable en vérité que ce départ. Le délai était expiré pendant lequel elle pouvait, sans raison particulière, refuser son corps à l'époux qu'elle n'aimait plus. Maintenant il allait de nouveau l'importuner, la tourmenter jour et nuit, et son âme comme son corps se révoltaient à l'idée d'un contact avec cet homme. Quoi de plus naturel par conséquent que Marie Stuart ait fui son approche, qu'elle ait mis quelque espace entre elle et lui, qu'elle se soit rendue libre physiquement et moralement ? Et il en est de même pour tous ces voyages de château en château, de chasse en chasse, pendant les mois qui vont suivre, durant tout l'été, jusque tard dans l'automne : ils ne sont rien d'autre qu'une fuite continuelle. Qu'elle cherche à s'amuser, qu'à Alloa et partout Marie Stuart, qui n'a pas encore vingt-quatre ans, passe le temps joyeusement dans les bals masqués et les plaisirs les plus variés, comme au temps de Chastelard et de Riccio, cela ne fait que confirmer avec quelle rapidité cette femme d'une dangereuse insouciance oublie les plus terribles expériences. Une fois Darnley essaie timidement de faire valoir ses droits conjugaux. Il se rend à cheval à Alloa, mais on se débarrasse vite de lui et on ne l'invite même pas à passer la nuit au château. Il n'existe plus pour Marie Stuart. Tel un feu de paille son amour s'est éteint aussi vite qu'il avait flambé. Un égarement qu'on ne se rappelle pas volontiers, un souvenir désagréable qu'on voudrait bien chasser de son esprit, voilà ce qu'est devenu pour elle Henry Darnley dont une folie amoureuse a fait le souverain de l'Écosse et le maître de son corps.

Darnley ne compte plus. De Murray, Marie Stuart n'est pas tout à fait sûre, malgré sa réconciliation avec lui, pas plus que de Maitland, à qui elle ne se fiera jamais plus entièrement. Cependant il lui faut quelqu'un en qui elle puisse mettre sa confiance. Toute sa vie, en tant que reine et en tant que femme, Marie Stuart cherchera, consciemment ou non, le pôle opposé à sa nature inconstante et légère.

Bothwell est resté le seul, depuis la mort de Riccio, sur qui elle puisse vraiment compter. La vie a durement secoué cet homme énergique. Déjà, dans sa jeunesse, la meute des lords en révolte l'a forcé de quitter le pays parce qu'il refusait de faire cause commune avec eux. Bien que protestant, il a défendu Marie de Lorraine, mère de Marie Stuart, contre les lords de la Congrégation et continué à leur résister même lorsque la cause des Stuart catholiques était perdue. Finalement la supériorité de l'adversaire étant devenue trop grande, il a dû s'exiler en France. Il y devient vite commandant de la garde écossaise. Sa haute position à la cour affine ses manières sans diminuer la violence élémentaire de son caractère. Bothwell est trop guerrier pour se contenter longtemps d'une sinécure ; dès que Murray, son ennemi mortel, se dresse contre la reine, il passe la mer et se bat pour la fille des Stuart. Partout où Marie a besoin d'une aide contre ses sujets intrigants, il offre avec joie sa forte main gantée de fer. La nuit de l'assassinat de Riccio, il saute résolument par la fenêtre du premier étage pour aller chercher du secours ; son habileté et sa hardiesse facilitent la fuite audacieuse de la reine ; le cran avec lequel il mène les opérations contre les conjurés leur inspire une telle terreur qu'ils capitulent en toute hâte. Personne en Écosse jusqu'ici n'a rendu d'aussi grands services à Marie Stuart que ce hardi guerrier de trente ans.

Ce Bothwell semble taillé dans un bloc de marbre noir. D'une énergie insolente, le regard hardiment fixé par-delà les temps, il rappelle le condottiere italien Coléoni. C'est un homme dur, brutal, d'une virilité exceptionnelle. Il porte le nom d'une très vieille famille écossaise, les Hepburn, mais on croirait plutôt que le sang indomptable des Vikings coule dans ses veines. Malgré sa culture (il parle admirablement le français et aime les livres, qu'il collectionne), il a gardé l'humeur belliqueuse d'un rebelle-né à l'ordre bourgeois, l'amour effréné de l'aventure de ces « hors-la-loi », de ces corsaires romantiques célébrés par Byron. Grand, large d'épaules, d'une force herculéenne — il manie le lourd glaive à deux tranchants avec la même facilité qu'une épée et dirige seul un navire à travers la tempête — il tire de son courage physique une audace morale, ou plutôt immorale, incroyable. Ce violent ne recule devant rien, sa loi est celle du fort : prendre sans scrupules et défendre ce dont il s'est emparé. Pourtant, cet esprit batailleur n'a rien de commun avec la basse cupidité et les intrigues calculatrices des autres lords, qu'il méprise, parce qu'ils se groupent toujours avec prudence pour leurs expéditions de brigandage et poursuivent lâchement leur but dans l'ombre. Lui ne conclut de pacte avec personne. Orgueilleux et provocant, il suit son chemin solitaire sans souci des lois et des coutumes, frappant au visage de son poing de fer quiconque ose se mettre en travers de sa route. Il fait ce qu'il veut, ouvertement, que ce soit permis ou non. Mais cet individu violent et dangereux, cet amoraliste fieffé a du moins sur ses adversaires l'avantage de la sincérité. A côté des caractères équivoques de tous les lords et barons, de ces loups et hyènes hypocrites, il fait l'effet d'une panthère ou d'un lion, d'un animal féroce mais royal. Ce n'est certes pas une figure séduisante, mais en tout cas c'est un homme, un homme courageux et énergique.

C'est pourquoi les autres le craignent, le détestent, cependant que sa franche brutalité exerce sur les femmes un pouvoir étonnant. Ce séducteur était-il beau ? On l'ignore : aucun portrait précis ne nous a été conservé. Malgré cela on se le représente involontairement peint par Franz Hais sous les traits d'un de ces guerriers hardis et audacieux, au chapeau mis effrontément sur le côté et à l'œil insolent. D'après certains rapports, il aurait été très laid. Mais pour plaire aux femmes il n'est pas nécessaire d'être beau. Déjà la virilité qu'irradient des natures aussi vigoureuses, leur arrogance brutale, leur violence sans mesure, l'auréole de guerre et de victoire qui les pare sont une puissante attraction sexuelle. Il n'est pas d'homme que la femme aime plus passionnément que celui qu'elle craint et admire en même temps, avec qui un certain sentiment de peur et de danger accroît le plaisir amoureux dans des proportions mystérieuses. Mais lorsque cet homme n'est pas seulement un mâle, lorsque, comme chez Bothwell, une certaine culture enveloppe la brutalité et quand, en outre, il est intelligent et adroit, son pouvoir devient irrésistible. Partout où il passe et apparemment sans effort cet aventurier a ses aventures. A la cour de France, ses amours sont célèbres; dans le cercle de Marie Stuart il a déjà séduit plusieurs dames de la noblesse. Au Danemark, une femme lui a sacrifié son mari, ses biens et sa fortune. Mais, malgré tous ces triomphes, Bothwell n'est pas un séducteur au sens propre du mot, un don Juan, un coureur de femmes, car il ne court jamais vraiment après elles. Pour sa nature de lutteur des victoires de ce genre sont trop faciles, pas assez dangereuses. Bothwell prend les femmes à la façon des Vikings pillards, comme un butin occasionnel, il les prend en quelque sorte par hasard, comme il boit, joue, monte un cheval ou se querelle; c'est pour lui un sport, le plus viril de tous. Il les prend sans se donner ni s'abandonner à elles. Prendre, de force, quand il y a lieu, est la manifestation la plus naturelle de son tempérament autoritaire.

Marie Stuart ne voit pas tout de suite en son vassal fidèle l'homme qu'est Bothwell. Celui-ci, de son côté, n'aperçoit pas davantage dans la reine une femme qu'il puisse désirer. Avec son insolence habituelle il s'était même naguère exprimé sur sa vie privée d'une façon assez brutale lorsqu'il disait qu'« elle et Élisabeth réunies ne feraient pas une honnête femme ». Elle n'éveille point chez lui de désir érotique, pas plus que Marie Stuart ne ressent de son côté aucune inclination spéciale pour Bothwell. Au début elle voulait même lui interdire de rentrer en Écosse parce qu'il avait répandu en France des bruits assez malveillants sur son compte, mais dès qu'elle l'a éprouvé comme soldat, elle l'utilise avec joie. Une faveur suit l'autre. Il est nommé commandant suprême des marches septentrionales, puis lieutenant-général d'Écosse et commandant en chef des forces armées en cas de guerre ou d'insurrection. Les biens des rebelles proscrits lui sont attribués et, comme marque particulière de son amitié — la meilleure preuve que leurs relations alors n'avaient rien d'érotique —, la reine lui choisit une jeune épouse dans la riche maison des Huntly.

Investi d'une telle autorité, un homme comme Bothwell, né pour commander, ne peut manquer d'attirer à lui tout le pouvoir. Bientôt il est le premier conseiller en toutes choses, le véritable maître du royaume, et l'ambassadeur anglais communique avec humeur que son influence auprès de la reine est plus grande que « celle de tout autre ». Mais cette fois Marie Stuart a bien choisi, elle a enfin trouvé un homme trop fier pour se laisser prendre aux promesses ou aux offres d'Élisabeth ou se coaliser avec les lords en vue d'avantages quelconques. Avec cet audacieux soldat comme fidèle elle a la haute main dans les affaires de son royaume. Les lords se rendent vite compte à quel point la dictature militaire de Bothwell a accru l'autorité de la reine. Déjà ils commencent à se plaindre que « son orgueil est tel que jamais David n'a été aussi détesté que lui », et volontiers ils se débarrasseraient de lui. Mais Bothwell n'est pas un Riccio qui se laisse massacrer, un Darnley qu'on tient à l'écart sans résistance. Il connaît les pratiques des lords, et c'est pourquoi il est constamment entouré d'une forte garde qui, au premier signe, ferait usage de ses armes. Il lui est tout à fait indifférent que les intrigants de la cour l'aiment ou le détestent. Il suffit qu'ils le craignent et qu'aussi longtemps qu'il est là la bande inquiète et pillarde des nobles obéisse à la reine tout en grinçant des dents. Sur le désir exprès de Marie Stuart, son ennemi le plus acharné, Murray, a dû se réconcilier avec lui. Ainsi le cercle du pouvoir s'est rétréci, les situations sont clairement définies. Depuis qu'elle a quelqu'un sur qui s'appuyer, la reine se contente de nouveau de la simple représentation, Murray continue à s'occuper de l'administration intérieure, Maitland du service diplomatique, et Bothwell, le plus sûr, est « *all in all* ». Grâce à sa poigne de fer, l'ordre et la tranquillité sont rétablis en Écosse. Un seul homme a réalisé ce miracle.

Mais plus Bothwell concentre de pouvoir dans ses fortes mains, moins il en reste pour celui à qui il appartient, le roi. Et petit à petit l'autorité de celui-ci se réduit à rien. Une année seulement s'est écoulée, mais qu'il semble déjà loin le temps où la jeune souveraine passionnément éprise de Darnley l'épousait, où il était proclamé roi, et où, dans son armure dorée, il était parti avec elle en campagne contre les rebelles! Depuis la naissance de l'enfant, le malheureux se voit de plus en plus dédaigné et écarté. On le laisse parler et on ne l'écoute pas, il va où il veut mais on ne l'accompagne pas. On ne l'invite plus au conseil privé ni aux fêtes et cérémonies de la cour; il erre toujours seul et une froide atmosphère d'isolement le suit comme son ombre. Partout où il se rend il sent flotter le mépris et la haine. Étranger dans son propre pays, dans sa propre maison, il n'a autour de lui que des ennemis.

Cette éclipse complète de Darnley, ce brusque passage du chaud au froid peut s'expliquer à la rigueur par la répugnance morale de la femme, mais c'est là de la part de la reine une grave faute politique. La raison devrait lui commander de laisser à ce vaniteux au moins une apparence de prestige et ne pas l'exposer aussi impitoyablement au mépris insolent des lords. Car l'offense a toujours pour effet de tirer même du plus faible de la dureté. Darnley jusqu'alors plutôt mou devient peu à peu méchant et dangereux. Il ne peut plus contenir son indignation. Lorsqu'il est à la chasse, où il passe des journées entières, accompagné de ses valets armés — depuis l'assassinat de Riccio il a appris à être prudent — ses invités l'entendent proférer des menaces contre Murray et plusieurs lords. Il envoie des lettres diplomatiques à l'étranger où il accuse Marie Stuart d'être « instable dans sa foi » et se dépeint à Philippe II comme le vrai défenseur du catholicisme. Arrière-petit-fils d'Henri VII, il réclame son droit au pouvoir royal : quelles que soient la légèreté et la mollesse de cette âme d'adolescent, elle ne laisse pas alors de montrer qu'elle abrite dans ses profondeurs un vif sentiment de l'honneur. On est amené à penser que cet être sans caractère n'a été guidé dans ses actes méprisables que par une fausse ambition et par un besoin maladif de se faire valoir. Puis, comme la situation finit par être trop tendue, cet homme qu'on repousse sans cesse prend une résolution désespérée. A la fin de septembre il quitte brusquement Holyrood pour Glasgow et ne cache pas son intention de s'expatrier. Il se refuse à jouer plus longtemps le rôle qu'on lui impose. Du moment qu'on ne lui reconnaît pas les droits d'un roi, il renonce au titre. Puisqu'on ne lui permet aucune activité digne de lui dans son pays et dans sa maison, il quittera le palais royal et l'Écosse. Sur ses ordres, un navire est équipé et tenu prêt à partir.

Que signifie cette surprenante menace de Darnley ? A-t-il eu vent de quelque chose ? A-t-il appris qu'un complot est ourdi contre lui et se propose-t-il, dans son incapacité de se défendre contre la meute de ses ennemis, de s'enfuir à temps quelque part où le poignard et le poison ne pourront l'atteindre ? A-t-il un soupçon, une appréhension quelconque ? Ou tout cela n'est-il qu'un simple geste pour faire l'important, un geste adroit pour faire peur à Marie Stuart ? Toutes ces suppositions sont possibles, et même toutes ensemble — une décision comporte toujours un grand nombre de causes — mais aucune ne peut être affirmée ou niée avec certitude. Car ici, où le chemin conduit dans le tréfonds obscur du cœur, les lumières de l'histoire ne projettent qu'une lueur trouble : ce n'est qu'avec prudence et en s'appuyant uniquement sur des hypothèses qu'on peut avancer à tâtons dans ce labyrinthe.

Toujours est-il que la reine s'effraye vivement à l'annonce de la décision de Darnley. Quel coup porterait à sa réputation le départ malencontreux du père quelques jours avant la date fixée pour le baptême solennel de leur fils ! Et quelle menace encore pour elle si peu de temps après le scandale causé par l'assassinat de Riccio ! Si ce stupide garçon dont la fureur est chauffée à blanc allait rapporter à la cour de Catherine de Médicis ou à celle d'Élisabeth toutes sortes d'histoires qui ne sont pas à son honneur ! Quel triomphe pour ses ennemis, quel sujet de raillerie pour le monde entier si l'époux bien-aimé venait à la quitter ! Marie Stuart convoque aussitôt son conseil et se dépêche de prendre les devants en rejetant d'avance, dans une lettre diplomatique adressée à Catherine de Médicis, tous les torts sur Darnley : « Il veult estre tout et commander partout, à la fin il se mest en ung chemin pour estre rien. »

L'alerte était prématurée, Darnley ne part pas du tout. Ce pauvre garçon trouve bien la force de faire des gestes énergiques, jamais un acte viril. Le jour même que les conseillers de la reine ont envoyé ladite lettre d'avertissement à Paris, on le voit soudain devant le palais d'Édimbourg. Mais il ne veut pas y entrer aussi longtemps que certains des lords du conseil n'auront point vidé les lieux. Nous voici de nouveau devant une attitude étrange et à peine explicable ! Darnley appréhende-t-il le sort de Riccio, refuse-t-il par prudence de se trouver en présence de ses ennemis mortels ? Ou veut-il, lui qu'on a offensé, être prié publiquement par Marie Stuart de rentrer au palais ? Peut-être aussi n'est-il venu que pour jouir de l'effet de sa menace ? C'est là un secret, comme tant d'autres qui entourent la conduite et le destin de cet être étonnant.

Marie Stuart prend vite une décision. Elle sait de quelle manière il faut agir avec ce faible lorsqu'il veut jouer les forts ou les rebelles. Elle sait que comme dans la nuit qui a suivi l'assassinat de Riccio, il faut qu'elle lui arrache pour ainsi dire sa volonté des mains avant que, dans son entêtement puéril, il cause un malheur. Foin donc des considérations morales, des scrupules exagérés ! Elle feint de s'incliner. Pour le gagner à elle, elle ne recule même pas devant les moyens extrêmes : elle renvoie les lords, va au-devant de Darnley, qui attend, hautain, devant la porte, et l'introduit solennellement dans le palais — sans doute aussi dans sa chambre à coucher. Le charme agit comme naguère et toujours sur le jeune homme, qui lui est passionnément attaché par les sens. Le lendemain matin Darnley est dompté, et Marie Stuart le tient de nouveau en lisière.

Mais une nouvelle fois la rançon de sa faiblesse sera amère pour Darnley. Lui qui déjà se croit rétabli dans ses prérogatives de maître et de souverain se heurte brusquement dans le salon de réception à l'ambassadeur français Du Croc et aux lords. De même qu'Élisabeth, lors de sa comédie avec Murray, Marie Stuart a fait venir des témoins. En leur présence elle demande d'une façon pressante à

Darnley de lui dire « pour l'amour de dieu », quelle raison le pousse à quitter l'Écosse et si elle lui en a donné un motif quelconque. C'est une pénible surprise pour l'interpellé, pour l'amant de la veille, d'être ainsi mis en posture d'accusé devant le monde. Si Darnley était un homme, ce serait le moment d'avoir une attitude ferme, d'exposer ses griefs et de se conduire, non pas comme un accusé, mais comme un juge et un roi en face de cette femme et de ses sujets. Mais avec un « cœur de cire » on ne peut tenter aucune résistance. Tel un écolier pris en faute et qui craint de ne pouvoir retenir ses larmes, Darnley est là, immobile, dans le grand salon, se mordant les lèvres et se taisant obstinément. Il ne répond pas. Il n'accuse pas, mais il ne s'excuse pas non plus. En vain les assistants, pour qui cette situation devient gênante, lui demandent poliment comment il se fait qu'il veuille quitter « une si gentille reine et un si beau royaume ». Darnley ne leur répond pas plus qu'à Marie Stuart. Ce silence lourd de menaces est de plus en plus pénible; on sent que le malheureux ne se contraint qu'avec peine pour ne pas éclater, et ce serait pour Marie Stuart une terrible défaite s'il avait la force de garder jusqu'au bout cette attitude accusatrice. Mais Darnley faiblit. Comme l'ambassadeur et les lords continuent à le questionner, il finit par dire d'une voix basse et mécontente que sa femme ne lui a donné aucun motif de s'en aller. Marie Stuart ne voulait pas autre chose que cette déclaration, qui le met lui-même dans son tort. Maintenant sa réputation est sauve devant l'ambassadeur français. Elle peut sourire tranquillement, et, avec un geste concluant de la main, fait remarquer que la réponse de Darnley la satisfait complètement.

Mais celui-ci n'est pas du tout content. La honte l'accable d'avoir une fois de plus succombé devant cette Dalila et de s'être laissé attirer hors de la forteresse de son silence. Une fois de plus on s'est moqué de lui et il éprouve une amertume sans nom de voir comment, dans un geste plein de grandeur, elle lui pardonne, alors qu'il eût été sans doute plus en droit de jouer le rôle de plaignant que celui d'accusé. Mais il se ressaisit trop tard. Il rompt brusquement la conversation. Et, sans saluer les personnes présentes, sans embrasser sa femme, sévère comme un héraut qui vient de transmettre une déclaration, il quitte la pièce. Ses seules paroles d'adieu sont : « Madame, vous ne me reverrez pas de sitôt ! » Mais les lords et Marie Stuart échangent, soulagés, des sourires complices en voyant s'en aller le « *proud fool* ». Ses menaces n'effraient plus personne. Qu'il reste parti, moins on le verra, mieux cela vaudra pour lui et pour tout le monde !

Et cependant on a encore besoin de cet homme inutile au bout de peu de temps. Celui que personne ne tient à voir au palais y est convoqué d'urgence. Après de longues tergiversations, on a décidé que le baptême du jeune prince aurait lieu le 17 décembre au château de Stirling. Des préparatifs grandioses ont été faits. Certes Élisabeth, la marraine, n'est pas venue en personne, mais surmontant pour une fois son avarice bien connue elle a fait remettre par le comte de Bedford un cadeau somptueux, un lourd bassin baptismal en argent admirablement ciselé et aux rebords richement incrustés. Les ambassadeurs de France, d'Espagne, de Savoie sont présents, toute la noblesse a été convoquée. Aucun de ceux qui portent un nom ou qui occupent un rang important dans le royaume ne veut manquer à cette fête. Et décemment il est tout à fait impossible de ne pas inviter à pareille cérémonie une personnalité en soi tout à fait insignifiante, mais qui cependant est le père de l'enfant et porte le titre de roi, Henry Darnley. Celui-ci, qui n'ignore pas que c'est pour la dernière fois qu'on a besoin de lui, ne se laisse plus prendre si facilement. Il en a assez des humiliations publiques ; il sait que l'ambassadeur d'Angleterre a l'ordre de ne point l'appeler « Majesté », et l'ambassadeur français, à qui il veut rendre visite, lui fait savoir avec une arrogance étonnante qu'il sortira par une porte dès que Darnley entrera par l'autre. Sa fierté blessée se cabre. A vrai dire il n'est encore capable que d'un geste de bouderie à la fois puéril et méchant. Mais le geste est efficace. Darnley est bien au château de Stirling ce jour-là, mais il ne se montre pas. Il refuse à dessein de quitter ses appartements, d'assister au baptême, au bal, à la fête et à la mascarade. C'est Bothwell — un murmure de colère parcourt l'assistance — le favori détesté de tous, qui, revêtu de riches habits, reçoit à sa place les invités ; il faut que Marie Stuart fasse assaut d'amabilités et de cordialité pour que personne ne pense au maître, au père et à l'époux, qui, un étage plus haut, s'est enfermé chez lui et a ainsi réussi à gâcher complètement à sa femme et aux amis de celle-ci la joie de cette fête. Il a montré qu'il est là, encore là ; c'est par son absence que Darnley rappelle qu'il existe.

Mais pour le punir on a vite fait de tailler des verges. Et quelques jours plus tard, la veille de Noël, elles s'abattent sur son échine. Ce qu'on n'attendait pas se produit : Marie Stuart, qui ne pardonne jamais, décide, sur le conseil de Murray et de Bothwell, de gracier les assassins de Riccio. C'est le rappel des ennemis mortels de Darnley, de ceux qu'il a trompés et trahis. Malgré sa naïveté, Darnley comprend aussitôt le péril qui le menace : si cette clique, si Murray, Maitland, Bothwell, Morton se mettent d'accord, alors, malheur à lui ! Ce n'est pas pour rien que sa femme se réconcilie soudain avec ses ennemis les plus acharnés, il y a quelque chose là-dessous. Mais il n'est pas du tout disposé à faire les frais de cette réconciliation. Darnley sait que maintenant c'est sa vie qui est en jeu. Comme une bête traquée qui sent la meute à ses trousses, il s'enfuit brusquement à Glasgow, auprès de son père. Dix mois à peine se sont écoulés depuis la mort de Riccio et déjà les assassins sont de nouveau fraternellement rassemblés : un événement se prépare. Les morts ne dorment pas volontiers seuls dans leurs tombes, ils veulent que ceux qui les y ont poussés viennent les rejoindre et ils leur envoient comme messagers la peur et l'épouvante.

Vraiment, quelque chose de sombre et de lourd comme un nuage dans un ciel orageux, quelque chose d'oppressant et de sinistre pèse depuis quelques semaines sur le château d'Holyrood. Le soir du baptême où des centaines de lumières brillaient en l'honneur des hôtes, où l'on avait voulu montrer aux étrangers la magnificence de la cour et aux amis la plus grande affabilité, Marie Stuart, maîtresse pour peu de temps encore de sa volonté, a rassemblé toutes ses forces. Les yeux rayonnant de bonheur — un bonheur feint — elle a émerveillé ses hôtes par son humeur pétillante et le charme de sa cordialité. Mais à peine les lumières sont-elles éteintes que sa joie affectée s'éteint aussi. Tout devient étonnamment calme au palais, et le même calme étrange règne en elle. Un chagrin secret, un trouble profond, s'empare de la reine; une mélancolie qu'elle n'a jamais connue jusque-là recouvre tout à coup son visage d'une ombre confuse, son âme semble bouleversée par quelque chose d'inexplicable. A présent elle ne danse plus, il ne lui faut plus de musique. Elle se plaint de douleurs dans le côté, elle reste des journées entières au lit et refuse toute distraction. Au bout de très peu de temps, elle ne peut plus supporter Holyrood. Elle passe alors plusieurs semaines dans des résidences et des châteaux éloignés, mais nulle part elle ne demeure longtemps. Une terrible inquiétude la pousse toujours plus loin. C'est comme si un élément destructeur la minait, comme si elle prêtait l'oreille avec une attention horrible à une douleur qui la ronge. Quelque chose de nouveau est apparu en elle, quelque chose d'hostile et de méchant a pris le dessus dans son âme d'habitude si claire. Un jour l'ambassadeur de France la surprend étendue sur son lit et sanglotant amèrement ; l'expérience du vieil homme ne se laisse pas prendre en défaut lorsque la jeune femme, gênée, commence à parler précipitamment de douleurs qui la torturent jusqu'aux larmes. Il comprend aussitôt qu'il s'agit de douleurs morales et non physiques, de chagrins qui concernent non la reine mais la femme. « La reine n'est pas bien, écrit-il. Je crois que sa maladie est surtout un profond chagrin qu'elle ne peut oublier. Sans cesse elle répète : "Je voudrais être morte." »

L'assombrissement de leur souveraine n'échappe pas à Murray, ni à Maitland, ni aux lords. Mais mieux faits pour la guerre que pour la psychologie, ils ne comprennent que les choses extérieures, tangibles et ne voient comme raison que sa déception conjugale. « Il est insupportable pour elle, écrit Maitland, de savoir qu'il est son époux et qu'elle ne trouve aucun moyen de se délivrer de lui. » L'ambassadeur Du Croc a vu plus juste. Une autre blessure, une blessure intérieure et invisible, qui a son siège dans l'âme, tourmente la malheureuse. Le chagrin « qu'elle ne peut oublier » c'est qu'elle s'est oubliée, elle et son honneur, qu'elle a passé outre la morale et les lois, qu'une passion l'a assaillie brusquement, telle une bête fauve, et la mord jusqu'aux entrailles, une passion effrénée, qu'elle ne peut ni éteindre ni apaiser, qui a commencé dans le crime et dont le dénouement appelle de nouveaux crimes. Et maintenant elle lutte contre ses sentiments, honteuse et effrayée d'elle-même, elle se torture pour cacher son effroyable secret, mais elle sent, elle sait qu'elle ne pourra pas le cacher ni le taire. Déjà règne en elle une volonté inconsciente plus forte que sa propre volonté, déjà elle est sans défense et ne s'appartient plus : elle est la proie de sa folle et toute-puissante passion.

Tragédie d'une passion

1566-1567

La passion de Marie Stuart pour Bothwell est une des plus mémorables de l'histoire ; à peine le cède-t-elle en fureur et en intensité à celles devenues proverbiales de l'antiquité. Tel un jet de flammes elle s'élève brusquement jusqu'aux zones pourpres de l'extase pour retomber dans celles obscures du crime. Mais lorsque des états d'âme revêtent ce caractère, il serait naïf de vouloir les juger d'après la logique et la raison, car le propre des instincts indomptables est de se manifester toujours d'une façon contraire au bon sens. Il en est des passions comme des maladies, on ne peut ni les accuser ni les excuser, on ne peut que les décrire avec cet étonnement toujours renouvelé et mêlé d'un léger frisson que l'on ressent devant les forces élémentaires qui se déchaînent tantôt dans la nature, tantôt chez l'homme. Des passions d'un tel degré ne sont plus soumises à la volonté de l'individu qu'elles assaillent ; elles ne font plus partie de la sphère de sa vie consciente, mais elles éclatent pour ainsi dire en dehors de lui, par-delà sa responsabilité. Vouloir juger un homme subjugué par la passion serait aussi absurde que de demander des comptes à un orage ou traduire en justice un volcan. Aussi ne peut-on guère rendre Marie Stuart responsable des actes insensés commis par elle pendant cette période de sujétion physique et morale : tous sont complètement étrangers à son genre de vie d'ordinaire normal et plutôt calme. Tous ont été accomplis dans l'enivrement, sans sa volonté et même contre sa volonté. Telle une somnambule, comme attirée par une force magnétique, elle se précipite vers le crime et la catastrophe, les yeux fermés et les oreilles bouchées. Aucun conseil ne peut la toucher, aucun appel l'arrêter ; ce n'est que lorsque le feu qui flambe en elle et la dévore se sera éteint qu'elle se réveillera, ravagée et usée. La vie de quiconque a passé par là est ruinée.

Car une passion de ce genre ne se renouvelle pas chez un individu. De même qu'une explosion dans un arsenal détruit toutes les munitions qui y sont emmagasinées, de même une explosion sentimentale comme celle qu'a vécue Marie Stuart épuise à jamais tout amour. Chez elle l'extase ne dure pas plus de six mois. Mais durant ce court laps de temps le feu qui brûle son âme est d'une telle intensité qu'elle ne peut plus être dans la suite que l'ombre de cette ardente flamme. De même que des poètes comme Rimbaud ou des musiciens comme Mascagni s'épuisent complètement dans une œuvre géniale unique, il y a des femmes qui dépensent en une seule passion toute leur réserve d'amour au lieu de la répartir avec ménagement sur des années et des années ainsi que le font les natures bourgeoises et modérées. En un seul élan ces femmes, véritables génies de l'autodestruction, se jettent dans les profondeurs de la passion d'où il n'y a plus ni retour ni salut. De cette sorte d'amour, qui, parce qu'il ne craint ni danger ni mort, mérite d'être appelé héroïque, Marie Stuart restera un exemple parfait, elle qui n'éprouva dans sa vie qu'une passion, mais qui s'y abandonna jusqu'au bout, jusqu'à l'annihilation totale de son moi.

Au premier abord il peut sembler étrange qu'un amour aussi élémentaire que celui de Marie Stuart pour Bothwell ait pu succéder si vite à son inclination pour Darnley. Et pourtant cette évolution est la seule logique et naturelle. Comme tout autre art, l'amour réclame un apprentissage : il doit être appris, éprouvé et expérimenté. Jamais ou presque jamais le premier essai ne donne des résultats tout à fait heureux ; cette loi éternelle de la psychologie, selon laquelle presque toujours une grande passion en implique une autre préalable et plus faible, Shakespeare, le meilleur connaisseur de l'âme qui soit, l'a admirablement décrite. C'est peut-être le trait le plus génial de son immortelle tragédie d'amour de ne point la faire commencer (comme un artiste de moindre talent l'eût fait à sa place) par le coup de foudre, par l'amour violent de Roméo pour Juliette, mais, d'une façon en apparence paradoxale, par l'inclination de Roméo pour une quelconque Rosalinde. On est ici en face d'une méprise du cœur avant la découverte de la chaude vérité, devant une situation préliminaire, un début, une demi-maladresse précédant la réussite. Shakespeare montre d'après cet exemple magnifique qu'il n'y a pas de connaissance sans préconnaissance, pas de jouissance sans préjouissance, et que le sentiment amoureux a besoin d'être éveillé et allumé avant de pouvoir s'épanouir à l'infini. Ce n'est que parce que Roméo se trouve dans un état de tension intérieure, parce que son âme forte et passionnée aspire après la passion que la volonté d'amour qui est en lui saisit follement et aveuglément la première occasion qui s'offre, tout à fait par hasard, Rosalinde, pour ensuite, une fois qu'il a vu clair en lui-même, échanger rapidement son demi-amour contre l'amour total, Rosalinde contre Juliette. Marie Stuart se trouvait dans la même situation lorsqu'elle connut le jeune et beau Darnley, arrivé au moment favorable. Le souffle fade de ce garçon était trop faible pour pouvoir alimenter le feu qui brûlait en elle. Il était incapable de lui faire connaître le grand amour, de la faire flamber et se consumer. Le feu continua à couver obscurément, excitant les sens, tout en décevant l'âme. Mais un jour apparut celui à qui il était donné de l'attiser et en même temps de la délivrer de cet état douloureux. Aussitôt les flammes libérées atteignirent les cieux. De même que le sentiment de Roméo pour Rosalinde se dissout sans laisser de traces dans sa vraie passion pour Juliette, de même Marie Stuart oublie immédiatement son inclination sensuelle pour Darnley dans un amour absolu et extatique pour Bothwell. Car c'est une règle constante que les dernières passions se nourrissent et s'accroissent de toutes celles qui les ont précédées. Tout ce qu'on a cru éprouver jusqu'alors ne se réalise que dans un véritable amour.

Si nous voulons connaître l'histoire de l'amour de Marie Stuart pour Bothwell, deux sources d'informations s'offrent à nous : tout d'abord les papiers officiels et les chroniques du temps, ensuite une série de lettres et de poésies attribuées à la reine d'Écosse ; les deux sortes de documents, d'ailleurs, le rapport des faits et le témoignage moral, concordent tout à fait. Cependant ceux qui croient devoir défendre Marie Stuart au nom de principes retardataires contre une passion contre laquelle elle-même ne sut pas se défendre se refusent à reconnaître l'authenticité des lettres et des poésies. Ils les déclarent purement et simplement apocryphes, sans aucune valeur historique. On ne peut contester que leur thèse ait un certain fondement, ces écrits ne nous étant parvenus que dans des traductions et peut-être même mutilés. Les originaux dont on n'eût pu nier la valeur ont été détruits, et l'on sait même par qui. Aussitôt arrivé au pouvoir, Jacques VI, le fils de Marie Stuart, a livré aux flammes ces papiers « compromettants » pour l'honneur de sa mère. Depuis, une querelle acharnée se poursuit autour de l'authenticité ou de la non-authenticité des lettres dites « de la cassette », avec tout le parti pris qui, pour des raisons d'ordre religieux et national, s'est manifesté dans le jugement porté sur la reine. Il est donc nécessaire pour l'écrivain honnête de peser soigneusement les preuves fournies dans un sens ou dans l'autre. Mais sa décision ne peut être que personnelle, individuelle, parce que la preuve scientifique et juridique absolue, la présentation des originaux, n'est plus possible et que la valeur desdits documents ne peut être affirmée ou niée qu'en faisant intervenir la logique ou la psychologie.

Cependant quiconque veut vraiment voir et montrer Marie Stuart telle qu'elle est doit se prononcer. Il ne peut pas se contenter de répondre par un haussement d'épaules « *forse che si, forse che no* » et de glisser ainsi à côté de la question. Car c'est là que se trouve toute l'explication morale de l'évolution intérieure de Marie Stuart. Et s'il se prononce pour leur authenticité et prétend les utiliser comme des témoignages de valeur dans son exposé, il doit expliquer clairement et ouvertement sur quoi repose sa conviction.

On appelle ces lettres et sonnets les « lettres de la cassette » parce qu'on les trouva chez Bothwell après sa fuite précipitée, dans une cassette d'argent fermée à clé. Que Marie Stuart fit cadeau à Bothwell de ce coffret qu'elle avait reçu de François II, son premier mari, ainsi que de bien d'autres choses encore, le fait est certain ; il est également certain que Bothwell y a enfermé ses documents les plus secrets, entre autres, bien entendu, les lettres de Marie Stuart. Il ne fait aucun doute non plus que les écrits de la reine à son amant avaient un caractère imprudent et compromettant, car premièrement Marie Stuart fut toute sa vie une femme audacieuse et insouciante qui n'a jamais su cacher ses sentiments, et ensuite la joie immodérée que manifestèrent ses ennemis à la découverte de ces lettres le prouve suffisamment. En réalité, les partisans de la non-authenticité ne contestent plus sérieusement leur existence mais prétendent seulement que, durant le court laps de temps qui s'écoula entre la découverte des lettres, leur examen et leur présentation au Parlement, les lords auraient substitué aux originaux de méchants faux, et que par conséquent ce qui a été publié n'était pas du tout ce qui a été trouvé.

Mais maintenant la question se pose : qui, parmi les contemporains de Marie Stuart, a porté cette accusation ? En fait, personne. Le lendemain du jour où la cassette tomba entre les mains de Morton, les lords l'ouvrirent ensemble et jurèrent que les documents étaient authentiques ; le Parlement rassemblé les examina une seconde fois (il y avait là des intimes de Marie Stuart) et ne manifesta pas le moindre doute quant à leur valeur. Ils furent ensuite montrés une troisième fois, une quatrième fois, à York et à Hampton Court, comparés avec d'autres écrits de la main de la reine et jugés authentiques. Mais l'argument le plus convaincant est qu'Élisabeth en envoya une copie imprimée à toutes les cours d'Europe, car, si douteuse que pût être sa moralité, jamais la reine d'Angleterre n'eût patronné un faux manifeste, impudent, que n'importe lequel de ses auteurs aurait pu dévoiler un jour : cette politique avisée était bien trop prudente pour risquer de se faire prendre en flagrant délit d'imposture. La seule personne qui eût été tenue pour son honneur d'en appeler au monde entier, Marie Stuart, la principale intéressée, la soi-disant calomniée, n'éleva alors, fait étrange, qu'une tiède protestation et pas du tout persuasive. On la voit tout d'abord s'efforcer, par des négociations secrètes, d'empêcher que les lettres soient présentées à York — pourquoi, se demande-t-on, étant donné qu'un faux dont on aurait pu faire la preuve n'aurait fait que renforcer sa position ? Et si, en fin de compte, elle donne à ses représentants le mandat de repousser « en bloc », comme faux, tout ce qu'on pourrait avancer contre elle, cela ne signifie pas grand-chose chez cette femme, qui, en politique, n'avait pas trop l'habitude de respecter la vérité et qui exigeait que sa « parole de reine » fût considérée comme ayant plus de poids que toutes les preuves les plus formelles. Même lorsque Buchanan publie les lettres dans sa *Detection* et qu'elles circulent ainsi dans toutes les directions, qu'elles sont lues avidement à toutes les cours, elle n'élève aucune critique, ne fait pas entendre la moindre protestation, mais se contente tout simplement de traiter son ancien précepteur de latin d'« ignoble athée ». Dans ses lettres au pape, au roi de France ou à ses proches, jamais elle ne parle de faux et la cour de France qui, dès la première heure, eut en mains une copie des papiers trouvés dans la cassette s'est bien gardée d'en nier l'authenticité. Aucun de ses contemporains n'a par conséquent douté un seul instant de la valeur des lettres, aucun de ses amis n'a parlé publiquement d'une falsification de documents attribués à Marie Stuart. Ce n'est que cent ans plus tard que l'on a essayé de mettre en avant la question de faux lorsqu'on voulait présenter la reine d'Écosse comme la victime innocente et pure d'une infâme conspiration.

Ainsi l'attitude des contemporains, l'argument historique, parle absolument en faveur de l'authenticité, et, d'une façon tout aussi nette, à mon avis, l'argument philologique et l'argument psychologique. En ce qui concerne tout d'abord les poésies, qui, dans l'Écosse de l'époque, eût été capable d'écrire en un temps si court, dans une langue étrangère, le français, un cycle de sonnets qui supposent la connaissance la plus intime des événements privés de la vie de Marie Stuart ? Certes, l'histoire a enregistré d'innombrables cas de faux, et dans la littérature également toutes sortes de documents apocryphes ont souvent surgi d'une façon mystérieuse, mais il s'agissait dans ces cas-là, comme par exemple pour les poésies d'Ossian, de Macpherson, ou le manuscrit de Koeniginhof, de reconstructions philologiques d'époques depuis longtemps disparues. Jamais on n'a essayé d'attribuer faussement à un individu vivant la paternité de tout un cycle de poésies. Et n'est-il pas absurde d'imaginer que des hobereaux écossais, à qui la poésie était ce qu'il y avait de plus étranger au monde, aient pu, dans le dessein de compromettre leur reine, composer avec cette rapidité, cette vérité de sentiments, onze sonnets en langue française ! Quel était donc ce magicien anonyme ? A cette question aucun des paladins de la vertu de Marie Stuart n'a encore répondu. Disons que pour accomplir pareil tour de force, il eût fallu un Ronsard ou un Du Bellay, et les Morton, les Argyll, les Hamilton, les Gordon, s'ils savaient manier un glaive, étaient à peine capables de tenir une conversation de table en langue française !

Mais si l'authenticité des poésies est certaine (et elle n'est plus aujourd'hui mise en doute par personne) on est obligé de se prononcer aussi pour celle des lettres. Admettons qu'au moment de la traduction en latin et en écossais (deux lettres seulement ont été conservées dans la langue originale) on ait fait quelques légers changements de détail et peut-être même modifié un passage. Mais, dans l'ensemble, les mêmes raisons parlent en faveur de l'authenticité des lettres, et en particulier un dernier argument, d'ordre psychologique. Car si un soi-disant « consortium de criminels » eût voulu, par haine pour Marie Stuart, fabriquer des lettres compromettantes, il eût été naturel qu'il inventât des aveux très nets, la faisant apparaître sous un jour méprisable et comme une femme dépravée, perfide et méchante. Par contre c'eût été complètement absurde de fabriquer, dans l'intention de lui nuire, des lettres et des poésies comme celles qui nous ont été transmises et qui l'excusent plus qu'elles ne l'accusent, parce qu'elles expriment d'une façon poignante toute l'horreur éprouvée par Marie Stuart devant le fait de sa complicité dans le crime qui se prépare. Ce n'est pas la volupté de sa passion, mais sa détresse profonde que nous révèlent ces lettres, qui sont comme les cris étouffés d'un être brûlé vivant. Précisément parce qu'elles ont été écrites avec une telle maladresse, dans un tel trouble des idées, dans une précipitation, un bouleversement si visibles, par une main qui, on le sent, tremble d'émotion — justement ce fait correspondait tout à fait à l'état de surexcitation dont témoignent les actes de Marie Stuart à cette époque. Seul un analyste génial de l'âme eût pu imaginer une trame psychologique si parfaite de faits connus. Mais Murray, Maitland et Buchanan, que les défenseurs professionnels de l'honneur de Marie Stuart ont accusés tour à tour, au hasard, de faux, n'étaient pas des Shakespeare, des Balzac, des Dostoïevski. C'étaient de petites âmes, assurément capables de canailleries, mais non de peindre dans le silence de leur cabinet un tableau de vérité morale aussi poignant que sont pour tous les temps les lettres de Marie Stuart. Le génie capable de les écrire, il eût fallu tout d'abord l'inventer, et c'est ainsi que l'historien impartial peut, la conscience tranquille, voir en Marie Stuart, dont seules la détresse et la souffrance morales ont fait un poète, l'auteur de ces lettres et de ces poésies qui sont l'explication la plus sûre des événements qui devaient amener un changement si profond dans le destin de la reine d'Écosse.

C'est par l'aveu que Marie Stuart en fait dans ses poésies qu'on connaît le début de sa malheureuse passion. C'est par quelques lignes brûlantes qu'on sait que cet amour ne s'est pas développé lentement, ne s'est pas cristallisé peu à peu, mais s'est jeté d'un seul coup sur cette femme qui ne se doutait de rien, l'attachant à lui pour toujours. La cause directe est un acte physique grossier, une attaque brusque de Bothwell, un demi-viol, sinon un viol complet. Les vers suivants jettent un véritable éclair sur ces ténèbres :

Pour luy aussi j'ai jetté mainte larme,
Premier qu'il fust de ce corps possesseur,
Duquel alors il n'avait pas le cœur.

Subitement on comprend toute la situation. Depuis des semaines, Marie Stuart et Bothwell ont eu de plus en plus souvent l'occasion d'être ensemble ; en sa qualité de premier conseiller et de commandant suprême de l'armée, il l'a accompagnée partout dans ses déplacements et parties de plaisir. Mais pas un seul instant elle n'a vu dans cet homme pour qui elle vient justement de choisir une jolie femme dans la noblesse, et à l'union duquel elle a assisté, un soupirant. Par ce mariage elle devait se sentir doublement sûre et inviolable vis-à-vis de son fidèle vassal. Elle pouvait donc candidement voyager avec lui, rester auprès de lui sans crainte. Mais le sentiment imprudent de sécurité et de confiance, qui est le trait le plus précieux de son caractère, constitue toujours pour elle un danger. Probablement — on croit voir la chose — se permet-elle de temps en temps avec Bothwell une de ces innocentes familiarités, une de ces coquetteries féminines qui lui ont déjà été si funestes avec Chastelard et Riccio ? Peut-être reste-t-elle longtemps seule avec lui dans ses appartements, peut-être bavarde-t-elle alors avec plus d'intimité que ne le permet la prudence, peut-être plaisante-t-elle, joue-t-elle, badine-t-elle avec lui. Mais Bothwell n'est pas un Chastelard, un pinceur de luth, un troubadour romantique, un Riccio, un flatteur, un parvenu, c'est un homme au sang chaud et aux muscles forts, aux instincts puissants et qui ne recule devant aucune témérité. Un tel homme ne se laisse pas impunément provoquer et exciter. Il passe brutalement à l'attaque, empoigne la femme, qui se trouve depuis longtemps dans un état d'excitation et d'énervement extrêmes et dont les sens ont été aiguillonnés par sa folle inclination pour Darnley sans être vraiment apaisés : « Il se fait de son corps possesseur », il la prend par surprise ou la viole (qui peut mesurer la différence dans de tels instants où la volonté et la résistance se fondent si voluptueusement ?). Bothwell n'avait sans doute rien prémédité, ce n'était pas non plus la réalisation d'un désir contenu, mais un acte d'érotisme spontané, sans aucun caractère sentimental, un pur acte physique.

L'effet produit sur Marie Stuart est foudroyant. Quelque chose de tout à fait nouveau a fait irruption comme un orage dans sa vie : en violant son corps, Bothwell a en même temps bouleversé son âme. Chez ses deux maris, l'enfant-époux de quinze ans, François II, et le jeune Darnley, elle n'a trouvé que des individus sans virilité, des faibles et des mous. Déjà il lui était devenu tout naturel d'être celle qui donne, qui rend les autres heureux, la maîtresse, la souveraine dans ce domaine intime également, et jamais celle qui prend, qui reçoit, qui est subjuguée. Mais l'acte brutal de Bothwell — ses sens enivrés en sont encore tout étourdis — l'a mise brusquement en face d'un homme véritable, d'un homme qui a réduit à bien peu de chose ses forces féminines, sa pudeur, sa fierté, son assurance, qui lui a révélé avec volupté le monde volcanique qu'elle portait en elle et dont elle ignorait jusqu'alors l'existence. Avant même de s'être rendu compte du danger, avant même d'avoir tenté une résistance, elle est déjà vaincue, la dure enveloppe qui la protégeait est brisée, et le feu qui couvait en elle l'envahit et la dévore. Il est probable que le premier sentiment qu'elle éprouve devant cette attaque est la colère, l'indignation, une haine mortelle pour l'homme qui vient d'avoir raison de sa fierté féminine. Mais on sait qu'en vertu d'un des plus profonds secrets de la nature, toujours les extrêmes se touchent. De même que la peau est incapable de distinguer entre l'extrême froid et l'extrême chaud, au point que le froid peut brûler comme si c'était du feu, de même il arrive fréquemment que les sentiments les plus opposés se confondent avec rapidité. En l'espace d'un instant la haine peut se transformer dans l'âme d'une femme en amour, et son orgueil offensé en aveugle soumission, son corps peut vouloir follement ce qu'une seconde encore auparavant il avait refusé avec la dernière énergie. Quoi qu'il en soit, à partir de ce moment, cette femme jusque-là plutôt calme brûle d'un amour ardent qui la consume. Tous les piliers sur lesquels elle s'appuyait : honneur, dignité, décence, respect de soi, raison, s'écroulent ; et une fois précipitée à terre, elle ne pense qu'à descendre encore, s'enfoncer de plus en plus et se perdre complètement. Une jouissance nouvelle, inconnue, s'est abattue en elle, et elle s'y abandonne avec avidité et enivrement, jusqu'à l'autodestruction : et humblement elle embrasse la main de l'homme qui a détruit son orgueil de femme et lui a appris en même temps l'extase de l'abandon.

Cette passion d'une puissance extraordinaire n'a rien d'analogue avec la première, celle éprouvée pour Darnley. Avec celui-ci son désir de se donner n'avait fait que se découvrir et s'essayer. C'est seulement maintenant qu'elle l'éprouve dans toute sa force. Avec Darnley elle ne voulait que partager sa couronne, son pouvoir, sa vie. En ce qui concerne Bothwell, il n'en est pas ainsi ; elle ne veut pas lui donner ceci ou cela, mais tout ce qui est à elle, tout ce qu'elle possède sur terre ; elle veut s'appauvrir pour l'enrichir, s'humilier pour l'élever. Dans une heure d'extase mystérieuse elle rejette tout ce qui la lie à quelqu'un, à quelque chose pour le prendre, le garder, lui, l'Unique. Elle sait que ses amis se détourneront d'elle, que le monde la méprisera, l'insultera, mais précisément cela lui donne une fierté nouvelle, qui remplacera celle qu'elle a foulée aux pieds. Et avec enthousiasme elle proclame :

Pour luy depuis j'ay méprisé l'honneur,
Ce qui nous peust pourvoir de bonheur
Pour luy j'ay hazardé grandeur et conscience,
Pour luy tous mes parens j'ay quittés et amys,
Et tous aultres respects sont apart mis.

Pour luy tous mes amys j'estime moins que rien,
Et de mes ennemis je veux espérer bien.
J'ay hazardé pour luy et nom et conscience
Je veux pour luy au monde renoncer,
Je veux mourir pour luy faire avancer.

Elle n'a plus besoin de rien pour elle, tout est pour celui à qui elle appartient corps et âme :

Pour luy je veux rechercher la grandeur,
Et feray tant que de vray cognoistra
Que je n'ay bien, heur ne contentement,
Qu'a l'obeyr et servir loyaument.

Pour luy j'attendz toute bonne fortune,
Pour luy je veux guarder santé et vie,
Pour luy tout vertu de suivre j'ay envie,
Et sans changer me trouvera tout une.

Tout ce qu'elle possède, tout ce qui lui est propre, royaume, bonheur, corps, âme, elle le jette dans l'abîme de sa passion, et dans ces profondeurs elle s'abandonne à sa frénésie amoureuse.

Une tension aussi violente, une telle surtension des sentiments transforme fatalement l'âme. La passion démesurée de Marie Stuart lui insuffle une énergie inconnue. Ses forces physiques et morales sont tout à coup décuplées ; des possibilités et des facultés se manifestent en elle qu'elle ignorait et ne connaîtra jamais plus par la suite. Marie Stuart peut galoper à cheval pendant quinze heures et passer ensuite la nuit à veiller et à écrire des lettres sans éprouver de fatigue. Elle, qui n'a composé que de courtes épigrammes et de petites poésies de circonstance, peut écrire d'un seul jet, dans une inspiration enflammée, cette suite de sonnets où sa joie et sa souffrance s'expriment avec une force et une éloquence si frappantes. Cette femme d'ordinaire si imprudente et si insouciante est capable de dissimuler pendant plusieurs mois ses relations avec Bothwell. Elle peut, devant autrui, parler froidement avec l'homme dont le moindre contact la fait trembler, comme avec un subordonné, elle sait feindre la gaîté alors que ses nerfs se déchirent et que son âme crie de désespoir. Un sur-moi a brusquement surgi en elle qui lui prête une force étrange.

Mais ces exploits imposés à sa volonté sont suivis de terribles abattements. Marie Stuart reste ensuite couchée des journées entières, complètement épuisée ; ou bien, l'esprit trouble, elle erre en sanglotant pendant des heures dans ses appartements, souhaite d'être morte et supplie qu'on lui donne un poignard pour se tuer. A la longue, son corps ne peut plus supporter cette lutte ardente et furieuse avec elle-même, il se révolte. Rien ne montre plus nettement à quel point ses forces physiques sont ébranlées que le fameux épisode de Jedburgh. Le 7 octobre 1566, Bothwell a été grièvement blessé par un braconnier. Marie Stuart apprend la chose alors qu'elle est en route pour cette ville où elle doit tenir sa cour de justice. Tout de suite elle pense à se précipiter au château de l'Hermitage situé à vingt-cinq milles de là où est alité son amant. Mais vite elle se retient de crainte de se trahir. Pourtant la nouvelle l'a terriblement secouée car l'observateur le plus impartial de son entourage, l'ambassadeur français Du Croc, qui, à ce moment-là, ne pouvait pas encore se douter le moins du monde des rapports intimes de Marie Stuart avec Bothwell, communique à Paris : « Ce ne lui eût pas été peu de chose de le perdre. » Maitland, lui aussi, remarque sa distraction et sa nervosité, mais ignorant ce qui se passe, il déclare que ces « sombres pensées et cette mauvaise humeur ont leur cause dans les rapports de la reine avec le roi ». Ce n'est qu'une semaine plus tard, lorsque la cour de justice a fini de siéger, que Marie Stuart, accompagnée de Murray et de quelques nobles, accourt à bride abattue auprès de Bothwell. Elle reste deux heures au chevet du blessé, puis s'en retourne au même galop d'enfer pour essayer de dominer dans cette course folle l'inquiétude qui la torture. Mais quand on l'aide à descendre de son cheval, elle tombe sans connaissance. La fièvre s'empare d'elle, une fièvre nerveuse typique, qui la fait délirer et se tordre. Puis soudain son corps se raidit, elle ne voit plus rien, ne sent plus rien ; autour de l'énigmatique malade les médecins et les lords sont perplexes. On envoie des messagers dans toutes les directions à la recherche du roi, l'évêque est appelé pour lui administrer l'extrême-onction. Pendant huit jours, Marie Stuart demeure ainsi entre la vie et la mort. On eût dit que sa volonté secrète de ne plus vivre avait, dans une effroyable explosion, brisé ses nerfs et anéanti ses forces. Mais ce qui montre avec une netteté clinique le caractère purement moral, hystérique de cet effondrement, c'est qu'elle se sent aussitôt mieux à l'arrivée de Bothwell, convalescent, que l'on a amené en voiture à Jedburgh. Et deux semaines plus tard, celle qu'on croyait déjà morte remonte à cheval. Le mal était moral. Il est parti comme il était venu, par la volonté de la malade. Marie Stuart n'en reste pas moins encore pendant des semaines toute bouleversée. Même ceux qui ne la connaissent que très peu remarquent qu'elle est devenue « tout autre ». Quelque chose dans ses traits, dans son être, a changé, son habituelle insouciance et son assurance l'ont quittée. Elle vit et agit comme un être sous le poids de lourdes préoccupations. Elle s'enferme dans sa chambre d'où, à travers les portes, les servantes l'entendent pleurer et gémir. Elle d'habitude si confiante ne se confie plus à personne. Ses lèvres restent closes, et personne ne soupçonne l'effroyable secret qu'elle porte en elle jour et nuit et qui l'écrase peu à peu.

Ce qui rend cette passion à la fois grandiose et effrayante, c'est que la reine sait dès le début que son amour est criminel et absolument sans issue. Déjà après la première étreinte le réveil a dû être effroyable, lorsque les deux amants, tels Tristan et Iseult au sortir de l'ivresse où les a plongés le philtre d'amour, se rappellent soudain qu'ils ne vivent pas seuls dans l'infini de leur sentiment mais sont liés à ce monde par toute sorte de devoirs. Moment tragique en vérité que celui où ils se sont repris et rendu compte à quelle folie ils venaient de succomber : car elle, qui s'est donnée, est l'épouse d'un autre homme, et lui, à qui elle s'est donnée, est le mari d'une autre femme. C'est un adultère, et un double adultère que leurs sens, dans leur frénésie, ont commis. Et combien y a-t-il de temps, quinze, vingt ou trente jours, que Marie Stuart, reine d'Écosse, a signé et fait publier un édit punissant de la peine capitale l'adultère et toute autre forme de luxure non permise ? Leur passion a son point de départ dans le crime et si elle veut durer elle ne le peut que par de nouveaux crimes. Pour pouvoir se lier éternellement, il leur faut se débarrasser par la violence l'une de son mari, l'autre de sa femme. Cet amour criminel ne peut donner que des fruits empoisonnés, et Marie Stuart sait que désormais il n'y a plus de repos ni de salut pour elle. Mais c'est précisément dans des moments aussi désespérés que s'éveille en elle l'audace de tenter l'impossible et de défier le destin. Elle ne reculera pas lâchement ; elle poursuivra témérairement sa route jusqu'au bout, jusqu'à l'abîme. Peu lui importe que tout soit perdu, son bonheur n'est-il point de savoir qu'elle s'est sacrifiée pour lui :

Entre ses mains, et en son plain pouvoir,
Je metz mon fils, mon honneur et ma vie,
Mon pais, mes subjects, mon âme assubjectie
Est tout à luy et n'ay autre vouloir
Pour mon objet que sans le dessevoir
Suivre je veux, malgré toute l'envie
Qu'issir en peult.

Advienne que pourra ! Maintenant qu'elle a renoncé à tout pour Bothwell, l'indiciblement aimé, l'amante démesurée ne craint plus au monde qu'une chose : la perte de cet homme.

Mais le pire des tourments dans cette situation terrible ne sera pas épargné à Marie Stuart. Malgré toute sa folie, elle est trop clairvoyante pour ne pas bientôt se rendre compte que cette fois encore elle se gaspille en vain, que l'homme pour lequel ses sens brûlent ne l'aime pas véritablement. Bothwell l'a prise de la même façon qu'il a pris beaucoup d'autres femmes : rapidement, brutalement, sensuellement. Et il est prêt à la quitter, indifférent, comme il l'a fait avec celles-là, une fois ses désirs apaisés. Pour lui cette possession n'a été que la satisfaction d'un désir érotique, une brève aventure, et l'infortunée est obligée de s'avouer que ce maître adoré de ses sens n'éprouve pour elle aucun amour particulier :

Vous m'estimez légière, que je voy,
Et si n'avez en moy nulle asseurance,
Et soubçonnez mon cœur sans apparence,
Vous deffiant à trop grand tort de moy.
Vous ignorez l'amour que je vous porte ;
Vous soubçonnez qu'autre amour me transporte ;
Vous estimez mes parolles du vent,
Vous despeignez de cire mon las cœur ;
Vous me pensez femme sans jugement ;
Et tout cela augmente mon ardeur.

Au lieu de se détourner fièrement de l'ingrat, au lieu de se dominer, de se maîtriser, cette femme ivre d'amour se jette à genoux devant lui pour le retenir. Son orgueil d'autrefois s'est bizarrement transformé en une humiliation sans pareille. Elle supplie, elle mendie, elle s'offre comme une marchandise à l'adoré qui ne veut pas l'aimer. Elle a perdu à tel point tout sentiment de dignité qu'elle, naguère si fière, lui énumère tout ce qu'elle est prête à faire pour lui et que sans cesse elle l'assure, jusqu'à l'importuner, de sa soumission la plus servile :

Car c'est le seul désir de vostre chère amye,
De vous servir et loyaument aymer,
Et tous malheurs moins que riens estimer
Et vostre volunté de la mien suivre.
Vous cognoistrez avecques obéissance,
De mon loyal devoir n'obmettant la science,
A quoi j'estudiray pour tousjours vous complaire,
Sans aymer rien que vous, soubs la subjection
De qui je veux, sans nulle fiction,
Vivre et mourir...

C'est un spectacle atroce et poignant que cet anéantissement complet de l'amour-propre chez une femme fière comme elle, qui, après n'avoir craint jusqu'ici aucune puissance au monde ni aucun danger terrestre, en arrive maintenant aux pratiques les plus honteuses d'une jalousie envieuse et perfide. Marie Stuart doit avoir remarqué à quelque signe que Bothwell lui est moins attaché qu'à sa jeune femme et qu'il ne pense nullement à la quitter pour elle. La voici à présent qui s'efforce — il est vraiment effroyable de constater comment un grand sentiment peut rendre une femme mesquine — de diminuer de la manière la plus méchante, la plus basse, la plus indigne, l'épouse qu'elle-même a choisie. Elle excite la vanité masculine de Bothwell en lui rappelant (sans doute à la suite de quelque confidence d'ordre intime) que sa femme ne montre pas suffisamment d'ardeur dans ses étreintes et qu'au lieu de se donner à lui avec passion elle ne le fait qu'à demi. Elle autrefois tout orgueil et toute fierté, compare les sacrifices qu'elle a faits pour lui, Bothwell, avec les avantages de toutes sortes que sa femme tire de la position qu'il occupe. C'est auprès d'elle, Marie Stuart, qu'il doit rester, auprès d'elle seule, et il ne faut pas qu'il se laisse tromper par les lettres, les larmes et les supplications de cette femme « fausse » :

Et maintenant elle commence à voir
Qu'elle estoit bien de mauvais jugement
De n'estimer l'amour d'un tel amant.
Elle vouldroit bien mon amy dessevoir
Par les escripts tous fardez de sçavoir...
Et toutesfois ses parolles fardez,
Ses pleurs, ses plaincts remplis de fictions,
Et ses hauts cris et lamentations,
Ont tant guagné que par vous sont guardez
Ses lettres escriptes, ausquelles vous donnez foy,
Et si l'aymez et croiez plus que moy.

Ses cris sont de plus en plus désespérés. Il ne faut pas qu'il la confonde, elle, la seule digne, avec l'indigne, il faut qu'il la répudie, celle-là, pour s'unir à elle, Marie Stuart, car elle est prête, quoi qu'il arrive, à braver avec lui la vie et la mort. Il peut tout exiger d'elle, et elle le lui demande à genoux, comme preuve de fidélité et de dévouement éternels, elle est prête à tout sacrifier : maison, foyer, biens, couronne, honneur, et même son enfant. Qu'il prenne tout et qu'il soit à elle seule, à elle, qui ne vit plus que pour lui, son bien-aimé.

Maintenant s'éclaire le fond de ce paysage tragique. Grâce aux aveux surabondants de Marie Stuart, la scène devient tout à fait nette. Pour Bothwell qui l'a prise par hasard, l'aventure en réalité est finie. Mais elle qui s'est donnée à lui corps et âme veut le garder, et le garder à jamais. Une longue liaison n'intéresse pas cet homme ambitieux et qui est d'ailleurs heureux avec sa femme ; cependant pour sa commodité, pour les avantages qu'il peut en tirer, Bothwell ne semble pas prêt à rompre tout de suite ses relations amoureuses avec la femme qui dispose de tous les honneurs et dignités en Écosse, il accepterait Marie Stuart comme concubine à côté de sa femme. Mais cela ne peut suffire à une reine, qui a une âme de reine, à une femme qui ne veut pas partager. Comment faire ? Comment attacher à soi éternellement cet aventurier farouche et effréné ? Des promesses de fidélité et de dévouement sans bornes ne peuvent qu'ennuyer un homme de cette sorte, il en a trop souvent entendu de la part d'autres femmes. Une seule chose peut le séduire, la chose suprême que tant d'autres ont recherchée : la couronne. Si indifférent qu'il puisse être à Bothwell de continuer à être l'amant d'une femme qu'il n'aime pas, la pensée qu'elle est reine et qu'il pourrait à ses côtés devenir roi d'Écosse n'est pas sans séduction.

Assurément cette idée semble absurde au premier abord : l'époux légitime de Marie Stuart, Henry Darnley, vit encore, et il n'y a pas place pour un second roi. Cependant c'est elle, et elle seule qui lie à partir de ce moment Bothwell et Marie Stuart. La malheureuse sait qu'en dehors de la couronne rien ne peut retenir auprès d'elle cet homme orgueilleux et indépendant. Et pour conserver son amour, il n'est pas de prix que cette femme enivrée qui a depuis longtemps oublié honneur, considération, dignité, loi, ne soit prête à payer. Si un crime est nécessaire pour procurer cette couronne à Bothwell, Marie Stuart, aveuglée par sa passion, ne reculera pas.

Car de même que Macbeth n'a d'autre possibilité de devenir roi, pour réaliser la prédiction diabolique des sorcières, qu'en supprimant la famille royale, de même Bothwell ne peut devenir roi d'Écosse par des moyens honnêtes, légaux. Ce n'est qu'en passant sur le cadavre de Darnley qu'il y arrivera.

Même si la promesse formelle, faite par écrit, qui fut trouvée, paraît-il, dans la célèbre cassette d'argent et où Marie Stuart l'assure qu'elle « l'épousera envers et contre toutes objections possibles de ses proches et d'autres personnes », même si cette promesse était apocryphe, Bothwell n'a pas besoin de lettre et de sceau pour être sûr d'elle. Trop souvent elle s'est plainte à lui, comme à beaucoup d'autres, de la souffrance qu'elle éprouve à l'idée que Darnley est son époux, la façon dont elle lui dit dans ses sonnets, et plus encore à certains moments d'abandon, à quel point elle désire se lier à lui pour toujours est trop engageante pour qu'il ne sache pas qu'il peut tenter les actes les plus osés et les plus fous.

D'autre part, Bothwell sait aussi qu'il peut compter sur l'appui des lords. Il sait qu'ils sont tous unis dans une même haine pour ce garçon encombrant et insupportable qui les a tous trahis et que rien ne pourrait leur être plus agréable qu'une solution permettant de l'éloigner le plus rapidement possible de l'Écosse. Il a même assisté à cet entretien mémorable qui eut lieu au mois de novembre au château de Craigmillar en présence de Marie Stuart et où l'on décida pour ainsi dire du sort de Darnley. Les plus hauts dignitaires du royaume, Murray, Maitland, Argyll, Huntly et Bothwell, s'étaient mis d'accord à cette époque pour faire à la reine cette étrange proposition : si elle acceptait de rappeler les assassins de Riccio, les Morton, Lindsay et Ruthven, ils se faisaient fort de la débarrasser de Darnley. Devant la reine on ne parle tout d'abord que de la forme légale « *to make her quit of him* », d'un divorce. Mais Marie Stuart pose comme condition que cette délivrance doit se faire de façon à ne causer aucun préjudice à son fils. A quoi Maitland se contente de répliquer d'une façon ambiguë qu'elle devait s'en remettre à eux pour le choix de la forme et des moyens et qu'ils arrangeraient la chose de manière que son fils n'en souffrît pas. Quant à Murray, il fermerait les yeux. Devant cette déclaration, la reine répète encore une fois que rien ne doit être entrepris qui « puisse peser sur sa conscience ou son honneur ». Ces discours obscurs ont un sens mystérieux. Une chose est claire cependant, c'est que déjà à cette époque, tous, Marie Stuart, Murray, Maitland, Bothwell, les principaux acteurs de la tragédie, étaient d'accord pour écarter Darnley, mais on n'avait pas encore décidé si ce serait par la douceur, l'adresse ou la violence.

Bothwell, le plus impatient et le plus hardi de tous, est pour la violence. Il ne peut pas et ne veut pas attendre, car il ne s'agit pas seulement pour lui de se débarrasser de Darnley, mais d'hériter de la couronne et du royaume. C'est pourquoi, tandis que les autres ne font que désirer et patienter, lui est résolu à agir. D'une façon quelconque, il a dû chercher de bonne heure des complices parmi les lords. Mais ici les documents historiques font encore une fois défaut ; la préparation d'un crime se fait du reste toujours dans l'ombre ou dans le demi-jour. Jamais on ne saura combien de lords et lesquels il a mis au courant de son projet, ni ceux qu'il a vraiment amenés à y participer ou seulement à le tolérer. Murray semble avoir connu le complot, mais n'y avoir pas participé, cependant que Maitland n'aurait pas hésité à aller plus loin. On peut tenir pour véridique la confession de Morton avant sa mort. Rentrant d'exil et animé d'une haine mortelle pour Darnley, qui l'a trahi, il voit venir à lui Bothwell qui lui propose sans détour de participer à l'assassinat du roi. Après la dernière expérience qu'il vient de faire où il a été abandonné par ses complices, Morton est devenu prudent. Il hésite et demande des garanties. Tout d'abord il veut savoir si la reine est d'accord. Sans hésiter Bothwell répond affirmativement. Mais Morton ne se contente pas de paroles que l'on nie ensuite si facilement. Avant de s'engager il exige qu'on lui montre, noir sur blanc, l'approbation écrite de la reine. Il veut, selon la vieille coutume écossaise, un bond en règle, qu'il puisse montrer pour sa décharge en cas de suites désagréables. Bothwell le lui promet. Mais, bien entendu, il ne pourra jamais apporter ce bond, car un mariage futur entre lui et Marie Stuart n'est possible que si celle-ci reste entièrement à l'arrière-plan et peut paraître avoir été « surprise » par les événements.

Bothwell est donc obligé de se charger de tout. Mais il est assez résolu pour accomplir le meurtre sans assistant. En tout cas il s'est déjà rendu compte, à la façon équivoque dont Morton, Murray et Maitland ont accueilli son plan, qu'il ne rencontrera chez eux aucune opposition ouverte. Si ce n'est par des lettres revêtues de sceaux, ils ont tous, par leur silence significatif et leur neutralité bienveillante, donné leur approbation. Et du jour où Marie Stuart, Bothwell et les lords sont d'accord, c'en est fait de la vie de Darnley.

Maintenant tout est prêt. Bothwell s'est entendu avec quelques-uns de ses suppôts, le lieu et le genre d'assassinat ont été fixés dans des conversations secrètes. Il ne manque plus qu'une chose pour que le meurtre puisse être commis : la victime. Car Darnley, si fou qu'il soit, doit avoir eu quelque vague pressentiment de ce qui l'attend. Déjà plusieurs semaines auparavant il s'est refusé, comme on l'a vu, d'entrer à Holyrood aussi longtemps que certains lords s'y trouveraient. Il ne se sent même plus en sûreté au château de Stirling depuis que les assassins de Riccio, qu'il a abandonnés, sont rentrés en Écosse à la suite de leur grâce, qui est lourde de sens. Sourd à tous les appels et à toutes les invites, il ne quitte plus Glasgow. Là il est avec son père, le comte de Lennox, avec des alliés, dans une demeure sûre, et, en cas de danger, si ses ennemis approchaient trop, un navire sur lequel il peut fuir l'attend dans le port. Comme si le sort voulait le protéger au dernier moment, voici qu'au début de janvier 1567 il est atteint de la petite vérole, ce qui est un prétexte admirable pour rester plus longtemps dans sa solide retraite.

Cette maladie contrecarre d'une façon inattendue les plans de Bothwell, qui attend impatiemment la victime à Édimbourg. Pour une raison quelconque, que nous ne connaissons pas, il doit avoir été pressé d'accomplir son acte, soit qu'il fût impatient de s'emparer de la couronne, soit qu'il craignît à juste titre qu'une conspiration comportant des complices pût être connue à la longue, soit encore que ses rapports intimes avec la reine commençassent à être visibles. Ce qui est certain, c'est qu'il ne veut pas attendre plus longtemps. Mais comment faire venir Darnley, qui est malade et de plus se méfie ? Comment le faire sortir de son lit et de sa maison fortifiée ? Une invitation officielle le mettrait sur ses gardes, et ni Murray ni Maitland, ni qui que ce soit à la cour n'est suffisamment lié avec lui, l'homme détesté de tous, pour pouvoir le décider à revenir. Il n'y a qu'une seule personne qui pourrait le faire : Marie Stuart. N'a-t-elle point déjà, à deux reprises, réussi à soumettre ce malheureux à son entière volonté ? Elle seule peut endormir la méfiance de la victime et l'attirer. Elle seule peut se livrer avec succès à cette monstrueuse entreprise. Et comme elle-même n'est plus maîtresse de sa volonté, mais soumise aux ordres de son despote, Bothwell n'a qu'à ordonner et l'incroyable, ou plutôt ce que le sentiment se refuse à croire, se produit : le 22 janvier, Marie Stuart, qui depuis des mois évite tout contact avec Darnley, se rend à cheval à Glasgow, soi-disant pour voir son mari malade, mais en réalité pour l'attirer à Édimbourg, où la mort l'attend avec impatience.

La voie du meurtre

22 janvier-9 février 1567

Maintenant commence la strophe la plus sombre de la ballade de Marie Stuart. Ce voyage à Glasgow, d'où elle ramène son mari, encore malade, au cœur de la conspiration meurtrière, est l'acte de sa vie le plus discuté. On se demande sans cesse si Marie Stuart fut vraiment une figure atridienne, une Clytemnestre, qui, avec une sollicitude hypocrite, prépare pour son époux Agamemnon de retour au pays le bain réparateur, cependant qu'Egisthe, le meurtrier et l'amant, est caché dans l'ombre la hache à la main ? Fut-elle une autre lady Macbeth endormant avec de douces et de caressantes paroles le roi Duncan que Macbeth assassinera pendant son sommeil, une de ces criminelles démoniaques que souvent l'extrême passion fait des femmes les plus braves et les plus dévouées ? Ou ne fut-elle qu'une créature sans volonté entre les mains brutales de ce souteneur de Bothwell, un être obéissant inconsciemment à un ordre irrésistible, une marionnette docile et de bonne foi, ignorant tout du crime qui se tramait ? Malgré soi on se refuse tout d'abord à accuser de complicité d'assassinat, passive ou active, une femme jusqu'alors très humaine. On cherche sans cesse une autre interprétation, moins compromettante, de ce voyage à Glasgow. On écarte comme peu sûrs tous les témoignages et documents qui accusent Marie Stuart et l'on examine, avec la volonté sincère de se laisser convaincre, les explications que ses défenseurs ont trouvées ou imaginées pour démontrer son innocence. Mais en vain ! Si désireux que l'on soit d'y croire, tous ces arguments d'avocats n'ont aucune valeur convaincante : le chaînon de l'acte aux contours bien nets s'insère sans le moindre joint dans la chaîne des événements, tandis que toute interprétation en faveur de Marie Stuart, dès qu'on l'empoigne solidement, se brise entre les mains comme une coquille vide.

Comment admettre en effet que ce soit le dévouement qui ait guidé Marie Stuart lorsqu'elle s'est rendue auprès de Darnley malade et l'a engagé à quitter son sûr refuge pour le soigner chez elle ? Depuis des mois le couple vit à peu près complètement séparé. Darnley est sans cesse banni de sa présence, et quelle que soit l'humilité avec laquelle il a demandé qu'on lui permît, en sa qualité d'époux, de partager de nouveau la couche conjugale, ce droit lui a été brutalement refusé. Il y a longtemps que les ambassadeurs d'Espagne, d'Angleterre et de France parlent dans leurs rapports de la séparation des deux époux comme d'un fait acquis, définitif ; les lords ont proposé ouvertement le divorce et envisagé en secret une solution plus radicale. Les deux époux sont devenus si indifférents l'un à l'égard de l'autre que, même à la nouvelle de la grave maladie de Marie Stuart à Jedburgh, Darnley ne se hâte nullement d'aller voir sa femme, à qui on a déjà donné les derniers sacrements. Même avec une forte loupe on ne peut plus apercevoir dans ce mariage la moindre trace d'amour, le moindre atome de tendresse.

Mais, disent encore les défenseurs à tout prix de Marie Stuart, la reine ne voulait-elle pas précisément par ce voyage mettre fin à un conflit malheureux ? Malheureusement, cette dernière explication en sa faveur est, elle aussi, réduite à néant par un document de sa propre main. La veille de son départ pour Glasgow — jamais Marie Stuart n'a pensé que sa correspondance pourrait témoigner contre elle devant la postérité — l'imprudente s'exprime dans une lettre adressée à l'archevêque Beaton de la façon la plus haineuse sur le compte de Darnley : « Pour ce qui est du roi, notre époux, Dieu sait de quelle manière nous nous sommes toujours conduite vis-à-vis de lui, et non moins connues de Dieu et du monde sont les menées et les injustices dont il s'est rendu coupable à notre égard. Tous nos sujets en ont été témoins, et je ne doute pas qu'ils ne l'en aient condamné au fond de leur cœur. » Est-ce ainsi que parle l'esprit de réconciliation ? Est-ce là la façon de penser d'une femme aimante qui s'apprête à courir, anxieuse, au chevet de son époux ? Et, deuxième circonstance au plus haut point aggravante, Marie Stuart n'entreprend pas ce voyage dans le seul but de rendre visite à Darnley, pour rentrer ensuite chez elle, mais avec la ferme intention de le ramener avec elle, ce qui est vraiment trop de sollicitude pour paraître honnête ! Car n'est-ce pas se moquer de toutes les lois de la médecine et de la raison que d'arracher de son lit, au plus fort de l'hiver, un malade atteint de la petite vérole, un fiévreux, et de le transporter en litière à deux journées de distance ? Marie Stuart a même fait venir d'avance cette litière pour écarter toute objection de Darnley et le ramener aussi vite que possible à Édimbourg, où la conspiration criminelle ourdie contre lui est en pleine marche.

Mais peut-être — toujours on s'efforce d'aller audevant de ses défenseurs, car c'est une chose bien grave que d'accuser injustement quelqu'un d'assassinat ! — peut-être Marie Stuart ne sait-elle rien de cette conspiration ? Malheureusement, une lettre d'Archibald Douglas, à elle adressée, exclut ici encore toute espèce de doute. Cette lettre montre que Douglas, l'un des principaux conjurés, alla la trouver lors de ce tragique voyage à Glasgow afin d'obtenir sa franche adhésion au complot. Et même si l'on admet qu'elle ne la lui accorda pas, comment une épouse au courant des menées qui se tramaient contre son mari a-t-elle pu garder pour elle une telle proposition ? Comment n'a-t-elle pas averti Darnley ? Et comment, sachant ce qui se passait, a-t-elle pu l'engager à revenir là où se préparait son assassinat ? Le silence en pareil cas est déjà plus qu'une simple complicité morale, c'est une participation réelle, quoique passive, au meurtre.

La complicité de Marie Stuart dans l'assassinat de son mari n'est plus niable pour le chercheur impartial ; qui veut l'excuser ne peut qu'alléguer une diminution de sa volonté et non son ignorance. Ce n'est pas froidement, d'une façon calculée, perfide et cynique que Marie Stuart s'est rendue à Glasgow ; au moment décisif, ce dont témoignent les lettres de la cassette, elle a senti toute la répugnance et l'horreur du rôle qui lui était imposé. Certes elle a discuté avec Bothwell le plan consistant à attirer Darnley à Édimbourg, mais sa lettre de Glasgow montre admirablement que la conscience endormie de cette grande pécheresse commence déjà à se réveiller au bout d'une journée de voyage, lorsque Bothwell n'est plus là et que l'action hypnotique qu'il exerce sur sa personne s'est affaiblie. Avant de s'engager dans la voie du meurtre l'individu poussé par une force mystérieuse se distingue toujours du véritable criminel et l'acte de Marie Stuart est peut-être un exemple de ces genres de crimes accomplis non par les auteurs eux-mêmes mais par une volonté étrangère plus forte que la leur et à laquelle ils sont assujettis. Car au moment de passer à l'exécution du plan discuté et approuvé, lorsque Marie Stuart se trouve en face de la victime, à ce moment tout sentiment de haine, tout désir de vengeance s'éteint brusquement en elle, et l'humanité profonde de sa nature se rebelle contre l'inhumanité du mandat dont on l'a chargée. Trop tard et en vain ! Marie Stuart n'est plus celle qui s'approche à pas de loup de sa victime, elle est elle-même une victime.

Derrière elle claque le fouet qui la pousse en avant. Elle craint la colère de son amant au cas où elle ne lui amènerait pas Darnley et elle redoute de le perdre en lui désobéissant. Seul le fait qu'ici une femme sans volonté réprouve au plus profond d'elle-même le rôle qu'elle va jouer, qu'un être moralement sans défense se révolte intérieurement contre le crime qui lui est dicté, seul ce fait, s'il ne nous autorise pas à pardonner du point de vue de la justice, nous permet tout au moins de comprendre du point de vue humain.

Il faut lire la fameuse lettre qu'elle adressa, du chevet de Darnley malade, à Bothwell, et dont ses défenseurs, stupidement, nient toujours l'authenticité ! Grâce à cette lettre qui met comme une lueur d'humanité sur l'acte révoltant de Marie Stuart, il semble qu'un rideau se lève devant nous, nous laissant voir ce qui s'est déroulé dans l'âme de cette femme pendant les heures effroyables de son séjour à Glasgow. Minuit a sonné depuis longtemps. La visiteuse, en toilette de nuit, est assise à sa table dans une chambre étrangère. Un feu flambe dans la cheminée, projetant sur les murs nus et hauts des ombres fantastiques. Mais ce feu ne réchauffe ni la pièce solitaire ni l'âme de Marie Stuart. Des frissons passent sur ses épaules légèrement couvertes : il fait froid et elle est fatiguée, elle voudrait dormir et cependant elle ne le peut pas, tellement elle est énervée. Elle a vécu trop d'heures émouvantes au cours de ces dernières semaines, ses nerfs en sont encore douloureusement agités. Remplie d'horreur à l'idée de l'acte à accomplir, mais sans volonté devant celle du maître, l'esclave de Bothwell est venue à Glasgow pour faire sortir son époux de sa sûre retraite et le mener à une mort encore plus sûre. Tout d'abord elle a été retenue à la porte du château par un envoyé de Lennox. Il apparaît au plus haut point suspect au vieillard que la femme qui depuis des mois a farouchement évité son fils accoure tout à coup avec tant de sollicitude à son chevet. Les vieillards ont une sorte de prescience des malheurs, et peut-être Lennox se rappelle-t-il également que chaque fois que Marie Stuart a fait semblant de se rapprocher de son fils c'était uniquement pour en tirer un profit personnel. Avec peine elle a réussi à répondre aux questions de l'envoyé, à pénétrer auprès du malade, qui, lui aussi — elle lui a trop souvent joué la comédie — la reçoit avec méfiance. Pourquoi a-t-elle amené une litière ? lui demande-t-il aussitôt. La suspicion flotte dans ses yeux inquiets. Marie Stuart a besoin de toutes ses forces pour ne pas se trahir par une pâleur ou une rougeur subites. Mais la peur que lui inspire Bothwell lui a appris à dissimuler. Par ses flatteries et ses caresses elle a réussi à calmer les soupçons de Darnley et à substituer sa volonté à celle de sa victime. Dès le premier après-midi, l'œuvre est à moitié accomplie.

A présent, elle est là seule dans sa chambre mal éclairée. Il y règne un tel silence qu'elle perçoit ses pensées les plus secrètes et les soupirs de sa conscience foulée aux pieds. Elle ne peut pas dormir, elle éprouve un besoin immense de confier à quelqu'un les tourments qui l'oppressent dans son isolement et son extrême détresse. Et comme il n'est pas près d'elle, lui, le seul sur terre avec qui elle puisse s'entretenir de toutes ces choses que personne ne doit connaître, de ces choses effroyables qu'elle a même peur de s'avouer à elle-même, elle prend quelques feuilles de papier et commence à écrire. C'est une lettre pour ainsi dire sans fin. Elle ne la terminera pas cette nuit, ni le lendemain, mais seulement la nuit suivante. Nous assistons ici à la lutte pathétique du criminel avec lui-même. Tout s'y trouve réuni pêle-mêle : folie et raison, plaintes désespérées et bavardages puérils. De noires pensées voltigent en zigzag comme des chauves-souris dans son cerveau. Tantôt elle parle de choses insignifiantes, tantôt dans sa détresse elle pousse des cris de révolte, de haine, que la pitié réprime immédiatement. Et au milieu de tout cela s'exprime, magnifique et brûlant, son amour pour l'homme dont la volonté la domine et la main l'a poussée dans cet abîme. Tout à coup elle s'aperçoit qu'elle n'a plus de papier. Alors elle continue sur une feuille de comptes, elle écrit, elle écrit, car la criminelle sent que l'horreur l'étranglerait, le silence l'étoufferait, si elle ne se cramponnait pas, tout au moins avec des mots, au criminel.

Mais tandis que dans sa main tremblante la plume semble courir librement sur le papier, Marie Stuart remarque que ce qu'elle écrit n'est pas dit comme elle le voudrait, qu'elle n'a pas la force de maîtriser et d'ordonner ses idées. Tout lui semble venir d'une sphère ignorée de sa conscience, et c'est pourquoi elle conjure Bothwell de lire sa lettre deux fois. Mais c'est précisément parce que cette lettre de trois mille mots n'est pas pensée et écrite d'une façon claire et lucide, que les idées s'y enchevêtrent confusément et semblent tituber, — c'est justement ce qui en fait un document psychologique si précieux. Car ici ce n'est pas l'être conscient qui parle, mais le moi intérieur, dans une sorte d'hallucination provoquée par la fatigue et la fièvre, ici parle le subconscient, qu'il est d'ordinaire si difficile d'observer, le sentiment nu que ne masque plus aucune pudeur. Des voix hautes et basses, des idées claires et d'autres qu'elle n'oserait pas exprimer à l'état de veille, se succèdent dans cet état de dispersion psychologique. Elle se répète, se contredit, tout s'agite chaotiquement dans cette lave et ce torrent de passion brûlante. Jamais, ou très rarement, une confession ne nous est parvenue où se manifeste si nettement l'état de surexcitation morale d'un criminel en train de commettre son crime. Ni un Buchanan, ni un Maitland, aucun de ces hommes d'une intelligence ordinaire n'aurait pu, malgré toute sa culture et son habileté, imaginer avec une telle précision le monologue d'un cœur bouleversé, l'horrible situation de la femme qui ne connaît pas d'autre salut devant sa conscience que d'écrire et d'écrire encore à son amant, pour s'expliquer, se disculper, s'oublier, — pour ne pas entendre son cœur battre furieusement dans sa poitrine. Encore une fois on pense involontairement à lady Macbeth errant frissonnante dans l'obscurité du château de Dunsinane, assaillie par des souvenirs sinistres et qui, en proie au somnambulisme, avoue son crime dans un monologue poignant. Seuls un Shakespeare, un Dostoïevski sont capables de nous représenter cela, et aussi leur maître à tous : la réalité.

« Excusez-moi que j'escry mal, dit sa lettre, il faudra que vous en deviniez la moitié ; mais je ne puis remédier à cela, car je ne suis pas à mon aise, et néantmoins j'ay une grande joye en vous escrivant pendant que les autres dorment, puisque de ma part je ne puis dormir comme eux, ny ainsi que je le vouldroye, c'est-à-dire entre les bras de mon très cher amy... » Avec une insistance impressionnante elle y décrit combien Darnley est heureux de son arrivée inattendue. On croit voir le pauvre diable le visage en feu et couvert de pustules. Il est alité depuis de longs jours et de longues nuits, en proie à la maladie et le cœur ulcéré en pensant qu'elle l'a repoussé et abandonné. Et voilà que soudain la femme aimée est à son chevet, la jeune et belle Marie est assise avec tendresse auprès de son lit. Dans son bonheur, le pauvre fou croit « rêver » et il déclare « être si heureux de la voir qu'il pense en mourir de joye ». Parfois, à vrai dire, les vieilles blessures de la méfiance tressaillent encore douloureusement. Tout cela lui semble trop invraisemblable, et cependant son cœur misérable se refuse à croire à une nouvelle tromperie, quoiqu'elle l'ait déjà trompé bien souvent. Il est si doux pour un homme faible de croire, d'avoir confiance, il est si facile de convaincre un homme vaniteux qu'il est aimé. Il ne faut pas longtemps pour que Darnley s'attendrisse. Le voici complètement soumis, comme dans la nuit qui suivit l'assassinat de Riccio.

Le pauvre garçon la prie de lui pardonner tout le mal qu'il a pu lui faire : « Vous dites qu'après m'avoir souvent pardonné, je retourne en de semblables fautes... Je suis si jeune... Un homme de mesme âge que je suis et destitué de conseil ne peut-il pas faillir deux ou trois fois, ou ne tenir pas quelquefois promesse, et après se repentir de sa faute en se corrigeant par l'usage des occurrences ? Si je puis obtenir pardon, je promets ci-après de ne plus offenser. Je ne vous demande rien davantage, sinon que nous ne faisions qu'une table et un lict, comme ceux qui sont mariez : à cela si vous ne consentez, je ne releverai jamais de ce lict... Dieu sait quelle peine je porte, de ce que j'ay fait de vous un dieu et que je ne pense à autre chose qu'à vous... »

Marie Stuart est assise auprès du malade et écoute ses déclarations passionnées, ses brûlantes promesses de soumission. Elle devrait être contente, son plan a réussi, le cœur du naïf garçon est de nouveau malléable. Mais elle a trop honte de son hypocrisie pour pouvoir se réjouir ; au milieu même de sa victoire le dégoût de la misérable action la prend à la gorge. Muette, l'âme bouleversée, elle détourne les yeux et Darnley remarque que quelque chose d'obscur et d'incompréhensible tourmente la femme aimée. La situation est vraiment géniale. Le pauvre Darnley trompé, trahi, s'efforce de consoler la traîtresse, il veut l'aider, la voir gaie, joyeuse, heureuse ! Il la supplie de passer la nuit dans sa chambre ; déjà le malheureux fou rêve d'amour et de tendresse. Il est poignant de voir comment ce faible, ce crédule, s'accroche à elle et comment il a de nouveau une confiance entière en elle. Il ne peut cesser de la contempler, il jouit intensément du plaisir de cette nouvelle intimité. Il la prie de lui couper sa viande, il ne cesse de parler et dans sa folie révèle tous ses secrets, donne les noms de ses espions, de ceux qu'il a chargés de lui rapporter ce qui se passe à la cour ; ignorant le pouvoir qu'a sur elle Bothwell, il lui avoue sa haine pour celui-ci et pour Maitland. Et, bien entendu, plus il se trahit avec confiance, avec amour, plus il est difficile à Marie Stuart de tromper cet homme qui ne se doute de rien et qui est complètement à sa merci. Elle est émue, malgré elle, devant le manque de résistance et la crédulité de sa victime. Elle est obligée de se faire violence pour continuer à jouer sa misérable comédie : « Je ne l'ay jamais veu mieux parler, ne si doucement ; et si je n'eusse appris par l'expérience combien il avoit le cœur mol comme cire, et le mien estre dur comme diamant, et lequel nul trait ne pouvoit percer, sinon descroché de vostre main, peu s'en eust fallu que je n'eusse eu pitié de luy. » Elle n'éprouve plus la moindre haine pour ce pauvre garçon au visage fiévreux qui la contemple avec des yeux énamourés, elle a oublié tout ce que ce stupide petit menteur lui a fait, au fond de son cœur elle voudrait le sauver. Elle rejette sur Bothwell toute la responsabilité de son acte ignoble. « Pour sa propre vengeance elle ne le feroye pas. » C'est uniquement par amour pour son amant qu'elle l'accomplira, qu'elle exploitera la confiance puérile de ce garçon, et, magnifique, elle lance ce cri accusateur : « Vous me contraignez de tellement dissimuler que j'en ay horreur... Qu'il vous souvienne que, si l'affection de vous plaire ne me forçoit, j'aymeroye mieux mourir que de commettre ces choses. Le cœur m'en seigne. »

Un esclave ne peut pas désobéir. Il ne peut que gémir lorsque le fouet le pousse impitoyablement en avant. Elle exhale une plainte et courbe aussitôt la tête avec soumission : « Hélas ! je n'ai jamais trompé personne ; mais je me soubmets en toutes choses à vostre volonté. Faictes-moy sçavoir ce que je doy faire, et quoy qu'il en puisse advenir, je vous obeïray. Et pensez en vous mesme, si pouvez trouver quelque moyen plus couvert par breuvage, car il doit prendre médecine et estre beigné à Craigmillar. »

Sans doute voudrait-elle tout au moins adoucir la mort du malheureux et éviter que l'on ne recoure à un acte de violence grossier comme on en a l'intention. Si elle était encore maîtresse d'elle-même, si elle n'était pas si soumise à la volonté de Bothwell, s'il y avait encore en elle une étincelle d'indépendance morale, on le sent, elle sauverait Darnley. Mais elle est obligée d'obéir de crainte de perdre son amant à qui elle a donné sa parole. Elle craint d'ailleurs aussi — ce qu'aucun poète n'aurait jamais pu imaginer — que, pour finir, Bothwell ne la méprise d'avoir joué un rôle aussi misérable. Elle le supplie « de ne pas avoir pour cela une sinistre opinion d'elle, car c'est lui qui l'a voulu ». Et humblement elle lui adresse un dernier appel désespéré afin qu'il la récompense par son amour de toutes les souffrances qu'elle endure maintenant pour lui : « ... Pour vous complaire je n'espargne ny mon honneur, ny ma conscience, ny les dangers, ny mesme ma grandeur quelle qu'elle puisse estre : je vous prie que vous le preniez en bonne part et non selon l'interprétation du faux frère (Huntly) de vostre femme auquel je vous prie n'adjouter aucune foy contre la plus fidelle amie que vous avez eue ou que vous aurez jamais. Ne regardez point à celle (la femme de Bothwell) de laquelle les feintes larmes ne vous doivent estre de si grand poids que les fidelles travaux (tourments) que je souffre, afin que je puisse mériter de parvenir en son lieu, pour lequel obtenir je trahis contre mon naturel ceux qui m'y pourraient empescher. Dieu veuille me pardonner. »

Il est impossible, pour quiconque perçoit dans ces paroles la voix du cœur torturé, d'appeler cette malheureuse femme une criminelle, quoique tout ce qu'elle fasse pendant ces heures tragiques ne serve qu'au crime. On sent que la volonté étrangère à laquelle elle est soumise est mille fois plus forte que la sienne. Peut-être qu'à certains moments cette femme a été plus près du suicide que du meurtre.

Mais, fatalité de l'asservissement, celui qui a renoncé à sa propre volonté ne peut plus choisir sa route. Il ne peut que servir et qu'obéir. Et c'est ainsi qu'esclave de son amour, instrument inconscient de sa passion, et cependant cruellement consciente, elle s'avance en chancelant dans la voie du crime.

Le deuxième jour, Marie Stuart a accompli la mission qui lui a été dictée : la partie la plus délicate, la plus dangereuse de la tâche a été menée à bien. Elle a endormi tous les soupçons de Darnley. Le pauvre et stupide garçon est maintenant, malgré sa maladie, gai, joyeux, confiant et même heureux. Déjà, quoiqu'il soit toujours bien faible et que sur son visage les marques de la variole ne se soient point refermées encore, il se permet de petites familiarités avec sa femme. Il voudrait l'embrasser, la serrer contre lui, et elle a toutes les peines du monde à calmer l'impatience de l'amoureux autant qu'à cacher sa propre répugnance. Obéissant aux ordres de Marie Stuart comme elle-même est docile à ceux de Bothwell, il se déclare prêt, esclave d'une esclave, à retourner avec elle à Édimbourg. On lui met un pansement sur le visage pour cacher ses traits défigurés et, plein de confiance, il se laisse transporter hors de sa retraite dans la litière qui l'attend : voici la victime dirigée vers la maison du sacrificateur. Le travail grossier, sanglant, c'est Bothwell qui va s'en charger et ce sera mille fois plus facile pour cet homme dur et cynique que pour Marie Stuart le fait de trahir sa conscience.

Lentement la litière, escortée de cavaliers, traverse la froide campagne hivernale. Tout à fait réconcilié en apparence le couple royal rentre à Édimbourg. Mais où, à Édimbourg ? Au palais d'Holyrood, se dit-on tout naturellement ! Il n'en est rien. Bothwell, le tout-puissant, en a décidé autrement. Le roi ne peut pas entrer chez lui soi-disant parce que sa guérison n'est pas encore assez avancée pour qu'on ne puisse plus redouter la contagion. Il habitera donc Stirling, ou le château d'Édimbourg, cette forteresse imprenable, ou une autre demeure princière, comme le palais épiscopal, par exemple ? Pas davantage ! On lui a choisi une petite maison tout à fait isolée et à laquelle personne n'eût jamais pensé, une maison qui n'a rien de princier, située dans un endroit mal réputé, en dehors des fortifications, au milieu de terres incultes et de prairies, à demi en ruines et qui n'est plus habitée depuis des années, une maison très difficile à protéger et à défendre. Involontairement on se demande qui a pu faire le choix de cette maison isolée de Kirk O'Field, à laquelle on n'accède que par une sombre voie appelée le *Thieves Row* (le chemin des voleurs). Et l'on apprend que c'est Bothwell — toujours lui — qui maintenant décide de tout.

Cette demeure indigne d'un roi n'a pour voisinage qu'une maison occupée par l'un des hommes de Bothwell. Elle comprend une antichambre et quatre pièces. Au rez-de-chaussée on installe rapidement une chambre à coucher pour la reine, celle-ci ayant manifesté soudain le vif désir de soigner avec tendresse l'époux qu'elle ne voulait plus voir, et une autre pour ses servantes. Des deux pièces du haut on a également fait des chambres à coucher, l'une pour le roi, l'autre pour ses trois serviteurs. Il est vrai que les pièces basses de cette triste maison ont été meublées luxueusement ; on a fait venir de Holyrood des tapis et des tentures et même on a monté à chacun des deux époux, dans leurs chambres respectives, un des lits somptueux que Marie de Lorraine fit venir de France. Marie Stuart ne sait que faire pour montrer publiquement sa sollicitude envers Darnley. On la voit venir plusieurs fois par jour avec toute sa suite pour tenir compagnie au malade, elle passe même les trois nuits du 4 au 7 février dans cette maison dépourvue de tout confort. Il faut que tout le monde sache à Édimbourg que le roi et la reine sont redevenus de bons époux. Cette réconciliation pareillement affichée risque même de devenir suspecte. Que l'on songe en effet combien ce brusque changement a dû paraître étrange aux lords, qui très peu de temps avant examinaient avec Marie Stuart le moyen de se débarrasser de Darnley ! Le plus intelligent de tous, Murray, a vite compris de quoi il retournait. Il ne doute pas un instant qu'il ne se trame quelque chose de bizarre dans cette maison isolée, et, silencieusement, il fait ses préparatifs.

Il n'y a peut-être qu'une personne qui croie à la sincérité du revirement de Marie Stuart, c'est Darnley, le malheureux époux. Sa vanité est flattée de la sollicitude dont elle l'entoure, il est fier de voir les lords qui l'évitaient d'une façon si méprisante s'approcher de son lit le dos courbé et avec des visages compatissants. Le 7 février il écrit à son père que sa santé s'est considérablement améliorée grâce aux soins dévoués de la reine, dont l'attitude à son égard est celle d'une véritable épouse. Déjà les médecins l'ont assuré de sa guérison prochaine, les dernières traces de la maladie qui l'avait défiguré commencent à disparaître. Il va pouvoir rentrer dans son château : les chevaux ont été commandés pour le lundi matin 10 février... Bientôt il sera à Holyrood, où il partagera de nouveau la « table et le lict » de Marie Stuart ; enfin il sera redevenu le maître de son pays et du cœur de sa femme.

La veille de son retour, le dimanche 9 février, une fête doit avoir lieu le soir à Holyrood. Deux des plus fidèles serviteurs de Marie Stuart célèbrent leur mariage et à cette occasion un grand banquet et un bal ont été organisés au château, bal auquel la reine a promis d'assister. Mais ce n'est pas là l'événement principal de la journée, il en est un autre, dont le sens véritable n'apparaîtra que plus tard : le matin, Murray prend congé de sa sœur sous prétexte d'aller rendre visite, dans l'un de ses châteaux, à sa femme malade. Et c'est là un mauvais présage. Chaque fois, on le sait, que Murray part ainsi brusquement, c'est qu'il a de bonnes raisons. Régulièrement il se produit alors un bouleversement ou un malheur, ce qui lui permet à son retour de prouver qu'il n'y était pour rien. Quiconque est doué d'un peu de flair éprouve une certaine inquiétude en voyant de nouveau ce calculateur perspicace s'éloigner sans bruit. Il y a à peine un an qu'au lendemain de l'assassinat de Riccio il était rentré à Édimbourg tout aussi ignorant en apparence de ce qui s'était passé en son absence qu'il fait à présent semblant de l'être de ce qui se prépare en partant le jour même où doit se produire un événement plus effroyable encore. Aux autres le danger, à lui l'honneur et le profit!

Il y a encore un autre signe qui devrait donner à réfléchir. Marie Stuart a déjà, dit-on, donné l'ordre de ramener de sa chambre à coucher de Kirk O'Field son beau lit de velours et sa riche couverture de fourrures. En soi cette mesure paraît tout à fait naturelle, car la nuit de la fête la reine ne couchera pas là-bas, mais à Holyrood où le lendemain, ainsi qu'il est prévu, son mari viendra la rejoindre. Cependant on l'interprétera différemment par la suite. Pour le moment, durant l'après-midi et le soir du 9 février, on ne voit pas encore l'approche des événements qui vont se dérouler et l'attitude de Marie Stuart n'a rien de surprenant. Dans la journée elle va avec des amis voir son mari, presque guéri; le soir, au milieu de ses gens et en compagnie de Bothwell, Huntly et Argyll, elle fait preuve de la plus grande gaîté. Mais — attention touchante, étonnamment touchante! — voici qu'elle se rend encore une fois, en pleine nuit, malgré le froid, à Kirk O'Field, quoique Darnley doive rentrer le lendemain matin. Elle quitte soudain la fête, pour aller s'asseoir quelques instants au chevet de son mari et bavarder avec lui. Elle reste là jusqu'à onze heures du soir — retenons bien l'heure — puis, au milieu de bruits et de rires, le cortège à cheval s'en retourne par la nuit sombre, précédé de torches et de flambeaux. On ouvre toutes grandes les portes du château. La ville entière doit voir que la reine revient de sa visite auprès de son mari. La fête se poursuit au son des violons et des cornemuses; encore une fois Marie Stuart, joyeuse et pleine d'entrain, se mêle à la foule des invités et ce n'est qu'à minuit passé qu'elle se retire dans ses appartements.

A deux heures du matin, « comme si vingt-cinq canons avaient tiré en même temps », une violente explosion ébranle l'air et fait trembler la terre. Immédiatement on voit fuir des formes étranges des abords de Kirk O'Field : quelque chose d'épouvantable a dû se passer dans la maison du roi. L'émotion et l'effroi s'emparent des habitants d'Édimbourg brusquement arrachés de leur sommeil. Les portes de la ville s'ouvrent, des messagers se précipitent à Holyrood pour annoncer l'effroyable nouvelle : la maison de Kirk O'Field a sauté avec le roi et ses serviteurs. Bothwell, qui avait assisté à la fête manifestement pour se créer un alibi pendant que ses gens préparaient l'attentat, est réveillé ou plutôt tiré de son lit où il feint de dormir. Il s'habille en toute hâte et se précipite avec des hommes armés sur le lieu de l'attentat. On trouve dans le jardin les cadavres en chemise de Darnley et du page qui dormait dans sa chambre; quant à la maison, elle est complètement détruite. Bothwell se contente de ces constatations dont il fait semblant d'être surpris et bouleversé. Comme il est fixé mieux que tout autre sur ce qui s'est passé, il ne fait aucun effort pour découvrir la vérité. Il donne l'ordre de mettre les cadavres en bière et revient au château au bout d'une petite demi-heure. Là il annonce à la reine, qui apparemment vient de se réveiller, que son mari, le roi Henry d'Écosse, a été assassiné d'une façon inexplicable par des inconnus.

Quos deus perdere vult

Février-avril 1567

La passion peut faire bien des choses. Elle peut éveiller chez un individu des énergies incroyables, surhumaines, faire surgir des forces titaniques de l'âme la plus paisible et la pousser par-delà toute morale jusqu'au crime. Mais il est normal qu'après de tels exploits elle retombe épuisée. En cela le criminel par passion se distingue essentiellement du criminel-né, de l'assassin professionnel. Le premier, la plupart du temps, est capable de commettre le crime, mais rarement de faire face à ses conséquences. Agissant par impulsion, ne voyant que l'acte qu'il se propose d'accomplir, il tend toutes ses forces vers ce seul but; dès qu'il l'a atteint, dès que le crime est commis, son intelligence défaille, son énergie se brise, sa résolution tombe. Au contraire, le criminel qui a calculé froidement son acte est prêt à accepter la lutte avec ses accusateurs et ses juges; lui, ce n'est pas pour le crime même mais pour se défendre ensuite qu'il raidit toute sa volonté!

Marie Stuart — et cela ne la diminue pas, mais la grandit plutôt — n'est pas à la hauteur du crime où l'a conduite son assujettissement à Bothwell; si elle est devenue criminelle, c'est parce que sa passion l'avait privée de discernement, ce n'est pas par sa propre volonté, mais par une volonté étrangère. Elle n'a pas eu la force de se ressaisir à temps, et une fois l'acte exécuté, elle se montre absolument incapable de toute décision. Elle pourrait faire deux choses : ou rompre résolument avec Bothwell, qui est allé plus loin qu'elle ne le voulait dans son for intérieur et signifier ainsi qu'elle est étrangère au crime; ou ruser et feindre la douleur pour détourner de son amant et d'elle-même tout soupçon. Au lieu de cela, Marie Stuart adopte l'attitude la plus absurde, la plus insensée en pareil cas : elle ne fait rien, et c'est son inaction qui la trahit. Tels ces jouets mécaniques qui, une fois remontés, accomplissent un nombre déterminé de mouvements, elle a fait dans l'état d'hypnose où l'a plongée sa sujétion tout ce que Bothwell a exigé d'elle; elle est allée à Glasgow, elle a apaisé les craintes de Darnley et l'a ramené à Édimbourg en recourant à toutes sortes de gentillesses. Mais à présent le ressort est détendu, la force qui la faisait agir est épuisée. Alors qu'elle devrait jouer la comédie pour convaincre le monde de son innocence, elle ne fait aucun effort dans ce sens. Une indifférence incompréhensible, une sorte d'apathie, d'engourdissement semble la détacher de tout ce qui se passe autour d'elle; sans aucune résistance elle laisse s'abattre sur elle le soupçon suspendu au-dessus de sa tête comme une épée de Damoclès.

Le fait qu'au moment même où il lui faudrait agir, se défendre et avoir toute sa présence d'esprit, l'homme en danger est souvent en proie à une inertie complète, à une passivité absolue — ce phénomène n'a rien d'extraordinaire en soi. C'est la réaction fatale à une tension excessive, une vengeance perfide de la nature contre tous ceux qui dépassent leur mesure. C'est ainsi que la volonté démoniaque d'un Napoléon disparaît au soir de Waterloo : il est là immobile, le regard fixe, sans prononcer une parole, sans donner aucun ordre, quoique ce soit précisément le moment de prendre des mesures énergiques. Ses forces l'ont fui comme le vin d'un tonneau percé. De même la volonté d'Oscar Wilde s'effondre avant son arrestation. Ses amis l'ont averti, il a encore le temps, il a de l'argent, il pourrait prendre le train et mettre la Manche entre lui et la police. Mais non, il reste dans sa chambre à attendre on ne sait quoi, le miracle ou l'anéantissement. Ce n'est qu'au moyen de telles analogies — et l'on en pourrait trouver des milliers dans l'histoire — qu'on peut expliquer l'attitude de Marie Stuart, sa passivité provocante. Jusqu'au moment du crime, personne ne soupçonnait ses relations intimes avec Bothwell, et sa visite à Darnley pouvait être considérée comme dictée par le désir d'une réconciliation. Après le meurtre, la veuve du roi assassiné se trouve au premier plan de l'attention publique. Maintenant il faudrait que par une dissimulation adroite elle fît croire à sa parfaite innocence. Mais il semble qu'un terrible dégoût de tout mensonge et de toute hypocrisie se soit alors emparé d'elle. Au lieu de se défendre elle se rend par son indifférence encore plus coupable aux yeux du monde qu'elle ne l'est en réalité. Comme un individu prêt à se noyer elle ferme les yeux pour ne plus rien voir, ne plus rien sentir, aspirant seulement à la mort, au néant. Jamais encore la criminologie n'a brossé un tableau aussi complet au point de vue pathologique d'un criminel par passion qui, ayant usé toutes ses forces dans la réalisation de son acte, s'effondre aussitôt après. *Quos deus perdere vult...*

Comment devrait se comporter une femme aimante, sincère, innocente, une reine à qui un messager vient apporter au milieu de la nuit l'horrible nouvelle de l'assassinat de son mari par des inconnus ? Ne devrait-elle point bondir de son lit comme si la maison brûlait, crier, hurler, ordonner qu'on jette au cachot tous ceux sur qui pèse le moindre soupçon ? La situation ne lui commanderait-elle point de lancer un appel au peuple, de demander aux princes étrangers d'arrêter à la frontière tout fugitif venant de son royaume ? Comme à la mort de François II ne conviendrait-il pas que

Marie Stuart s'enfermât nuit et jour dans ses appartements, qu'elle renonçât durant des semaines et des mois à tout plaisir, toute distraction, et avant tout qu'elle n'eût de cesse qu'on n'eût mis la main sur les coupables et leurs complices ?

Dans les mêmes circonstances, une femme coupable devrait, elle, par calcul, jouer tout au moins la surprise. Ce qui met le mieux un criminel à l'abri du soupçon n'est-ce pas, justement, une fois le crime commis, de simuler l'étonnement, de faire l'innocent ? Mais Marie Stuart montre une indifférence si monstrueuse qu'elle est obligée de sembler étrange même à l'homme animé des meilleures intentions à son égard. On ne remarque rien chez elle de la colère, de la sombre fureur qui la guidait lors du meurtre de Riccio, rien non plus de son attitude mélancolique à la mort de François II. Non seulement elle n'écrit pas, comme pour son premier époux, de touchante élégie à la mémoire de Darnley, mais quelques heures après qu'on lui a annoncé l'assassinat, elle signe avec un calme parfait des lettres entortillées qui seront envoyées à toutes les cours et dans lesquelles les événements sont présentés de telle manière que le crime paraît avoir été dirigé non pas contre le roi, mais contre elle-même. Selon cette version, les conjurés avaient cru que les époux passeraient la nuit à Kirk O'Field et seul le fait que la reine était rentrée au château pour assister aux noces de ses serviteurs lui avait évité le sort de son mari. « La reine, écrit-on, ne sait pas quels sont les auteurs du crime mais elle se repose sur la sollicitude et les diligences de son conseil pour les découvrir, et elle espère leur infliger un châtiment qui servira d'exemple à tous les âges. »

Ce travestissement des faits était bien entendu trop grossier pour tromper le monde. En vérité, tout Édimbourg l'avait vue quitter, à onze heures du soir, aux flambeaux, la demeure solitaire de Kirk O'Field. La ville entière savait que la reine n'était pas restée chez Darnley cette nuit-là et à plus forte raison les meurtriers qui guettaient dans l'ombre ne l'ignoraient pas. Ils ne pouvaient donc avoir voulu attenter à sa vie puisque c'est seulement trois heures après son départ qu'ils firent sauter la maison. En outre, cette explosion elle-même n'était qu'une manœuvre, dont le but était de cacher les faits véritables, à savoir que Darnley avait préalablement été étranglé. La maladresse manifeste de la version officielle venait par conséquent renforcer l'idée que la reine était complice.

Mais, chose bizarre, l'Écosse reste muette, et non seulement l'indifférence de Marie Stuart mais aussi celle du pays sont un étonnement pour tous. Qu'on y réfléchisse : quelque chose de monstrueux, d'inouï, même, dans les annales de cette histoire tout entière écrite avec du sang vient de se produire. Le roi d'Écosse a été assassiné dans sa capitale : on a fait sauter sa maison. Et que se passe-t-il ? La ville tremble-t-elle de colère et d'indignation ? Les nobles et les barons accourent-ils de leurs châteaux pour défendre la reine peut-être en danger ? Les prêtres tonnent-ils du haut de leurs chaires contre les criminels ? La justice fait-elle tout ce qu'elle peut pour la découverte des coupables ? Ferme-t-on les portes de la ville, arrête-t-on les suspects et les met-on à la torture ? Les frontières sont-elles surveillées ? Convoque-t-on le Parlement afin qu'il entende officiellement le récit du crime et prenne les dispositions qui conviennent ? Les lords, les défenseurs naturels du trône, jurent-ils de punir les meurtriers ? Rien de tout cela ne se produit. Un silence incompréhensible suit le coup de tonnerre. La reine se cache dans ses appartements au lieu de faire une déclaration publique. Les lords se taisent. Murray ne bouge pas, ni Maitland, ni aucun de ceux qui ont plié le genou devant leur roi. Ils ne réprouvent ni ne célèbrent l'acte, ils attendent prudemment la suite des événements. On sent que pour l'instant il leur est désagréable de parler du meurtre, car tous ont été plus ou moins au courant de ce qui se préparait. Quant aux bourgeois, ils s'enferment sagement dans leurs demeures et se contentent de se communiquer à voix basse leurs impressions. Ils savent qu'il est toujours dangereux pour les petites gens de se mêler des affaires des grands et que dans ces sortes d'histoires, trop souvent l'innocent paye pour le coupable. C'est ainsi qu'au début il se passe exactement ce que les assassins avaient escompté : tout le monde ne voit dans ce meurtre qu'un incident regrettable. Jamais peut-être dans l'histoire de l'Europe une cour, une noblesse, une capitale n'ont accueilli avec un tel calme et une telle lâcheté la nouvelle de l'assassinat de leur roi ; on va même jusqu'à négliger à dessein les mesures les plus élémentaires en vue de démêler les circonstances du meurtre. On ne se livre à aucune enquête sur le lieu de l'attentat, on ne rédige pas de procès-verbal, on n'établit pas de rapport, on ne donne aucun détail, on obscurcit à plaisir tout ce qui a trait à l'événement. Le cadavre n'est l'objet d'aucun examen médical. Ce qui fait qu'on ne sait pas encore exactement si Darnley a été étranglé, poignardé ou empoisonné (lorsqu'on retrouva le cadavre dans le jardin, le visage était tout noir) avant que les assassins fissent sauter la maison. Et afin qu'il n'y ait pas trop de personnes qui puissent voir le cadavre, pour que l'on ne bavarde pas trop, on hâte l'inhumation, sur l'ordre de Bothwell. Qu'on porte vite en terre Henry Darnley ! Qu'on se dépêche d'enterrer en même temps cette sombre affaire avant que se répande sa puanteur !

C'est ainsi que se produit la chose la plus scandaleuse et qui confirme aux yeux du monde à quel point de hautes personnalités ont dû participer au meurtre : on ne juge pas à propos de faire au roi des funérailles convenables. Non seulement il n'est point dressé de catafalque, on ne voit pas de veuve éplorée ni de noblesse attristée suivre solennellement le cercueil d'Henry Darnley dans les rues de la ville, non seulement les canons ne tonnent pas, les cloches ne sonnent pas, mais c'est clandestinement, pendant la nuit, que l'on transporte la bière à la chapelle. Et c'est sans pompe, sans honneurs, rapidement, que le roi d'Écosse est ensuite jeté dans la fosse, comme s'il s'agissait d'un assassin et non de la victime d'une haine terrible et d'une convoitise effrénée. Une messe, et c'est fini ! Désormais cette âme tourmentée ne troublera plus la paix de l'Écosse !

Marie Stuart, Bothwell et les lords veulent que l'affaire soit terminée en même temps que retombe le couvercle du cercueil. Néanmoins pour satisfaire la curiosité du peuple, pour qu'Élisabeth ne puisse dire qu'on n'a pas essayé de découvrir les criminels, on décide de faire comme si l'on faisait quelque chose. Afin d'éviter une véritable enquête, Bothwell ordonne une pseudo-enquête. Il faut montrer que l'on recherche sérieusement les meurtriers. A vrai dire, toute la ville connaît leurs noms, trop de complices ont participé à la surveillance de la maison, à l'achat de la poudre et à son transport dans des sacs jusqu'à Kirk O'Field pour qu'on n'en eût pas remarqué quelques-uns. De même les sentinelles de garde aux portes de la ville se rappellent avec une précision gênante qui, cette nuit-là, après l'explosion, est entré dans Édimbourg. Mais comme le Conseil ne se compose plus en fait, maintenant, que de Bothwell et de Maitland qui n'ont qu'à se regarder dans la glace pour voir les coupables, on se cramponne fiévreusement à la thèse des « auteurs inconnus » et on lance une proclamation dans laquelle on promet une récompense de deux mille livres à quiconque aidera à mettre la main sur les criminels. Deux mille livres écossaises représentent certes une somme respectable pour un pauvre bourgeois d'Édimbourg, mais tout le monde sait très bien que cette promesse ne signifie rien et que c'est un coup de poignard dans les côtes qui attend celui qui bavardera. Car Bothwell a immédiatement établi une sorte de dictature militaire ; ses hommes sillonnent les rues de la ville et les armes qu'ils portent ostensiblement constituent une menace trop claire pour que quiconque ose dire ce dont il a connaissance.

Cependant chaque fois qu'on veut étouffer la vérité elle se manifeste par la ruse. Si on l'empêche de se faire entendre le jour, elle parle la nuit. Le matin même qui suivit la publication de la proclamation on trouva, placardées sur la place du Marché et même à la porte du palais royal, des affiches portant les noms des assassins. Elles désignaient ouvertement Bothwell et James Balfour. Sur certains placards figuraient encore d'autres noms, mais sans cesse revenaient ceux des principaux coupables.

Si un démon ne s'était pas emparé de ses sens, si la passion n'avait pas fait taire en elle toute raison et toute réflexion, si sa volonté n'était pas entièrement asservie, Marie Stuart se séparerait de Bothwell, maintenant que la voix du peuple parle si nettement. Si une lueur d'intelligence brillait encore dans son âme enténébrée, elle éviterait tout rapport avec lui, jusqu'à ce qu'au moyen d'une manœuvre habile son innocence soit « officiellement » prouvée, et ensuite elle l'éloignerait de la cour sous un prétexte quelconque. Et ce qu'avant tout elle n'aurait pas dû permettre, c'est que cet homme, que l'on désigne publiquement comme l'assassin du roi, continuât à commander dans la maison de sa victime; de plus, ce n'est pas à lui qu'elle eût dû confier la direction de l'enquête. Mais il y a encore un fait plus grave : les placards dénonciateurs désignaient comme complices, à côté de Bothwell et de Balfour, ses deux serviteurs Bastien et Joseph Riccio (le frère de David Riccio). Le premier devoir de Marie Stuart n'eût-il point été de livrer ces hommes à la justice? Au lieu de cela — ce qui en somme est un aveu de sa culpabilité — elle les relève secrètement de leur service, des passeports leur sont remis et on les aide à passer la frontière en toute hâte.

C'est-à-dire qu'elle fait exactement le contraire de ce qu'elle eût dû faire pour son honneur. Mais sa folie ne se borne pas là. Non seulement elle ne peut pas se résoudre à respecter le deuil purement officiel de la cour, mais au bout d'une semaine à peine elle quitte Holyrood pour se rendre au château de lord Seton. Et, dernière provocation, qui est comme un gant jeté à la face du monde, de qui reçoit-elle là-bas la visite ? De James Bothwell, l'homme dont le portrait est à présent distribué dans les rues d'Édimbourg avec cette légende : « Voici l'assassin du roi. »

Mais l'Écosse n'est pas le monde ; si les lords conscients de leur culpabilité et les bourgeois intimidés se taisent prudemment, à Londres, à Paris et à Madrid on n'accueille nullement ce crime effroyable avec indifférence. Pour l'Écosse, Darnley n'était qu'un étranger dont on s'est débarrassé à la façon du pays dès qu'il est devenu gênant ; pour les cours d'Europe il était, en tant que roi, un membre de leur auguste famille, inviolable comme eux, et sa cause est leur propre cause. Personne à l'extérieur du pays n'a accordé la moindre créance à l'exposé officiel des faits et l'on est immédiatement sûr que Bothwell a été l'instigateur du crime et Marie Stuart sa confidente : même le pape et son légat dénoncent l'attitude de la reine en termes énergiques. Ce qui préoccupe et choque le plus les cours étrangères, ce n'est pas tant le crime en lui-même, ce siècle-là ne connaît pas les scrupules d'ordre moral et ne s'émeut pas outre mesure d'un meurtre isolé. Depuis Machiavel le crime politique est considéré dans tous les pays comme un acte excusable, et dans les annales de presque chaque famille royale on constate des pratiques de ce genre. Henri VIII n'hésitait pas quand il s'agissait de se débarrasser de ses femmes ; Philippe II eût été bien ennuyé si on l'avait questionné sur la mort de son fils, Don Carlos ; et c'est à leurs poisons que les Borgia doivent une partie de leur triste célébrité. Mais, à la différence de Marie Stuart, ces hommes agissent de façon à n'être point soupçonnés. Ils font commettre leurs crimes par d'autres et gardent les mains propres. Ce que les princes étrangers attendent par conséquent de Marie Stuart, c'est un effort en vue de se justifier. Mais ils constatent avec étonnement et bientôt avec colère que leur sœur maladroite et aveuglée par la passion ne fait rien pour éloigner d'elle les soupçons; ils n'admettent pas qu'au lieu de faire pendre et écarteler quelques petites gens comme il est coutume en pareil cas elle joue tranquillement au jeu de paume et choisisse justement comme compagnon de plaisirs l'homme que tout le monde accuse. Avec une émotion sincère, le fidèle ambassadeur de Marie Stuart à Paris, l'archevêque de Glasgow, lui communique la mauvaise impression que fait à la cour son attitude passive : « On vous accuse d'être vous-même la principale instigatrice de ce crime et même de l'avoir ordonné. » Et avec une franchise qui fait honneur à cet homme d'Église, il écrit à la reine que si elle ne se décide pas à se disculper de la façon la plus claire « il serait préférable pour elle d'être morte. »

Plus pressante encore est la lettre que lui envoie Élisabeth. Car, étrange coïncidence, il n'y a personne au monde qui soit autant en mesure de comprendre l'état d'âme de Marie Stuart que celle qui, de tout temps, fut son ennemie la plus acharnée. Élisabeth se voit dans cette affaire comme dans un miroir; elle se trouvait exactement dans la même situation à l'époque de sa brûlante passion pour Dudley-Leicester. Il y avait là une épouse gênante qu'il fallait supprimer comme ici un époux pour qu'un mariage fût possible. Avec ou sans sa complicité — on ne le saura jamais — un crime horrible avait été commis : un beau matin on trouva la femme de Robert Dudley, Amy Robsart, assassinée, comme Darnley, par des « inconnus ». Aussitôt tous les regards s'étaient portés sur Élisabeth, comme aujourd'hui sur Marie Stuart. Celle-ci, encore reine de France à l'époque, s'était même moquée de sa cousine en disant qu'elle voulait « épouser son maître des écuries qui avait tué sa femme ». Avec la même certitude que maintenant pour Bothwell le monde avait vu en Leicester le meurtrier et en la reine sa complice. Le souvenir des soucis que cette affaire lui avait causés pouvait par conséquent faire d'Élisabeth la meilleure, la plus habile conseillère de sa sœur en la circonstance. Car grâce à son intelligence et à son énergie elle avait alors réussi à sauver son honneur en ordonnant aussitôt une enquête, bien entendu sans aucun résultat, mais qui n'en était pas moins une enquête. Et elle avait fait taire définitivement tout bavardage en renonçant à son vœu le plus cher qui était d'épouser Leicester : elle montrait ainsi qu'elle n'avait rien à faire avec le meurtre et dégageait sa responsabilité aux yeux du monde. C'est cette même attitude qu'elle voudrait voir adopter par Marie Stuart.

La lettre d'Élisabeth, datée du 24 février 1567, est également remarquable parce qu'elle est vraiment une lettre sincère, où l'on sent battre le cœur d'une femme. « Madame, écrit-elle, je suis si stupéfaite et effrayée par la terrible nouvelle du meurtre abominable de votre époux, mon cousin, que je suis à peine capable d'écrire là-dessus, et quelle que soit la force avec laquelle mon sentiment me pousse à regretter la mort d'un si proche parent, je ne puis pas, pour vous dire sincèrement mon opinion, vous cacher que je suis encore plus triste pour vous que pour lui. Ô Madame, je n'agirais pas comme votre fidèle cousine et comme une véritable amie si je me donnais davantage de peine pour vous dire quelque chose d'agréable que pour m'efforcer de préserver votre honneur. Et c'est pourquoi je ne puis pas vous cacher ce qu'en disent la plupart des gens, à savoir que vous ne voulez rien faire pour punir ce meurtre et vous garderez de faire arrêter ceux qui vous ont rendu ce service, de sorte qu'il semble que le crime a été commis avec votre assentiment. Je vous supplie de croire que je ne voudrais pas, pour tout l'or du monde, nourrir dans mon cœur une telle pensée. Je ne laisserais jamais un tel hôte habiter dans mon cœur, jamais je n'aurais une si mauvaise opinion d'un prince quel qu'il fût et encore moins de celle à qui je souhaite autant de bien que mon cœur en peut imaginer ou que vous-même puissiez souhaiter. C'est pourquoi je vous conseille, je vous exhorte, je vous supplie, de prendre cette affaire tellement à cœur que vous ne craigniez pas de frapper même celui qui vous est le plus cher, s'il est coupable, et de ne vous laisser détourner par rien de la nécessité de donner au monde une preuve que vous êtes une aussi noble princesse qu'une femme droite et loyale. »

Jamais, peut-être, cette femme d'ordinaire si équivoque n'a écrit de lettre plus franche et plus humaine. Il semble qu'elle devrait effrayer Marie Stuart et la ramener enfin à la réalité. Bothwell y est montré du doigt et on prouve irréfutablement à la reine d'Écosse que toute indulgence, tout égard pour lui aurait pour résultat inévitable de la faire apparaître comme complice. Mais il ne faut pas se lasser de le répéter, la situation de Marie Stuart est celle d'une prisonnière. Elle est « *so shamefully enamoured* » de cet homme que, comme l'écrit à Londres un espion d'Élisabeth, « on l'entendait dire qu'elle était prête à tout quitter et à s'en aller avec lui en cotillon jusqu'au bout du monde ». Ses oreilles sont sourdes à toute exhortation, la raison est sans force sur ses sens. Et parce qu'elle s'oublie elle-même, elle pense que le monde les oubliera, elle et son crime.

Pendant quelque temps, durant tout le mois de mars, la passivité de Marie Stuart semble triompher. L'Écosse se tait, les juges sont devenus sourds et aveugles, et Bothwell ne peut, malgré sa bonne volonté, parvenir à découvrir les « meurtriers inconnus », quoique, dans toutes les maisons, les bourgeois les nomment à voix basse. Tout le monde les connaît, mais personne ne veut risquer sa vie pour gagner la prime promise. Enfin une voix se lève. Au père de la victime, au comte Lennox, l'un des nobles les plus en vue du royaume, on ne peut pas refuser de répondre lorsqu'il se plaint à juste titre qu'après plusieurs semaines on n'a encore rien entrepris de sérieux pour retrouver les assassins de son fils. Marie Stuart, qui partage la couche du meurtrier, et dont Maitland, le complice, tient la plume, répond naturellement d'une façon évasive : elle fera pour le mieux et chargera le Parlement de s'occuper de l'affaire. Mais Lennox sait très bien ce que signifient ces mots et il renouvelle sa plainte. Pourquoi, dit-il, ne pas commencer par arrêter tous ceux dont les noms sont sur les listes placardées dans Édimbourg ? Il est difficile d'éluder une question de cette espèce. Marie Stuart répond qu'elle le ferait volontiers, mais les listes contiennent tant de noms et si différents, et qui n'ont manifestement aucun rapport entre eux, que cela devient impossible. Ne pourrait-il pas indiquer lui-même ceux qu'il pense être les coupables ? Sans doute espère-t-elle que la terreur exercée par le tout-puissant dictateur militaire empêchera Lennox de prononcer le nom dangereux de Bothwell. Mais Lennox s'est, entre-temps, assuré des appuis. Il s'est mis en rapport avec Élisabeth, et par là il s'est pour ainsi dire placé sous sa protection. Avec une précision accablante il écrit en toutes lettres les noms de ceux contre qui il exige une enquête. Le premier désigné est Bothwell, puis viennent Balfour, David Charmers et un certain nombre de domestiques de Marie Stuart et de Bothwell, à qui leurs maîtres ont depuis longtemps fait passer la frontière, afin que la torture ne les oblige pas à parler. Maintenant, à son grand ennui, Marie Stuart commence à se rendre compte que cette comédie consistant à ne rien faire ne peut durer plus longtemps. Derrière l'opiniâtreté de Lennox, elle reconnaît l'énergie et l'autorité d'Élisabeth. Catherine de Médicis, elle aussi, a fait savoir avec une netteté tranchante qu'elle considérerait Marie Stuart comme déshonorée et que l'Écosse n'aurait à attendre aucune amitié de la part de la France aussi longtemps que cette affaire n'aurait pas été tirée au clair par un jugement honnête et régulier. Il s'agit maintenant de changer vite de tactique et, au lieu de jouer la comédie des recherches vaines, d'en commencer une autre, celle du jugement public. Marie Stuart est obligée d'accepter que Bothwell — on s'occupera plus tard des comparses — comparaisse devant un tribunal composé de nobles. Le 28 mars 1567 une convocation est adressée à Lennox l'invitant à se rendre à Édimbourg le 12 avril et à y formuler ses accusations contre Bothwell.

Mais ce dernier n'est pas homme à comparaître en robe de pénitent, humble et timide, devant les juges. Et s'il consent à se soumettre à cette formalité ce n'est que parce qu'il est résolu à imposer son acquittement par tous les moyens. Dans ce but il prend comme à l'habitude des dispositions énergiques. Il se fait donner par la reine le commandement de toutes les forteresses, ce qui met entre ses mains toutes les armes et munitions dont dispose le pays. Il sait que celui qui a la force a aussi le droit. En outre il fait venir ses « borderers » à Édimbourg et les équipe comme pour une bataille. Sans vergogne, avec toute l'audace qui le caractérise, il installe dans la capitale un véritable régime de terreur. Il fait annoncer que s'il pouvait apprendre quels sont ceux qui ont fait placarder les affiches qui l'accusent, il se laverait les mains dans leur sang — menace non déguisée à l'adresse de Lennox. Lui et ses gens circulent dans la ville la main à l'épée ou au poignard et ses partisans déclarent nettement qu'ils ne sont pas disposés à laisser arrêter leur seigneur comme un criminel. Que Lennox vienne et ose l'accuser ! Que les juges essaient de le condamner, lui, le dictateur de l'Écosse !

Ces préparatifs sont trop significatifs pour que

Lennox puisse douter un seul instant du sort qui l'attend. Il sait qu'il peut venir à Édimbourg déposer contre Bothwell mais que ce dernier ne lui permettra pas d'en sortir vivant. De nouveau il s'adresse à sa protectrice, Élisabeth, et sans hésiter celle-ci envoie une lettre pressante à Marie Stuart pour la mettre en garde avant qu'il soit trop tard, afin qu'elle ne se rende pas suspecte de complicité par un flagrant déni de justice.

« Madame, lui écrit-elle, je n'aurais pas osé vous importuner avec cette lettre si je n'y avais été poussée par le commandement de l'amour que l'on doit aux affligés et aux malheureux. J'ai appris que vous avez publié une proclamation aux termes de laquelle le jugement des personnes suspectes d'avoir participé à l'assassinat de feu votre époux et mon cousin aura lieu le 12 de ce mois. Comme il est extrêmement important que cette affaire ne soit pas obscurcie par le mystère ou la ruse, le père et les amis du mort m'ont demandé humblement de vous prier d'ajourner ce jugement parce qu'ils ont remarqué que des personnes indignes s'efforcent d'imposer par la violence ce qu'elles ne pourraient pas obtenir par le droit. Si j'agis de la sorte, c'est par amour pour vous qui êtes le plus intéressée et pour tranquilliser ceux qui sont innocents d'un crime aussi inouï. Car même si vous n'étiez pas coupable, cela serait une raison suffisante pour vous priver de votre dignité de princesse et vous livrer au mépris du peuple. Plutôt qu'une telle chose ne vous arrive, je préférerais pour vous une mort honorable à une vie sans honneur. »

Ce nouvel appel à sa conscience devrait réveiller l'âme engourdie de Marie Stuart. Mais il n'est pas du tout certain que l'avertissement lui soit parvenu. L'émissaire anglais chargé de remettre la lettre d'Élisabeth à la reine d'Écosse est arrêté à l'entrée du palais par les créatures de Bothwell, qui l'empêchent d'aller plus loin. On lui déclare que la reine dort et ne peut le recevoir. Désespéré, l'homme erre à travers les rues de la ville. Enfin, il parvient à atteindre le dictateur, qui ouvre cyniquement la lettre, la lit et la met avec indifférence dans sa poche. L'a-t-il donnée plus tard à Marie Stuart? On l'ignore, et la chose est d'ailleurs sans importance. Il y a longtemps que cette femme asservie n'ose plus lui résister; on dit même qu'elle commit la sottise de lui faire un signe amical de la fenêtre du château, au moment où, accompagné de sa troupe de bandits à cheval, il se rendait au tribunal, comme si elle voulait souhaiter bonne chance à l'assassin de son mari dans la comédie de justice qui allait se dérouler.

Mais même si Marie Stuart n'a pas reçu la lettre d'Élisabeth, on ne peut pas dire qu'elle n'ait pas été avertie. Trois jours plus tôt Murray est venu prendre congé d'elle. Un désir brusque lui est venu de faire un voyage de plaisir en Italie; « il veut voir Venise et Milan ». Elle devrait deviner qu'en s'éloignant Murray veut marquer d'avance sa désapprobation du « jugement » qui va être rendu. D'ailleurs il ne cache nullement les véritables raisons de son départ. Il déclare à qui veut l'entendre qu'il a voulu faire arrêter James Balfour, qu'il considère comme l'un des principaux coupables du meurtre du roi, mais qu'il en a été empêché par Bothwell, qui veut couvrir ses complices. Huit jours plus tard, à Londres, il déclarera loyalement à l'ambassadeur d'Espagne De Silva « qu'il ne lui était pas possible, pour son honneur, de rester dans le royaume aussi longtemps qu'un crime aussi effroyable pourrait y être impuni ». S'il s'exprime ainsi publiquement, on peut penser qu'il a dû parler à sa sœur non moins clairement. On remarque en effet que Marie Stuart a les larmes aux yeux lorsque son frère la quitte. Mais elle n'a pas la force de le retenir. Elle n'a plus de force pour rien depuis qu'elle est devenue l'esclave de Bothwell. Elle ne peut que s'incliner devant ce qu'exige cette volonté plus forte que la sienne. La reine en elle ne compte plus devant la femme asservie à sa passion.

C'est d'une façon provocante que le 12 avril commence le fameux « jugement », et c'est d'une façon provocante qu'il se termine. Bothwell se rend au palais de justice comme s'il s'agissait d'aller prendre d'assaut une forteresse, l'épée au côté, le poignard à la ceinture, entouré de ses gens, dont le nombre, probablement exagéré, a été évalué à quatre mille. Par contre, en s'appuyant sur un ancien édit, on a décidé que Lennox ne pourrait se faire accompagner que de six personnes au plus. Mais le père de Darnley n'a nullement l'intention de s'aventurer dans un tribunal qui est un vrai coupe-gorge; il sait d'autre part qu'une demande d'ajournement des débats a été adressée à Marie Stuart par Élisabeth et qu'il a une force morale derrière lui. Il se contente d'envoyer un de ses vassaux à l'audience pour y donner lecture de sa protestation. Les juges, qui sont déjà intimidés et qui ont été corrompus par l'octroi de terres, d'argent et d'honneurs, voient dans l'absence de l'accusateur un motif commode pour ne pas se tracasser avec la question du verdict. Et après une délibération en apparence détaillée — en réalité tout est réglé depuis longtemps — ils acquittent Bothwell à l'unanimité en invoquant « qu'il n'y a aucune accusation ». Cette sentence impudente, dont un honnête homme ne pourrait pas se contenter, Bothwell la transforme aussitôt en un triomphe sans pareil. Armé jusqu'aux dents il cavalcade à travers la ville en brandissant son épée et en provoquant bruyamment en duel quiconque oserait encore l'accuser du meurtre du roi ou de complicité.

Et maintenant la roue du destin tourne à une vitesse folle vers l'abîme. Les bourgeois, consternés, murmurent devant ce déni de justice inouï, les amis de Marie Stuart montrent des mines effarées et soucieuses. Il leur est douloureux de ne pas pouvoir mettre en garde cette femme qui semble avoir perdu la raison. « C'était, écrit Melville, son ami le plus fidèle, une chose bien pénible de voir comment cette bonne princesse courait à sa perte sans que personne pût l'avertir. » Car Marie Stuart ne veut rien entendre, elle ne veut pas qu'on la mette en garde, une force cachée la pousse de plus en plus à faire les choses les plus absurdes, elle se refuse à regarder autour d'elle, elle ne veut ni questionner ni écouter. Victime furieuse de sa passion, elle fonce en avant, toujours en avant. Le lendemain du jour où Bothwell a provoqué tout Édimbourg, elle offense le pays en accordant à ce criminel notoire le plus grand honneur que l'Écosse puisse conférer à quelqu'un : lors de l'ouverture du Parlement, elle fait porter solennellement par Bothwell les reliques sacrées de la nation, la couronne et le sceptre. Qui peut encore hésiter à croire que demain il se posera sur la tête cette couronne qu'il tient aujourd'hui dans ses mains ? Et en effet Bothwell n'est pas homme à faire mystère de ses desseins. Énergiquement et avec insolence il exige sa récompense. Il n'éprouve aucune gêne à se faire donner par le Parlement, « pour ses excellents services », Dunbar, le plus solide château fort du pays ; et comme les lords sont là tous assemblés et soumis à sa volonté, il use de son autorité pour leur imposer encore une dernière chose : l'approbation à son mariage avec Marie Stuart. Le soir, après la clôture du Parlement, il les invite, en tant que grand seigneur et dictateur militaire, à un festin à la taverne d'Ainsly. On y boit abondamment, et dès que la plupart sont déjà ivres — on pense à la scène fameuse de *Wallenstein* — il présente aux lords un « bond » aux termes duquel non seulement ils s'engageront à le défendre contre tout calomniateur, mais encore déclareront le « noble et puissant lord Bothwell » digne d'être l'époux de la reine. Les lords promettront en outre de soutenir Bothwell contre quiconque oserait faire objection ou s'opposer à ce mariage et à exposer en pareil cas leur personne et leurs biens.

Un seul d'entre eux, Eglinton, profite du trouble provoqué par la lecture du bond pour se glisser en cachette hors de la taverne avant la signature ; les autres, obéissants, signent le document, soit parce qu'ils redoutent la bande armée de Bothwell qui entoure la maison, soit parce qu'ils sont résolus, intérieurement, à rompre au moment favorable le serment imposé. Ils savent que ce qui est écrit avec de l'encre peut être effacé avec du sang. C'est pourquoi personne n'a fait de difficulté pour signer. Que signifie en effet pour eux un trait de plume rapide ? Ils continuent à boire, à bavarder, à faire du bruit, le plus joyeux de tous est Bothwell, qui a maintenant obtenu ce qu'il voulait. Encore quelques semaines et ce qui paraît incroyable et une exagération poétique dans *Hamlet* va devenir ici réalité, à savoir qu'une reine « avant d'avoir usé les chaussures avec lesquelles elle a suivi le cadavre de son mari » en épouse l'assassin. *Quos deus perdere vult*...

La voie sans issue

Avril-juin 1567

La tragédie de Bothwell, qui approche de son point culminant, fait de plus en plus penser malgré soi à Shakespeare. Déjà la ressemblance extérieure avec *Hamlet* s'impose. Là comme ici un roi supprimé de façon perfide par l'amant de sa femme, une veuve scandaleusement pressée d'épouser l'assassin de son mari, l'effet persistant d'un meurtre qui exige pour être caché et nié plus d'efforts qu'il n'en a fallu pour le commettre. L'analogie psychologique de certaines scènes de Shakespeare avec l'histoire est encore plus forte et plus fascinante. Consciemment ou non, *Macbeth* a été tiré de l'atmosphère du drame de Marie Stuart. Les événements qui, dans l'œuvre du dramaturge, se passent au château de Dunsinane s'étaient déroulés auparavant au château d'Holyrood. Une fois le meurtre accompli, c'est la même solitude, ce sont les mêmes ténèbres pesantes de l'âme, les mêmes fêtes lugubres où personne n'ose se réjouir et où, l'un après l'autre, les invités se dérobent, parce que les noirs corbeaux du malheur ont déjà commencé à croasser autour de la maison. Parfois même on ne sait plus si c'est Marie Stuart qui erre la nuit sans pouvoir dormir à travers ses appartements, la conscience bouleversée, ou si c'est lady Macbeth qui veut effacer de ses mains le sang invisible qui les souille. Est-ce Bothwell ou est-ce Macbeth qui se montre de plus en plus brutal et résolu après son crime, qui provoque d'une façon de plus en plus audacieuse l'hostilité du pays, quoique sachant que tout courage est vain et que les spectres sont plus forts que l'homme vivant ? Dans la poésie de même que dans la réalité le moteur du drame est la passion d'une femme, l'acteur est un homme ; l'atmosphère surtout y est terriblement ressemblante, c'est le même trouble, la même oppression, le même tourment des âmes, homme et femme y sont enchaînés par le même crime, l'un entraînant l'autre dans le même abîme effroyable. Jamais encore dans l'histoire ni dans la littérature la psychologie d'un crime et l'action mystérieuse exercée par la victime sur le criminel n'ont été dépeintes d'une façon aussi grandiose que dans ces deux tragédies écossaises dont l'une fut imaginée et l'autre vécue.

Cette analogie étonnante n'est-elle vraiment qu'un hasard ? Ou ne faut-il pas plutôt admettre que dans l'œuvre de Shakespeare la tragédie de Marie Stuart s'est en quelque sorte condensée et sublimée ? Toujours les impressions d'enfance ont un pouvoir durable sur les âmes poétiques et le génie les transforme plus tard d'une façon mystérieuse en réalités qui résistent à l'épreuve du temps. Il ne fait aucun doute que Shakespeare a eu connaissance des événements qui se sont déroulés au château de Holyrood. Son enfance à la campagne a dû être remplie de récits et de légendes concernant la romantique reine à qui une absurde passion fit perdre royaume et couronne et qui en punition fut traînée de cachot en cachot en Angleterre. Il se trouvait probablement à Londres, jeune homme encore et déjà poète, quand les cloches sonnèrent joyeusement pour annoncer au peuple que la tête de la grande adversaire d'Élisabeth était enfin tombée et qu'Henry Darnley avait entraîné dans la tombe sa femme infidèle. Lorsque plus tard il prit connaissance dans la chronique d'Hollinshed de l'histoire du roi d'Écosse assassiné par le thane de Cawdor le souvenir de la fin tragique de Marie Stuart ne s'est-il pas lié mystérieusement à cette lecture dans une sorte de « chimie poétique » ? On ne peut affirmer avec certitude, pas plus qu'on ne peut le nier, que la tragédie de Shakespeare ait été influencée par la vie de Marie Stuart. Mais seul celui qui a lu et compris *Macbeth* peut vraiment se faire une idée des sentiments qui assaillaient la reine d'Écosse durant les jours critiques de Holyrood, des souffrances profondes de cette âme énergique mais pas assez forte cependant pour faire face aux conséquences de son acte.

Ce qui est particulièrement poignant dans ces deux drames, celui imaginé et celui vécu, c'est l'analogie dans la transformation de Marie Stuart et de lady Macbeth au lendemain du crime. Avant, lady Macbeth est une femme aimante, ardente, résolue, volontaire et ambitieuse, qui n'aspire qu'à l'élévation de l'homme qu'elle aime, et qui eût pu écrire comme Marie Stuart :

Pour luy je veux rechercher la grandeur...

C'est son ambition qui la pousse. Tant que l'assassinat n'est encore qu'à l'état de projet, que le sang n'a pas encore coulé, rouge et chaud sur ses mains, éclaboussant son âme, elle est rusée, intelligente et énergique. Pour entraîner Duncan dans la chambre à coucher où le poignard l'attend, elle emploie les mots caressants dont se sert Marie Stuart quand elle veut attirer Darnley à Kirk O'Field. Mais aussitôt après le crime elle est tout autre, sa volonté est sans ressort, son courage détruit. La conscience torturée, les yeux hagards, elle erre comme une folle à travers ses appartements, objet d'effroi pour ses amis, d'horreur pour elle-même. Elle n'a plus qu'un désir : oublier, ne plus savoir, ne plus penser à rien, mourir. La même chose se passe chez Marie Stuart après le meurtre de Darnley. D'un seul coup elle est transformée et ses traits eux-mêmes ont subi une telle métamorphose que Drury, l'espion d'Élisabeth, écrit à Londres : « Jamais on n'a vu une femme changée à tel point et si rapidement sans une grave maladie. » Rien ne rappelle plus en Marie la femme gaie, affable, réfléchie, sûre d'elle-même, d'il y a quelques semaines encore. Elle fuit toute société et s'enferme dans ses appartements. Peut-être espère-t-elle, comme Macbeth et lady Macbeth, que le monde se taira si elle-même se tait et que le danger passera au-dessus de sa tête. Mais comme les voix commencent à interroger, à se faire pressantes, comme elle entend la nuit, de ses fenêtres, crier les noms des meurtriers dans les rues d'Édimbourg, comme Lennox, Élisabeth, Beaton, comme le monde entier lui demande des comptes et exige la punition des coupables, elle perd la tête. Elle sait qu'elle devrait faire quelque chose pour se disculper, se couvrir. Mais elle n'a pas la force de répondre, de prononcer les paroles habiles et trompeuses qui les convaincraient tous. Elle entend les voix de Londres, de Paris, de Madrid, de Rome qui lui parlent, la mettent en garde, l'avertissent, mais elle ne peut pas sortir de son engourdissement ; tous ces appels ne lui parviennent que comme à un enterré vivant qui, impuissant, perçoit des pas au-dessus de lui. Elle se rend compte qu'il lui faudrait faire la veuve attristée, l'épouse désespérée, sangloter, et se lamenter afin qu'on croie à son innocence. Mais sa gorge est aussi sèche que ses yeux, impossible de parler et de feindre. Finalement elle en a assez. Tel un gibier traqué de tous côtés qui se retourne avec le courage du désespoir pour faire front à ses poursuivants, de même que Macbeth qui, pour se défendre, ajoute de nouveaux meurtres au premier qui crie vengeance, Marie Stuart sort enfin de son apathie. L'opinion du monde lui est devenue totalement indifférente, peu lui importe que ce qu'elle fait soit sage ou non. Elle veut en finir avec cette immobilité, faire quelque chose, aller droit devant elle, vite, de plus en plus vite, pour échapper aux voix qui la poursuivent, à celles qui l'avertissent comme à celles qui la menacent. Il lui faut avancer, toujours avancer, ne pas s'arrêter et ne pas penser, sinon elle se rendrait compte que plus rien ne peut la sauver. C'est une loi psychologique bien connue que la vitesse fait taire la peur pour un court instant, et de même que le voiturier qui sentant le pont craquer et se fendre sous lui fouette son attelage parce que seule la vitesse peut le sauver, de même Marie Stuart fouette désespérément le noir coursier de son destin pour renverser toutes les objections, pour piétiner tous les scrupules. Ne plus penser, ne plus entendre, ne plus rien voir, ne plus rien savoir, en avant, de plus en plus, dans la folie ! Plutôt une fin épouvantable que l'épouvante sans fin ! De même qu'une pierre qui tombe dans un précipice accroît sa vitesse au fur et à mesure qu'elle s'approche du fond, de même un individu agit avec d'autant plus de fièvre et d'une façon d'autant plus insensée qu'il sait qu'il n'y a pas d'issue à sa situation.

Tout ce que Marie Stuart entreprend alors n'a rien à faire avec la froide raison, mais est le résultat du bouleversement provoqué en elle par une peur sans nom. Car même au milieu de sa folie elle devrait se dire qu'elle détruit à jamais son honneur, que l'Écosse, que l'Europe considéreront son mariage quelques semaines après l'assassinat, et justement avec l'assassin de son mari, comme un défi inouï au droit et à la morale. Si elle avait attendu un an ou deux, le monde aurait peut-être oublié ; avec une bonne préparation diplomatique on aurait pu alors trouver à Marie Stuart toutes sortes de raisons de prendre Bothwell pour époux. Vouloir poser tout de suite, sans même respecter les délais ordinaires de deuil, la couronne de la victime sur la tête de l'assassin, c'est courir à sa perte. Et pourtant c'est cela que Marie Stuart veut imposer au monde.

Pour comprendre pareille attitude de sa part, il n'y a qu'une seule explication : elle est obligée d'agir ainsi. Elle ne peut pas attendre, parce qu'il y a quelque chose qui l'en empêche, parce que l'hésitation et l'attente trahiraient un secret que personne encore ne devine. Si elle précipite ce mariage — les événements le confirmeront — c'est parce qu'elle sait qu'elle est enceinte. Mais ce n'est pas un fils posthume du roi Henry qu'elle sent remuer dans ses entrailles, c'est le fruit d'une passion criminelle. Or la reine d'Écosse ne peut pas mettre au monde un enfant adultérin, surtout dans de semblables circonstances, car le soupçon de sa culpabilité ou de sa complicité dans l'assassinat de Darnley en serait terriblement renforcé. Cela montrerait la façon joyeuse avec laquelle elle a passé avec son amant le temps du deuil, et même le plus mauvais calculateur pourrait se rendre compte si c'est avant l'assassinat ou peu de temps après — le fait est aussi honteux dans un cas que dans l'autre — que Marie Stuart a eu des rapports intimes avec Bothwell. Seule une légitimation rapide par le mariage peut sauver l'honneur de l'enfant et peut-être le sien en même temps. Si elle est remariée quand l'enfant viendra au monde sa naissance avant le temps normal sera plus facile à excuser; en tout cas il y aura quelqu'un pour le reconnaître et défendre ses droits. C'est pourquoi chaque mois, chaque semaine de retard à son mariage est un temps irrémédiablement perdu. Et peut-être — le choix est terrible — la chose monstrueuse qui consiste à épouser avec une telle hâte l'assassin de son mari lui apparaît-elle moins blâmable que de mettre au monde un enfant qui n'a pas de père. Ce n'est que si l'on admet cette situation que ce qu'il y a d'antinaturel dans l'attitude de Marie Stuart devient explicable. Toutes les autres interprétations sont artificielles et ne font qu'obscurcir les faits. Ce n'est que si l'on comprend la peur torturante que des milliers de femmes ont éprouvée de tout temps et qui pousse les plus pures et les plus courageuses à des actes insensés et criminels, ce n'est que si l'on comprend cette peur de la découverte de ses rapports intimes avec Bothwell qu'on peut s'expliquer la précipitation de Marie Stuart. Seul cet éclaircissement donne un certain sens à sa folie et permet en même temps de jeter un coup d'œil dans la profondeur tragique de sa détresse morale.

Situation terrible, poignante ! Aucun enfer n'en pourrait imaginer de plus cruelle. D'une part sa grossesse commande à Marie Stuart de se hâter, d'autre part toute hâte trahit sa complicité dans le meurtre de Darnley. En tant que reine d'Écosse, sur qui le pays et l'Europe entière ont les yeux fixés, Marie Stuart ne peut pas épouser un homme d'aussi mauvaise réputation que Bothwell, et pourtant elle n'a pas d'autre sauveur que lui. Elle ne doit pas l'épouser, et cependant elle y est contrainte. Mais pour que le monde ne puisse soupçonner une telle pression intérieure, il faut en trouver une autre, extérieure, qui rende son attitude quelque peu compréhensible. Il faut inventer un prétexte quelconque, qui donne une explication à la folie de ce mariage précipité !

Mais comment une reine peut-elle être contrainte d'épouser un homme d'un rang inférieur ? Le code de l'honneur de l'époque ne connaît qu'un seul cas : si un homme a fait violence à une femme, il doit lui rendre son honneur en l'épousant. Ce n'est que si pareille aventure était arrivée à Marie Stuart qu'un mariage avec Bothwell serait à la rigueur excusable. On pourrait ainsi donner au peuple l'illusion qu'elle n'a pas agi de sa propre volonté, qu'elle s'est inclinée devant l'inévitable.

Seul l'extrême désespoir peut donner naissance à un plan aussi fantastique. Seule la folie peut engendrer une telle folie. Marie Stuart elle-même, ordinairement si courageuse dans les moments critiques, recule effrayée lorsque Bothwell lui propose cette farce tragique. « Je voudrais estre morte, car je vois tout aller mal », écrit-elle dans sa détresse. Mais quoi que les moralistes puissent penser de Bothwell, il reste toujours lui-même dans sa magnifique audace de desperado. Il n'a pas peur de jouer devant toute l'Europe le rôle du brigand sans scrupules, du ravisseur d'une reine, du coquin qui ne connaît ni loi ni morale. Et même si l'enfer s'ouvrait sous lui, il n'est pas l'homme à s'arrêter à mi-chemin lorsqu'il s'agit de gagner une couronne. Aucun danger ne peut le faire reculer, et il fait penser à don Juan, au geste insolent et cynique avec lequel il invite la statue du Commandeur à partager son repas. Près de lui tremble son Leporello, son beau-frère Huntly, qui pour quelques prébendes vient précisément de se prononcer en faveur du divorce de sa sœur d'avec Bothwell. Il s'effraye de cette témérité, accourt auprès de la reine et s'efforce de la dissuader de se prêter à cette aventure. Mais peu importe à Bothwell un adversaire de plus ou de moins, lui qui a déjà provoqué si insolemment le monde entier, peu lui importe également que le plan de l'agression soit sans doute déjà connu — l'espion d'Élisabeth le communique à Londres un jour avant sa mise à exécution. Il lui est tout à fait indifférent qu'on prenne ou non au sérieux cet enlèvement, pourvu qu'il le rapproche de son but, la couronne. Ce qu'il veut, il le veut contre vents et marées et il a la force d'entraîner avec lui la reine d'Écosse.

Les lettres de la cassette nous montrent une fois de plus avec quel désespoir l'instinct profond de Marie Stuart lutte contre la dure volonté de son maître. Un pressentiment très clair l'avertit qu'en recourant à ce nouveau mensonge ce n'est pas le monde qu'elle trompe, mais elle-même. Pourtant, comme toujours, elle cède à l'homme entre les mains duquel elle a abandonné sa volonté. Obéissante comme lorsqu'il s'est agi d'attirer Darnley hors de Glasgow, elle est prête, quoique à contre-cœur, à se faire « enlever » et, scène après scène, la comédie de ce rapt est exécutée selon le plan fixé.

Le 21 avril 1567, quelques jours après l'acquittement de Bothwell et « la récompense » à lui accordée par le Parlement, quarante-huit heures à peine après que l'homme a arraché, à la taverne d'Ainsly, l'approbation de la plus grande partie des lords à son union avec la reine et exactement neuf ans après son premier mariage avec le dauphin de France, Marie Stuart, qui jusqu'alors ne se souciait guère de son fils, éprouve tout à coup le pressant besoin d'aller le voir à Stirling. Le comte de Mar, à qui a été confiée la garde de l'enfant, l'accueille avec méfiance; il est probable que certains bruits sont déjà parvenus jusqu'à lui. Ce n'est qu'en présence d'autres femmes que la reine est autorisée à s'approcher de son fils, car les lords craignent qu'elle ne s'en empare pour le livrer à Bothwell. Tous se rendent compte maintenant qu'elle obéit aveuglément à tous les ordres de cet homme, fussent-ils les plus criminels. Accompagnée d'une faible escorte dont font partie Huntly et Maitland, à qui sans aucun doute un rôle a été confié dans l'affaire, la reine regagne maintenant Édimbourg; soudain, à six milles de la ville surgit une forte troupe de cavaliers dirigés par Bothwell qui lui barre la route. Bien entendu aucun combat n'a lieu car Marie Stuart, « pour éviter toute effusion de sang », interdit à ses fidèles d'opposer la moindre résistance. Il suffit que Bothwell pose la main sur la bride de son cheval pour qu'elle « se rende » et accepte d'être conduite au château de Dunbar où l'attend une douce et tendre captivité. Un capitaine par trop zélé, qui fait mine d'aller chercher du secours pour délivrer les « prisonniers », est vivement prié de n'en rien faire. Quant à Huntly et à Maitland, on les relâche le plus courtoisement du monde. On ne veut faire de mal à personne, la reine seule doit rester entre les mains de l'agresseur bien-aimé. Pendant plus d'une semaine Marie Stuart partage le lit de son ravisseur, tandis qu'à Édimbourg on procède en toute hâte, à grand renfort de pots-de-vin, au divorce de Bothwell devant les tribunaux ecclésiastiques, tout d'abord devant le protestant sous le pitoyable prétexte qu'il a entretenu des rapports coupables avec une servante, ensuite devant le catholique parce qu'on vient de faire la découverte tardive qu'il est apparenté au quatrième degré avec sa femme, Jane Gordon. Enfin cette affaire obscure est, elle aussi, liquidée, et l'on peut annoncer au monde le rapt de Marie Stuart par Bothwell. A présent, seul le mariage avec l'homme qui l'a possédée contre sa volonté pourrait rendre son honneur à la reine d'Écosse.

Cette histoire d'enlèvement est si grossière que personne ne veut croire qu'on « ait fait violence » à la reine. Même l'ambassadeur d'Espagne, qui est animé des meilleures intentions à l'égard de Marie Stuart, communique à Madrid que l'affaire a été montée de toutes pièces. Mais, chose étrange, ce sont justement ceux qui voient le mieux ce qui s'est passé qui agissent maintenant comme s'ils croyaient à un véritable attentat. Les lords, qui ont déjà conclu un nouveau bond pour la suppression de Bothwell, font semblant de prendre la comédie au sérieux. Devenus soudain d'une fidélité touchante, ils annoncent avec indignation que « la reine est tenue prisonnière et que par là l'honneur de l'Écosse est menacé ». Les voici unis pour arracher l'agneau innocent des griffes du loup. Ils ont enfin trouvé le prétexte qui leur permet d'attaquer par-derrière le dictateur militaire, et ils peuvent le faire sous le masque du patriotisme. En toute hâte ils se rassemblent pour « délivrer » Marie Stuart et empêcher ainsi le mariage qu'ils ont eux-mêmes recommandé il y a à peine une semaine.

Or rien ne saurait lui être plus désagréable que cet empressement soudain de ses lords à vouloir la protéger contre son « séducteur ». Par là on lui enlève des mains les cartes qu'elle a brouillées d'une façon si adroite. Comme elle ne veut pas être « délivrée » de Bothwell, mais au contraire être liée à lui pour toujours, il lui faut maintenant se dépêcher de couper les ailes au mensonge selon lequel Bothwell a usé de violence à son égard. Si hier elle voulait le noircir, aujourd'hui elle doit le blanchir, et ainsi elle détruit tout l'effet de la farce. Afin qu'on ne poursuive pas Bothwell, elle se hâte de plaider sa cause. Elle a été, certes, « traitée d'une façon étrange, mais depuis on se montre si empressé envers elle qu'elle n'a aucune raison de se plaindre »... Comme personne n'était là pour l'aider « elle a été obligée de se calmer et de réfléchir à la proposition de Bothwell ». La situation de cette femme prise dans les fourrés de sa passion est de plus en plus indigne. Le dernier voile qui cachait sa pudeur reste accroché aux épines, et, lorsqu'il se déchire, elle apparaît dans toute sa nudité aux yeux méprisants du monde.

Une consternation profonde s'empare des fidèles de Marie Stuart quand au début de mai ils la voient revenir à Édimbourg avec son « ravisseur ». Bothwell tient le cheval de la reine par la bride, et, pour montrer qu'elle le suit volontairement, ses soldats jettent leurs lances à terre. En vain les amis de Marie et ceux de l'Écosse s'efforcent-ils de la détourner de son projet. Du Croc, l'ambassadeur de France, lui déclare tout net que si elle épouse Bothwell c'en est fini de l'amitié avec la France. Lord Herries se jette à ses pieds, la priant de réfléchir, et le fidèle Melville réussit à grand-peine à se soustraire à la vengeance de Bothwell parce que jusqu'au dernier moment il veut empêcher ce mariage malheureux. Tous ont le cœur gros de voir la reine livrée sans défense à la volonté de ce farouche aventurier; ils se rendent compte que cette hâte insensée à épouser l'assassin de son mari va lui coûter son honneur et sa couronne. Ses ennemis ont maintenant la partie belle. Toutes les sombres prophéties de John Knox se sont réalisées. Son successeur John Craig refuse tout d'abord de publier les bans d'un mariage qu'il dit, sans fard, être « *odious and slanderous before the world* », et ce n'est que lorsque Bothwell le menace de la potence qu'il entre en pourparlers. Mais il faut que Marie Stuart baisse de plus en plus la nuque. Maintenant que l'on sait avec quelle impatience elle désire que ce mariage soit conclu, chacun, en échange de son aide et de son approbation, veut obtenir le maximum; Huntly entre en possession de nombreux domaines confisqués devenus propriété de la couronne, l'évêque catholique se fait payer en charges et en dignités, mais c'est le clergé protestant qui exige le plus. C'est en qualité de juge sévère et non de sujet que le pasteur se présente devant la reine et Bothwell. Il exige une humiliation publique; Marie Stuart, la princesse catholique, la nièce des Guise, doit consentir à se marier selon le rite hérétique des protestants. Par ce honteux compromis elle a joué sa dernière carte, elle a perdu l'appui de l'Europe catholique, elle s'est aliéné la faveur du pape, les sympathies de l'Espagne et de la France. Maintenant, Marie Stuart est seule contre tous. Les mots de son sonnet sont devenus terriblement vrais :

Pour luy depuis j'ay mesprisé l'honneur,
Ce qui nous peust seul pourvoir de bonheur.
Pour luy j'ay hazardé grandeur et conscience,
Pour luy tous mes parens j'ay quitté et amys...

Mais rien ne peut sauver celui qui a voulu son malheur; les dieux n'acceptent pas les sacrifices absurdes.

Jamais sans doute l'histoire n'a connu de mariage plus pénible que celui du 15 mai 1567. Toute la dégradation de Marie Stuart se reflète dans ce sombre tableau. Son union avec le dauphin de France avait eu lieu en plein jour : jour d'éclat et d'honneur. Des dizaines de milliers d'hommes avaient acclamé la jeune reine; des villes et des campagnes étaient venus les représentants des plus nobles familles de France auxquels s'étaient joints les envoyés de tous les pays pour admirer la dauphine, entourée de la famille royale et de l'élite de la chevalerie française, se rendant à Notre-Dame. Du haut des tribunes croulant sous les applaudissements, des fenêtres où se pressaient des grappes de têtes, tout un peuple joyeux et respectueux l'avait saluée au passage. Le deuxième mariage avait déjà été plus calme; ce n'était plus en plein jour, mais à l'aube, à six heures du matin, que le prêtre l'avait unie au descendant d'Henri VII. Néanmoins toute la noblesse du pays était présente ainsi que les ambassadeurs étrangers. Et, joyeuses et bruyantes, les fêtes s'étaient succédé pendant plusieurs jours à Édimbourg. Mais le troisième, avec Bothwell, qu'à la dernière heure elle avait nommé duc d'Orkney, se passe en secret, comme un crime. Le 15 mai 1567, à quatre heures du matin, la ville n'est pas réveillée, la nuit s'étend encore sur les toits, quelques silhouettes se glissent dans la chapelle du château où, il n'y a pas trois mois — Marie Stuart est d'ailleurs toujours en deuil — on a béni le corps de son mari assassiné. Le lieu est quasi vide. De nombreuses personnes ont pourtant été invitées, mais très peu sont venues : on ne veut pas voir la main qui a assassiné Darnley passer l'anneau nuptial au doigt de la reine d'Écosse. Presque tous les lords de son royaume sont absents, sans s'être fait excuser. Murray et Lennox ont quitté le pays. Même Maitland et Huntly, ses demi-fidèles, ont préféré ne pas venir et le seul homme à qui jusqu'ici la catholique pratiquante pouvait confier ses pensées les plus secrètes, son confesseur, lui aussi l'a abandonnée et pour toujours; avec tristesse il avoue qu'il la considère maintenant comme perdue. Quiconque tient à son honneur ne veut pas être présent au mariage de la veuve de Darnley avec son assassin et voir ainsi le crime sanctifié par un ministre de Dieu. En vain

Marie Stuart a-t-elle supplié l'ambassadeur Du Croc d'assister à la cérémonie pour donner au moins une apparence de représentation. Mais l'ami d'ordinaire si bienveillant refuse catégoriquement. Sa présence signifierait, dit-il, que la France approuve ce mariage (« on pourrait croire que mon roi a la main dans cette affaire »). D'ailleurs il ne veut pas reconnaître Bothwell comme l'époux de la reine. On ne dit aucune messe, les orgues ne retentissent pas, la cérémonie est bâclée rapidement. Les témoins de cette solennité étrange semblent assister à des funérailles. Le soir on n'allume pas de chandelles pour la danse, on n'organise pas de banquet. On ne jette pas, comme au mariage de Darnley, de l'argent au peuple aux cris de : « Largesse, largesse ! » Aucun cortège ne défile en grande pompe à travers les rues de la ville. Glacés par le caractère sinistre de cette chapelle déserte, les nouveaux mariés se sont retirés en hâte dans leurs appartements, derrière leurs portes verrouillées.

Arrivée au but vers lequel elle tendait en aveugle de toutes ses forces, Marie Stuart s'effondre littéralement. Son désir le plus ardent, celui de posséder, de tenir Bothwell, est réalisé. Elle a attendu cette heure avec l'illusion que ce serait la fin de ses anxiétés. Mais à présent elle ouvre les yeux, regarde autour d'elle et voit tout à coup le vide, le néant. Aussi bien des désaccords entre Bothwell et elle semblent avoir surgi aussitôt après le mariage ; toujours quand deux êtres se sont poussés dans le malheur, ils s'en rejettent mutuellement la faute. Dès l'après-midi l'ambassadeur de France trouve une femme tout à fait bouleversée et désespérée. Le soir n'est pas encore venu que déjà une ombre froide est tombée brusquement entre les deux nouveaux mariés. « Le repentir a déjà commencé, mande Du Croc à Paris. Lorsque jeudi Sa Majesté me fit appeler, je constatai quelque chose d'étrange entre elle et son époux. Elle voulut s'excuser en me disant que si je la trouvais triste, c'est parce qu'elle avait voulu bannir d'elle toute joie et ne désirait plus qu'une chose : la mort. Hier, comme elle était avec le comte Bothwell, on l'entendit réclamer à haute voix un couteau pour se tuer. Son entourage craint que si Dieu ne vient pas à son secours, le désespoir ne la fasse attenter à ses jours. » Bientôt de nouveaux rapports annoncent de graves dissentiments entre Marie et Bothwell ; il paraît que celui-ci considère comme nul le divorce d'avec sa jeune épouse et passe ses nuits avec elle au lieu de les passer avec sa nouvelle femme. « Depuis le jour du mariage, mande encore à Paris l'ambassadeur français, les larmes et les plaintes de Marie Stuart n'ont pas cessé. » Maintenant qu'elle a obtenu du sort ce qu'elle désirait si ardemment, la malheureuse se rend compte que tout est perdu et que la mort serait préférable à cette vie de tourments qu'elle s'est créée.

Cette amère lune de miel dure en tout trois semaines qui ne sont que peur et agonie. Tout ce qu'ils font pour se maintenir et se sauver est inutile. En public, Bothwell traite la reine avec respect et tendresse, il simule l'amour et le dévouement, mais ses paroles et ses gestes ne comptent pas devant le souvenir de son crime : muette et sombre, la ville entière a les yeux fixés sur le couple assassin. En vain, puisque les nobles restent à l'écart, le dictateur s'efforce-t-il de s'attirer la sympathie du peuple, en vain joue-t-il au libéral, à l'homme pieux et bienveillant. Il va entendre les sermons des prêtres réformés, mais le clergé protestant lui est aussi hostile que le catholique. Il envoie des lettres respectueuses à Élisabeth : elle ne répond pas. Il écrit à Paris : on l'ignore. Marie Stuart convoque les lords : ils restent à Stirling. Elle réclame son enfant : on ne le lui donne pas. Tout le monde se tait sinistrement autour d'eux. Pour simuler l'assurance et la joie, Bothwell organise en hâte une mascarade, une bataille nautique, un tournoi auquel il prend part ; de la tribune la reine, pâle, lui sourit. Le peuple, toujours amateur de spectacles, vient nombreux, mais il n'applaudit guère. Une apathie générale provoquée par la peur, une sorte d'engourdissement qui, à la première occasion, se transformera en colère et en indignation, s'étend sur le pays.

Bothwell n'est pas l'homme à se payer d'illusions. Il sent le danger. Aussi fait-il ses préparatifs avec toute l'énergie qui le caractérise. Il sait que c'est à sa vie qu'on en veut et que ce sont les armes qui diront bientôt le dernier mot. Il recrute vite des cavaliers et des fantassins pour être en mesure de faire face à l'attaque. Avec empressement Marie Stuart lui sacrifie tout ce qu'elle a encore à sacrifier; pour payer des mercenaires elle vend ses joyaux, elle emprunte de l'argent; elle va même jusqu'à faire porter à la fonte le bassin en argent que lui a envoyé Élisabeth à l'occasion du baptême de son fils, — un affront grave pour la reine d'Angleterre — dans l'espoir de prolonger l'agonie de son règne. Cependant les lords procèdent en silence à leur rassemblement, un noir nuage enveloppe le palais royal; à tout instant l'orage peut éclater. Bothwell connaît trop bien la perfidie de ses anciens camarades pour se fier à ce calme extérieur, il sait que ces traîtres préparent dans l'ombre un coup contre lui; et comme il ne se sent pas suffisamment à l'abri dans le château non fortifié de Holyrood, le 5 juin, trois semaines à peine après le mariage, il se réfugie au château fort de Borthwick, où il est en même temps plus près de ses gens. C'est là que Marie Stuart, dans un dernier effort, convoque pour le 12 juin ses « sujets, gens de noblesse, chevaliers et archers », qui viendront en armes et pourvus de vivres pour six jours. Il est visible que Bothwell veut, par une attaque soudaine, écraser ses ennemis avant qu'ils aient eu le temps de se grouper définitivement.

Malheureusement pour lui, son départ a stimulé le courage des lords qui marchent en hâte sur Édimbourg, qu'ils occupent sans coup férir. Le complice de Bothwell, James Balfour, se dépêche de le trahir en leur livrant Holyrood. Maintenant mille ou deux mille cavaliers peuvent galoper sur Borthwick et s'emparer de l'aventurier qui n'est pas encore prêt. Mais celui-ci ne se laisse pas prendre comme un lièvre dans son terrier. Avant l'arrivée de ses ennemis, il saute par une fenêtre et s'enfuit à cheval, laissant la reine au château. Devant leur souveraine, les lords baissent les armes ; ils se contentent d'essayer de la convaincre qu'il faut se séparer de Bothwell. Inutilement, car la malheureuse lui est asservie corps et âme ; dans la nuit elle revêt vite des vêtements d'homme, saute hardiment en selle, et, seule, abandonnant tout, elle accourt à Dunbar, pour être aux côtés de son maître et vivre ou mourir avec lui.

Un fait significatif indique que la cause de la reine est désespérée. Le jour de sa fuite à Borthwick disparaît brusquement « *without leave-taking* » son dernier conseiller, Maitland de Lethington, le seul qui, pendant ces semaines d'aveuglement, lui eût manifesté une certaine bienveillance. Maitland avait accompagné sa maîtresse un bon bout de son mauvais chemin ; personne n'a autant que lui travaillé à tisser le filet meurtrier dans lequel devait tomber Darnley. Mais, maintenant, il sent qu'un vent trop violent souffle contre la reine. Et comme un vrai diplomate se met toujours avec les forts et jamais avec les faibles, il ne veut pas servir plus longtemps une cause perdue. Au milieu du trouble provoqué par le départ de Holyrood du couple royal, il dirige doucement son cheval du côté des assaillants et passe avec les lords rebelles.

Rien ne peut plus arrêter Marie Stuart. Le danger ne fait qu'accroître ce courage farouche qui prête une beauté romantique à ses pires folies. A son arrivée à Dunbar elle ne trouve ni vêtement, ni armure, ni équipement propres à une reine. Qu'importe ! Ce n'est pas le moment de tenir une cour, de représenter ; on est en guerre. Elle emprunte à une femme du peuple un costume du pays : un kilt, une blouse rouge, un chapeau de velours noir. Qu'ainsi vêtue elle n'ait rien de royal, la chose n'a pas d'importance, pourvu qu'elle soit avec celui qui est maintenant tout pour elle sur terre et pour qui elle a tout perdu. Bothwell rassemble en hâte son armée improvisée. Personne n'est venu des chevaliers, gens de noblesse et lords qui ont été convoqués ; il y a longtemps que le pays n'obéit plus à sa reine. Deux cents arquebusiers payés faisant figure de troupe de choc se dirigent sur Édimbourg, derrière eux s'avance une horde de paysans et de borderers mal armés, en tout à peine plus de douze cents hommes que seule fait marcher la forte volonté de Bothwell. Ce dernier veut prévenir l'attaque des lords. Il sait que la témérité peut parfois apporter le salut là où la raison est désemparée.

Le 15 juin 1567 les deux armées se trouvent tout à coup l'une devant l'autre, à Carberry Hill. Au point de vue numérique celle de Marie Stuart est la plus forte, mais derrière la bannière royale et son lion ne se trouve aucun des lords, aucun des nobles du royaume. Par contre, en face des arquebusiers de Bothwell, à une distance de moins d'un demi-mille, si près que Marie peut reconnaître chacun de ses adversaires, on les voit tous montés sur de beaux chevaux, formant une troupe magnifique et bien armée. L'étendard qu'ils arborent est étrange. Sur sa surface blanche est peint un homme gisant inanimé sous un arbre. A côté de lui est agenouillé un enfant qui, les mains tendues vers le ciel, s'écrie en pleurant : « Juge et venge ma cause, ô mon Dieu ! » Par là les lords qui ont participé à l'assassinat de Darnley s'en proclament les vengeurs et signifient qu'ils n'ont pris les armes que contre son meurtrier et non contre la reine.

Les deux drapeaux claquent énergiquement au vent. Mais ni d'un côté ni de l'autre on n'est vraiment désireux de se battre, aucune des deux troupes ne se prépare à franchir le ruisseau qui les sépare, elles attendent et s'observent. Les gens de

Bothwell, ses paysans de la frontière, n'ont guère l'envie de se faire tuer pour une cause dont ils ne savent ni ne comprennent rien. De leur côté, les lords éprouvent un certain malaise à marcher contre leur souveraine. Se débarrasser d'un roi par une bonne conjuration est une chose qui n'a jamais pesé bien lourd sur la conscience des lords. Mais se lancer en plein jour, l'arme au poing, contre leur reine est par trop contraire à l'idée de la féodalité, dont la force subsiste encore entière en ce siècle.

L'ambassadeur Du Croc, qui est apparu sur le champ de bataille en tant qu'observateur neutre, s'aperçoit du peu de disposition que les deux parties montrent à se battre : aussi s'empresse-t-il d'offrir sa médiation. On déploie un drapeau blanc et, mettant à profit la belle journée d'été, les deux armées campent pacifiquement, cependant que Du Croc, accompagné d'une petite escorte, traverse le ruisseau et se dirige à cheval vers la colline où se tient Marie Stuart.

Étrange audience. La reine, qui jusqu'ici a toujours reçu l'ambassadeur de France en toilette superbe et sous un dais, est assise sur une pierre, vêtue d'une blouse de paysanne, son kilt couvrant à peine ses genoux. Mais sa dignité et sa fierté ne sont pas moindres que dans de magnifiques habits de cour. Visiblement fatiguée par l'insomnie, pâle et nerveuse, elle ne peut contenir sa colère. Comme si elle était encore maîtresse de la situation, elle exige que les lords lui obéissent sans délai. Hier ils acquittaient solennellement Bothwell, aujourd'hui ils l'accusent de meurtre. Ils le lui ont eux-mêmes proposé comme mari, à présent ils déclarent que ce mariage est un crime. L'indignation de Marie Stuart est certainement justifiée, mais l'heure de la justice est passée dès qu'on a fait appel aux armes. Tandis que la reine négocie avec Du Croc, Bothwell arrive à cheval. L'ambassadeur le salue, mais ne lui tend pas la main. Alors Bothwell prend la parole. Il s'exprime fermement et sans réserve, aucune ombre de peur ne trouble son regard libre et hardi. Du Croc lui-même est obligé, quoi qu'il en ait, d'admirer l'attitude fière de ce desperado. « Je dois reconnaître, écrit-il dans son rapport du 17 juin 1567, que j'ai vu en lui un grand guerrier, qui parlait avec assurance et qui savait conduire ses gens d'une façon énergique et habile. Je n'ai pu m'empêcher de l'admirer, car il se rendait compte que ses ennemis étaient résolus alors que lui-même pouvait à peine compter sur la moitié de ses gens. Cependant il ne faiblit pas du tout. » Bothwell propose de régler l'affaire par un duel avec n'importe quel noble du même rang que lui et que ses ennemis choisiront. Sa cause est si juste que Dieu sera à coup sûr de son côté. Dans une situation si désespérée il garde assez de sérénité pour proposer à Du Croc d'assister à ce combat du haut d'une colline en lui assurant que le spectacle en vaudra la peine. Mais la reine ne veut pas entendre parler de duel. Elle espère toujours que les lords se soumettront; encore une fois cette romantique inguérissable montre qu'elle n'a aucun sens de la réalité. Du Croc comprend bientôt que sa démarche est inutile; le vieil homme eût pourtant aimé venir en aide à la reine, mais la chose est impossible tant qu'elle n'acceptera pas de se séparer de Bothwell. Alors, adieu ! Il s'incline, puis s'en retourne lentement vers les lords.

Le temps des paroles est fini : voici venu le moment de se battre. Mais les hommes sont plus sages que leurs chefs. Puisque ceux-ci s'entretiennent d'une façon amicale, pourquoi devraient-ils, eux, pauvres diables, s'entre-massacrer par une si belle journée ? Les soldats de Bothwell se mettent à flâner bizarrement et quand Marie Stuart, dans un dernier espoir, ordonne l'attaque, ses gens n'obéissent plus. Petit à petit cette troupe réunie avec tant de peine et qui traîne depuis six ou sept heures s'émiette; aussitôt que les lords le remarquent, ils font avancer deux cents cavaliers pour couper la retraite à Bothwell et à la reine. Maintenant seulement Marie Stuart comprend le danger qui les menace. Et, bien entendu, c'est à Bothwell que l'amante pense et non à elle. Elle sait d'ailleurs qu'aucun de ses sujets n'osera porter la main sur elle, tandis que lui, ils ne l'épargneront pas, ne fût-ce que pour l'empêcher de révéler certaines choses qui pourraient être désagréables aux vengeurs tardifs de Darnley. Devant cette situation elle dompte sa fierté. Elle envoie aux lords un parlementaire porteur d'un drapeau blanc et prie le chef de la cavalerie, Kircaldy of Grange, de venir seul auprès d'elle.

L'ordre d'une reine n'a pas encore perdu son caractère sacré : Kircaldy fait immédiatement arrêter ses hommes. Il se rend auprès de Marie Stuart et avant de prononcer une parole il plie humblement le genou devant elle. Il pose une dernière condition : la reine s'en retournera avec eux à Édimbourg et laissera là Bothwell. Lui s'en ira où il voudra, on ne le poursuivra pas.

Bothwell — la scène est magnifique, l'homme également — ne dit pas un mot. Il ne dit rien à Kircaldy, rien à la reine pour ne pas influencer sa décision. Il serait prêt, on le sent, à engager seul la lutte contre ces deux cents cavaliers qui, au pied de la colline, les mains à la bride de leurs chevaux, n'attendent qu'un geste de Kircaldy pour attaquer. Ce n'est que lorsqu'il entend la reine accepter la proposition que Bothwell s'avance vers elle et l'embrasse — pour la dernière fois, mais tous deux l'ignorent. Puis il saute sur son cheval et part au grand galop, accompagné seulement de quelques serviteurs. Le rêve accablant a pris fin, à présent, voici le réveil, l'épouvantable réveil.

Il vient, terrible, impitoyable. Les lords ont promis à Marie Stuart de la ramener avec tous les honneurs à Édimbourg, et c'était sans doute aussi leur intention. Mais à peine la reine s'est-elle approchée de la troupe des mercenaires que sifflent vers elle des cris méprisants et venimeux. Aussi longtemps que le poing de fer de Bothwell la protégeait, la haine du peuple s'était contenue. Maintenant que personne ne la défend plus, elle éclate irrespectueuse, insolente. Pour des soldats insurgés, une reine qui a capitulé n'est plus une reine. Ils se pressent autour d'elle de plus en plus nombreux, d'abord curieux, puis provocants : « Brûlez la putain ! Brûlez la meurtrière de son mari ! » entend-on crier de tous côtés. En vain Kircaldy frappe-t-il à droite et à gauche du plat de son épée, les soldats se regroupent toujours. Finalement on se met en route. Devant la reine flotte triomphalement le drapeau représentant son mari assassiné et son enfant qui réclame vengeance. Ce terrible calvaire dure de six heures de l'après-midi à dix heures du soir, de Langside à Édimbourg. De tous les villages, de toutes les maisons, le peuple accourt pour contempler le spectacle rare d'une reine prisonnière ; parfois la poussée de la foule est telle qu'elle rompt les rangs des soldats et qu'ils ne peuvent plus avancer que l'un derrière l'autre. Marie Stuart se souviendra de cette humiliation.

Mais si l'on peut humilier cette femme orgueilleuse, il est impossible de la dompter. De même qu'une blessure ne commence à faire souffrir que quand elle est infectée, de même Marie Stuart ne sent sa défaite qu'au moment où on y joint le poison du mépris. Son sang ardent, le sang des Stuart, le sang des Guise, bouillonne devant les insultes de la populace dont elle rend les lords responsables. Telle une lionne en furie, elle les prend violemment à partie, les menace de les faire pendre et crucifier ; brusquement elle saisit la main de lord Lindsay, qui chevauche à côté d'elle : « Je jure par cette main, dit-elle, que j'aurai votre tête. » Comme dans tous les moments critiques, son courage surexcité s'accroît jusqu'à la folie. Quoiqu'elle sache que ces hommes tiennent son sort entre leurs mains, elle préfère leur cracher à la face son dégoût, sa haine, plutôt que de les flatter lâchement ou simplement de se taire.

Peut-être cette violence rend-elle les lords plus durs qu'ils ne voulaient l'être au début. Maintenant qu'ils savent que jamais elle ne leur pardonnera, ils font tout pour lui faire sentir son impuissance. Au lieu de la ramener dans son château de Holyrood situé en dehors d'Édimbourg, on la fait entrer en ville — en passant tout d'abord devant la sinistre maison de Kirk O'Field — et on la conduit dans la rue principale remplie de badauds. Là on l'enferme à la prévôté : la consigne est de ne laisser pénétrer personne auprès d'elle, ni aucune de ses dames d'honneur, ni aucun de ses serviteurs. Une nuit de désespoir commence. Il y a plusieurs jours qu'elle ne s'est pas déshabillée, depuis le matin elle n'a pris aucune nourriture. Du lever au coucher du soleil elle a vécu des heures effroyables : elle a perdu son royaume et l'homme qu'elle aime. Sous ses fenêtres s'est rassemblée comme devant une cage une foule grossière venue pour railler la malheureuse; les injures pleuvent sur elle. A présent qu'ils la croient vaincue les lords essayent de discuter. En fait ils n'exigent pas grand-chose. Ils demandent seulement qu'elle se sépare définitivement de Bothwell. Mais cette femme orgueilleuse lutte avec plus de courage encore pour une cause perdue que si elle avait des chances de succès. Avec mépris elle repousse la proposition qui lui est faite. L'un de ses adversaires fera même plus tard cet aveu : « Jamais je n'ai vu une femme plus vaillante et plus hardie que la reine à ce moment-là. »

Les menaces n'ayant pas réussi, le plus habile d'entre eux essaie de recourir à la ruse. Maitland, le vieux et hier encore fidèle conseiller de Marie Stuart, s'efforce d'exciter sa fierté et sa jalousie en lui disant — est-ce un mensonge, est-ce la vérité, peut-on jamais savoir avec un diplomate? — que Bothwell l'a trompée, que pendant les quelques semaines qu'a duré son mariage il a continué d'entretenir des rapports intimes avec sa jeune femme, qu'il lui a même juré qu'il continuait à la considérer comme son épouse légitime et que la reine n'était pour lui qu'une simple concubine. Mais Marie Stuart a appris à ne plus accorder aucune confiance à ces menteurs. Ces paroles ne font qu'accroître son exaspération ; Édimbourg assiste tout à coup à ce spectacle affreux : derrière les barreaux d'une fenêtre, la reine d'Écosse, les vêtements déchirés, la poitrine nue et les cheveux défaits, pousse des sanglots hystériques et appelle le peuple, remué malgré lui, à venir la délivrer de la prison où l'ont jetée ses propres sujets.

La situation peu à peu devient intenable. Les lords seraient volontiers disposés à changer d'attitude, mais ils sont allés trop loin pour pouvoir reculer. Ramener Marie Stuart comme reine à Holyrood, la chose est impossible ; d'autre part on ne peut pas la laisser non plus à la prévôté, autour de laquelle hurle une foule excitée, sans se charger d'une immense responsabilité et provoquer la colère d'Élisabeth et de tous les souverains étrangers. Le seul qui ait le courage et l'autorité nécessaires pour prendre une décision, Murray, est à l'étranger. Sans lui les lords n'osent rien faire. Enfin ils décident de conduire la reine en un lieu plus sûr ; on choisit le château de Lochleven, situé au milieu d'un lac ; celle qui y commande est Marguerite Douglas, la mère de Murray, que l'on suppose n'être pas trop bien disposée à l'égard de la fille de Marie de Lorraine, qui a fait renier sa foi à Jacques V, le père de ses enfants. Les lords évitent prudemment d'employer dans leur proclamation le mot dangereux de « captivité ». On y déclare que l'isolement imposé n'a d'autre but que d'« empêcher la personne de Sa Majesté d'entretenir tout rapport avec le comte Bothwell et de s'entendre avec des gens qui voudraient le sauver du juste châtiment de son crime ». C'est une demi-mesure, une mesure provisoire, engendrée par la peur et appliquée par des consciences inquiètes : le soulèvement n'ose pas encore se nommer rébellion. On s'en prend à Bothwell en fuite et on cache lâchement sous des phrases l'intention secrète d'écarter pour toujours Marie Stuart du trône.

Pour tromper le peuple, qui attend déjà la mise en jugement et l'exécution de la « putain », une garde de trois cents hommes emmène tout d'abord la reine à Holyrood. Mais à peine les gens sont-ils couchés qu'une petite troupe se forme pour la conduire de là à Lochleven. Cette lugubre chevauchée dure toute la nuit. A l'aube, la reine aperçoit devant elle un petit lac étincelant; au milieu se dresse le château inaccessible et solidement fortifié où on va la garder qui sait pendant combien de temps. Un canot l'y transporte, puis se referment sur elle les lourdes portes bardées de fer de sa prison. La ballade tragique et passionnée de Darnley et de Bothwell est terminée : maintenant commence un chant mélancolique et sombre, à présent va se dérouler la chronique d'une éternelle captivité.

La destitution

Été 1567

A partir du 17 juin 1567, jour où les lords enferment leur reine à Lochleven et où change totalement la destinée de Marie Stuart, celle-ci ne cessera plus d'être pour l'Europe un objet de soucis. Sa personne propose à l'époque un problème nouveau, un problème véritablement révolutionnaire et d'une portée incalculable : que peut-on faire à un monarque en violente opposition avec son peuple et qui s'est montré indigne de porter la couronne ? Ici les torts sont incontestablement du côté de la souveraine : par sa folle passion elle a créé une situation impossible, insupportable. Non seulement elle s'est mariée contre la volonté de la noblesse, du clergé et du peuple, mais elle a de plus pris pour époux un homme déjà marié et que l'opinion publique désigne d'une voix unanime comme l'assassin du roi d'Écosse. Elle a agi au mépris des lois et des mœurs et maintenant encore elle se refuse à déclarer nul ce mariage insensé. Même ses amis les plus bienveillants sont d'accord pour dire qu'elle ne peut plus régner sur l'Écosse avec cet assassin à ses côtés.

Mais existe-t-il des moyens de forcer la souveraine ou bien à quitter Bothwell, ou bien à renoncer à la couronne en faveur de son fils ? La réponse est catégorique : aucun. A cette époque, les recours légaux contre un monarque sont à peu près inexistants, le peuple n'a pas encore le droit de faire des objections ni des remontrances à son souverain, toute juridiction s'arrête aux marches du trône. Le roi ne se trouve pas placé dans le cadre du droit civil, mais en dehors et au-dessus. Élu de Dieu, il n'a pas le droit de remettre sa charge ni de la céder. Personne ne peut désinvestir l'oint du Seigneur de sa dignité et, dans le sens de la conception absolutiste, il est plus facile de ravir la vie à un souverain que sa couronne. On peut l'assassiner, mais non le destituer : employer l'autorité contre lui, ce serait briser le mécanisme hiérarchique du cosmos. Marie Stuart, par son mariage criminel, a placé le monde en face d'un terrible problème. Il ne s'agit pas seulement d'un conflit particulier, mais encore d'un principe spirituel et social.

C'est pourquoi les lords, pourtant d'un naturel rien moins que conciliant, mettent tant de zèle à chercher un arrangement à l'amiable. A travers l'éloignement des siècles, on sent encore très bien la gêne que leur causait cet acte révolutionnaire, la séquestration de leur souveraine. Si Marie Stuart voulait faire un retour sur elle-même, il lui suffirait de déclarer illégal son mariage avec Bothwell et d'avouer ainsi son erreur. Elle rentrerait alors dans ses droits sans trop de peine, avec toutefois une grande diminution d'autorité et de popularité ; elle pourrait retourner à Holyrood et choisir un époux plus digne. Mais ses yeux ne se sont pas encore dessillés. Elle ne comprend pas dans son orgueil de reine qu'avec les scandales Chastelard, Riccio, Darnley, Bothwell qui se sont si rapidement succédé, elle s'est rendue coupable d'inconséquences graves. Elle ne veut faire aucune concession. Elle prend la défense de l'assassin contre son pays, contre le monde entier et prétend ne pas pouvoir se séparer de Bothwell, parce qu'elle ne veut pas que l'enfant qu'elle attend de lui soit un bâtard. Cette romantique continue à vivre dans les nuages et s'entête à ne pas vouloir comprendre les choses.

Mais son obstination, que l'on peut qualifier d'insensée ou de sublime, provoque toutes les violences que l'on exerce contre elle et entraîne une décision dont la portée s'étend au-delà de son siècle : non seulement Marie Stuart, mais aussi son propre petit-fils, Charles Ier, paiera de son sang cette prétention à l'absolutisme.

Sans doute peut-elle compter tout d'abord sur une certaine aide. Un conflit aussi retentissant entre une princesse et son peuple ne peut, en aucune façon, laisser indifférents ses égaux, ses co-intéressés, les autres monarques d'Europe ; Élisabeth, la première, se range résolument aux côtés de son adversaire. La soudaineté avec laquelle elle prend hardiment fait et cause pour sa cousine a souvent été regardée comme une preuve de la dissimulation et de la versatilité d'Élisabeth, mais en réalité son attitude est tout à fait claire et logique. En soutenant avec énergie la reine d'Écosse — insistons sur cette différence, — elle ne prend pas parti pour Marie Stuart, pour la femme, elle ne prend pas la défense de sa conduite suspecte. Reine, elle prend parti pour la reine, pour l'invisible idée de l'inviolabilité du droit des princes et, partant, pour sa propre cause. Élisabeth est bien trop incertaine de la fidélité de sa propre noblesse pour pouvoir tolérer qu'un pays voisin donne impunément l'exemple de sujets prenant les armes contre leur reine et la jetant en prison : en violent désaccord avec lord Cecil qui aurait préféré porter secours aux lords protestants, elle est résolue à faire rentrer promptement les rebelles dans la voie de l'obéissance. En défendant Marie Stuart, elle défend sa propre position et, cette fois exceptionnellement, on peut la croire quand elle dit qu'elle se sent émue jusqu'au plus profond de son cœur. Elle promet aussitôt à la reine déchue son appui fraternel, non sans reprocher ses fautes à la femme avec une rigoureuse insistance. Elle sépare distinctement son opinion personnelle de sa conduite politique :

« Madame, lui écrit-elle, on a toujours considéré comme une loi propre à l'amitié le fait que le bonheur crée des amis tandis que le malheur les met à l'épreuve; et comme nous voyons en ce moment une occasion de vous prouver notre amitié par des actes, nous avons jugé bon tant en raison de notre position que de la vôtre de vous en donner un témoignage dans cette courte lettre... Madame, je vous le dis tout net, notre chagrin ne fut pas médiocre en apprenant que vous aviez fait montre de si peu de réserve dans votre mariage et nous devons constater que vous n'avez pas un seul ami au monde qui approuve votre conduite, nous vous mentirions si nous vous disions ou écrivions autre chose. Comment, en effet, auriez-vous pu entacher davantage votre honneur qu'en épousant aussi précipitamment un homme qui, outre d'autres méfaits notoires, est accusé par l'opinion publique du meurtre de votre époux, ce qui fait qu'en plus on vous soupçonne de complicité, bien que, nous l'espérons fermement, il n'en soit rien. Et à quels dangers ne vous êtes-vous pas exposée en vous mariant avec cet homme dont l'épouse vit encore, de sorte que, selon les lois divines et humaines, vous ne pouvez être légalement sa femme et que vos enfants ne seront pas légitimes! Vous voyez donc clairement ce que nous pensons de votre mariage et nous regrettons sincèrement de ne pouvoir nous en former une meilleure opinion, si plausibles que soient les raisons alléguées par votre ambassadeur pour nous convaincre. Nous eussions souhaité qu'après la mort de votre époux votre premier soin eût été d'arrêter et de punir les assassins. Si les choses s'étaient passées ainsi — et cela eût été facile étant donné la notoriété de l'affaire — plusieurs points de votre mariage eussent peut-être paru plus compréhensibles. Aussi déclarons-nous en raison de notre amitié pour vous et des liens naturels qui nous unissaient à votre défunt époux que nous ferons tout ce qui est en notre pouvoir pour punir sévèrement ce crime, quel que soit celui de vos sujets qui l'ait commis et d'aussi près qu'il vous touche... »

Ce sont là des paroles bien claires, incisives et tranchantes comme la lame d'un poignard, des paroles qu'on ne peut pas interpréter, avec lesquelles on ne peut pas ruser. Elles montrent qu'Élisabeth, mieux renseignée par ses espions et les communications personnelles de Murray sur les événements de Kirk O'Field que ne le furent par la suite les défenseurs à tout prix de Marie Stuart, était pleinement convaincue de sa complicité. Le doigt tendu elle désigne Bothwell comme étant l'assassin ; de plus, il est très significatif que dans cette lettre toute diplomatique elle dise poliment « espérer » et non « être persuadée » que Marie Stuart n'a pas trempé dans le crime. « Espérer » est un mot beaucoup trop tiède pour un acte semblable et en prêtant davantage l'oreille on comprend d'après le ton de la phrase qu'Élisabeth n'a pas du tout l'intention de se porter garante de son innocence mais que par solidarité elle voudrait vite mettre fin au scandale. Cependant si, personnellement, Élisabeth réprouve vivement la conduite de Marie Stuart en tant que reine, elle n'en défend qu'avec plus d'obstination sa dignité. « Mais, poursuit-elle dans cette lettre importante, pour vous consoler dans votre malheur dont la nouvelle nous est parvenue, nous vous donnons l'assurance que nous ferons tout ce qui est en notre pouvoir et ce que nous jugerons convenable pour protéger votre honneur et votre vie. »

Et Élisabeth tient parole. Elle donne l'ordre à son ambassadeur de protester avec énergie contre toutes les mesures prises par les rebelles vis-à-vis de Marie Stuart ; elle fait même savoir aux lords qu'au cas où ils useraient de violence à son égard, elle est prête à leur faire la guerre. Dans une lettre d'une âpreté cinglante elle leur dénie le droit de faire passer en jugement une reine dont la personne est sacrée :

« Où se trouve dans les saintes écritures le passage qui autorise les peuples à destituer leur prince ? Dans quelle monarchie chrétienne y a-t-il un texte de loi suivant lequel les sujets peuvent toucher à la personne de leur souverain, le mettre en prison ou le traduire en justice ? Nous réprouvons autant que les lords l'assassinat de notre cousin le roi, et le mariage de notre sœur avec Bothwell nous a causé plus de déplaisir qu'à aucun d'eux. Mais nous ne saurions permettre ni tolérer les procédés ultérieurs des lords envers la reine d'Écosse. Puisque selon la volonté de Dieu ils sont les sujets et qu'elle est la souveraine, ils n'avaient pas le droit de la forcer à répondre à leurs accusations, car il n'est pas conforme aux lois de la nature que la tête soit aux ordres des pieds. »

Mais pour la première fois Élisabeth rencontre chez les lords, quoique la plupart soient secrètement à sa solde depuis des années, une résistance ouverte. Ils savent bien ce qui les attend si Marie Stuart revenait au pouvoir ; jusqu'ici ni les promesses ni les menaces n'ont pu l'amener à répudier Bothwell et les stridentes menaces de vengeance qu'elle a proférées durant le voyage de Carberry Hill à Édimbourg retentissent encore sinistrement à leurs oreilles. Ils ne se sont pas successivement débarrassés de Riccio, de Darnley, puis de Bothwell pour redevenir les sujets soumis et impuissants de cette femme de laquelle il n'y a rien à espérer : le couronnement du fils de Marie Stuart, un enfant d'un an, ferait beaucoup mieux leur affaire, car lui ne pourrait commander et ils seraient ainsi pendant sa minorité les maîtres incontestés du pays.

Mais malgré tout les lords n'auraient pas eu l'audace de résister ouvertement à leur bâilleuse de fonds si le hasard ne leur avait pas mis inopinément entre les mains une arme terrible et inattendue contre Marie Stuart. Six jours après la « bataille » de Carberry Hill, grâce à une trahison, une nouvelle des plus agréables leur parvient. James Balfour, le complice de Bothwell dans l'assassinat de Darnley, se sent mal à l'aise maintenant que le vent a tourné, il n'entrevoit qu'un moyen de se tirer d'affaire : commettre une nouvelle scélératesse. Pour s'assurer la bienveillance des maîtres du jour il trahit son ami proscrit. Il dévoile aux lords que Bothwell a envoyé un de ses serviteurs à Édimbourg avec mission de sortir du château et de lui rapporter une cassette contenant des documents importants qu'il y a laissée. On s'empare aussitôt de ce domestique, nommé Dalgleish, on le soumet à la torture, et dans les transes de la souffrance le malheureux révèle la cachette. D'après ses indications on découvre sous un lit une magnifique cassette d'argent que François II avait offerte à son épouse et qu'elle-même, de son côté, avait donnée, comme tout ce qu'elle possédait, à son cher et bien-aimé Bothwell. Dans ce coffret muni d'une ingénieuse serrure, Bothwell avait coutume de serrer ses papiers personnels et les lettres de la reine ; sans doute s'y trouvait-il aussi la promesse de mariage écrite par Marie, ainsi que bien des documents compromettants pour les lords. Il lui avait semblé dangereux d'emporter des papiers d'une telle valeur dans sa fuite à Borthwick. Il avait préféré les laisser en lieu sûr au château, pour les y faire reprendre au moment voulu par un serviteur de confiance. Car tout ce que contenait la cassette pouvait lui être d'un grand secours en des heures difficiles, soit pour contraindre Marie Stuart, soit pour se justifier : avec de pareils écrits, il tenait dans sa main d'une part la reine, au cas où son capricieux amour la ferait se détacher de lui, et d'autre part les lords s'ils voulaient l'accuser du meurtre de Darnley. Il eût donc été de la plus haute importance pour Bothwell, qui se trouvait alors dans une demi-sécurité, de rentrer en leur possession. La prise était d'autant meilleure pour les lords que favorisait une chance inespérée : ils allaient à présent pouvoir supprimer comme bon leur semblait toutes les pièces qui les convainquaient de complicité dans l'assassinat de Darnley et en même temps se servir sans ménagements de celles qui accablaient la reine.

Le chef de la bande, le comte Morton, garde durant une nuit la cassette fermée à clef. Le lendemain les autres lords sont convoqués ; il y a parmi eux — la chose est importante — des catholiques et des amis de Marie Stuart. On force la serrure du coffret en leur présence. Il contient les fameuses « lettres de la cassette » ainsi que les sonnets écrits de la main de la reine. Sans nous remettre à discuter si les textes imprimés concordent bien avec les originaux il apparaît aussitôt que le contenu de ces lettres doit avoir été extrêmement accablant pour Marie Stuart. En effet, à partir de cet instant, l'attitude des lords change : elle devient plus ferme, plus hardie, plus arrogante. Sous le coup de la joie, ils proclament la nouvelle à tous les échos ; le jour même, avant qu'on ait eu le temps de recopier ces documents — et encore moins de les falsifier — ils envoient un messager à Murray qui se trouve en France pour lui communiquer verbalement le contenu approximatif de la lettre la plus écrasante. Ils informent l'ambassadeur français, font interroger par un tribunal criminel tous les serviteurs de Bothwell sur lesquels ils peuvent mettre la main et dressent procès-verbal de leurs dires. Soudain la situation de la reine est devenue des plus tragiques.

Car la découverte de ces lettres à un moment aussi critique renforce singulièrement la position des rebelles. Elle fournit enfin à leur insubordination l'argument moral tant désiré. Jusqu'alors ils s'étaient contentés de désigner Bothwell comme étant l'auteur du régicide mais s'étaient bien gardés de poursuivre sérieusement le fugitif de crainte qu'il ne prouvât leur complicité. Par contre, ils n'avaient pu jusqu'ici que reprocher à la reine d'avoir épousé cet assassin. Mais maintenant, grâce aux lettres, ils « découvrent » tout à coup, ces innocents, ces naïfs, qu'elle était complice et les aveux qu'elle a eu l'imprudence d'écrire mettent à la disposition de ces sinistres maîtres chanteurs le moyen de la faire s'incliner. Ils tiennent l'arme qui va leur permettre de forcer la reine à céder « de son plein gré » la couronne à son fils, ou bien, si elle refusait, de la faire accuser publiquement d'adultère et de complicité d'assassinat.

De la faire accuser et non pas de l'accuser eux-mêmes. Car ces lords savent bien qu'Élisabeth ne leur accorderait jamais le droit de juger la reine. C'est pourquoi ils demeurent sagement à l'arrière-plan et préfèrent laisser à des tiers le soin de faire le procès public de Marie Stuart. L'intransigeant John Knox s'en charge, avec une joie âpre et haineuse. Après le meurtre de Riccio, le fanatique agitateur avait prudemment quitté le pays. Mais à présent que ses sombres prédictions au sujet de la « sanglante Jézabel » et des malheurs qu'elle causerait par sa légèreté se sont réalisées de façon déconcertante et même au-delà de toute prévision, il est rentré à Édimbourg revêtu du manteau des prophètes. Et du haut de sa chaire, il réclame le jugement de la « pécheresse papiste ». Il n'est d'ailleurs pas seul. Chaque dimanche les prédicateurs réformés proclament devant la foule enthousiaste que l'adultère et le crime ne sont pas plus pardonnables chez une reine que chez la plus humble femme du royaume. Déjà ils réclament ouvertement l'exécution de Marie Stuart et leurs provocations incessantes ne manquent pas de produire leur effet. Bientôt de l'église la haine gagne la rue. Excités à l'idée de voir mener à l'échafaud une femme qu'ils n'ont regardée pendant si longtemps qu'en tremblant, les gens du peuple, qui jusqu'ici n'ont jamais eu voix au chapitre, demandent à leur tour qu'un jugement public soit instruit ; les femmes attaquent la reine avec un acharnement tout spécial. C'est que toutes savent que le pilori et le bûcher eussent été leur lot si elles s'étaient abandonnées aussi effrontément au plaisir de l'adultère. Est-ce que parce qu'elle est reine cette femme pourrait avoir des amants, commettre des crimes et échapper au fagot ? Un cri de plus en plus furieux monte d'un bout à l'autre du pays : « Au bûcher, la putain ! » Sincèrement effrayé l'ambassadeur anglais écrit à Londres : « Il est à craindre que cette tragédie ne finisse avec la reine comme elle a commencé avec l'Italien David et l'époux de Sa Majesté. »

Les lords n'en désiraient pas plus. Ils ont maintenant dressé leurs batteries de façon à briser toutes les résistances que Marie Stuart pourrait encore opposer à une abdication « volontaire ». Déjà les actes sont prêts en vue de satisfaire à la demande de John Knox de poursuites contre la reine pour « infraction aux lois » et — on choisit un terme mesuré — « inconduite avec Bothwell et autres ». Si Marie Stuart se refusait plus longtemps à abdiquer on lirait en audience publique les lettres trouvées dans la cassette la convainquant d'avoir été la confidente d'un crime, et sa honte serait mise à nu. De cette façon la rébellion apparaîtrait suffisamment justifiée aux yeux du monde et ni Élisabeth ni les autres monarques ne pourraient intervenir en faveur d'une femme que sa propre main accusait d'être une courtisane et la complice d'un meurtre.

Melville et Lindsay partent le 25 juillet pour Lochleven. Ils emportent trois actes dressés sur parchemin que Marie Stuart devra signer si elle veut éviter un procès public. Dans le premier, elle déclare qu'elle est lasse du pouvoir et qu'elle est « heureuse » de déposer le lourd fardeau de la couronne qu'elle n'a ni le désir ni la force de porter plus longtemps. Le second acte renferme son approbation au couronnement de son fils, dans le troisième elle consent à remettre la régence entre les mains de Murray.

C'est à Melville, le plus humain des lords, qu'il

appartient de la convaincre. Deux fois déjà il est venu pour régler le conflit par la douceur et la persuader de répudier Bothwell, deux fois elle a refusé, parce que l'enfant qu'elle porte dans son sein serait un bâtard. Mais après la découverte des lettres sa position est devenue plus difficile. Tout d'abord la reine résiste avec une extrême violence. Elle éclate en sanglots, jure qu'elle préfère renoncer à la vie plutôt qu'à la couronne, et la destinée a justifié ce serment. Mais Melville lui dépeint sans réserve et sous les plus sombres couleurs ce qui l'attend : la lecture publique des lettres, l'audition des serviteurs arrêtés de Bothwell, le tribunal, l'interrogatoire, la condamnation. Marie Stuart se rend compte avec terreur de son imprudence et de l'ignominie de sa situation. Après de longues hésitations, elle cède enfin et signe les trois documents.

L'accord est conclu. Mais, comme toujours dans les bonds écossais, aucune des parties ne songe sérieusement à observer le contrat. Les lords n'en liront pas moins ses lettres devant le Parlement pas plus qu'ils ne reculeront devant la proclamation à tous les échos de sa complicité afin de rendre son retour impossible. De son côté Marie Stuart ne se considère pas du tout détrônée parce qu'elle a apposé un trait de plume au bas d'un chiffon de papier. Honneur, serment, signature, tout cela n'est rien à ses yeux en regard de la vérité profonde de ses droits au trône qu'elle sent aussi inhérents à son existence que le sang ardent qui bouillonne dans ses veines.

Quelques jours plus tard le petit roi est couronné ; le peuple doit se contenter d'un spectacle moins impressionnant que ne l'eût été un autodafé. La cérémonie a lieu à Stirling. Lord Atholl porte la couronne, Morton le sceptre, Glencairn l'épée et le comte de Mar tient dans ses bras l'enfant qu'à partir de cette heure on nomme Jacques VI d'Écosse. Et c'est John Knox qui donne la bénédiction, pour bien prouver à l'univers que cet enfant, que ce roi que l'on vient de couronner, a échappé pour toujours aux pièges de l'hérésie romaine. Le peuple manifeste son enthousiasme devant les portes du château, les cloches carillonnent joyeusement, on allume des « bonfires » dans tout le pays. Pour l'instant — ce n'est jamais que pour un instant — la joie et la paix règnent en Écosse.

A présent que les autres ont accompli le plus rude et le plus difficile de la tâche, Murray, l'homme aux manœuvres subtiles, peut rentrer en triomphateur. Une fois de plus sa politique perfide qui consiste à demeurer à l'arrière-plan dans les moments critiques a fait ses preuves. Il était absent lors du meurtre de Riccio, il n'a pas pris part à la rébellion contre sa sœur; il n'a pas de sang sur les mains : rien n'entache son loyalisme. Le temps a tout fait pour celui qui a eu l'esprit d'être absent. Parce qu'en calculateur habile il a su attendre, tout ce qu'il a traîtreusement convoité lui tombe dans la main sans effort et par les voies les plus honnêtes. D'un commun accord les lords lui offrent la régence.

Mais Murray, né pour le pouvoir parce qu'il sait se gouverner lui-même, ne s'en empare pas avec avidité. Il est trop avisé pour se laisser offrir cette dignité comme une grâce par des hommes qu'il désire plus tard commander. Il cherche aussi à éviter de donner l'impression de vouloir revendiquer, lui, un frère affectueux et soumis, un droit qui a été arraché à sa sœur par la violence. Il faut que ce soit elle — coup de maître en psychologie — qui le presse d'accepter cette régence : il veut être prié et nommé par les deux parties, par les lords rebelles et par la reine détrônée.

La scène de sa visite à Lochleven est digne d'un grand dramaturge. A peine Marie Stuart l'a-t-elle aperçu qu'elle s'élance en sanglotant dans les bras de son frère. Elle espère enfin trouver ce qui lui manque, consolation, appui et amitié, et surtout ce dont elle est privée depuis si longtemps : un conseil désintéressé. Mais Murray assiste à son émotion avec une feinte froideur. Il la conduit dans sa chambre, lui reproche ses fautes avec dureté, ne lui laisse aucun espoir d'indulgence dans ses paroles. Complètement bouleversée par son attitude glaciale, la reine fond en larmes et tente de s'expliquer, de se disculper. Mais l'accusateur, la mine sombre, se tait ; il veut, par son silence, faire appréhender à la malheureuse quelque chose de terrible.

Murray laisse sa sœur toute la nuit en proie à une angoisse infernale ; le redoutable poison de l'incertitude qu'il lui a versé dans les veines la brûle jusqu'au plus profond d'elle-même. Ignorante de ce qui se fait au-dehors — personne ne peut lui rendre visite — la pauvre femme ne sait pas si c'est la honte ou la mort qui l'attend. Elle passe une nuit blanche et le lendemain sa force de résistance est à bout. A présent, Murray s'adoucit un peu. Il lui donne prudemment à entendre que dans le cas où elle ne chercherait pas à fuir ni à s'entendre avec des puissances étrangères, et, surtout, si elle renonçait enfin à Bothwell, on pourrait peut-être — peut-être ! — encore tenter de sauver son honneur aux yeux du monde. Déjà cette faible lueur d'espérance ranime la désespérée. Elle se jette de nouveau dans les bras de son frère, le prie, l'adjure de vouloir bien prendre la régence. Alors seulement son fils sera en sécurité, le royaume bien gouverné et elle-même hors de danger. Elle continue ses supplications et Murray se fait prier longtemps en présence de témoins, jusqu'à ce que, finalement, il accepte avec magnanimité ce qu'il était venu chercher. Il peut partir content, il laisse derrière lui Marie Stuart consolée, car, à présent qu'elle sait le pouvoir entre les mains de son frère, elle peut espérer que ses lettres demeureront secrètes et qu'ainsi son honneur sera préservé.

Mais il n'est pas de pitié pour les faibles. Dès que Murray détient le pouvoir, son premier acte est de rendre à jamais impossible tout retour de la reine. Il n'est plus question de la faire sortir de prison, au contraire, on fait tout pour l'y maintenir définitivement. Bien qu'il ait promis à sa sœur — et à Élisabeth — de protéger son honneur, il souffre néanmoins que le 15 décembre 1567, en plein Parlement, les lettres et les sonnets compromettants adressés par Marie Stuart à Bothwell soient sortis de la cassette d'argent, lus, comparés et reconnus à l'unanimité comme étant de sa main. Quatre évêques, quatorze abbés, douze comtes, quinze lords et plus de cinquante membres de la petite noblesse, parmi lesquels plusieurs amis intimes de la reine, en confirment l'authenticité par un serment sur l'honneur. Aucune voix, même parmi ses amis — fait important — n'élève le moindre doute à ce sujet et la scène se change en une séance de tribunal ; invisible, la reine passe en jugement devant ses sujets. Tout ce qui a été commis d'inconstitutionnel durant ces derniers mois, la rébellion, l'arrestation se trouve justifié après la lecture des lettres ; on déclare que la reine a mérité son sort puisqu'elle a pris part, sciemment et activement, au meurtre de son époux, « cela étant prouvé par les lettres écrites de sa propre main, avant et après l'exécution du forfait, à James Bothwell, l'auteur principal, de même que par l'indigne mariage qui suivit l'assassinat ». En outre, afin que le monde entier soit renseigné sur la culpabilité de Marie Stuart et qu'il soit connu de tous que les loyaux et francs lords ne s'étaient mués en rebelles que sous l'effet d'une vertueuse indignation, des copies de ces lettres sont envoyées à toutes les cours étrangères ; de cette façon Marie Stuart est frappée publiquement de la flétrissure des criminels. Marquée au front de ce fer rouge elle n'osera jamais plus, du moins Murray et les lords l'espèrent, revendiquer la couronne pour sa tête coupable.

Mais Marie Stuart est trop imbue de l'idée de ses droits divins pour que la honte puisse l'atteindre. Aucune flétrissure, pense-t-elle, ne peut souiller un front qui a porté la couronne. Il n'est point d'ordre ni d'arrêt qui puisse lui faire courber la tête ; plus on usera de violence pour lui faire accepter une destinée obscure et sans prérogatives, plus elle réagira avec vigueur. On ne tient pas longtemps prisonnière une femme d'une telle volonté.

Adieu à la liberté

Eté 1567-été 1568

Seul un Shakespeare eût pu tirer un chef-d'œuvre poétique parfait des sombres et tragiques scènes du drame de Bothwell ; celles du château de Lochleven, de l'épilogue, plus douces, d'un romantisme touchant, ont été décrites par un auteur plus modeste : Walter Scott. Et cependant, pour celui qui les a lues dans sa jeunesse, elles sont demeurées plus profondément vraies que la vérité historique elle-même, car dans quelques cas heureux l'aimable légende l'emporte sur la réalité. Que nous les avons aimées, ces scènes, comme leur image est restée empreinte dans nos cœurs, comme elles ont apitoyé nos âmes ! N'y trouvait-on pas en substance, préparés d'avance en quelque sorte, tous les éléments d'un romantisme attendrissant : voici les féroces geôliers qui veillent sur la princesse innocente, les calomniateurs qui ont terni son honneur ; la voici elle-même, jeune, aimable et belle, transformant comme par enchantement la dureté de ses ennemis en douceur, suscitant au cœur des hommes le désir chevaleresque de la secourir et de se sacrifier pour elle. Le décor est tout aussi romanesque que le sujet : un sombre burg au milieu d'un lac ravissant. De son balcon la princesse, le regard voilé, peut contempler son beau pays d'Écosse avec ses bois et ses montagnes, son charme et sa grâce, cependant que quelque part, au loin, mugit la mer du Nord. Toute la poésie qui vibre au cœur du peuple écossais peut se cristalliser autour de cette heure dramatique de la vie de sa reine bien-aimée : et dès qu'une légende s'est ainsi créée elle pénètre profondément et fatalement dans le sang d'une nation. Chaque génération la raconte et la confirme, tel un arbre immortel elle refleurit d'année en année ; à côté de cette vérité supérieure les documents écrits ont l'air pauvres, sans valeur, car la beauté conserve toujours ses droits. Et si plus tard, mûris par l'âge et devenus plus méfiants, nous voulons découvrir la plate réalité qui se cache sous une telle légende, elle nous apparaît d'une fadeur aussi sacrilège que la transcription d'un beau poème en une prose froide et sèche.

Ce qui fait le danger de ces fables, c'est qu'elles taisent tout ce qui est tragique pour ne parler que de ce qui est touchant. Ainsi la ballade romantique du séjour de Marie Stuart à Lochleven passe sous silence sa misère véritable, la plus profonde, la plus humaine. Ce que Walter Scott s'est obstiné à ne pas dire, c'est que cette princesse était alors enceinte du meurtrier de son mari ; ce qui, précisément, rendait sa détresse morale si affreuse. La naissance, durant sa captivité, de l'enfant qu'elle portait dans son sein était pour elle la plus terrible des menaces : n'allait-elle point la trahir, mettre à nu son indignité, dénoncer la femme adultère ?

Le voile n'a pas été soulevé. Nous ignorons à quel point la grossesse de Marie Stuart était avancée lorsqu'on la conduisit à Lochleven, nous ne savons pas quand prirent fin ses angoisses morales, si l'enfant naquit vivant ou mort, nous ignorons la date de sa naissance, combien de mois ou de semaines avait le fruit de ses coupables amours lorsqu'elle en fut délivrée. Tout ceci est obscur et matière à conjectures, les témoignages se contredisant l'un l'autre. Une seule chose est certaine, c'est que Marie Stuart devait avoir de bonnes raisons pour cacher la date de son accouchement. Ni dans ses lettres, ni dans ses paroles — ce qui déjà est suspect — elle n'a jamais plus fait mention de l'enfant de Bothwell. D'après le récit de Nau, son secrétaire privé à cette époque, elle aurait mis au monde avant terme deux jumeaux non viables; avant terme, ce qui nous permettrait de formuler l'hypothèse que cette fausse couche ne fut pas tout a fait accidentelle, car justement elle s'était fait accompagner de son apothicaire dans sa captivité. Selon une autre version aussi peu fondée, elle aurait donné le jour à une fille qui fut envoyée secrètement en France où elle serait morte dans un couvent, ignorant son origine royale. Mais ni les avis ni les suppositions ne sont d'aucun secours contre l'impénétrabilité des faits qui demeureront à tout jamais obscurs. C'est comme si la clef de ce mystère était engloutie dans les eaux du lac de Lochleven.

Le seul fait que les gardiens de Marie Stuart se soient tus prouve qu'ils n'étaient pas les affreux geôliers que la légende nous a dépeints. Lady Douglas de Lochleven, à laquelle on avait confié Marie Stuart, avait été plus de trente ans auparavant la maîtresse de Jacques V à qui elle avait donné six enfants, dont le comte de Murray, l'aîné; puis elle s'était unie au comte Douglas de Lochleven dont elle avait encore eu sept enfants. Une femme qui a connu treize fois les douleurs de l'enfantement, qui a elle-même moralement souffert de savoir que ses premiers enfants ne seraient que des bâtards, était plus capable que toute autre de comprendre l'inquiétude de Marie Stuart. Toute la dureté qu'on lui impute n'est sans doute que fable et invention, et il est permis de supposer, au contraire, qu'elle traita la prisonnière absolument en hôte de marque. Marie Stuart habite tout un appartement, elle a avec elle son cuisinier, son apothicaire, quatre ou cinq femmes à son service; sa liberté à l'intérieur du château ne connaît nulle entrave, et il semble même qu'elle ait eu la permission de chasser. Si l'on se départit de toute sensiblerie et que l'on essaye de voir juste, on est forcé de convenir qu'elle a été traitée avec beaucoup d'indulgence. Car enfin — les romantiques vous le font oublier — cette femme s'est rendue pour le moins coupable d'une grave faute morale en épousant trois mois après le meurtre de son mari l'assassin de celui-ci ; de nos jours, c'est tout au plus si la justice la déchargerait de l'accusation de complicité en tenant compte des circonstances atténuantes que constituait son avertissement à Bothwell. Aussi n'était-ce pas seulement un bien pour l'Écosse mais aussi pour elle-même que de la forcer au repos pendant quelque temps, elle dont la conduite scandaleuse a jeté le trouble dans son pays et indigné l'Europe. Durant cet isolement, l'occasion est enfin donnée à cette femme surexcitée de calmer ses nerfs ébranlés, de retrouver sa fermeté d'âme, sa volonté détruite par Bothwell ; en vérité, la « prison » de Lochleven met cette femme trop audacieuse pour quelques mois à l'abri du plus grand des dangers : son inquiétude et son agitation.

Il faut convenir que la captivité romantique de Marie Stuart pour toutes les folies qu'elle a commises fut un bien doux châtiment en comparaison de celui de son amant et complice. La façon dont le destin traite Bothwell est toute différente. Malgré la promesse solennelle des lords, le banni est pourchassé sur terre et sur mer par la meute de ses ennemis ; sa tête est mise à prix pour mille couronnes, et il sait que pour cette somme son meilleur ami le trahirait et le vendrait : mais il n'est pas facile de s'emparer de cet homme déterminé ; tout d'abord il essaye de rassembler ses borderers en vue d'une dernière résistance, puis il se réfugie dans l'île d'Orkney ; de là, il va déchaîner la guerre contre les lords. Mais Murray l'y traque avec quatre vaisseaux et c'est au milieu des plus grandes difficultés qu'il lui échappe en gagnant le large sur une méchante coquille de noix. La tempête le surprend. Les voiles en lambeaux, la frêle embarcation, destinée seulement au cabotage, vogue vers la Norvège, où elle est arrêtée par un navire de guerre danois. Bothwell, qui redoute d'être extradé, ne veut pas se faire connaître. Il emprunte à l'équipage des vêtements grossiers, mieux vaut passer pour un pirate que d'être obligé d'avouer qu'il est le roi d'Écosse aux abois. Mais il est finalement reconnu, traîné d'un endroit dans un autre, puis le Danemark le remet en liberté. Déjà il se croit sauvé. Mais ce n'est que pour peu de temps. La Némésis y atteint à l'improviste ce don Juan passionné : sa situation s'envenime du fait qu'une Danoise, qu'il a autrefois séduite en lui promettant le mariage, a déposé une plainte contre lui. Entre-temps Copenhague a reçu des précisions sur le crime dont il est accusé et à partir de ce moment la hache du bourreau est constamment suspendue au-dessus de sa tête. Les courriers diplomatiques vont et viennent. Murray réclame son extradition et Élisabeth l'exige plus impérieusement encore, afin d'avoir un témoin de poids contre sa rivale. Mais les parents français de Marie Stuart interviennent secrètement pour que le roi de Danemark ne le livre pas. Rejeté en prison, sa captivité est devenue de plus en plus rigoureuse, cependant le cachot le protège encore contre la vengeance de ses ennemis. Chaque jour, Bothwell, qui dans le combat aurait hardiment tenu tête à cent adversaires, tremble qu'on ne le remette aux mains des lords écossais et qu'on ne le fasse périr comme régicide dans des supplices épouvantables. On le change sans cesse de prison, on le surveille de plus en plus étroitement, il est là derrière les barreaux de sa cellule comme un animal dangereux ; bientôt il se rend compte que seule la mort le délivrera. Cet homme vigoureux qui avait été l'effroi de ses ennemis, le favori des femmes, passe des semaines, des mois, des années dans une inaction et une solitude sans nom. Ces heures vides, cet isolement affreux entre de sombres murs silencieux et froids ont raison de sa volonté ; ils sont plus terribles que la torture et que la mort pour cet être indomptable qui ne se sentait heureux que dans le déploiement de toutes ses forces, dans la plénitude de sa liberté, qu'à la chasse et à la guerre accompagné de ses fidèles, — pour ce don Juan, qui prenait aussi son plaisir aux choses de l'esprit. Certains récits rapportent — et ils sont dignes de foi — qu'il se ruait avec furie contre les barreaux de fer de son cachot et qu'il sombra misérablement dans la folie après dix ans d'incarcération. De tous ceux qui ont souffert le martyre et la mort pour Marie Stuart c'est Bothwell, celui qu'elle aima le plus, qui certes expia le plus longtemps et le plus durement.

Mais Marie Stuart pense-t-elle encore à Bothwell ? Le charme dominateur agit-il sur elle à distance ou bien l'anneau ardent qui les liait se desserre-t-il lentement ? On l'ignore. Ceci aussi est resté secret, comme tant d'autres choses de sa vie. On est seulement surpris de voir qu'à peine délivrée, à peine relevée de ses couches, la femme exerce de nouveau son éternel pouvoir de séduction et crée le trouble autour d'elle. Pour la troisième fois, elle entraîne un jeune homme dans le tourbillon de sa destinée.

Répétons-le sans cesse pour le déplorer : les portraits qu'on nous a laissés de Marie Stuart, brossés pour la plupart par des peintres médiocres, ne nous donnent aucun aperçu de sa véritable nature. Ces peintures, froides et superficielles, nous montrent toutes un visage calme, doux, gracieux, affectueux, mais ne laissent pas deviner le charme sensuel qui doit avoir été le propre de cette femme remarquable. Une certaine puissance d'attraction féminine devait émaner d'elle, car partout elle se fait des amis, même au milieu de ses ennemis. Fiancée ou veuve, sur le trône ou en prison, elle sait s'entourer d'une auréole de sympathie et créer autour d'elle une atmosphère amicale et douce. A peine arrivée à Lochleven, elle a déjà rendu le jeune Ruthven, un de ses gardiens, si malléable que les lords se voient obligés de l'éloigner. Et dès qu'on a fait partir celui-ci, elle en ensorcelle un autre, le jeune lord Douglas de Lochleven. Au bout de quelques semaines, le fils de sa gardienne est déjà prêt à tout faire pour elle, et effectivement il sera dans son évasion son auxiliaire le plus fidèle, le plus dévoué.

Fut-il seulement son auxiliaire ? Ne fut-il pas davantage pour elle durant ces mois de captivité ? Cet amour est-il vraiment resté tout à fait platonique, chevaleresque ? *Ignorabimus !* En tout cas, Marie Stuart tire le plus grand profit de la passion du jeune homme et ne dédaigne ni le mensonge ni la ruse. En dehors de son charme personnel, quelque chose d'autre séduit encore chez elle : l'espoir d'obtenir le pouvoir en même temps que sa main agit comme un aimant sur ceux qui se trouvent sur sa route. Il semble que Marie Stuart — on ne peut risquer ici que des hypothèses — ait fait miroiter aux yeux de la mère du jeune Douglas, flattée à cette idée, la possibilité d'un mariage avec son fils afin de la bien disposer en sa faveur et de la rendre moins vigilante : en effet la surveillance se relâche peu à peu et Marie Stuart peut entreprendre l'œuvre à laquelle tendent toutes ses pensées : l'évasion.

La première tentative, le 25 mars 1568, bien qu'habilement conçue, échoue. Toutes les semaines, une lavandière passe et repasse le lac dans une barque en compagnie d'autres servantes. Douglas parvient à obtenir d'elle qu'elle change de vêtements avec la reine. Ayant revêtu les habits grossiers de la fille, le visage protégé par un voile épais qui l'empêche d'être reconnue, Marie réussit à franchir la porte du château sévèrement gardée. Déjà le canot l'emporte vers l'autre rive où George Douglas l'attend avec des chevaux. Mais voilà qu'un des rameurs s'avise de lutiner cette jeune lavandière svelte et voilée. Il essaie de soulever son voile pour voir si elle est jolie. Marie Stuart, mécontente, l'en empêche de ses mains blanches, délicates et fines.

Ces mains, trop soignées pour être celles d'une blanchisseuse, la trahissent. Aussitôt les bateliers donnent l'alarme et bien que la reine, furieuse, leur ordonne de la déposer sur l'autre rive, elle est reconduite dans sa prison.

L'incident est aussitôt rapporté à Édimbourg et la surveillance renforcée. L'entrée du château est interdite à George Douglas. Mais cela ne l'empêche pas de demeurer dans le voisinage et de rester en rapport avec Marie ; courrier fidèle, il porte des messages à ses partisans. Car au bout d'une année de régence de son frère, la reine, bien que proscrite et convaincue de complicité d'assassinat, a de nouveau des partisans ! Par haine de Murray, surtout, quelques-uns des lords, principalement les Huntly et les Seton, lui étaient restés obstinément fidèles ; chose extraordinaire, ce n'est pas auprès d'eux, mais des Hamilton, ses plus terribles adversaires jusqu'ici, que Marie trouve le meilleur appui. Une rivalité très ancienne existait entre eux et les Stuart. Les Hamilton, qui représentent la famille la plus puissante après les Stuart, ont toujours envié à ceux-ci la couronne d'Écosse et essayé de les en déposséder ; voilà soudain que l'occasion leur est donnée de faire monter l'un des leurs sur le trône grâce à un mariage avec la prisonnière. Aussitôt — la politique n'a rien à voir avec la morale — ils se rangent aux côtés de la femme dont ils avaient réclamé l'exécution quelques mois auparavant. Il est cependant difficile d'admettre que Marie Stuart (Bothwell serait-il déjà oublié ?) ait sérieusement songé à épouser un Hamilton ; sans doute n'a-t-elle donné son consentement que par calcul, pour être libre. George Douglas auquel, d'autre part, elle a également promis sa main — double jeu plein de hardiesse d'une femme réduite au désespoir — sert d'intermédiaire et dirige les préparatifs. Le 2 mai 1568 tout est au point ; et chaque fois qu'il s'est agi de faire preuve de courage et non de sagesse, Marie Stuart n'a jamais failli.

Cette fuite fut, comme il convenait à une telle reine, romanesque à souhait ; parmi les occupants du château, Marie Stuart et George Douglas ont gagné à eux un jeune garçon, William Douglas, qui y fait office de page, et cet enfant, vif et éveillé, accomplit habilement sa mission. La discipline sévère de la maison exige qu'au repas du soir, qui se prend en commun, toutes les clefs de la forteresse soient, par mesure de prudence, posées à côté du gouverneur, qui les emporte la nuit et les garde sous son oreiller. Ce soir-là, les lourdes clefs étaient donc sur la table comme d'habitude, à portée de sa main. Pendant le service, le jeune Douglas les recouvre adroitement d'une serviette ; plus tard, tandis que les convives, qui ont fait de nombreuses libations, continuent tranquillement à bavarder, il les emporte comme par mégarde avec la serviette en desservant la table. Tout se déroule alors avec la rapidité prévue ; Marie Stuart passe les vêtements d'une de ses servantes, le jeune garçon court en avant ouvrir les portes qu'il referme ensuite derrière eux afin que personne ne puisse les rattraper ; il jette même les clefs dans le lac. Quelques heures avant il avait attaché les uns aux autres tous les canots qu'il prend à la remorque du sien ; de cette façon, la poursuite est rendue impossible. A présent, il n'a plus qu'à ramer vigoureusement dans la tiédeur de cette nuit de mai vers l'autre rive où l'attendent George Douglas et lord Seton avec cinquante cavaliers. Sans hésiter, la reine saute à cheval et galope toute la nuit jusqu'au château des Hamilton. La liberté a réveillé en elle son ancienne bravoure.

Tel est le fameux récit de l'évasion de Marie Stuart du château baigné par les eaux profondes du lac de Lochleven, évasion due au dévouement d'un jeune homme amoureux et au sacrifice d'un enfant ; on peut le relire, plus détaillé, dans *The Abbot* de Walter Scott. Les historiens, eux, jugent plus froidement les choses. Ils sont d'avis que lady Douglas, la sévère gardienne, n'était pas aussi ignorante de ce qui se passait qu'elle en avait l'air et qu'on l'a dépeinte ; cette belle histoire, selon eux, n'a été inventée que plus tard pour excuser le manque de zèle et l'aveuglement voulu des gardiens. Mais il ne faut pas détruire les légendes quand elles sont belles. Pourquoi vouloir priver la vie de Marie Stuart de ce dernier reflet de romantisme ? Déjà l'horizon s'assombrit, les aventures touchent à leur fin et c'est peut-être la dernière fois que cette femme jeune et audacieuse inspire et connaît l'amour.

Au bout d'une semaine Marie Stuart a rassemblé une armée de six mille hommes. Une fois encore les nuées semblent vouloir se dissiper ; pendant un instant elle voit briller au-dessus de sa tête une constellation favorable. Non seulement les Huntly, les Seton, ses compagnons d'autrefois, sont accourus, non seulement le clan des Hamilton s'est mis à son service, mais aussi, chose étonnante, la plus grande partie de la noblesse écossaise : huit comtes, neuf évêques et plus de cent lords. Chose étonnante et cependant naturelle puisqu'en Écosse il ne saurait y avoir de véritable maître sans que la noblesse se soulève contre lui. La dure poigne de Murray lui a attiré l'hostilité des lords : ils préfèrent une reine soumise, fût-elle cent fois coupable, à ce régent rigoureux et intransigeant. Aussitôt l'étranger confirme les droits de la reine délivrée. L'ambassadeur français se rend auprès de Marie Stuart pour présenter ses hommages à la souveraine légitime, Élisabeth ayant appris « la joyeuse nouvelle de son évasion » lui envoie un ambassadeur extraordinaire. Sa position, après cette année de captivité, est devenue infiniment plus solide et plus riche d'espérance. Mais comme si elle était assaillie par un sombre pressentiment, Marie Stuart, si vaillante et si combative d'ordinaire, cherche à éviter une décision par les armes ; elle préférerait une réconciliation tacite avec son frère ; qu'il lui accorde seulement un pâle reflet de royauté et cette femme rudement éprouvée lui laissera le pouvoir. Une partie de l'énergie qui l'animait aussi longtemps que la volonté de fer de Bothwell la galvanisait — les jours qui suivent le montreront — semble s'être brisée, et après les peines, les tourments, les souffrances qu'elle a subis, toute l'hostilité féroce qu'on lui a témoignée, elle n'aspire plus qu'à la liberté, à la paix, au repos. Mais Murray ne songe plus à partager le pouvoir. Son orgueil et celui de Marie Stuart sont frères, et d'excellents alliés contribuent à l'affermir dans sa résolution. Tandis qu'Élisabeth envoie ses félicitations à Marie Stuart, Cecil, le chancelier d'État anglais, fait énergiquement pression sur lui pour qu'il en finisse avec sa sœur et le parti catholique. Et Murray n'hésite pas longtemps : il sait que tant que cette femme indomptable sera en liberté il n'y aura pas de paix pour l'Écosse. De plus, il désire vivement mettre fin une fois pour toutes à l'insubordination des lords. Avec son énergie habituelle il rassemble en l'espace d'une nuit une armée numériquement plus faible que celle de Marie Stuart, mais mieux commandée et plus disciplinée. Sans attendre l'arrivée d'autres renforts, il quitte Glasgow. C'est le 13 mai 1568, aux environs de Langside, que va se vider la querelle qui oppose la reine au régent, le frère à la sœur, un Stuart à un autre Stuart.

La bataille de Langside fut brève, mais décisive. Elle ne commence pas comme celle de Carberry Hill par de longs atermoiements et d'interminables pourparlers; la cavalerie de Marie Stuart se lance immédiatement à l'attaque de l'ennemi. Mais Murray a bien choisi sa position; avant d'avoir pu enlever la colline les assaillants sont dispersés par un feu nourri et une contre-attaque rompt leur infanterie. En trois quarts d'heure, l'affaire est terminée. La dernière armée de la reine se sauve en désordre, abandonnant ses canons et trois cents morts.

Marie Stuart a observé la bataille d'une éminence voisine; dès qu'elle s'aperçoit que tout est perdu, elle descend la colline en toute hâte, saute à cheval et s'enfuit au triple galop, accompagnée de quelques cavaliers. Elle ne songe plus à la résistance, une terreur panique s'est emparée d'elle. C'est alors une chevauchée effrénée, sans trêve ni repos, à travers les marais et les prés, les champs et les bois ; le premier jour elle court droit devant elle sans savoir où elle va ; elle ne songe qu'à se sauver ! « J'ay souffert injures, calomnies, prison, faim, froid, chaud, fuite sans sçavoir où, quatre-vingt et douze milles à travers champs sans m'arrester ou descendre, et puis couscher sur la dure et boire du lait aigre, et manger de la farine d'aveine sans pain, et ay vécu trois nuits comme les chahuans, sans femme pour me servir », écrira-t-elle plus tard au cardinal de Lorraine.

C'est l'image de cette amazone intrépide des derniers jours, c'est ce visage d'héroïne de roman dont le peuple a gardé la mémoire. Aujourd'hui l'Écosse a oublié ses faiblesses et ses folies, excusé et pardonné les erreurs de sa passion. Seul est resté le souvenir de la douce prisonnière du château solitaire, de la vaillante cavalière qui, pour sauver sa liberté, galope follement à travers la nuit sur un coursier écumant et préfère risquer cent fois la mort plutôt que de se rendre lâchement à ses ennemis. Trois fois déjà elle a dû fuir ainsi la nuit : la première de Holyrood avec Darnley ; la deuxième, habillée en homme, de Borthwick Castle pour aller rejoindre Bothwell ; la troisième avec Douglas du château de Lochleven. Trois fois elle a réussi à sauver sa liberté et sa couronne. Aujourd'hui, il ne s'agit plus que de sauver sa vie.

Trois jours après la bataille de Langside, Marie Stuart atteint l'abbaye de Dundrennan, près de Kirkcudbright, sur le Solway. C'est ici que finit son empire. On l'a pourchassée comme un gibier aux abois jusqu'aux frontières les plus reculées de son royaume. Il n'y a plus à présent dans toute l'Écosse d'endroit sûr pour la reine d'hier, il n'y a plus de retour possible ; à Édimbourg l'attendent les huées de la populace, l'implacable John Knox, la haine du clergé, et peut-être aussi le pilori et le bûcher. Sa dernière armée est vaincue, son dernier espoir est anéanti. L'heure est grave, il faut choisir ; derrière elle s'étend le royaume perdu auquel aucun chemin ne mène plus, devant elle la mer, qui conduit dans tous les pays. Elle peut aller en France, en Espagne, en Angleterre. C'est en France qu'elle a été élevée, là elle a des parents et des amis ; nombreux y sont encore ceux qui l'aiment, les poètes qui l'ont chantée, les gentilshommes qui l'ont escortée ; jadis ce pays l'a traitée avec la plus large hospitalité, et l'a couronnée avec faste et magnificence. Mais c'est précisément parce qu'elle y fut reine, parce qu'elle y vécut au milieu d'un luxe unique au monde, parce qu'elle y a été la première parmi les premières, qu'elle ne veut pas y retourner en mendiante, en suppliante, les vêtements déchirés, l'honneur entaché. Elle ne veut pas affronter le sourire ironique de Catherine de Médicis, la haineuse Italienne, ni recevoir l'aumône ou se laisser enfermer dans un couvent. Chercher un asile auprès du glacial Philippe II serait aussi humiliant : jamais cette cour bigote ne lui pardonnerait de s'être fait unir à Bothwell par un prêtre protestant, d'avoir reçu la bénédiction d'un hérétique. Il lui reste l'Angleterre. Durant les jours sans espoir de sa captivité à Lochleven, Élisabeth ne lui a-t-elle pas fait savoir pour l'encourager « qu'elle pouvait en tout temps compter sur la reine d'Angleterre comme sur une amie dévouée » ? Ne lui a-t elle pas promis solennellement de la rétablir sur le trône ? Ne lui a-t-elle pas envoyé une bague qui est le gage d'une amitié à laquelle elle peut faire appel à tout moment ?

Le joueur que la chance a abandonné tirera toujours une mauvaise carte. Comme d'ordinaire, lorsqu'il s'agit de prendre une décision grave, Marie Stuart montre trop de précipitation. Sans attendre qu'on lui donne des garanties, elle écrit à Élisabeth de Dundrennan :

« Ma très chère sœur, sans vous faire le récit de tous mes malheurs, puisqu'ils vous doivent être connus, je vous diray que ceux d'entre mes sujets à qui j'avois faict le plus de bien et qui m'avoient le plus d'obligation, après s'estre soublevez contre moy, m'avoir tenue en prison et traittée avec la dernière indignité, m'ont enfin entièrement chassée de mon royaulme et réduite à un tel estat, qu'après Dieu je n'ay plus autre espérance qu'en vous ; permettez donc, s'il vous plaist, ma chère sœur, que j'aye l'honneur de vous voir au plus tost, afin que je vous puisse entretenir au long de mes affaires. Cependant, je prie Dieu qu'il vous comble de ses faveurs, et qu'il me donne la patience et les consolations que j'attendz de recevoir de sa sainte grâce par vostre moyen. »

Le sort en est jeté. Le 16 mai 1568, Marie Stuart embarque sur un bateau de pêche, traverse le golfe de Solway et atterrit sur le sol anglais non loin du petit port de Carlisle. A cette date décisive de son existence elle n'a pas encore vingt-cinq ans et pourtant sa vie véritable est déjà terminée. Tout ce que le monde peut produire d'extrême, elle l'a connu, elle l'a enduré, elle a gravi tous les sommets, elle a sondé tous les abîmes. Dans un temps vraiment réduit, d'une intensité prodigieuse, elle a vécu tous les contrastes : elle a enterré deux maris, perdu deux royaumes, elle est passée par la prison, elle a suivi les sombres sentiers du crime, et chaque fois elle a remonté les marches du trône et de l'autel avec un nouvel orgueil. Ces dernières semaines, ces dernières années, elle les a vécues dans les flammes, des flammes si hautes et si ardentes que leur reflet brille encore à travers les siècles. Mais maintenant l'incendie diminue, s'éteint, après avoir dévoré le meilleur d'elle-même : ce qui reste n'est que scorie et cendre, vestige misérable d'une magnifique splendeur. Devenue l'ombre d'elle-même, Marie Stuart s'avance dans le crépuscule de son destin.

Une machination se trame

16 mai-28 juin 1568

Il n'y a pas de doute qu'Élisabeth fut stupéfaite à la nouvelle de l'arrivée de Marie Stuart en Angleterre. Cette visite non désirée la met dans un cruel embarras. Certes, au cours de l'année précédente, elle a, par solidarité monarchique, cherché à la protéger contre ses sujets rebelles ; elle l'a solennellement assurée — le papier ne coûte pas cher et la politesse écrite coule aisément d'une plume diplomatique — de sa sympathie, de son amitié, de son affection ; elle lui a promis avec emphase, avec trop d'emphase, hélas ! qu'elle pouvait en toute circonstance compter sur elle et son dévouement. Mais jamais Élisabeth n'avait engagé Marie Stuart à venir dans ses États, au contraire, elle avait, depuis des années, contrarié sans cesse tout projet de rencontre avec elle. Et voilà que soudain l'importune débarque en Angleterre, dans ce pays dont, il n'y a pas bien longtemps encore, elle se vantait d'être la reine véritable. Elle est venue sans y être appelée, sans invitation, et sa première parole est de se réclamer de cette « promesse » d'amitié faite naguère.

Dans sa deuxième lettre, envoyée de Workington, Marie Stuart ne se soucie nullement de savoir si Élisabeth désire ou non la recevoir, elle le demande comme un droit :

« Je vous supplie le plus tost que pourrés m'envoyer quérir, car je suis en piteux estat, non pour reine mais pour gentilfame. Je n'ay chose du monde que ma personne comme je me suis sauvée, faysant soixante milles à travers champs le premier jour et n'ayant despuis jamays osé aller que la nuit, comme j'espère vous remonstrer, si il vous plest avoir pitié de mon extresme infortune. »

La pitié est, en effet, le premier sentiment d'Élisabeth. Ce dut d'ailleurs être pour son orgueil une satisfaction sans pareille de voir que cette femme qui voulait la renverser du trône s'était renversée toute seule du sien. Quel spectacle pour le monde que de relever celle qui autrefois fut si fière, de devenir sa protectrice et de la serrer dans ses bras avec condescendance ! Aussi son premier mouvement, le plus vrai et le plus instinctif, est-il d'inviter généreusement chez elle la reine déchue. « J'ai appris, écrit l'ambassadeur de France, que la reine, au conseil de la Couronne, prit énergiquement le parti de la souveraine d'Écosse et fit comprendre à tout le monde qu'elle avait l'intention de la recevoir et de l'honorer conformément à son ancienne dignité et son ancienne grandeur, et non à sa situation actuelle. »

Élisabeth avait un sens très développé de la responsabilité historique. Si elle avait suivi son mouvement spontané, elle eût sauvé la vie de Marie Stuart et son honneur à elle. Mais elle n'est pas seule. A côté d'elle il y a Cecil, l'homme aux yeux d'acier, qui manœuvre froidement et sans passion sur l'échiquier politique. La reine d'Angleterre, femme nerveuse qu'influence la moindre pression atmosphérique, a eu la prudence de s'adjoindre cet âpre et froid calculateur, cet homme sec et positif, qui du fond de sa nature puritaine déteste ce qu'il y a en Marie Stuart de fougueux et de passionné, qui, en austère protestant, hait la catholique et, de plus — ses notes privées le prouvent — est absolument convaincu de sa complicité dans l'affaire Darnley. Il s'empresse de retenir la main secourable que tend Élisabeth. En politique avisé, il prévoit immédiatement la portée des obligations qui naîtraient pour le gouvernement anglais d'un engagement vis-à-vis de cette femme qui, depuis des années, sème le trouble partout. Recevoir Marie Stuart à Londres avec les honneurs royaux serait implicitement reconnaître ses prétentions sur l'Écosse et obligerait l'Angleterre à combattre Murray et les lords par l'argent et par les armes. Cecil n'en a nullement l'intention : n'est-ce pas lui qui a poussé les lords à la révolte ? Marie Stuart reste pour lui l'ennemie héréditaire du protestantisme, le grand péril qui menace les Anglais, et il met Élisabeth en garde contre elle-même. Entre-temps elle a appris avec déplaisir que ses propres nobles ont reçu avec honneur la reine d'Écosse sur son territoire. Le plus puissant des lords catholiques, Northumberland, lui a offert l'hospitalité dans son château ; le plus influent des lords protestants, Norfolk, lui a rendu visite. Tous semblent être sous son charme ; comme Élisabeth est d'un naturel méfiant et, en tant que femme, vaniteuse jusqu'à la folie, elle abandonne bientôt l'idée généreuse de faire venir à sa cour une princesse qui pourrait l'éclipser et que les mécontents de son royaume accueilleraient peut-être volontiers comme prétendante.

Il a suffi de quelques jours pour que la reine d'Angleterre renonçât à ses bienveillantes dispositions et fût fermement résolue à ne pas recevoir Marie Stuart, ni à lui laisser quitter le pays. Mais elle ne serait pas Élisabeth si, dans une circonstance quelconque, elle s'exprimait clairement et agissait sans équivoque. Du point de vue humain comme du point de vue politique l'ambiguïté est la chose la plus néfaste, car elle inquiète les âmes et jette le trouble dans le monde. Et c'est là que commence la grande, l'indéniable faute d'Élisabeth vis-à-vis de Marie Stuart. Le sort lui a offert la victoire dont elle rêvait depuis des années : sa rivale, qui passait pour le miroir de toutes les vertus chevaleresques, est tombée, sans qu'elle y fût pour rien, dans la honte et l'infamie; la reine qui voulait s'emparer de sa couronne perd la sienne; la femme qui l'affrontait avec orgueil est devant elle en suppliante. Élisabeth pourrait lui offrir, comme à une solliciteuse, l'asile que généreusement l'Angleterre accorda toujours à tout fugitif et lui infliger ainsi une humiliation morale; ou, pour des raisons politiques, lui refuser le séjour dans son pays. L'une comme l'autre de ces attitudes porterait la marque du droit. On peut accueillir un quémandeur, on peut le repousser. Mais il est une chose qui jure avec tout droit : c'est d'attirer à soi un être en détresse et de le retenir ensuite contre son gré. Aucune raison, aucun prétexte ne peut justifier l'inexcusable perfidie d'Élisabeth refusant à Marie Stuart, malgré son désir formel, l'autorisation de quitter l'Angleterre et la retenant au contraire par la ruse et le mensonge, par de fallacieuses promesses et une violence masquée, poussant ainsi une femme déjà vaincue et humiliée à aller plus loin qu'elle ne l'eût voulu dans la sombre voie du désespoir et du crime.

Cette évidente violation du droit, si odieuse parce que si sournoise, restera à jamais un point noir dans l'histoire d'Élisabeth et sera moins pardonnable encore que plus tard la condamnation et la décapitation de Marie Stuart. Pour justifier la captivité de sa rivale, il manque jusqu'à l'ombre d'un motif. Quand Napoléon — on a quelquefois opposé cet exemple — après s'être réfugié sur le *Bellerophon* fit appel à l'hospitalité de l'Angleterre, elle pouvait considérer cette requête comme une pure comédie et la repousser. Car la France et l'Angleterre étaient alors en guerre, Napoléon était le chef des armées ennemies et n'avait cessé, pendant vingt ans, d'être un danger mortel pour son adversaire. Mais entre l'Écosse et l'Angleterre il n'y a pas de guerre, il règne au contraire une paix complète entre les deux pays, les deux reines se disent dévouées l'une à l'autre et sœurs depuis des années;

et lorsque Marie Stuart se réfugie chez Élisabeth elle peut lui présenter l'anneau que celle-ci lui a adressé en « gage d'amitié ». Elle peut en outre se prévaloir du fait qu'Élisabeth a donné asile à Murray, à Morton, aux assassins de Riccio, aux meurtriers de Darnley. Et puis enfin Marie Stuart ne vient pas avec des prétentions au trône d'Angleterre, mais avec le simple désir de rester tranquillement dans le pays, ou, au cas où Élisabeth n'y consentirait pas, de continuer sa route vers la France. La reine d'Angleterre sait évidemment qu'elle ne peut invoquer aucune raison pour retenir Marie Stuart, et Cecil aussi le sait, ainsi que le prouve une note de sa main (« *Pro Regina Scotorum* »). « Il faut l'aider », écrit-il, « parce qu'elle est venue dans le pays de son plein gré et ayant entière confiance en la reine. » Tous deux ont nettement conscience qu'on ne saurait trouver le moindre élément de droit qui permette d'expliquer une aussi monstrueuse injustice. Mais quelle serait la tâche de l'homme politique si ce n'était de bâtir, dans les situations délicates, des motifs et des prétextes, de faire de rien quelque chose et de quelque chose rien ? Puisqu'il n'existe pas de raison valable pour retenir la fugitive, il faut en inventer une ; puisque Marie Stuart ne s'est rendue coupable d'aucune faute vis-à-vis d'Élisabeth, il faut en faire une coupable. Cela exige de la prudence, car le monde, au-dehors, observe et surveille. Il faut resserrer doucement et sournoisement le filet autour de la victime, le resserrer toujours sans lui donner le temps de s'en apercevoir. Et quand — trop tard — elle essayera de se dégager, tous ses efforts ne feront que l'empêtrer davantage.

Ce manège commence par des politesses et des flatteries. On s'empresse d'envoyer à Carlisle auprès de Marie Stuart — quelle prévenance délicate ! — deux des meilleurs conseillers d'Élisabeth, lord Scrope et lord Knollys. Leur mission est aussi obscure que variée. Ils sont chargés de saluer cette hôte de marque au nom d'Élisabeth, d'exprimer à la reine détrônée leurs regrets de son infortune, ils doivent en même temps calmer la femme inquiète, amuser son attention, afin qu'elle ne songe pas trop tôt à se méfier et à faire appel aux cours étrangères. La partie la plus importante de leur tâche est secrète : ils ont l'ordre de surveiller attentivement Marie Stuart, d'éloigner les visiteurs, de retenir sa correspondance, et si on envoie le même jour cinquante hallebardiers à Carlisle ce n'est pas l'effet d'un pur hasard mais bien pour appuyer Scrope et Knollys en cas de besoin. Ceux-ci sont en outre tenus de transmettre à Londres les moindres paroles de Marie Stuart : on attend là-bas avec la plus grande impatience qu'elle donne enfin prise sur elle, afin de pouvoir établir après coup un prétexte justifiant son emprisonnement déjà effectif.

Lord Knollys s'acquitte à merveille de son rôle d'espion — nous devons à sa plume habile un des portraits les plus suggestifs et les plus plastiques de Marie Stuart. On est amené à constater sans cesse que cette femme, dans les rares instants où elle rassemble sa grande énergie, force le respect et l'admiration des hommes les plus intelligents. Sir Francis Knollys écrit à Cecil : « C'est sans conteste une femme remarquable, à qui aucune flatterie ne peut donner le change, pas plus qu'une parole franche ne paraît la blesser, quand elle estime que celui qui la prononce est un honnête homme. » Il trouve qu'elle s'exprime avec facilité et fait preuve d'intelligence dans ses réponses, il vante son courage et son « cœur libéral », ses manières affables. Mais il se rend compte également de l'orgueil farouche qui dévore cette âme et il sait que « ce à quoi elle aspire le plus c'est à la victoire et que tous les autres biens de la terre, en comparaison, lui semblent insignifiants et méprisables ». On imagine les sentiments de la méfiante Élisabeth à la lecture de ce portrait de sa rivale et la rapidité avec laquelle son cœur et sa main se durcissent.

Marie Stuart est fine. Elle ne tarde pas à s'apercevoir que les discours sympathiques et les témoignages de respect de ces ambassadeurs ne sont pas purs et que ces hommes ne mettent tant d'empressement et d'amabilité à s'entretenir avec elle que pour lui cacher quelque chose. Ce n'est que peu à peu, goutte à goutte, comme une drogue amère sucrée de compliments, qu'on lui communique la résolution d'Élisabeth de ne pas la recevoir avant qu'elle se soit lavée de toutes les accusations qui pèsent sur elle. Ce triste prétexte vient d'être élaboré à Londres afin de couvrir d'un semblant de moralité la simple et froide intention de l'écarter et de la maintenir en captivité. Mais ou bien Marie Stuart ne voit pas vraiment le piège, ou bien elle fait mine de ne pas comprendre la perfidie de ces atermoiements. Avec enthousiasme elle se déclare prête à se justifier, « mais il va de soi que ce ne sera que vis-à-vis d'une seule personne, qu'elle reconnaît comme son égale, vis-à-vis de la reine d'Angleterre ». Le plus tôt sera le mieux, c'est tout de suite qu'elle veut venir « se jeter dans ses bras en toute confiance ». Elle supplie « qu'on la reçoive en diligence et sans cérémonie à Londres, afin d'exposer ses griefs et se décharger des calomnieuses paroles qu'on avait osé proférer contre son honneur ».

Élisabeth n'en voulait pas davantage. L'acceptation en principe de Marie Stuart de se justifier, c'est pour la reine d'Angleterre une première possibilité d'attirer lentement la réfugiée dans un procès. Bien entendu cela ne peut se faire brusquement, il faut agir avec prudence, afin que la victime, déjà inquiète, n'alarme pas le monde trop tôt ; avant l'opération décisive qui amputera définitivement Marie Stuart de son honneur, il faut la chloroformer avec des promesses, afin que, calme et docile, elle se soumette à l'opérateur. Élisabeth écrit donc une lettre dont l'accent paraîtrait émouvant si l'on ne savait que de son côté le conseil des ministres a décidé depuis longtemps d'étrangler la victime. Elle enveloppe d'ouate son refus de recevoir Marie Stuart :

« Madame », écrit l'hypocrite, « j'ai ouï-dire par mon lord Herries que vous désiriez vous défendre en ma présence de toutes les suspicions qui pèsent sur vous. Oh, madame, il n'y a pas d'être au monde qui souhaiterait plus que moi entendre votre justification ! Personne ne prêterait plus volontiers l'oreille à toute réponse faite pour rétablir votre honneur. Mais il faut aussi que j'aie souci de ma propre réputation. Pour vous dire franchement la vérité, on me croit déjà plus disposée à défendre votre cause qu'à ouvrir les yeux sur toutes les choses dont vos sujets vous accusent ».

A cet adroit refus succède une manœuvre plus habile encore. Élisabeth déclare solennellement — le passage mérite d'être souligné : « Sur ma parole princière aucun conseil de vos sujets ni avis de tout autre ne pourrait me faire vous demander quoi que ce fût de dangereux pour vous ou de nuisible à votre honneur. » La lettre devient de plus en plus éloquente, de plus en plus cordiale. « Vous paraît-il étrange que je ne vous permette pas de me voir ? Mettez-vous à ma place, je vous prie, et vous comprendrez qu'il me serait difficile de vous recevoir avant votre justification. Mais une fois que vous vous serez lavée de ce crime, je jure devant Dieu que de toutes les joies terrestres celle de vous serrer dans mes bras sera la première pour moi. »

Voilà des paroles apaisantes, chaleureuses, tendres, capables de soulager une âme en émoi. Mais elles cachent une chose dure et impitoyable. L'ambassadeur qui apporte ce message a aussi pour mission de faire comprendre enfin sans ambages à Marie Stuart qu'on n'envisage nullement une justification personnelle devant Élisabeth, mais une instruction en règle des événements d'Écosse, que l'on masquera provisoirement sous le nom plus honorable de « Conférence ».

A ces mots, la fierté de Marie Stuart se cabre comme sous la brûlure d'un fer rouge :

« Je n'ai pas d'autre juge que Dieu », s'écrie-t-elle dans un sanglot de colère, « personne ne peut se permettre de me juger. Je sais qui je suis et je connais les droits de mon rang. Il est vrai que de mon plein gré et dans la pleine confiance que je mettais en la reine, ma sœur, j'ai proposé de la faire juge en ma cause. Mais comment cela se peut-il, si elle ne veut permettre que j'aille chez elle. »

Elle déclare, menaçante (et combien cette parole s'est réalisée !), qu'Élisabeth ne gagnerait rien à la retenir dans son pays. Et puis elle prend la plume :

« Hélas ! madame, où ouistes-vous jamais un prince blamé pour escouter en personne les plaintes de ceux qui se deullent d'estre faussement accusez ?

« Ostez, madame, hors de votre esprit que je sois venue icy pour la sauveté de ma vie (le monde ni toute l'Escosse ne m'ont pas reniée), mais pour recouvrer mon honneur et avoir support à chastier mes faulz accusateurs, non pour leur répondre à eux comme leur pareille... mais pour les accuser devant vous que j'aye choisie entre tous les autres princes pour ma plus proche parente et parfaicte amye, vous faysant, comme je supposais, honneur d'estre nommée la restitueresse d'une royne qui pensoit tenir ce bienfait de vous... je vois à mon grand regret qu'il est interprété autrement. » Elle ajoute qu'elle ne s'était pas échappée d'une prison pour être retenue ici « quasi en une autre ». Et pour terminer elle réclame ce que tous, précisément, demanderont toujours en vain à la reine d'Angleterre : une attitude nette, son appui, ou la liberté. Elle voulait bien se justifier d'elle-même devant Élisabeth, mais non sous forme d'un procès avec ses lords, à moins qu'on ne les fît comparaître les mains liées. Forte de son droit divin, elle refuse de se laisser traiter sur le même pied que ses sujets : elle préférerait mourir.

Légalement, le point de vue de Marie Stuart est

inattaquable. La reine d'Angleterre n'a aucune autorité sur la reine d'Écosse, elle n'a pas à ouvrir d'instruction sur un meurtre perpétré en pays étranger, elle n'a pas à s'immiscer dans les démêlés d'une princesse étrangère avec ses sujets. Cela, Élisabeth, au fond d'elle-même, le sait parfaitement, et c'est pourquoi elle redouble d'efforts et de flatteries pour faire sortir Marie Stuart de sa position inexpugnable et l'entraîner sur un terrain glissant. Non, ce n'est pas comme juge, mais comme sœur et amie qu'elle désire cette explication nécessaire, hélas, pour réaliser son projet le plus cher, qui est de voir enfin face à face sa chère cousine et pour l'aider à reconquérir son trône. Afin de la tirer de son solide retranchement, Élisabeth promet ceci puis cela, elle feint de n'avoir pas douté un instant de l'innocence de Marie Stuart, elle lui assure que l'enquête n'est nullement dirigée contre elle mais contre Murray et les autres rebelles. Elle accumule les mensonges. Elle déclare que rien n'y sera soulevé qui soit « contraire à l'honneur de Marie Stuart » (on verra par la suite comment fut tenue cette promesse). Elle donne aux négociateurs l'assurance formelle que, quelle que soit l'issue de la Conférence, Marie Stuart restera reine. Mais tandis qu'Élisabeth s'engage ainsi par serment et sur son honneur, le chancelier Cecil manœuvre délibérément sur une tout autre voie. Pour que Murray accepte il le rassure en lui faisant savoir secrètement qu'en aucun cas on n'envisage la restauration de sa sœur. Comme on le voit, les tours de passe-passe et le double jeu de la politique ne sont pas une invention de notre époque.

Marie Stuart n'est pas dupe des paroles de sa chère cousine. Elle se défend et proteste, elle lui écrit des lettres qui sont tantôt doucereuses et tantôt amères, mais, loin de relâcher le filet, Londres le resserre. Pour rendre la pression morale plus efficace, on recourt peu à peu à des mesures destinées à lui prouver qu'on est décidé, au besoin, en cas d'opposition de sa part, à user de violence. On lui supprime ce qui pouvait adoucir sa captivité, elle n'a plus le droit de recevoir de visites d'Écosse, cent cavaliers au moins l'accompagnent à chacune de ses sorties ; un beau jour elle reçoit l'ordre inattendu de quitter Carlisle — trop près de la côte d'où un bateau ami aurait pu venir la délivrer — pour se rendre dans le Yorkshire et résider au château fort de Bolton, une « *very strong, very fayre and very stately house* ». Ce dur message, cela va sans dire, est enveloppé lui aussi de mots mielleux, lâchement la griffe acérée se dissimule encore sous la patte de velours : on assure à Marie Stuart que seuls le tendre souci de la savoir plus près et le désir de faciliter l'échange des lettres ont déterminé Élisabeth à ordonner ce transfert. A Bolton elle aura « plus de plaisir et plus de liberté et sera complètement à l'abri des menaces de ses ennemis ». Marie Stuart n'a pas la naïveté de croire à tant d'affection et résiste, bien qu'elle sache que sa cause est perdue d'avance. Que faire ? Elle ne peut pas retourner en Écosse, impossible de gagner la France ; sa situation matérielle est de plus en plus indigne, elle vit de pain étranger et les habits qu'elle porte sont ceux qu'Élisabeth lui a prêtés. Complètement seule, séparée de tous ses vrais amis, entourée seulement des sujets de son adversaire, Marie Stuart voit peu à peu faiblir sa résistance.

Enfin, et c'est là-dessus que comptait Cecil, elle commet la faute qu'Élisabeth attendait avec tant d'impatience ; dans un moment de lassitude, Marie Stuart déclare accepter l'instruction. Ce fut là la plus grande erreur de sa vie. Mais le courage de Marie Stuart ne se manifeste jamais que par accès, elle n'a pas cette persévérance tenace si nécessaire à une princesse. Sentant qu'elle a perdu pied, elle cherche vainement ensuite à poser des conditions et, lorsqu'on l'a amusée de belles promesses, elle essaie de s'accrocher à la main qui la pousse à l'abîme. « Il n'est rien », écrit-elle le 28 juin, « que je n'entreprenne sur votre parole, car je n'ai jamais douté de votre honneur et de votre royal devouement ».

Mais ni les paroles ni les prières ne peuvent rien pour celui qui s'est rendu sans conditions. La victoire veut son dû, qui toujours se transforme en injustice pour le vaincu. *Vae victis* !

Le filet se resserre

Juillet 1568-janvier 1569

A peine Marie Stuart, pressée par ses adversaires, a-t-elle consenti étourdiment à l'institution d'un « tribunal impartial » que déjà le gouvernement anglais met en branle tous les moyens en son pouvoir pour recourir à une procédure partiale. Tandis que les lords peuvent comparaître en personne, nantis de toutes leurs preuves, Marie Stuart n'est autorisée qu'à se faire représenter par deux hommes de confiance; elle ne peut élever ses accusations contre ses ennemis que de loin et par procuration, alors qu'eux ont le droit de parler haut et librement et de s'entendre en secret. Du fait de cette perfidie sa position a changé dès le début : ce n'est plus celle d'une plaignante, mais d'une accusée. Les unes après les autres toutes les belles promesses qu'on lui a faites s'évanouissent. La même Élisabeth qui, hier encore, déclarait incompatible avec son honneur la réception de Marie Stuart avant la fin du procès, reçoit sans hésiter le rebelle Murray. Certes on voile encore sournoisement l'intention d'en faire une inculpée — il faut ménager l'étranger : pour le moment il ne s'agit officiellement que de convoquer les lords, afin qu'ils se justifient de leur rébellion. Mais cette justification qu'avec hypocrisie Élisabeth exige d'eux n'est évidemment qu'une invite à leur faire exposer les raisons qui les ont poussés à prendre les armes contre leur reine. C'est là les engager, implicitement, à retracer toute l'affaire du meurtre royal, ce qui fera retourner les faits contre Marie Stuart. Si les accusateurs réussissent à la charger suffisamment, Londres pourra trouver les raisons juridiques qui lui permettront de la maintenir captive et l'inexcusable de son internement se trouvera ainsi excusé aux yeux du monde.

Cependant cette Conférence trompeuse — qu'on ne saurait appeler une instruction judiciaire sans offenser la justice — dégénère inopinément en comédie, mais non dans le sens que l'eussent souhaité Cecil et Élisabeth. A peine les deux parties sont-elles mises en présence pour formuler réciproquement leurs accusations qu'il apparaît que ni l'une ni l'autre ne tient à s'expliquer ni à produire ses documents, et elles ont leurs raisons. Car l'originalité de ce procès c'est qu'ici accusateurs et accusés sont complices du même crime ; tous préféreraient se taire au sujet du meurtre de Darnley où ils ont été « *art and part* ». Si Morton, Maitland et Murray ouvraient la cassette aux lettres prouvant la complicité de Marie Stuart ou tout au moins sa connaissance de la préparation du crime, ces honorables lords auraient raison. Mais celle-ci aurait également raison si elle les accusait d'avoir, eux aussi, été au courant du crime et de l'avoir pour le moins approuvé par leur silence. Si les lords sortaient ces lettres, Marie Stuart, qui connaît par Bothwell les signataires du bond criminel, et qui peut-être même détient ce document, pourrait démasquer ces tardifs royalistes. Rien de plus naturel, donc, que le peu d'empressement des deux parties à témoigner l'une contre l'autre, rien de plus compréhensible que leur commun intérêt à traiter à l'amiable cette délicate affaire et à laisser tranquillement reposer dans sa tombe le pauvre Henry Darnley. « *Requiescat in pace !* » est leur pieuse prière à tous.

Il arrive donc cette chose étonnante et tout à fait

inattendue pour Élisabeth à la Conférence d'York : Murray ne s'en prend qu'à Bothwell — il sait que cet homme redoutable est à mille lieues de là et qu'il ne nommera pas ses complices ; avec une singulière discrétion il évite toute attaque contre Marie Stuart. Le fait qu'elle fut, un an plus tôt, accusée de complicité devant le Parlement écossais semble complètement oublié. Ces étranges chevaliers n'entrent pas en lice avec la fougue à laquelle Cecil s'attendait et ne jettent point sur la table leurs lettres accusatrices ; autre bizarrerie, et non la dernière de cette ingénieuse comédie, les commissaires anglais eux aussi observent la plus grande discrétion et s'abstiennent de poser trop de questions. En sa qualité de catholique, lord Northumberland se sent peut-être plus près de Marie Stuart que de sa reine ; quant à Norfolk, pour des raisons personnelles qui ne se révéleront que peu à peu, il cherche à établir un paisible compromis ; déjà les bases d'un accord sont jetées : Marie Stuart recouvrera sa liberté et son titre, Murray gardera ce qui seul lui importe, le pouvoir effectif. Là où Élisabeth espérait les éclats de la foudre qui auraient anéanti son adversaire, souffle une brise calme et légère. Au lieu d'examiner les pièces du procès, on s'entretient amicalement à huis clos, l'atmosphère devient de plus en plus chaude et plus cordiale. Et au bout de quelques jours, singulier procès, au lieu de siéger, les commissaires et les juges, aidés des accusateurs et des représentants de l'accusée, sont déjà occupés à préparer, en plein accord, un enterrement de première classe à la Conférence dont Élisabeth aurait voulu faire une affaire d'une importance capitale.

Le secrétaire d'État écossais Maitland de Lethington est un intermédiaire tout indiqué pour négocier entre les deux parties. Car dans cette ténébreuse affaire du meurtre de Darnley il a joué le rôle le plus confus et aussi le plus équivoque, bien entendu, en sa qualité de diplomate-né. Lorsque les lords vinrent trouver Marie Stuart à Craigmillar et lui proposèrent de se débarrasser de Darnley par le divorce ou tout autre moyen, Maitland était leur porte-parole et il lui avait fait la sinistre promesse que Murray « saurait fermer les yeux ». D'autre part, il avait encouragé son mariage avec Bothwell, il avait été « par hasard » témoin de « l'enlèvement », et ce n'est que vingt-quatre heures avant la fin de cette affaire qu'il avait déserté au camp des lords. En cas d'un échange de balles sérieux entre la reine et ses ennemis, il a donc devant lui la triste perspective de se trouver au milieu du champ de tir ; aussi recourt-il en hâte à tous les moyens permis ou non pour aboutir à un compromis.

Il commence par intimider Marie Stuart en lui déclarant que les lords étaient décidés, si elle s'obstinait, à recourir sans ménagement à tout ce qui pouvait servir leur défense, cela fût-il infamant pour elle. Et afin de lui montrer de quelles armes redoutables ils disposent, il fait copier secrètement par sa femme, Mary Fleming, la principale pièce à charge du procès, les lettres d'amour et les sonnets de la cassette et remet ces copies à Marie Stuart.

Évidemment, c'est là de la part de Maitland une perfidie à l'égard de ses compagnons et une grossière violation de toute procédure normale que d'avoir donné connaissance à Marie Stuart de ces charges qu'elle ignorait encore. Mais l'acte est vite compensé par une même incorrection des lords, qui glissent pour ainsi dire sous la table des délibérations lesdites lettres à Norfolk et aux autres commissaires anglais. Rude coup pour la cause de Marie Stuart, car les juges, qui l'instant d'avant étaient encore prêts à négocier, se trouvent maintenant prévenus contre elle. Norfolk surtout est suffoqué par les miasmes qui sortent de cette boîte de Pandore. Il fait aussitôt savoir à Londres — ce qui n'est pas légal non plus, mais dans cet étrange procès tout compte, sauf le droit — que « l'amour immonde et sans frein de la reine et de Bothwell, son horreur de l'époux assassiné et la conjuration contre sa vie étaient si manifestes que tout homme honnête et bien pensant ne pouvait qu'en frémir d'effroi ».

Mauvais message pour Marie Stutart, mais accueilli avec joie par Élisabeth. Maintenant qu'elle sait combien les pièces à charge que détient l'accusation sont terribles, elle n'aura plus de cesse qu'on ne les ait fait connaître. Et plus Marie désirera un compromis, plus Élisabeth se prononcera pour une explication publique. Du fait de la sincère indignation et de l'hostilité de Norfolk depuis qu'il connaît le contenu de la fameuse cassette, Marie Stuart semble avoir perdu la partie.

Mais en politique comme au jeu il ne faut jamais s'avouer vaincu aussi longtemps qu'on a une carte en main. C'est à ce moment même que se produit chez Maitland un revirement ahurissant. Il va voir Norfolk, il a avec lui un long entretien confidentiel. Et voilà que, chose étonnante, à peine croyable au premier abord, un miracle soudain s'est produit, Norfolk a trouvé son chemin de Damas. De juge indigné et tout à fait mal disposé à l'égard de Marie Stuart, il est devenu son auxiliaire le plus zélé, son partisan le plus ardent. Abandonnant les vues de sa propre reine, qui veut des débats publics, il prend tout à coup en main les intérêts de la reine d'Écosse, il va jusqu'à l'engager à ne renoncer à aucun prix ni à la couronne d'Écosse, ni même au trône d'Angleterre, il raffermit son courage, il lui fait redresser la nuque. En même temps il supplie Murray de ne pas produire les lettres, et voilà que lui aussi fait volte-face après avoir eu avec Norfolk une conversation secrète ; il devient amène et conciliant, il partage entièrement l'opinion de Norfolk que Bothwell seul doit être rendu responsable ; il semble que pendant la nuit un doux vent de dégel ait passé sur les toits, que la glace soit fondue ; encore quelques jours, et le printemps de l'amitié luira sur cette singulière maison.

On se demande ce qui a pu pousser Norfolk à ce

revirement aussi complet que subit ; à devenir, de juge au service d'Élisabeth traître à sa cause, d'adversaire de Marie Stuart son ami le plus empressé. La première hypothèse qui se présente est que Maitland a soudoyé Norfolk. A la réflexion cela paraît impossible. Norfolk est le gentilhomme le plus riche d'Angleterre et sa famille le cède de peu aux Tudor ; un Maitland et toute la pauvre Écosse ne sauraient réunir une somme suffisante pour l'influencer. Cependant, la première impression, comme bien souvent, était la bonne : Maitland a effectivement réussi à corrompre Norfolk. Il a proposé au jeune veuf la seule chose qui pût tenter un homme aussi puissant : plus de puissance encore. Il a offert au duc la main de la reine et par là le droit de succession à la couronne d'Angleterre. Et toujours la couronne exerce une fascination qui donne du courage même aux lâches, qui rend ambitieux les plus indifférents et fous les plus réfléchis. On comprend maintenant pourquoi Norfolk, qui quelques jours plus tôt conseillait instamment à Marie Stuart de renoncer à ses droits royaux, l'engage aujourd'hui à les défendre. Un mariage avec elle c'est pour lui la possibilité de prendre d'un seul coup la place des Tudor, de ces mêmes Tudor qui firent exécuter comme traîtres son père et son grand-père. Et l'on ne saurait blâmer un homme de trahir une famille royale qui a détruit la sienne avec la hache du bourreau.

Certes, nous hésitons aujourd'hui à concevoir de prime abord cette monstruosité : un homme qui voyait avec épouvante en Marie Stuart une meurtrière, une femme adultère, qui s'indignait de ses amours « immondes », se décide soudain à élever cette femme au rang d'épouse. Évidemment, les défenseurs de la reine d'Écosse ont émis l'hypothèse que Maitland avait dû persuader Norfolk de son innocence en lui disant que les lettres de la cassette étaient fausses. Pourtant les documents qui nous ont été laissés sont muets sur ce point. En réalité,

Norfolk, bien des semaines après, parlait encore à Élisabeth de Marie Stuart comme d'une criminelle. Mais rien ne serait plus erroné que de confondre la morale — qui reste une chose relative — il y a quatre siècles avec celle d'aujourd'hui. La valeur d'une vie humaine n'est nullement absolue dans tous les temps et les pays, chaque époque en juge à sa façon et la nôtre par exemple est bien plus indulgente à l'égard du meurtrier politique que le XIXe siècle. Le XVIe siècle, lui, ne se faisait pas remarquer par un excès de scrupules ; ceux-ci étaient étrangers à un temps qui tirait sa morale non de l'Écriture, mais de Machiavel : celui qui, à ce moment-là, voulait monter sur un trône n'avait pas coutume de s'embarrasser de considérations sentimentales et d'examiner si les marches n'étaient pas gluantes de sang. La scène de *Richard III* où Anne Neville accorde sa main à l'homme qu'elle sait être un assassin est l'œuvre, après tout, d'un contemporain du quatrième duc de Norfolk et elle n'a nullement paru invraisemblable aux spectateurs. Pour être roi on assassinait, on empoisonnait son père, son frère, on jetait des milliers d'innocents dans une guerre, on tuait, on supprimait, sans s'inquiéter du droit ; à cette époque il eût été difficile de trouver une maison régnante qui n'eût pas à son actif de pareils crimes. Pour une couronne, des garçons de quatorze ans épousaient des matrones de cinquante et des fillettes impubères de cacochymes vieillards, on n'attachait guère d'importance à la beauté, à la dignité, à la vertu, à la morale ; on se mariait avec des faibles d'esprit, des estropiés et des paralytiques, des syphilitiques, des infirmes et des criminels ; pourquoi, alors, attendre plus de scrupules d'un homme vain et intrigant comme Norfolk, si cette belle, jeune et ardente princesse se déclare prête à faire de lui son mari ? Ébloui par son ambition, Norfolk ne s'appesantit pas sur ce que Marie Stuart a fait, il ne considère que ce qu'elle peut faire pour lui ; cet homme faible et peu intelligent se voit déjà à Westminster à la place d'Élisabeth. La situation s'est retournée tout à coup. La main habile de Maitland a relâché les mailles du filet tissé pour Marie Stuart; et là où elle devait s'attendre à trouver un juge sévère, c'est un allié et un prétendant qui lui tend les bras.

Mais la reine d'Angleterre a de bons espions et un esprit extrêmement lucide et méfiant. « Les princes ont des oreilles grandes qui oyent loin et près », dit-elle un jour d'un air triomphant à l'ambassadeur français. Mille indices lui font deviner qu'on élabore à York des combinaisons qui ne sauraient la servir. Elle commence par faire appeler Norfolk et lui déclare ironiquement et sans détour qu'elle a ouï dire qu'il voulait se remarier. Norfolk ne se distingue pas par sa force de caractère. Le coq n'a pas chanté trois fois que le duc renie pitoyablement Marie Stuart. Tout cela, dit-il, n'est que mensonge et calomnie, jamais il n'épousera une femme aussi vile, une adultère et une homicide, et dans un superbe élan d'hypocrisie il déclare : « J'aime dormir sur un oreiller sûr. »

Élisabeth sait ce qu'elle avance et plus tard elle pourra dire fièrement : « Ils m'ont crue si sotte que je n'en sentirais rien. » Quand cette femme autoritaire le veut ses courtisans sournois ne peuvent rien lui cacher. Aussitôt, elle prend des mesures énergiques. Le 25 novembre, sur son ordre, les débats de la Conférence sont transférés d'York à Westminster, à la *Camera depicta.* Là, près de sa porte et sous ses yeux soupçonneux, Maitland n'a plus aussi beau jeu que dans le Yorkshire, à deux cents milles de distance, loin des gardes et des espions. En outre, depuis qu'elle sait qu'elle ne peut plus se fier à ses commissaires, Élisabeth leur en a adjoint quelques-uns sur lesquels elle peut absolument compter, tel son favori Leicester. Et maintenant que sa main ferme en a pris la direction, l'instruction marche rondement, suivant le cours qui lui est imposé. Son vieux « pensionnaire » Murray est sommé « de se défendre », on entend par là qu'il ne doit pas reculer devant l'« *extremity of odious accusations* ». Il faut qu'il sorte de la cassette les lettres qui contiennent la preuve de l'adultère de Marie Stuart avec Bothwell. La promesse solennelle donnée à la reine d'Écosse que rien ne serait avancé qui fût « contraire à son honneur » a complètement sombré dans l'oubli. Mais les lords ne se sentent pas encore très à l'aise. Ils hésitent toujours à faire état des lettres et se bornent à formuler de vagues soupçons. Et comme Élisabeth ne peut pas leur ordonner ouvertement de les montrer, parce qu'alors sa partialité serait trop visible, elle a recours à l'astuce. Elle fait mine d'être convaincue de l'innocence de Marie Stuart et déclare impatiemment ne connaître qu'un seul moyen de sauver l'honneur de sa chère sœur : la production de tous les documents sur lesquels s'appuient les « calomnies ». Elle veut que l'on dépose les lettres et les sonnets sur la table des débats. Il faut que Marie Stuart soit compromise définitivement !

Sous l'effet de cette pression les lords finissent par céder. Un instant, on joue encore, à la dernière minute, la comédie de la résistance : ce n'est pas Murray lui-même qui soumet les lettres, il se contente de les montrer et se les fait ensuite « arracher » des mains par un secrétaire. Mais quel triomphe, à présent, pour Élisabeth ! Elles sont là, elles vont être lues une première fois et relues le lendemain devant une commission élargie. Certes, les lords ont depuis longtemps juré de leur authenticité mais cela n'est pas encore suffisant. Comme si elle avait prévu des siècles à l'avance les objections des défenseurs de l'honneur de Marie Stuart qui déclareront que ces lettres sont des faux, elle ordonne d'en comparer minutieusement, devant la commission, l'écriture avec celles qu'elle a reçues elle-même de la reine d'Écosse. Pendant cet examen les partisans de Marie Stuart — et c'est là encore un argument de poids en faveur de l'authenticité des lettres — quittent les débats et déclarent, avec raison d'ailleurs, qu'Élisabeth n'a pas tenu sa parole que rien ne serait allégué qui fût contre l'honneur de leur reine.

Mais comment invoquer le droit dans cette procédure où la principale accusée n'est pas autorisée à comparaître alors que ses ennemis, comme Lennox, peuvent formuler librement leurs accusations ? A peine les représentants de Marie Stuart se sont-ils éloignés que les autres commissaires décident unanimement qu'Élisabeth ne pourra pas recevoir Marie Stuart avant qu'elle se soit justifiée. Elle est arrivée à ses fins. On lui a fabriqué le prétexte dont elle avait tant besoin pour repousser la fugitive ; il ne sera pas difficile, maintenant, de trouver une excuse pour continuer à la tenir « *in honourable custody* » — joli euphémisme pour captivité. Et l'un des fidèles de la reine d'Angleterre, l'archevêque Parker, pourra s'écrier triomphalement : « Maintenant notre bonne reine tient le loup par les oreilles. »

Cette décision a porté à la réputation de Marie Stuart le coup fatal. A présent on va pouvoir la juger, la reconnaître coupable de meurtre, la livrer à l'Écosse, où John Knox ne l'épargnera pas. Mais à ce moment-là Élisabeth lève la main, et l'on n'entend pas le déclic du jugement. Jamais, quand il lui faut prendre une décision ultime, dans le bien comme dans le mal, cette femme énigmatique n'en trouve vraiment le courage. Est-ce un de ces mouvements d'humanité qu'elle a parfois ou la honte de n'avoir pas tenu sa promesse de défendre l'honneur de Marie Stuart ? Y a-t-il un calcul diplomatique ou est-ce dû aux sentiments contradictoires qui la plupart du temps animent cette nature insondable ? Il est bien difficile de se prononcer. Toujours est-il qu'Élisabeth recule devant l'occasion qui lui est offerte d'achever sa victime. Au lieu de faire prononcer rapidement un jugement sévère, elle ajourne la décision finale et veut négocier avec Marie

Stuart. Au fond, Élisabeth ne souhaite que la paix avec cette femme orgueilleuse, arrogante et indomptable : mais elle voudrait quand même l'abaisser et la réduire. Marie Stuart est donc invitée à présenter ses objections concernant les documents ; on lui fait savoir que si elle s'incline l'affaire sera close et elle pourra résider librement en Angleterre avec une pension. D'autre part on la menace — le morceau de sucre et la cravache — d'une condamnation publique. Knollys, l'homme de confiance de la cour d'Angleterre, rapporte à ce sujet qu'il l'a terrorisée autant qu'il était en son pouvoir. Élisabeth use de nouveau de ses deux moyens favoris : la séduction et l'intimidation.

Mais Marie Stuart ne se laisse plus ni effrayer ni séduire. Il faut toujours que le danger la brûle pour qu'elle se ressaisisse ; en même temps que son courage, elle retrouve alors sa ligne de conduite. Elle refuse d'examiner les documents. Elle voit, trop tard, le piège dans lequel elle est tombée et se replie sur son ancienne position, à savoir qu'elle ne veut pas que l'on considère ses sujets comme ses égaux. Elle a donné sa parole royale que les accusations et les documents étaient faux : cela doit valoir davantage que toutes les affirmations et les preuves de ses ennemis. Elle refuse net d'acheter, par une abdication, son acquittement à un tribunal qu'elle ne reconnaît pas. Et elle jette énergiquement aux négociateurs ces mots qu'elle a justifiés par sa vie et par sa mort : « Ne parlons plus d'une renonciation possible à ma couronne. Je suis prête à mourir plutôt que d'y consentir, et mes dernières paroles seront celles d'une reine d'Écosse. »

L'intimidation n'a pas réussi. Marie Stuart a opposé son courage absolu au demi-courage d'Élisabeth. De nouveau, celle-ci se met à hésiter et, malgré l'arrogance de Marie Stuart, elle n'ose pas la condamner ouvertement. Comme toujours, elle recule devant les ultimes conséquences de ses agissements ainsi qu'on ne cessera de le constater. Le verdict n'est pas aussi écrasant qu'on l'eût voulu, mais il est perfide comme tout le procès. Le 10 janvier 1569 la Conférence de Westminster proclame solennellement que rien de contraire au devoir et à l'honneur n'a été présenté contre Murray et ses partisans. La rébellion des lords est ainsi nettement approuvée. La décision concernant Marie Stuart est plus ambiguë : les lords, de leur côté, n'ont pu prouver « suffisamment » leurs accusations pour donner à la reine d'Angleterre une mauvaise opinion de sa sœur. Au premier abord, on pourrait prendre cela pour une réhabilitation, une déclaration que les preuves de la culpabilité de Marie Stuart n'ont pas été fournies. Mais le mot « suffisamment » est une flèche empoisonnée. Il reste sous-entendu par là que bien des choses suspectes ont été avancées, mais qu'elles ne chargent pas assez l'accusée pour convaincre une reine aussi bonne qu'Élisabeth. Cecil n'en demande pas davantage : la suspicion, maintenant, continue à planer sur Marie Stuart et c'est une raison pour la maintenir en captivité. Pour le moment, Élisabeth a vaincu.

Mais c'est une victoire trompeuse. Aussi longtemps qu'elle tiendra Marie Stuart captive, deux reines vivront en Angleterre et aussi longtemps qu'il en sera ainsi le pays ne retrouvera pas le calme. L'injustice engendre fatalement l'inquiétude, et toujours ce qui est trop finement imaginé est mal fait. Le jour où Élisabeth ravit la liberté de la reine d'Écosse, elle se prive de la sienne. En la traitant comme une ennemie, elle lui donne le droit d'agir en ennemie, son parjure permet à Marie Stuart de lui manquer de parole, les mensonges de l'une autorisent ceux de l'autre. Pendant des années, Élisabeth paiera l'erreur de n'avoir pas cédé à son premier mouvement, à son instinct naturel. Elle reconnaîtra trop tard que la générosité, dans ce cas, eût été aussi la sagesse. Si, après un accueil de pure politesse, elle avait laissé partir l'importune où elle voulait, la vie de Marie Stuart se fût écoulée sans éclat et sans gloire. Renvoyée avec dédain, à qui eût-elle pu s'adresser encore ? Aucun juge, aucun écrivain ne se serait plus jamais occupé d'elle ; humiliée par la générosité d'Élisabeth, mise au ban de l'opinion, elle aurait erré, sans but, de cour en cour, Murray lui eût fermé les portes de l'Écosse, ni la France ni l'Espagne n'eussent reçu avec un respect particulier cette indésirable. Peut-être, conformément à sa nature, se serait-elle empêtrée dans de nouvelles amours, peut-être eût-elle rejoint Bothwell au Danemark ? En tout cas, ou son nom aurait sombré dans l'oubli, ou, en mettant les choses au mieux, elle eût acquis le renom peu édifiant d'une reine qui a épousé l'assassin de son époux. Seule l'injustice d'Élisabeth l'a sauvée de cette sombre et basse destinée. En voulant abaisser son ennemie, elle l'a grandie. Rien n'a plus contribué à mettre Marie Stuart sur le plan de la légende que l'injustice subie, rien n'a autant diminué moralement Élisabeth que d'avoir négligé de se montrer grande dans un grand moment.

Les années dans l'ombre

1569-1584

Rien n'est moins aisé à décrire que le vide, rien n'est plus difficile à rendre que la monotonie. La captivité de Marie Stuart est un vide, une nuit noire sans étoiles. L'arrêt de Westminster a brisé définitivement le rythme ardent de sa vie. Les années se suivent et passent comme les vagues de la mer, tantôt agitées, tantôt calmes et paisibles, mais jamais plus les profondeurs de son âme ne sont remuées ; il n'est plus de grand bonheur pour la prisonnière ni de grande souffrance. Sa vie autrefois si passionnée se poursuit dans un calme de crépuscule, sans aucun événement qui en rompt la monotonie. A pas lents arrivent et s'en vont la vingt-huitième, la vingt-neuvième, la trentième année ; puis commence une nouvelle décade, aussi vide et tiède ; dix ans s'écoulent, dix ans d'agonie morale d'une durée écrasante. A ce tournant de son existence, Marie Stuart a perdu toute jeunesse : ce n'est plus qu'une femme épuisée et malade. Et voici, s'avançant à pas feutrés, la quarante et unième, la quarante-deuxième et la quarante-troisième année ; enfin la mort, à défaut des hommes, a pitié de cette âme fatiguée et la délivre. Certes il se produit quand même quelques changements au cours de ces ans, mais ils ont trait à des choses secondaires et sans intérêt. Tantôt Marie Stuart est en bonne santé, tantôt elle est malade ; un jour elle a toutes les affirmations et les preuves de ses ennemis, quelques espoirs, le lendemain lui arrivent cent désillusions; tantôt on la traite plus durement, tantôt plus poliment, tantôt elle écrit à Élisabeth des lettres pleines de fureur, tantôt des lettres affectueuses; mais au fond tout autour d'elle reste d'une uniformité exaspérante. C'est toujours ce même chapelet usé d'heures vides et incolores qui lui glisse entre les doigts. La prison change. C'est tantôt dans le château de Bolton, tantôt dans ceux de Chatsworth, Sheffield, Tutbury, Wingfield et Fotheringhay qu'on tient la reine prisonnière, mais, sauf les noms, les pierres et les murs, toutes ces demeures sont les mêmes car toutes la privent de liberté. Avec une opiniâtreté malicieuse défilent autour d'elle en des cortèges sans fin le soleil, la lune et les étoiles; c'est sans cesse un nouveau jour qui commence, une nouvelle année; des empires disparaissent et sont remplacés par d'autres; des rois naissent et meurent, des femmes mûrissent, mettent des enfants au monde et se fanent; par-delà les rivages et les montagnes, le monde se transforme incessamment. Seule la vie de Marie Stuart s'écoule toujours dans l'ombre d'une prison; détachée de sa racine, arrachée à son milieu elle est vouée à la stérilité. Lentement, rongée par le poison d'un désir impuissant, sa jeunesse se flétrit et passe, sa vie s'éteint peu à peu.

Ce qu'il y a de plus cruel dans cette captivité sans fin — chose paradoxale — c'est qu'elle n'a jamais été cruelle. Car à la violence un esprit fier peut résister, l'indignation peut répondre à l'humiliation. Une âme se trempe dans la résistance; ce n'est que devant le vide qu'elle est sans force et succombe : la cellule aux murs capitonnés contre lesquels on ne peut frapper du poing est plus difficile à supporter que le plus dur cachot. Il n'est pas de fouet ni d'injure qui fasse autant souffrir une âme élevée que la violation de la liberté derrière des courbettes et des marques de respect ; il n'est pas de raillerie qui soit plus blessante que celle qui revêt les formes de la politesse. C'est justement cette politesse extérieure ne s'adressant pas à l'être qui souffre, mais à son rang, qu'on observe opiniâtrement à l'égard de Marie Stuart qui lui est pénible. C'est cette surveillance respectueuse, cet espionnage masqué des gardiens qui, le chapeau à la main et les regards servilement baissés, s'attachent à ses talons. Durant sa longue captivité, pas une seule minute on n'oublie que Marie Stuart est reine, on lui accorde toutes sortes de petites commodités sans valeur, toutes sortes de libertés, sauf une, la plus sacrée, la plus importante : la liberté tout court. Élisabeth, qui veut passer pour une reine bienveillante, a la sagesse de ne pas traiter son adversaire à la façon de quelqu'un qui se venge. Elle a soin de sa chère sœur ! Si Marie Stuart tombe malade, de Londres arrivent immédiatement des demandes de renseignements anxieuses ; Élisabeth offre son médecin, elle exprime le désir que les repas soient préparés par les propres domestiques de Marie Stuart. Il ne faut pas qu'on puisse lancer cette insinuation ignoble qu'elle cherche à écarter par le poison sa gênante rivale, il ne faut pas non plus qu'on l'accuse de tenir une reine prisonnière ; elle a seulement prié sa sœur d'Écosse, avec une insistance irrésistible, de venir habiter d'une façon permanente de jolies demeures anglaises ! Certes, il serait plus commode et plus sûr pour Élisabeth d'enfermer cette indomptable dans la Tour, au lieu de la laisser tenir sa cour d'une façon si coûteuse dans des châteaux. Mais comme elle a plus d'expérience que ses ministres, qui insistent pour qu'on adopte cette brutale mesure de sécurité, elle évite tout ce qui pourrait être interprété comme inspiré par un sentiment de haine et maintient énergiquement son point de vue. Marie Stuart doit être traitée comme une reine, surveillée respectueusement, porter des chaînes dorées. Le cœur gros, cette fanatique de l'économie fait même violence à son avarice ; tout en se plaignant et la maudissant elle accepte que sa sœur lui coûte cinquante-deux livres par semaine pendant les vingt années qu'elle lui impose son hospitalité. Marie Stuart reçoit en outre de la France une magnifique pension de mille deux cents livres par an ; elle n'a donc pas besoin de se priver. Elle peut mener dans ces châteaux où elle est enfermée le train de vie qui convient à une princesse. On ne s'oppose pas à ce qu'elle installe dans sa salle de réception un dais royal ; ainsi chaque visiteur peut-il se rendre compte qu'il est chez une reine, bien que prisonnière. Marie Stuart ne mange que dans de la vaisselle d'argent ; de coûteuses chandelles de cire posées dans des candélabres d'argent éclairent ses appartements ; des tapis d'Orient, luxe extraordinaire à l'époque, couvrent le parquet ; le mobilier est si important qu'il faut chaque fois des dizaines de voitures à quatre chevaux pour le transporter d'un château à l'autre. Marie Stuart a autour d'elle une troupe de dames d'honneur, de suivantes et de femmes de chambre. Dans les meilleures périodes, elle n'a pas moins de cinquante personnes à son service, toute une cour en miniature, — major-dome, prêtre, médecin, secrétaires, trésoriers, officier de la garde-robe, modistes, tapissiers, cuisiniers, — que la parcimonieuse Élisabeth s'efforce désespérément de réduire et que Marie Stuart défend avec une énergie farouche.

Déjà le choix de l'homme à la garde constante duquel elle est confiée montre qu'on n'a pas prévu pour elle de cachot d'une cruauté romantique. George Talbot, earl of Shrewsbury, est un véritable gentleman ; jusqu'au mois de juin 1569, date à laquelle Élisabeth l'appelle à ce poste, on pouvait dire de lui qu'il était un homme heureux. Propriétaire de grands domaines dans les provinces du Nord et du Centre, ayant neuf châteaux à lui, tel un petit souverain, il vit paisiblement sur ses terres, dans l'ombre de l'histoire, en dehors de toute fonction officielle. Aucune ambition politique n'a jamais troublé cet homme riche, dont la vie s'est déroulée d'une façon calme et agréable. Déjà sa barbe grisonne légèrement, déjà il pense au repos lorsque Élisabeth le charge soudain de cette tâche peu amusante qui consiste à surveiller une reine ambitieuse et de plus aigrie par l'injustice. Son prédécesseur Knollys a eu un soupir de soulagement lorsque Shrewsbury a été nommé pour le remplacer à cette fonction dangereuse : « Aussi vrai que Dieu est au ciel, je préférerais subir n'importe quelle punition que de continuer ce métier. » Car c'est vraiment une tâche ingrate que cette garde dont les droits et les limites sont au plus haut point imprécis et dont le caractère ambigu exige un tact inouï. D'une part Marie Stuart est reine et de l'autre elle ne l'est pas ; en principe elle est hôte et en fait prisonnière. En tant que gentleman Shrewsbury doit avoir pour elle tous les égards d'un maître de maison pour son hôte ; en tant qu'homme de confiance d'Élisabeth il doit restreindre prudemment sa liberté. Il est audessus d'elle et cependant il ne doit lui parler qu'en mettant un genou à terre ; il faut qu'il soit sévère, mais sous le masque de l'obséquiosité. Cette situation déjà bien confuse est rendue plus compliquée encore du fait de sa femme, qui, après avoir enterré trois maris, est en train de pousser le quatrième au désespoir par ses incessantes intrigues tantôt pour, tantôt contre Élisabeth, tantôt pour, tantôt contre Marie Stuart. Le brave homme n'a vraiment pas une vie facile entre ces trois femmes agitées, sujet de l'une, lié à l'autre par le mariage et enchaîné à la troisième par des liens invisibles. En fait, durant les quinze années qu'il surveille Marie Stuart le pauvre Shrewsbury n'est pas son gardien, mais son codétenu, et une fois de plus se vérifie pour lui la malédiction secrète qui veut que cette femme porte malheur à tous ceux qui se trouvent sur sa route tragique.

Comment Marie Stuart passe-t-elle ces années vides, sans but ? En apparence d'une façon calme et commode. Vue du dehors, sa manière de vivre ne se distingue en rien de celle d'autres femmes de la noblesse dont toute la vie s'écoule dans leur manoir. Quand elle est en bonne santé elle se livre à son occupation favorite, la chasse, accompagnée, certes, de son inévitable et « honorable garde » ; ou bien elle s'efforce, au moyen du jeu de paume et d'autres sports, de maintenir en forme son corps qui commence à se fatiguer. Elle ne manque pas de société ; souvent des châteaux voisins des visiteurs viennent faire leur cour à l'intéressante prisonnière, car — il ne faut jamais perdre de vue ce fait — cette femme, malgré son impuissance actuelle, est cependant bel et bien la plus proche héritière du trône d'Angleterre, et, s'il arrive quelque accident à Élisabeth, demain elle peut la remplacer. C'est pourquoi les sages et les prévoyants, et son propre gardien Shrewsbury, le premier, font tout leur possible pour rester en bons termes avec elle. Même les favoris, les amis les plus intimes d'Élisabeth, Hatton et Leicester, désireux d'entrer dans les bonnes grâces de Marie Stuart, envoient à l'insu de leur bienfaitrice des lettres de salutations à son ennemie et rivale acharnée ; qui sait si demain il ne faudra pas plier le genou devant elle et lui mendier des sinécures ? C'est ainsi que Marie Stuart est informée, dans les moindres détails, de tout ce qui se passe à la cour et dans le monde. Lady Shrewsbury lui rapporte même sur Élisabeth certaines choses de caractère intime qu'elle ferait mieux de garder pour elle, et par de nombreuses voies détournées lui parviennent constamment des nouvelles et des encouragements. Ce n'est donc pas dans un isolement complet, dans un étroit et sombre cachot qu'il faut se représenter l'exil de Marie Stuart : il y a beaucoup de divertissements à cette petite cour, et pendant les soirées d'hiver on fait de la musique. Certes, il n'y a plus de jeunes poètes pour composer de tendres madrigaux, comme au temps de Chastelard, et l'époque des galants bals masqués d'Holyrood est définitivement passée. Il n'y a plus de place dans ce cœur impatient pour l'amour et la passion. Le temps des aventures a fui doucement avec la jeunesse. Des amis enthousiastes d'autrefois seul est resté le petit page William Douglas, le sauveteur de Lochleven, et, de tous les hommes de sa cour — hélas ! il n'y a plus de Riccio ni de Bothwell — celui qu'elle occupe le plus c'est le médecin. Car Marie Stuart est souvent malade. Elle souffre de rhumatismes et d'une étrange douleur au côté. Souvent ses jambes sont tellement enflées qu'elle peut à peine les remuer. Il lui faut chercher un soulagement dans les sources d'eaux chaudes, et par suite de l'absence de mouvements son corps autrefois si souple, si svelte, s'amollit et s'épaissit peu à peu. Ce n'est qu'à de très rares intervalles qu'elle tend sa volonté pour reprendre ses anciens exercices vigoureux. Finies pour toujours les galopades de douze heures à travers la campagne écossaise, finis les joyeux déplacements de château en château. Plus sa captivité se prolonge et plus la prisonnière cherche son plaisir dans des occupations domestiques. Pendant des heures, habillée de noir comme une nonne, elle reste assise auprès de son métier à broder et fabrique de sa fine main blanche toujours belle ces magnifiques tissus brodés d'or dont on peut encore admirer aujourd'hui des échantillons ; ou bien elle se plonge dans ses chers livres. On ne lui connaît aucune aventure durant ces quinze ans ; depuis qu'elle ne peut plus déverser sa tendresse sur un Bothwell, sur un homme aimé, son affection, une affection plus calme, moins exubérante, va à ces êtres qui ne déçoivent jamais, les animaux. Marie Stuart se fait envoyer de France les plus doux et les plus intelligents de tous les chiens, des épagneuls. Elle a des oiseaux chanteurs et un pigeonnier. Elle soigne elle-même les fleurs de son jardin et s'occupe des femmes de ses serviteurs. Les passions audacieuses d'autrefois ont fait place à d'autres, plus humaines, plus féminines. Celui qui ne l'observe que superficiellement, qui ne vient chez elle qu'en invité et ne cherche pas à regarder dans les profondeurs de son âme, pourrait penser que cette ambition sans bornes qui jadis a ébranlé le monde est complètement éteinte en elle. De plus en plus souvent cette femme vieillissante se rend à la messe enveloppée dans un long voile de veuve et bien des fois on la voit agenouillée sur un prie-dieu dans sa chapelle; parfois, très rarement, elle écrit encore des vers dans son livre de prières ou sur une feuille de papier blanc. Ce ne sont plus des sonnets ardents, mais des vers de pieuse soumission ou de résignation mélancolique, comme les suivants :

Que suis-je, hélas, et quoy sert ma vie?
Je ne suis fors qu'un corps privé de cueur,
Un ombre vayn, un objet de malheur,
Qui n'a plus rien que de mourir envie...

De plus en plus il semblerait que cette femme tant éprouvée a vaincu en elle tout désir de puissance terrestre et que, docile et sereine, elle n'attend plus que la mort, qui doit lui apporter la paix définitive.

Mais qu'on ne s'y trompe pas; tout cela n'est que masque et apparence. En réalité son orgueil ne l'a point quittée; elle n'a qu'une pensée et ne vit que pour elle : reconquérir sa liberté et sa couronne. Pas une seconde Marie Stuart ne pense sérieusement à s'accommoder lâchement de son sort. Tous ces travaux de broderie, ces lectures, ces bavardages et ces rêves paisibles ne font que cacher sa véritable activité quotidienne : la conspiration. Sans cesse, du premier au dernier jour de sa captivité, elle complote. Partout où elle se trouve ses appartements se transforment en une chancellerie secrète. Jour et nuit on y travaille avec fièvre. Toutes portes fermées, Marie Stuart rédige avec ses deux secrétaires des lettres diplomatiques destinées aux ambassadeurs de France, d'Espagne et du pape, à ses partisans d'Écosse et des Pays-Bas, en même temps que, par prudence, elle en envoie d'autres, conciliantes ou rassurantes, humbles ou vives, à Élisabeth, qui n'y répond d'ailleurs plus depuis longtemps. Continuellement des messagers se rendent sous cent déguisements divers à Paris et à Madrid. On convient de signes secrets, on élabore des systèmes d'écriture chiffrée que l'on change tous les mois. Une correspondance suivie est établie avec tous les ennemis d'outremer d'Élisabeth. Toute la maison — Cecil le sait et c'est pourquoi il s'efforce constamment de réduire le nombre des fidèles de Marie Stuart — manœuvre comme un état-major en vue de sa libération. Sans cesse, les cinquante personnes de sa suite reçoivent ou font des visites dans les villages environnants pour y chercher ou y transmettre des nouvelles. Sous couleur d'aumônes la population reçoit des subsides réguliers et grâce à cette organisation raffinée le service d'estafettes diplomatiques peut atteindre Madrid et Rome. Les lettres sont cachées dans du linge, des livres, des cannes creuses ou dans le couvercle de coffrets à bijoux, parfois même dans des miroirs. Constamment on invente de nouvelles ruses pour déjouer la surveillance de Shrewsbury. Tantôt on glisse dans des semelles de souliers des messages écrits à l'encre sympathique, tantôt on fabrique des perruques spéciales où l'on introduit de petits rouleaux de papier. Dans les livres que Marie Stuart se fait envoyer de Paris ou de Londres, on a souligné, d'après un code fixé d'avance, certaines lettres, qui, ajoutées les unes aux autres, forment des phrases entières ; les documents les plus importants, son confesseur les coud dans son étole. Marie Stuart, qui déjà dans sa jeunesse a appris à écrire et à lire des lettres chiffrées, dirige tout le service diplomatique, et ce jeu excitant, en dépit des ordres d'Élisabeth, tend magnifiquement ses forces intellectuelles et remplace pour elle le sport ou tout autre amusement. Avec ardeur et témérité elle se jette à corps perdu dans la conspiration, et aux heures où, de Paris, de Rome, de Madrid, des messages et des promesses lui parviennent, par des voies toujours nouvelles, dans ses appartements verrouillés, elle peut se croire une véritable force, un point sur lequel est fixée l'attention de l'Europe entière. La pensée qu'Élisabeth sait quel danger elle représente et n'arrive pas cependant à la courber, que, en dépit de tous ses gardiens, elle dirige des campagnes de ses appartements et joue un rôle dans le destin du monde, cette pensée a peut-être été la seule joie qui ait aidé Marie Stuart à résister si magnifiquement au cours de ses longues années de détention.

Cette énergie inébranlable, cette volonté que rien n'arrête, est quelque chose d'admirable mais aussi de tragique par son inutilité. Quoi qu'invente et qu'entreprenne Marie Stuart, c'est toujours en vain. Toutes les conspirations, les complots qu'elle fomente sans cesse sont voués d'avance à l'échec. La partie est par trop inégale. En face d'une organisation solide l'homme isolé est toujours le plus faible. Marie Stuart n'a personne avec elle en vérité ; autour d'Élisabeth, au contraire, il y a tout un État, avec des ministres, des conseillers, des chefs de la police, des soldats et des espions, et d'un ministère on peut mieux combattre que d'une prison. Cecil dispose de sommes et de moyens d'action illimités ; il peut prendre librement toutes les mesures qu'il juge à propos et mobiliser des milliers d'espions pour surveiller une femme seule et manquant d'expérience. L'Angleterre compte à cette époque environ trois millions d'habitants ; la police connaît, pour ainsi dire, la vie de chacun d'eux dans ses plus petits détails. Tout étranger qui débarque dans le pays est enquêté et surveillé ; des indicateurs sont envoyés dans les auberges, dans les prisons, sur les navires, des mouchards sont attachés aux talons de toutes les personnes suspectes, et quand ces moyens de basse police s'avèrent insuffisants, on en emploie aussitôt un plus catégorique : la torture. L'un après l'autre les amis dévoués de Marie Stuart sont, au cours des années, traînés dans les cachots les plus sombres de la Tour, où, en leur déchirant les membres, on leur arrache des aveux et le nom de leurs complices ; les tenailles du bourreau écrasent tous les complots. Même quand Marie Stuart réussit à faire passer à l'étranger, par l'intermédiaire des ambassades, ses lettres et ses propositions, que de semaines ne faut-il pas pour qu'elles parviennent à Rome ou à Madrid, que de semaines s'écoulent avant que les chancelleries se décident à lui répondre, que de semaines encore avant qu'une réponse lui arrive ! Et qu'elle est molle l'aide qu'on lui apporte, qu'elle est tiède cette assistance pour le cœur ardent de Marie Stuart qui attend impatiemment de jour en jour que des armées et des flottes viennent la délivrer ! L'être isolé, le prisonnier qu'occupe jour et nuit son propre sort, est volontiers enclin à croire que le monde au-dehors ne pense qu'à lui. En vain Marie Stuart présente-t-elle sa libération comme l'acte le plus nécessaire de la contre-Réforme, comme le plus important et le premier à accomplir pour le salut de l'Église catholique, les autres calculent et lésinent et n'arrivent pas à se mettre d'accord. L'Armada attendue n'est pas prête, le principal allié de Marie Stuart, Philippe II d'Espagne, prie beaucoup, mais agit peu. Il ne songe pas à déclarer une guerre, dont l'issue lui apparaît incertaine, pour venir au secours de la prisonnière ; de temps à autre lui ou le pape envoie un peu d'argent pour acheter quelques aventuriers, en vue d'organiser des soulèvements ou des attentats. Mais quels lamentables complots, mal tramés et vite trahis aux espions vigilants de Walsingham ! Seules quelques exécutions dans la Tour de Londres rappellent de temps à autre au peuple que, quelque part, dans un château, vit une femme prisonnière qui élève opiniâtrement la prétention d'être la reine légitime de l'Angleterre, et pour la défense de laquelle il se trouve toujours des fous et des héros prêts à risquer leur vie.

Il ne pouvait échapper à aucun homme intelligent que ces incessants complots et conspirations devaient finir par causer la perte de Marie Stuart, qu'en défiant ainsi, seule, de sa prison, la plus puissante reine de la terre, l'éternelle audacieuse engageait une lutte perdue d'avance. Déjà en 1572, après l'échec de la conjuration de Ridolfi, son beau-frère Charles IX avait déclaré sur un ton fâché : « La pauvre folle ne s'arrêtera pas avant qu'elle y ait laissé sa tête. Ils finiront vraiment par l'exécuter. Mais je vois que c'est sa propre faute et folie. Je ne vois aucun remède à cela. » Paroles très dures dans la bouche d'un homme dont tout l'héroïsme se bornait à avoir tiré, des fenêtres de son palais, pendant la nuit de la Saint-Barthélemy, sur des fugitifs sans défense. Certes, du point de vue pratique, Marie Stuart a agi follement en ne choisissant pas la voie plus commode, mais plus lâche, de la capitulation et en s'engageant au contraire résolument dans un chemin sans issue. On peut dire que durant toute sa captivité elle tint en main la clé de son cachot. Il lui suffisait de renoncer solennellement à ses prétentions aussi bien à la couronne écossaise qu'à la couronne anglaise pour que l'Angleterre, soulagée, la remît en liberté. Plusieurs fois, Élisabeth — nullement par grandeur d'âme, mais par peur, parce que la présence accusatrice de cette dangereuse prisonnière pèse lourdement sur sa conscience — lui fait des offres alléchantes, sans cesse elle négocie et propose des arrangements à l'amiable. Marie Stuart préfère rester une reine prisonnière qu'être une reine sans couronne, et Knollys l'a très bien jugée lorsque, dès les premiers jours de sa captivité, il disait qu'elle avait assez de courage pour tenir aussi longtemps qu'on lui laisserait une once d'espoir. Sa haute et claire intelligence a compris qu'en tant que reine détrônée une pauvre et lamentable liberté l'attendait dans un misérable coin quelconque et que c'était justement l'humiliation dont elle était l'objet qui lui créait vis-à-vis de l'histoire une grandeur nouvelle. Elle se sentait mille fois moins prisonnière de son cachot que du serment qu'elle s'était fait de ne jamais abdiquer et que ses dernières paroles seraient celles d'une reine d'Écosse.

La limite qui sépare la folie de la témérité est très étroite, car toujours héroïque a été synonyme d'insensé. Sancho Pança est plus sage que don Quichotte dans les choses positives, et Thersite, dans le sens de la froide raison, est plus réfléchi qu'Achille, mais le mot d'Hamlet, qu'il faut se battre même pour un fétu de paille quand l'honneur est en jeu, a été de tout temps la pierre de touche des natures héroïques. Certes, la lutte menée par Marie Stuart était vouée à un échec à peu près certain étant donné l'immense supériorité de son adversaire, et cependant il serait injuste de la qualifier d'absurde parce qu'elle a été inutile. Durant toute sa captivité, et de plus en plus avec le temps, cette femme seule, en apparence impuissante, incarne par sa résistance une force immense, au point que lorsque de temps à autre elle secoue ses chaînes, toute l'Angleterre tremble, et Élisabeth également. C'est apprécier les événements de l'histoire sous un faux angle que de les juger du point de vue commode de la postérité, qui ne voit que les résultats. Il est par trop facile d'appeler fou un vaincu sous prétexte qu'il a engagé une lutte périlleuse. La solution du conflit entre ces deux femmes n'en fut pas moins en suspens pendant près de vingt ans. Plusieurs des complots qui furent fomentés pour remettre Marie Stuart sur le trône auraient pu, avec un peu de bonheur et d'adresse, devenir vraiment dangereux pour Élisabeth; à deux ou trois reprises il s'en fallut de très peu qu'elle ne succombât. Le premier qui attaqua fut Northumberland avec la noblesse catholique. Tout le Nord est soulevé et ce n'est qu'à grand-peine qu'Élisabeth réussit à se rendre maîtresse de la situation. Puis commence, beaucoup plus grave, l'intrigue de Norfolk ; les meilleurs gentilshommes de l'Angleterre, parmi lesquels des proches amis d'Élisabeth, comme Leicester, soutiennent son plan, consistant à épouser la reine d'Écosse, qui afin de l'encourager — que ne ferait-elle pas pour triompher ? — lui écrit déjà des lettres d'amour de la plus grande tendresse. Grâce à l'aide du Florentin Ridolfi, des troupes espagnoles et françaises sont prêtes à débarquer, et si Norfolk — ce qu'il a déjà prouvé par sa lâche dénégation — n'était pas un faible, si le hasard, le vent, le temps, la mer et la trahison ne s'étaient pas mis en travers de l'entreprise, l'affaire eût changé de face ; les rôles eussent été renversés : Marie Stuart eût résidé à Westminster et Élisabeth eût pris sa place à la Tour ou dans son cercueil. Mais le sang de Norfolk, le sort de Northumberland et de tous ceux qui ont mis leur tête sur le billot pour Marie Stuart n'effraient pas un dernier prétendant. Don Juan d'Autriche, bâtard de Charles Quint, frère consanguin de Philippe II, vainqueur de Lépante, modèle du chevalier, premier soldat de la Chrétienté, veut à son tour épouser Marie Stuart. Exclu par sa naissance illégitime de tout droit à la couronne d'Espagne, il cherche d'abord à se créer un royaume en Tunisie, lorsque la main de la reine prisonnière lui fait signe que la couronne d'Écosse est à prendre. Déjà il met sur pied une armée aux Pays-Bas, déjà tous les plans sont arrêtés pour la délivrer, pour la sauver, lorsqu'une perfide maladie — éternelle déveine de Marie Stuart avec tous ceux qui voulurent l'aider — fond sur lui et le conduit prématurément au tombeau.

Le bonheur n'a souri à aucun de ceux qui recherchèrent la main de Marie Stuart ou qui la servirent. Ce fut là, en fin de compte, si nous voulons voir les choses telles qu'elles sont, la vraie raison du succès d'Élisabeth : elle eut la chance pour elle et Marie Stuart la malchance. Comme force et comme personnalité les deux femmes étaient à peu près égales. Mais les astres ne leur étaient pas également favorables. Tout ce que Marie Stuart entreprend de sa prison échoue. Les flottes envoyées contre l'Angleterre sont détruites par la tempête, ses messagers se perdent, ses prétendants meurent, ses amis ne font preuve au moment décisif d'aucune force de caractère, et ceux qui veulent l'aider ne coopèrent en fait qu'à sa ruine.

Le mot de Norfolk sur l'échafaud est d'une vérité poignante : « Rien de ce qui est entrepris par elle ou pour elle ne se termine d'une façon heureuse. » Une lune lugubre ne la quitte point depuis le jour où elle a rencontré Bothwell. Qui l'aime va à sa perte, celui qu'elle aime récolte l'amertume. Qui lui veut du bien ne lui fait que du mal et qui la sert court à sa fin. Tel le rocher magnétique de la légende qui attire à lui tous les navires, son destin attire funestement d'autres destins. Peu à peu la sombre légende de la magie de la mort entoure son nom. Mais plus sa cause apparaît perdue, plus elle met de passion dans la lutte; au lieu de la courber, la longue et morne captivité ne fait que tendre sa résistance. Et volontairement, quoique consciente de la vanité de l'entreprise, elle provoque le dernier combat, le combat décisif.

La guerre au couteau
1584-1585

Les ans coulent. Les jours, les semaines, les mois passent comme des nuages sur cette vie solitaire, en apparence sans la toucher. Mais le temps transforme insensiblement la créature et le monde autour d'elle. Marie Stuart a plus de quarante ans, et elle est toujours prisonnière. Lentement l'âge l'atteint, ses tempes grisonnent, son corps s'épaissit, ses traits deviennent plus calmes, comme ceux d'une matrone, une certaine mélancolie commence à imprégner tout son être, mélancolie qui s'exprime de préférence dans la religion. Bientôt, elle le sent au fond d'elle-même, l'âge de l'amour, de la vie sera irrévocablement passé, ce qui ne s'accomplit pas maintenant ne s'accomplira jamais ; le crépuscule est là, et déjà la nuit s'approche ; encore un court moment et c'en est fait de tout. Depuis longtemps aucun prétendant ne s'est présenté, peut-être ne s'en présentera-t-il plus jamais. Y a-t-il encore vraiment une raison d'attendre, d'attendre sans cesse le secours du monde extérieur par trop hésitant et trop indifférent, le miracle de la délivrance ? De plus en plus, au cours de ces dernières années, on a le sentiment que cette femme tant éprouvée en a assez de la lutte et qu'elle est prête à un accord, à une renonciation. Les heures sont de plus en plus nombreuses où elle se demande s'il n'est pas stupide de s'étioler ainsi inutilement, telle une fleur dans l'ombre, et si elle ne ferait pas mieux d'acheter sa liberté en écartant volontairement la couronne de sa tête grisonnante. Marie Stuart commence à être fatiguée de cette vie vaine et pesante, peu à peu le désir effréné du pouvoir se transforme en une nostalgie douce, mystique, de la mort. C'est sans doute en de tels moments qu'elle écrit, mi-plainte, mi-prière, ces poignants vers latins :

O Domine Deus ! Speravi in Te
O care mi Jesu ! nunc libera me.
In dure catena, in misera poena, desidero Te ;
Languendo, gemendo et genu flectendo
Adoro, imploro, ut liberes me.

Puisque les libérateurs hésitent et atermoient, elle se tourne vers le Sauveur. Plutôt mourir que ce vide perpétuel, cette incertitude, cette attente, ces espoirs et ces illusions toujours déçus ! Que cela se termine donc, bien ou mal, par la victoire ou la défaite ! La lutte approche irrésistiblement de sa fin, parce que, cette fin, Marie Stuart la désire maintenant de toute la force de son être.

Plus se prolonge ce combat terrible, perfide et cruel, ce conflit opiniâtre et grandiose, plus les deux adversaires se dressent violemment l'une contre l'autre. Élisabeth remporte dans sa politique succès sur succès. Elle s'est réconciliée avec la France. L'Espagne n'ose toujours pas lui déclarer la guerre ; tous les mécontents du royaume ont dû s'incliner, les uns après les autres. Il ne reste plus dans le pays qu'un seul ennemi, un ennemi mortellement dangereux, cette femme vaincue et cependant invincible. Ce n'est que quand elle s'en sera débarrassée qu'elle pourra vraiment se dire vainqueur. Mais Marie Stuart, de son côté, n'a plus d'autre ennemie à haïr qu'Élisabeth. Dans une heure de sombre désespoir, elle s'était encore tournée une fois vers sa parente, vers sa sœur, et avait fait un appel déchirant à son humanité :

« Je ne le puis, Madame, plus longuement souffrir, et fault que mourant, je descouvre les auteurs de ma mort... Les plus vilz criminels qui sont en vos prisons maiz sous votre obéissance sont receuz à leur justification, et leur sont toujours déclarez leurs accusateurs et accusation. Pourquoy le même ordre n'auroit-il pas lieu envers moy, royne souveraine, vostre plus proche parente et légitime héritière ? Je pense que cette dernière qualité a esté jusques icy la principalle cause à l'endroict de mes ennemys, et de toutes leurs calomnies, pour, en nous tenant en division, faire glisser entre deux leurs injustes prétentions. Mais, hélas ! ilz ont maintenant peu de raison et moins de besoing de me tourmenter davantasge pour ce regard ; car je vous proteste sur mon honneur que je n'attendz aujourd'hui royaulme que celuy de mon Dieu, lequel je me voy préparée pour la meillieure fin de toutes mes afflictions et adversitez passées. »

Une dernière fois, dans l'ardeur d'une profonde sincérité, elle avait adjuré Élisabeth de lui rendre la liberté :

« Je vous supplie, en l'honneur de la douloureuse passion de Nostre Sauveur et Rédempteur Jésus-Christ, je vous supplie encore un coup me permettre de me retirer hors de ce royaulme en quelque lieu de repos, pour chercher quelque soulagement à mon pauvre corps, tant travaillé de continuelles douleurs, et, avec liberté de ma conscience, préparer mon âme à Dieu qui l'appelle journellement... Vostre prison sans aucun droict et juste fondement a jà destruict mon corps... Il ne me reste que l'âme, laquelle il est en vostre puissance de captiver... Donnez-moy ce contentement avant que mourir, que voyant toutes choses bien remises entre nous, mon âme, délivrée de ce corps, ne soit contraincte d'espandre ses gémissements vers Dieu, pour le tort que vous aurez souffert nous estre faict icy bas. »

Élisabeth était restée sourde à cet appel émouvant, elle n'avait pas desserré les lèvres pour faire entendre une seule parole de bonté. Devant cette attitude Marie Stuart elle aussi serre les lèvres et les poings. Elle ne connaît plus désormais qu'un seul sentiment, la haine. Une haine à la fois froide et tenace, brûlante et ardente, et celle-ci est d'autant plus violente que tous ses autres ennemis ont cessé de vivre, la plupart tués les uns par les autres. Ceux qui l'ont accusée devant la commission d'enquête : Murray, Morton, Maitland ont péri de mort violente. Northumberland, Norfolk, ses juges d'York, ont posé leur tête sur le billot ; ceux qui ont comploté, d'abord contre Darnley, puis contre Bothwell, tous les traîtres de Kirk O'Field, de Carberry et de Langside se sont trahis et supprimés mutuellement. Toute la horde sauvage et criminelle des lords et barons d'Écosse, tous ces hommes orgueilleux et avides de pouvoir se sont assassinés les uns les autres. L'arène est vide. Elle n'a plus personne d'autre sur terre à haïr que cette seule ennemie, Élisabeth. La lutte gigantesque entre nations qui se déroule depuis vingt ans s'est transformée en un combat singulier entre deux femmes. Plus de négociation, c'est une guerre à mort.

Pour cette lutte au couteau, Marie Stuart a cependant encore besoin d'un stimulant. Il faut qu'on lui arrache un dernier espoir. Il faut qu'on la frappe une nouvelle fois au plus profond d'elle-même pour qu'elle puisse rassembler ses forces en vue d'un effort suprême. Ce n'est que quand tout est perdu ou paraît l'être qu'elle retrouve son magnifique courage, son indomptable énergie. Toujours dans un combat sans chance de succès elle est vraiment héroïque.

Ce dernier espoir, qu'il faut encore enlever à Marie Stuart, est celui d'une entente avec son fils. Durant ces années effroyablement vides, où elle ne fait qu'attendre et sent les heures s'effriter en elle, pendant ce temps infini où elle s'épuise et vieillit, grandit un enfant, l'enfant de sa chair. Jacques VI n'était encore qu'un nourrisson lorsqu'elle s'est séparée de lui; c'est à Stirling qu'elle l'a vu pour la dernière fois, — date mémorable, puisque c'est en revenant de là-bas que Bothwell l'a « assaillie » et emmenée avec lui. Au cours de ces dix-sept années, le petit être vagissant est devenu un adolescent, un jeune homme, un homme, presque. Jacques VI possède certaines qualités de ses parents, mais très mélangées et estompées. C'est un être d'une nature étrange, à la parole maladroite et balbutiante, au corps lourd et trapu, une âme timide et craintive. Au premier abord il semble anormal. Il fuit toute société, la vue d'un couteau ouvert l'effraie, il a peur des chiens, ses manières sont gauches et brutales. On ne retrouve rien en lui de la finesse et de la grâce naturelle de sa mère, il n'a aucune disposition artistique, il n'aime ni la musique ni la danse, il n'est pas fait pour les conversations gaies et plaisantes. Mais il apprend à merveille les langues étrangères, possède une excellente mémoire et même un certain bon sens accompagné de ténacité dès qu'il s'agit de son intérêt. Par contre la nature vulgaire de son père pèse lourdement sur lui. Il a hérité de Darnley sa mollesse, son caractère faux et déloyal. « Qu'attendre d'un garçon aussi menteur ? » s'écrie un jour Élisabeth. Comme Darnley il subit entièrement l'influence de toute forte volonté. Son cœur manque de générosité, seuls l'égoïsme et une froide ambition déterminent ses actes; on ne peut du reste comprendre son attitude glaciale à l'égard de sa mère que si on la considère par-delà tout amour filial. Élevé par les pires ennemis de Marie Stuart, ayant pour professeur de latin George Buchanan, l'auteur de *Detection*, le fameux pamphlet dirigé contre sa mère, la seule chose qu'on lui ait apprise d'elle, c'est qu'elle a coopéré à l'assassinat de son père et qu'elle lui conteste à lui, le roi en titre, son droit à la couronne. Dès sa jeunesse on l'a habitué à considérer sa mère comme une étrangère, comme un obstacle à son désir de régner. Et même si quelque sentiment filial l'avait fait désirer revoir, ne fût-ce qu'une fois, la femme qui l'a mis au monde, la vigilance des gardiens anglais et écossais eût empêché tout rapprochement entre Marie Stuart, la prisonnière d'Élisabeth, et Jacques VI, le prisonnier des lords et du régent. De temps à autre, très rarement, au cours de leurs longues années de séparation, une lettre est échangée entre eux. Marie Stuart envoie à son enfant des cadeaux, des jouets. Un jour, même, elle lui fait porter un petit singe ; mais la plupart de ses envois et de ses lettres ne sont pas acceptés parce qu'elle s'obstine à ne point vouloir lui donner le titre de roi : considérant le fait comme une offense les lords lui retournent tout ce qu'elle adresse « au prince d'Écosse » et non à Jacques VI. La mère et le fils n'iront pas au-delà de tièdes rapports de pure formalité aussi longtemps qu'en eux le désir du pouvoir parlera plus fort que la voix du sang, aussi longtemps qu'elle persistera à se considérer comme la seule souveraine d'Écosse et lui comme le seul souverain.

Un rapprochement ne pourra se faire que lorsque Marie Stuart ne se refusera plus à reconnaître la valabilité du couronnement de Jacques VI par les lords. Bien entendu, même à ce moment-là elle ne pensera pas encore à abandonner son titre de reine, à y renoncer complètement. Elle a été sacrée reine, elle entend vivre et mourir telle ; mais pour reconquérir sa liberté elle serait quand même disposée à le partager avec son fils. Pour la première fois de sa vie elle songe à un compromis. Qu'il règne donc et se fasse appeler roi, pourvu qu'on lui permette à elle de continuer à porter le titre de reine, pourvu que sa renonciation lui laisse un léger brillant d'honneur ! Déjà les pourparlers sont en bonne voie. Mais Jacques VI, dont les lords menacent constamment la liberté, les mène en froid calculateur. Sans aucun scrupule il négocie en même temps de tous les côtés, se servant de Marie Stuart contre Élisabeth, d'Élisabeth contre Marie Stuart, d'une religion contre l'autre ; il est prêt à vendre sa faveur au plus offrant, car il ne s'agit pas pour lui d'une question d'honneur, mais uniquement d'être le seul roi d'Écosse et en même temps de s'assurer le droit à la succession du trône d'Angleterre ; en somme il veut hériter non pas d'une de ces deux femmes mais des deux. Il est prêt à rester protestant si cela peut lui être d'un avantage quelconque, ou à se faire catholique si l'avantage est plus grand. Pour devenir plus vite roi d'Angleterre, ce jeune homme de dix-sept ans ne recule même pas devant l'idée répugnante d'un mariage avec Élisabeth, cette femme fanée, de neuf ans plus vieille que sa mère. Pour Jacques VI, le fils de Darnley, toutes ces négociations ne sont que froids problèmes d'arithmétique, tandis que Marie Stuart, éternelle illuminée, toujours séparée du monde réel, brûle et flambe déjà du dernier espoir d'obtenir, par une entente avec son fils, sa liberté tout en restant reine.

Mais Élisabeth voit le danger pour elle d'un accord entre la mère et le fils. Il faut l'empêcher à tout prix. Rapidement elle intervient dans la trame encore peu solide des négociations. Avec son regard perspicace et cynique, elle a bientôt vu comment on peut tenir un garçon aussi peu sûr : il s'agit de le prendre par ses faiblesses. Comme elle le sait fou de la chasse, elle lui envoie les plus beaux chevaux et les plus beaux chiens. Elle achète ses conseillers et lui offre à lui-même — argument décisif, étant donné l'éternelle pénurie d'argent qui règne à la cour d'Écosse — une pension annuelle de cinq mille livres ; en outre elle fait miroiter à ses yeux l'appât de la succession au trône d'Angleterre. Comme toujours, l'argent décide. Tandis que Marie Stuart continue, sans se douter de rien, à faire de la diplomatie dans le vide et élabore déjà avec le pape et les Espagnols des plans en vue du rattachement de l'Écosse à l'Église catholique, Jacques VI signe en secret avec Élisabeth une alliance où sont détaillés les avantages que lui rapportera cette trouble affaire, mais qui ne contient aucune clause concernant la libération de sa mère. Nulle part dans cet accord il n'est fait mention de la prisonnière, laquelle lui est devenue tout à fait indifférente; pardessus sa tête, comme si elle n'existait pas, le fils traite avec l'ennemie acharnée de sa mère. Du moment qu'elle n'a plus rien à lui accorder, que la femme qui lui a donné le jour continue à rester écartée de sa vie! Dès que le traité est signé, que le fameux fils a reçu son argent et ses chiens, il rompt d'un seul coup les pourparlers avec Marie Stuart. A quoi bon encore des politesses avec une femme impuissante? Sur son ordre on rédige une lettre de rupture brutale, où, dans le style officiel des chancelleries, on fait savoir une fois pour toutes à Marie Stuart qu'on lui dénie tant le titre que les droits de reine. Après avoir enlevé à sa rivale liberté, pouvoir, couronne, royaume, Élisabeth lui ravit la dernière chose qu'elle possédât encore: son enfant. Cette fois la vengeance est complète!

Le triomphe d'Élisabeth porte le coup de grâce au dernier espoir de Marie Stuart. Après avoir perdu son époux, son frère, ses sujets, voici que son propre enfant, l'enfant de sa chair, l'abandonne. Désormais elle est complètement seule. Son indignation est sans bornes, comme sa désillusion. Maintenant plus d'égards pour personne! Puisque son enfant la renie, elle en fera autant à son égard. Puisqu'il a vendu les droits de sa mère au trône d'Écosse, elle vendra les siens. Elle le traite de mal éduqué, d'ingrat, de fils dénaturé, elle le maudit et annonce que non seulement elle le dépossédera dans son testament de la couronne d'Écosse, mais encore de tout droit à la succession au trône d'Angleterre. Elle préfère que la couronne des Stuart revienne à un prince étranger plutôt qu'à ce fils traître et indigne! Décidée, elle offre le tout à Philippe II à condition qu'il se déclare prêt à lutter pour sa liberté et à abaisser Élisabeth, cette meurtrière de tous ses espoirs. Que lui importe désormais son pays, que lui importe son fils ? Pourvu qu'elle vive, qu'elle soit libre et triomphe de ses adversaires ! Elle ne recule plus devant rien, et même la chose la plus téméraire ne lui paraît pas assez audacieuse. Qui a tout perdu n'a plus rien à perdre !

Pendant des années et des années, l'amertume et la colère se sont accumulées chez cette femme humiliée et torturée. Pendant des années et des années elle a espéré et négocié, pactisé et conspiré, cherché des moyens d'entente. Maintenant la mesure est comble. La haine qu'elle réprimait en elle jaillit avec violence sur la persécutrice, l'usurpatrice, la geôlière. Ce n'est plus seulement une reine qui se dresse contre une reine, mais c'est une femme qui, dans un accès de fureur, se précipite sur une autre femme, toutes griffes dehors. Un incident mesquin en fournit l'occasion. La comtesse de Shrewsbury, rapporteuse, méchante, intrigante, a, dans un accès d'hystérie, accusé Marie Stuart d'entretenir des relations coupables avec son mari. Ce n'était là, bien entendu, que vulgaires calomnies, auxquelles lady Shrewsbury ne croyait pas elle-même sérieusement ; mais Élisabeth, toujours avide de diminuer devant le monde le crédit moral de sa rivale, a rapidement fait le nécessaire pour que cette nouvelle histoire scandaleuse fût répandue abondamment dans les cours étrangères, de même que naguère elle avait envoyé à tous les princes le pamphlet de Buchanan avec les « lettres de la cassette ». Du coup, Marie Stuart écume. Il ne suffit pas de lui avoir enlevé la liberté, le pouvoir, l'espérance qu'elle mettait en son fils, on veut encore salir sournoisement son honneur, on veut la dénoncer comme adultère, elle qui vit retirée comme une nonne, sans joie et sans amour ! Sa fierté outragée se cabre avec fureur. Elle réclame satisfaction et effectivement lady Shrewsbury se voit obligée de rétracter à genoux le mensonge infâme. Mais Marie Stuart sait très bien qui s'en est servi pour essayer de la déshonorer, elle a senti la main perfide de son ennemie, et, au coup dirigé contre elle dans l'ombre, elle répond ouvertement par un autre coup. Il y a trop longtemps que le désir la brûle de dire, une bonne fois, de femme à femme, la vérité à cette reine qui veut passer pour chaste et se faire célébrer partout comme un parangon de vertu. Elle écrit à Élisabeth, soi-disant pour lui communiquer « en toute amitié » les calomnies que lady Shrewsbury répand sur la vie privée de la reine d'Angleterre, en réalité pour crier à la face de sa « chère sœur » combien elle est peu qualifiée pour jouer à la prude et censurer les autres. Les coups pleuvent dru comme grêle dans cette lettre de haine désespérée. Tout ce qu'une femme peut dire en fait de vérités cruelles à une autre femme est dit ici, tous les défauts d'Élisabeth lui sont jetés à la face, ses secrets féminins les plus cachés dévoilés impitoyablement. Marie Stuart lui communique que la comtesse de Shrewsbury a dit d'elle qu'elle est si vaine et a une si haute opinion de sa beauté qu'on croirait qu'elle est la reine des cieux ; elle ne se rassasie pas d'entendre des flatteries et oblige ses dames de compagnie et ses suivantes à lui manifester sans cesse leur admiration, ce qui ne l'empêche pas de les frapper brutalement dans ses accès de colère ; à l'une elle a brisé un doigt, à l'autre, parce qu'elle servait mal à table, elle a donné un coup de couteau sur la main. Mais tout cela n'est que reproches bénins à côté des révélations effroyables concernant la vie intime et physique d'Élisabeth. Marie Stuart poursuit en disant que lady Shrewsbury prétend qu'elle a un ulcère purulent à la jambe — insinuant ainsi que son père a pu lui léguer la syphilis ; quoique sa jeunesse soit passée depuis longtemps, elle ne cesse de courir après les hommes ; non seulement elle a couché d'« infinies foys » avec l'un (le comte de Leicester), mais elle cherche encore dans tous les coins et recoins des satisfactions voluptueuses et ne veut « jamais perdre la liberté de fayre l'amour et avoir son plésir toujours aveques nouveaulx amoureux » ; elle se glisse la nuit dans des chambres d'hommes, en chemise et manteau léger, et s'en donne à cœur-joie. Marie Stuart cite des noms et des noms et fournit des détails. Elle n'épargne en rien la femme haïe ; toujours d'après lady Shrewsbury elle lui rappelle ironiquement (ce que d'ailleurs Ben Jonson ne se gênait pas pour raconter ouvertement à l'auberge) qu'« indubitablement elle n'estoit pas comme les autres femmes, et que pour ce respect c'estoit follie à tous ceulx qu'affectoit son mariage avec le duc d'Anjou, d'aultant qu'il ne se pourroit accomplir ». Il faut qu'Élisabeth sache qu'est connu son secret le plus jalousement gardé, son infirmité sexuelle qui ne lui permet que des plaisirs à côté et pas le plaisir véritable, qu'une joie incomplète et pas de satisfaction totale, — cette infirmité qui lui interdit à tout jamais un mariage princier et les joies de la maternité. Jamais personne n'a dit d'une façon aussi cruelle que la prisonnière toutes ses vérités à cette femme puissante : vingt années de colère réprimée, de haine froide, d'énergie enchaînée, explosent brusquement, pour porter un coup effroyable au cœur de la persécutrice.

Après cette lettre furibonde, il n'y a plus de réconciliation possible. La femme qui l'a écrite et celle qui l'a reçue ne peuvent plus respirer le même air, continuer à vivre sous le même ciel. La lutte au couteau — *hasta al cuchillo*, comme disent les Espagnols —, la lutte à mort reste la seule solution possible. Après vingt ans d'hostilité hypocrite et tenace, le conflit historique entre Marie Stuart et Élisabeth en est arrivé à son point culminant, décisif. La contre-Réforme a épuisé tous les moyens diplomatiques et les moyens militaires ne sont pas encore prêts. En Espagne, on travaille toujours, lentement et péniblement, à la construction de l'*Invincible Armada*, mais malgré les trésors des Indes, la malheureuse cour souffre d'un manque perpétuel d'argent et aussi de résolution. Pourquoi, se demande Philippe le Pieux, qui, comme John Knox, ne voit dans le meurtre d'un adversaire incroyant qu'un acte agréable à Dieu, ne pas recourir à la méthode la moins coûteuse et acheter quelques assassins qui supprimeraient rapidement Élisabeth, la protectrice de la nouvelle Église ? L'époque de Machiavel et de ses disciples, nous l'avons dit, ne s'embarrasse pas de scrupules, quand il s'agit de pouvoir, et ici l'on se trouve en face d'un problème d'une portée immense, celui de deux religions qui s'affrontent opposant le Sud au Nord ; un simple coup de poignard au cœur d'Élisabeth pourrait le résoudre en délivrant le monde de l'hérésie.

Quand la politique a atteint ce degré de passion, toute considération de morale et de droit, de convenance et d'honneur s'efface et l'assassinat apparaît comme une action éclatante et héroïque. L'excommunication d'Élisabeth en 1570 et celle du prince d'Orange en 1580 ont d'ailleurs mis hors la loi les deux principaux adversaires du catholicisme, et depuis que le pape a célébré comme une chose hautement louable le massacre de la Saint-Barthélemy, le meurtre de six mille personnes, chaque catholique sait qu'en supprimant un des ennemis mortels de la foi il accomplit un acte qui est loin de déplaire à Dieu. Il suffit d'un coup de poignard, d'un coup de pistolet bien dirigé pour que Marie Stuart sorte de captivité et franchisse les degrés du trône, pour que l'Angleterre et l'Écosse soient de nouveau réunies à l'Église romaine. Un tel enjeu ne permet pas d'hésitation. Aussi le gouvernement espagnol fait-il impudemment de l'assassinat d'Élisabeth l'un des buts principaux de sa politique. Mendoza, l'ambassadeur d'Espagne à Londres, déclare à différentes reprises dans ses dépêches que le meurtre de la reine d'Angleterre est un plan intéressant. Le gouverneur général des Pays-Bas, le duc d'Albe, déclare expressément s'y rallier, et Philippe II écrit de sa propre main qu'« il souhaite que Dieu le favorisera ». Ce n'est plus avec les moyens ordinaires de la diplomatie ni dans la lutte ouverte que l'on cherche maintenant la décision, mais en recourant au poignard de l'assassin. Des deux côtés on est d'accord sur la méthode : à Madrid l'assassinat d'Élisabeth a été décidé en cabinet secret et approuvé par le roi. A Londres, Cecil Walsingham et Leicester sont unanimes à déclarer qu'il faut en finir vivement avec Marie Stuart. Désormais, il n'y a plus d'autre issue ni de détour possible : le sang doit couler. Reste à savoir qui agira le plus vite, de la Réforme ou de la contre-Réforme, de Londres ou de Madrid, qui sera supprimée la première : Élisabeth ou Marie Stuart.

Il faut en finir

Septembre 1585-août 1586

« *The matter must come to an end.* » C'est en ces termes catégoriques qu'un ministre d'Élisabeth exprime le sentiment général du pays. Pour un peuple comme pour un individu rien n'est plus difficile à supporter que l'insécurité permanente. L'assassinat du prince d'Orange, en juillet 1584, par un catholique fanatique, a montré clairement à l'Angleterre à qui est destiné le prochain coup de poignard, et en effet les complots se succèdent de plus en plus rapidement. Sus donc à la prisonnière, cause de cette agitation dangereuse! Il faut attaquer le mal à la racine! En septembre 1584 les lords et la gentry protestants se groupent en une « Association » et jurent « en présence du Dieu éternel, non seulement de punir de mort toute personne ayant participé à un complot contre Élisabeth, mais aussi de rendre personnellement responsable tout prétendant en faveur de qui ces gens ont conspiré ». Puis, dans un « *Act for the security of the Queen's Royal Person* », le Parlement donne à ces décisions un caractère légal en déclarant que « quiconque aura participé à un attentat contre la reine, ou — ce passage est très important — l'aura seulement approuvé, sera passible de la mort. » En outre on décide que « toute personne accusée de complot contre la reine sera jugée par un tribunal spécial composé de vingt-quatre membres nommés par la couronne ».

Par là on fait clairement savoir deux choses à Marie Stuart. *Primo,* qu'à l'avenir sa qualité de reine ne la préservera plus d'un jugement public, et, *secundo,* qu'un attentat réussi contre Élisabeth non seulement ne lui apportera aucun avantage mais la conduira impitoyablement à l'échafaud. C'est le dernier coup de clairon invitant une forteresse assiégée à se rendre. Encore une hésitation, et il n'y aura plus de quartier. L'ère des équivoques et des ambiguïtés entre Élisabeth et Marie Stuart est close, celle de la bataille décisive est ouverte. A présent règne la clarté.

D'autres mesures encore montrent bientôt à Marie Stuart que le temps des lettres polies et de l'hypocrisie courtoise est passé, qu'on en est arrivé au dernier round de ce combat qui dure déjà depuis près de vingt ans et qu'elle n'a plus à compter sur aucun ménagement. La cour d'Angleterre a décidé, après tous ces complots et attentats, d'adopter une attitude plus rigoureuse à son égard et de lui enlever définitivement toute possibilité de nouvelles intrigues et conspirations. Shrewsbury, qui, en tant que gentleman et grand seigneur, a été un geôlier trop indulgent, est « released » de son poste. C'est d'ailleurs avec joie qu'il remercie Élisabeth de lui permettre enfin, après quinze années de tourments, de redevenir un homme libre. Il est remplacé par un protestant puritain et fanatique, sir Amyas Paulett. Maintenant Marie Stuart peut à juste titre parler de « servitude », car au lieu d'un gardien amical on lui a donné un geôlier impitoyable.

Amyas Paulett, un de ces justes et super-justes tels que la Bible les veut mais que Dieu n'aime pas, ne cache nullement son intention de rendre la vie dure et peu agréable à Marie Stuart. Sûr de lui, avec joie et fierté même, il s'engage à la priver implacablement de toute faveur. « Je ne demanderais jamais d'indulgence, écrit-il à Élisabeth, si par des moyens habiles et hypocrites, elle réussissait un jour à m'échapper, car cela ne pourrait arriver que par suite d'une grossière négligence de ma part. » Mû par cet esprit froid et systématique de l'homme esclave du devoir il accepte la surveillance de Marie Stuart comme une mission qui lui a été confiée par Dieu. Aucune autre ambition que celle qui consiste à remplir d'une façon exemplaire sa tâche de geôlier n'habite plus désormais l'âme de cet homme rigide. Il n'est point de séduction qui puisse corrompre ce Caton ni de mouvement de bonté ou de pitié qui puisse le faire se départir un seul instant de son attitude rigoureuse et intransigeante. Pour lui cette femme malade et épuisée n'est pas une princesse dont le malheur impose le respect, mais uniquement une ennemie de sa reine et de la vraie foi qu'il faut empêcher de nuire. Le fait qu'elle ne peut se déplacer qu'avec difficulté, il le considère comme un « avantage pour son gardien, qui n'a plus à craindre qu'elle se sauve ». Point par point, il s'acquitte de sa mission avec une satisfaction maligne et tous les soirs, avec l'exactitude d'un fonctionnaire, il inscrit ses observations dans un cahier. Si l'histoire a connu des geôliers plus méchants, plus cruels, plus injustes que cet archi-juste, elle n'en signale pas qui aient éprouvé autant de joie à remplir leurs fonctions. Tout d'abord les « voies souterraines » qui avaient permis jusqu'ici à Marie Stuart d'être plus ou moins en liaison avec le monde extérieur sont rendues impraticables. Cinquante soldats surveillent jour et nuit toutes les issues du château. Les domestiques qui jusqu'alors pouvaient circuler librement dans les villages voisins et y transmettre des messages écrits et oraux se voient retirer cette liberté. Ce n'est qu'après en avoir demandé et reçu l'autorisation, et accompagnée de soldats, qu'une personne de sa suite peut sortir du château. Les distributions d'aumônes aux pauvres des environs, auxquelles Marie Stuart procédait elle-même régulièrement, sont interdites. Le perspicace Paulett y a vu avec juste raison un moyen de gagner les pauvres gens à elle et de faire passer ses lettres aux ennemis d'Élisabeth. Chaque jour les mesures de rigueur se succèdent. Le linge, les livres, tous les envois qui arrivent au château, sont l'objet d'un contrôle aussi minutieux que de nos jours celui de la douane; toute correspondance secrète est ainsi arrêtée. Nau et Curle, les deux secrétaires de Marie, restent maintenant inoccupés dans leurs chambres. Ils n'ont plus de lettres à écrire ni à déchiffrer. Plus de nouvelles d'Écosse, de Londres, de Rome, de Madrid qui venaient animer la solitude de Marie Stuart et lui apporter de faibles espoirs. Bientôt Paulett lui enlève sa dernière joie : ses seize chevaux doivent rester à Sheffield. Finies la chasse et les promenades à cheval! L'espace s'est considérablement rétréci au cours de cette dernière année; sous la garde d'Amyas Paulett — sombre présage — la captivité de Marie Stuart ressemble de plus en plus à un cachot, à un cercueil.

Pour l'honneur d'Élisabeth on eût souhaité à « sa sœur » la reine d'Écosse, un geôlier moins sévère. Mais pour sa sécurité il faut bien reconnaître qu'on ne pouvait en trouver de plus sûr que ce froid calviniste. Sa tâche consistant à isoler complètement Marie Stuart du monde extérieur, Paulett s'en acquitte à merveille. Au bout de quelques mois, plus une lettre, plus un mot du dehors ne pénètre dans son cachot. Élisabeth a tout lieu d'être tranquillisée et satisfaite de son subordonné, et en effet elle le remercie avec enthousiasme pour la façon admirable dont il remplit son service. « Si vous saviez, mon cher Amyas, avec quelle affection, sans compter ma reconnaissance, mon cœur approuve et loue vos fidèles actions, vos ordres prudents, vos sages précautions, le parfait accomplissement de vos devoirs dans une charge si dangereuse, combien serait allégée votre tâche et comme se réjouirait votre cœur. »

Mais, chose étonnante, les ministres d'Élisabeth, Cecil et Walsingham, n'éprouvent tout d'abord aucun enthousiasme pour la peine que donne le « precise fellow », le trop sévère Amyas Paulett. Cet isolement complet de la prisonnière est en opposition avec leurs désirs les plus secrets. Ils ne tiennent pas du tout à ce que l'on ôte à Marie Stuart toute possibilité de conspirer et à ce que, par sa politique, Paulett la mette à l'abri de sa propre imprudence. Cecil et Walsingham ne désirent nullement une Marie Stuart innocente, ils la veulent coupable, il faut que cette femme, qu'ils considèrent comme la cause éternelle de tous les troubles et complots en Angleterre, continue à conspirer et s'empêtre tout à fait dans le filet meurtrier. Ce qu'ils veulent, c'est en finir, c'est le procès de Marie Stuart, sa condamnation, son exécution. L'incarcération ne leur suffit plus ; pour eux, il n'est pas d'autre moyen d'assurer la sécurité d'Élisabeth que la mort de sa rivale ; dans ce but, il leur faut faire autant d'efforts pour l'attirer sournoisement dans un complot qu'Amyas Paulett en a fait pour l'empêcher de participer à toute intrigue criminelle. Ce qu'il leur faut, c'est une conspiration contre Élisabeth et la participation clairement établie de Marie Stuart.

Or, cette conspiration existe déjà. Elle fonctionne même en permanence, pourrait-on dire. Philippe II a installé sur le continent une véritable centrale de conspirateurs anti-anglais. A Paris siège Morgan, l'homme de confiance et l'agent secret de Marie Stuart, qui recrute des jeunes gens et organise sans arrêt, avec l'argent espagnol, des complots contre l'Angleterre et sa reine ; par l'intermédiaire des ambassadeurs d'Espagne et de France, une entente secrète est établie entre les nobles catholiques anglais mécontents et les chancelleries de la contre-Réforme. Mais il y a une chose que Morgan ne sait pas, c'est que Walsingham, l'un des ministres de la police les plus capables et les plus dénués de scrupules de tous les temps, lui a envoyé quelques espions sous le masque de catholiques ardents et que précisément ceux de ses messagers qu'il considère comme les plus sûrs sont en réalité à la solde de l'Angleterre. Tout ce qui se fait en faveur de Marie Stuart est connu de là-bas, au fur et à mesure, avant même que le plan en soit définitivement tracé ; c'est ainsi qu'à la fin de l'année 1585 — le sang des derniers conjurés n'est pas encore séché sur l'échafaud — le cabinet sait qu'une nouvelle conjuration contre la vie d'Élisabeth est en préparation. Walsingham connaît les noms de tous les nobles catholiques qu'a recrutés Morgan pour faire monter Marie Stuart sur le trône d'Angleterre ; il n'a qu'à agir, la torture lui dévoilera à temps tout le complot.

La technique de ce ministre de la police raffiné est plus vaste et plus perfide. Certes, il pourrait dès maintenant arrêter la conjuration d'un seul coup ; mais faire écarteler quelques nobles ou aventuriers n'a pour lui politiquement aucun sens. A quoi bon couper cinq ou six têtes à l'hydre de ces conjurations éternelles si de nouvelles doivent sans cesse lui repousser en l'espace d'une nuit ? *Delenda Carthago !* Il faut en finir avec Marie Stuart elle-même, et dans ce but un prétexte de second ordre ne suffit pas à Walsingham ni à Cecil, il leur faut la preuve d'un complot aux vastes ramifications, d'une action criminelle concertée en faveur de Marie Stuart. Au lieu d'étouffer dans l'œuf la conspiration de Babington, Walsingham fait tout au contraire pour l'élargir, il l'entretient avec bienveillance, il l'alimente, il l'encourage par une négligence apparente. Grâce à son art de la provocation, la conjuration d'amateurs de quelques petits nobles contre Élisabeth devient peu à peu le célèbre complot de Walsingham contre Marie Stuart.

Trois étapes sont nécessaires pour arriver à l'assassinat légal de la reine d'Écosse. Tout d'abord les conspirateurs doivent être poussés à préparer un attentat contre Élisabeth qu'il leur sera impossible de nier ; deuxièmement, il faut qu'ils mettent la prisonnière au courant de leurs projets ; troisièmement — et c'est là le plus difficile —, Marie Stuart doit être amenée à approuver par écrit le plan d'assassinat. A quoi bon tuer une innocente sans un motif bien défini ? Cela serait trop pénible pour la réputation d'Élisabeth. Il est préférable de la rendre coupable à l'aide d'artifices, de lui mettre perfidement dans la main l'arme avec laquelle elle se tuera elle-même.

Le complot de la police d'État anglaise contre Marie Stuart commence par une infamie qui consiste à apporter soudain des allégements à la situation de la prisonnière. Il semble que Walsingham n'ait pas eu beaucoup de peine à convaincre Amyas Paulett qu'il était préférable de l'attirer dans une conspiration que de l'empêcher de comploter; car tout à coup le puritain impitoyable change de tactique : un beau jour il va trouver la malheureuse et lui fait savoir le plus aimablement du monde qu'on se propose de la transférer de Tutbury à Chartley. A cette nouvelle Marie Stuart, absolument incapable de percer à jour les machinations de ses adversaires, ne peut cacher sa joie sincère. Tutbury est une sombre forteresse qui ressemble davantage à une prison qu'à un château. Chartley, par contre, est non seulement situé dans un cadre assez plaisant, mais de plus à proximité de là — et à cette pensée le cœur de Marie Stuart bat plus fortement — habitent des familles catholiques qui lui sont dévouées et dont elle peut espérer une aide. Là elle pourra de nouveau monter à cheval et chasser, peut-être même recevoir des nouvelles de ses parents et amis d'outre-mer et reconquérir par l'audace et la ruse la seule chose qui compte désormais pour elle : la liberté.

Et un beau matin Marie Stuart sursaute d'étonnement. Elle n'ose à peine en croire ses yeux. Comme sous l'effet de la magie le cercle terrible dans lequel l'a enfermée Amyas Paulett s'est brisé. Une lettre, une lettre chiffrée, clandestine, est parvenue jusqu'à elle, la première depuis des semaines et des mois d'isolement complet. Quelle habileté de la part de ses amis d'avoir trouvé un moyen de tromper la surveillance de l'inflexible gardien ! Quelle grâce inespérée : elle n'est plus séparée du monde extérieur, elle peut de nouveau sentir l'intérêt, la sympathie, l'amitié qu'on lui porte, être tenue au courant des plans et préparatifs faits en vue de sa libération ! A vrai dire un instinct secret lui commande d'être prudente et elle répond à la lettre de son agent Morgan par cet avertissement pressant : « Faites attention de ne pas vous mêler dans des affaires qui pourraient vous compromettre et accroître les soupçons que l'on a ici contre vous. » Mais bientôt sa méfiance se dissipe lorsqu'elle apprend quel moyen génial ses amis — en réalité ses assassins — ont trouvé pour communiquer avec elle. Chaque semaine on apporte de la brasserie voisine un tonneau de bière pour les serviteurs de la reine et ses amis ont obtenu du voiturier qu'il mît dans le fût un flacon en bois contenant les lettres qui lui sont destinées. C'est ainsi que s'établit une correspondance aussi régulière qu'un service postal.

Le brave homme — « *the honest man* », écrit-on dans les rapports — transporte son tonneau de bière au château ; dans la cave le sommelier de Marie Stuart y pêche le flacon, prend ce qu'il contient et le remet, rempli d'autres lettres, dans le fût vide. Le voiturier n'a pas à se plaindre, car il tire de cette contrebande un double profit : d'une part il reçoit une forte récompense des amis étrangers de Marie Stuart, et de l'autre il se fait payer sa bière une fois plus cher qu'elle ne vaut.

Mais il y a une chose dont Marie Stuart ne se doute pas, c'est que l'« honnête homme » tire un troisième gain de son trouble commerce : il est encore payé par la police d'État anglaise. Ce ne sont pas les amis de Marie Stuart qui ont imaginé le truc du tonneau de bière, mais Gifford, un espion de Walsingham, qui s'est présenté à Morgan et à l'ambassadeur de France comme l'homme de confiance de Marie Stuart. Par là — avantage inappréciable pour le ministre de la police — la correspondance secrète de la prisonnière est sous le contrôle de ses ennemis politiques. Chaque lettre qui lui est adressée, chaque lettre qu'elle envoie est interceptée par l'espion Gifford, que Morgan considère comme son agent le plus sûr, déchiffrée immédiatement et copiée par Thomas Phelippes, le secrétaire de Walsingham ; l'encre n'en est pas encore sèche que ces copies s'en vont aussitôt à Londres. C'est seulement ensuite que les lettres sont transmises aux destinataires, avec une rapidité telle, toutefois, qu'ils ne peuvent un seul instant soupçonner quoi que ce soit et poursuivent en toute quiétude leur correspondance dangereuse.

Situation sinistre ! Des deux côtés on se réjouit de tromper l'adversaire. Marie Stuart respire. Enfin elle a réussi à déjouer la surveillance de l'inflexible puritain Paulett, qui fouille avec attention le moindre linge, découd les semelles de souliers, qui la tient en tutelle et la traite comme une criminelle. S'il pouvait se douter, pense-t-elle avec plaisir, que malgré les soldats, les mesures d'interdiction et des précautions sans nombre, elle reçoit chaque semaine des messages importants de Paris, de Madrid et de Rome, que ses agents travaillent vaillamment et que déjà l'on prépare des armées, des flottes et des poignards pour la sauver ! Parfois la joie parle d'une façon peut-être trop claire, trop imprudente dans ses yeux, car Amyas Paulett note avec ironie l'amélioration de son état de santé depuis que l'espoir nourrit son âme. Le sourire caustique qui flotte sur les lèvres du geôlier est d'ailleurs justifié. Chaque fois qu'il voit la hâte avec laquelle le sommelier de Marie Stuart fait descendre le tonneau dans la cave obscure pour en retirer, à l'abri des regards indiscrets, le précieux flacon, Paulett ne peut s'empêcher de penser, lui qui est au courant, que ce que la prisonnière va lire la police anglaise en a déjà eu connaissance. Confortablement assis dans leurs fauteuils, Walsingham et Cecil ont sous leurs yeux, fidèlement recopiée, toute la correspondance de Marie Stuart. Ils y lisent qu'elle a offert la couronne d'Écosse et ses droits au trône d'Angleterre à Philippe II, au cas où il voudrait l'aider à reconquérir sa liberté. Une telle lettre, se disent-ils en souriant, peut être utile pour calmer Jacques VI, au cas où ce dernier ferait mine de protester contre un traitement trop dur infligé à sa mère. Ils lisent encore que Marie Stuart, dans les lettres impatientes qu'elle envoie à Paris, ne cesse de réclamer une invasion de l'Angleterre par les troupes espagnoles. Cela aussi peut servir dans un procès. Mais la chose principale, essentielle, dont ils ont besoin pour étayer une accusation, ils ne l'ont malheureusement pas encore trouvée dans ces lettres, à savoir le « consent » de Marie Stuart à un plan d'assassinat contre Élisabeth. Elle ne s'est pas encore rendue coupable dans le sens de la loi, il manque toujours, si l'on veut mettre en branle la machine meurtrière d'un procès, une pièce assez importante, son approbation expresse au meurtre de la reine. Pour forger cette pièce nécessaire, Walsingham se met avec énergie au travail. C'est alors que l'on assiste à l'une des plus incroyables perfidies de l'histoire, ce chef-d'œuvre de provocation, prouvé par des documents, tendant à faire de Marie Stuart la complice d'un crime fabriqué par le ministre de la police lui-même : le complot dit de Babington, qui fut en réalité celui de Walsingham.

Le plan de Walsingham — le succès l'a montré — est vraiment magistral. Mais ce qui le rend si répugnant qu'aujourd'hui encore, après plusieurs siècles, il inspire le dégoût, c'est que l'auteur se sert justement pour sa canaillerie de la force la plus pure qui soit au monde, la foi romantique qui anime la jeunesse. Anthony Babington, que l'on a choisi à Londres comme instrument pour amener la perte de Marie Stuart, a droit à la pitié et au respect car c'est guidé par le mobile le plus pur qu'il sacrifie son honneur et sa vie. Petit gentilhomme de bonne réputation, riche et marié, ce jeune enthousiaste vit heureux avec sa femme et son enfant sur son domaine de Lichtfield, tout près de Chartley. On comprend soudain pourquoi Walsingham a choisi précisément Chartley comme lieu de séjour pour Marie Stuart : il sait depuis longtemps par ses espions que Babington est un catholique convaincu, un partisan dévoué de Marie Stuart et qu'il l'a déjà aidée à plusieurs reprises à transmettre sa correspondance secrète. N'est-ce point le privilège de la jeunesse d'être émue devant tout destin tragique ? Un idéaliste sans méfiance comme Babington peut, avec sa folie, être mille fois plus utile à un Walsingham que n'importe quel espion payé ; on devine que la prisonnière se fiera plus facilement à lui qu'à tout autre. Elle sait que ce n'est pas le désir du gain qui pousse ce jeune homme sincère, aux idées peut-être quelque peu désordonnées, à la servir, encore moins une inclination personnelle. Car l'affirmation qu'il a connu et aimé Marie Stuart alors qu'il était page dans la maison de Shrewsbury est sans doute une invention romanesque. Il est probable qu'il ne l'a jamais vue et qu'il ne la sert que par amour de l'aventure et désir de servir, par dévouement à la cause de l'Église catholique, par une sorte d'admiration fanatique pour la femme en qui il voit la reine légitime de l'Angleterre. Avec l'ingénuité et l'étourderie de tous les jeunes gens passionnés il fait de la propagande parmi ses amis en faveur de la prisonnière et réunit autour de lui quelques nobles catholiques. On voit aussi des figures étranges dans ce club où l'on tient des discours enflammés, un prêtre exalté du nom de Ballard, un certain Savage, un vrai *desperado,* et plusieurs jeunes fous qui ont trop lu Plutarque et rêvent candidement et confusément d'actes héroïques. Mais bientôt surgissent dans ce milieu d'hommes sincères quelques individus beaucoup plus intelligents et plus résolus que Babington et ses amis, avant tout ce Gifford, à qui Élisabeth accordera plus tard une pension annuelle de cent livres sterling en récompense de ses services. Ce n'est pas assez pour eux de délivrer la reine. Avec une violence étonnante ils poussent leurs compagnons à un acte incomparablement plus dangereux : la suppression de l'« usurpatrice », l'assassinat d'Élisabeth.

Ces nouveaux venus sont, bien entendu, des espions de Walsingham que le ministre sans scrupules a fait entrer dans l'association secrète des jeunes idéalistes non seulement pour être tenu au courant de tous leurs plans, mais avant tout pour pousser le fantasque Babington plus loin qu'il ne veut aller en fait. Car Babington (les documents ne permettent aucun doute sur ce point) ne projetait rien d'autre au début que la délivrance de Marie Stuart par un coup de main hardi lors d'une partie de chasse ou en toute autre occasion. Jamais ces jeunes gens n'avaient pensé à un assassinat.

Mais une simple tentative d'enlèvement de Marie Stuart ne suffit pas du tout à Walsingham, elle ne lui offre pas la possibilité d'une accusation en vertu de la nouvelle loi. Ce qu'il lui faut pour le sombre but qu'il poursuit, c'est un vrai complot d'assassinat. Il fait donc agir ses agents provocateurs, jusqu'à ce qu'enfin Babington et ses amis se rallient à l'idée du meurtre d'Élisabeth. Et le 12 mai 1586 l'ambassadeur d'Espagne, qui se tient en rapports constants avec les conjurés, communique au roi Philippe II la réjouissante nouvelle que quatre nobles catholiques qui ont accès au palais de la reine ont fait le serment devant l'autel de la supprimer par le poison ou le poignard. Les agents de Walsingham ont bien travaillé : le complot qu'il a préparé est en marche.

Mais c'est là seulement la première partie de la tâche que s'est tracée le ministre. Le piège n'est fixé que d'un côté, il s'agit maintenant de le faire tenir de l'autre. Le plan de l'assassinat est bien échafaudé, à présent commence le travail difficile : il faut y faire entrer Marie Stuart, obtenir de la prisonnière sans méfiance son « consent ». De nouveau Walsingham fait appel à ses agents provocateurs. Il les envoie au cœur de la conspiration catholique, à Paris, auprès de Morgan, l'agent général de Philippe II et de Marie Stuart, afin qu'ils s'y plaignent que Babington et ses amis font preuve de trop de tiédeur. Ils ont peur de passer au meurtre : ce sont des timides et des hésitants. Il est urgent de les stimuler dans l'intérêt de la sainte cause ; pour cela un mot de Marie Stuart serait efficace. Si Babington était certain que sa reine vénérée approuve l'assassinat d'Élisabeth, nul doute qu'il passerait aussitôt à l'action. Il est donc indispensable, pour la réussite du grand projet, déclarent les espions, qu'on la décide à écrire à Babington quelques mots d'encouragement.

Morgan hésite. On dirait qu'il a soudain percé le jeu de Walsingham. Mais les agents provocateurs insistent : il s'agit seulement de quelques lignes sans importance. Enfin Morgan cède, mais, pour la prévenir contre toute imprudence, il envoie à Marie Stuart le brouillon de la lettre demandée. Et la reine, qui a en lui une confiance absolue, recopie fidèlement cet écrit destiné à Babington.

Maintenant la liaison souhaitée par Walsingham entre Marie Stuart et la conjuration est établie. Pourtant, grâce à la prudence de Morgan, cette première lettre de Marie Stuart à Babington est, malgré son caractère chaleureux, rédigée d'une façon tout à fait anodine. Mais Walsingham a besoin d'imprudences, d'aveux clairs et nets, d'une approbation ouverte à l'attentat projeté. Sur son ordre, ses agents agissent en Angleterre. Gifford maintenant s'efforce de persuader le malheureux Babington qu'à présent que la reine lui a exprimé sa confiance d'une façon si magnanime, son devoir absolu est de la mettre sans restrictions au courant de ses intentions. Une opération aussi dangereuse qu'un attentat contre Élisabeth ne doit pas être entreprise sans accord avec Marie Stuart. Grâce au livreur de bière, n'a-t-on pas la possibilité de discuter librement avec elle tous les points de l'affaire et de recevoir ses directives royales ? Plus téméraire que réfléchi, pur fou, Babington tombe lourdement dans le piège qui lui est tendu. Il envoie une longue lettre à sa « très chère souveraine », où il lui dévoile ses plans jusque dans leurs moindres détails. Pourquoi la malheureuse ne pourrait-elle point se réjouir d'avance de sa prochaine délivrance ? Sans plus de méfiance que si ses paroles devaient être transmises à Marie Stuart par des messagers célestes, ne se doutant nullement que des espions liront tout ce qu'il écrit, le pauvre fou lui raconte qu'il se propose avec dix autres nobles et cent aides de l'arracher par un coup de main à sa captivité, cependant qu'à la même heure, à Londres, six jeunes gens de la noblesse, tous des amis sûrs et dévoués à la cause catholique, supprimeront l'« usurpatrice ». Une résolution ardente, une pleine conscience du danger auquel il s'expose s'expriment dans cette lettre d'une folle candeur et qu'on ne peut vraiment pas lire sans une profonde émotion. Il faudrait avoir un cœur bien froid, une âme bien sèche pour laisser sans réponse et sans encouragement, par lâche prudence, une profession de dévouement aussi chevaleresque.

C'est sur cette générosité de cœur, sur cette imprudence si souvent éprouvée de Marie Stuart que compte Walsingham. Si elle approuve les projets meurtriers de Babington, il a atteint son but. Il sera inutile de la faire assassiner en secret, elle se sera mis elle-même la corde au cou.

La lettre désastreuse de Babington est partie. Phelippes l'a déchiffrée et en a communiqué aussitôt la copie à Walsingham. Puis on la fait parvenir intacte à Marie Stuart au moyen du tonneau de bière. Elle la reçoit le 10 juillet ; tout aussi agités qu'elle, deux hommes, à Londres, Cecil et Walsingham, se demandent comment elle y répondra. Le moment critique est venu, le poisson déjà tourne autour de l'appât : mordra-t-il, ne mordra-t-il pas ? C'est une heure sinistre, mais malgré tout on peut admirer ou condamner les méthodes politiques de Cecil et de Walsingham. Car si écœurants que soient ces moyens pour anéantir Marie Stuart, Cecil, l'homme d'État, sert une idée. Pour lui la suppression de l'ennemie mortelle du protestantisme est une nécessité absolue ; quant à Walsingham, on peut difficilement demander à un ministre de la police qu'il renonce aux méthodes de provocation et recoure exclusivement à des moyens honnêtes.

Mais que fait Élisabeth ? Elle qui, d'ordinaire, pour chacun des actes de sa vie, a les yeux anxieusement fixés sur la postérité, sait-elle qu'ici, dans les coulisses, on est en train de construire une machine meurtrière plus perfide et plus dangereuse que tout échafaud ? Est-elle au courant des pratiques répugnantes de ses conseillers, les approuve-t-elle ? Quel jeu joue-t-elle dans ce misérable complot contre sa rivale ?

La réponse n'est pas difficile : un double jeu. Nous avons des preuves très nettes qu'Élisabeth a eu connaissance de toutes les machinations de Walsingham, qu'elle a, du commencement à la fin, toléré, approuvé, et peut-être même activement encouragé, point par point, jusque dans leurs détails, les manœuvres provocatrices de Cecil et de Walsingham. Jamais l'histoire ne pourra l'excuser d'avoir permis (voulu peut-être) que la prisonnière qui s'était fiée à elle fût attirée perfidement à sa perte. Mais, il ne faut cesser de le répéter, Élisabeth ne serait pas Élisabeth si elle n'agissait pas avec ambiguïté. Capable de tout mensonge, de toute dissimulation, de toute tromperie, cette femme remarquable n'était pas néanmoins sans conscience, pas plus qu'elle n'était jamais entièrement mesquine ni dépourvue de toute morale. Toujours, dans les moments décisifs, une certaine générosité d'âme se manifeste chez elle. Cette fois encore on sent chez elle une sorte de gêne à tirer profit de pratiques aussi basses. Brusquement, au moment même où ses serviteurs s'apprêtent à étrangler la victime, elle a un mouvement surprenant en sa faveur. Elle fait appeler l'ambassadeur de France, qui transmet toute la correspondance de Marie Stuart sans se douter qu'il se sert pour cela de créatures à la solde de Walsingham : « Monsieur l'ambassadeur, lui dit-elle sans détour, vous entretenez des rapports très étroits avec la reine d'Écosse. Mais croyez-moi, je sais tout ce qui se passe dans mon royaume. J'ai aussi été prisonnière à l'époque où ma sœur régnait et je sais très bien quels moyens ingénieux les prisonniers savent trouver pour se faire aider et échanger des correspondances secrètes. » Par ces mots, Élisabeth a soulagé sa conscience. Elle a donné un avertissement très clair à l'ambassadeur de France et par là à Marie Stuart. Elle en a dit juste assez pour se faire comprendre, sans trahir ses propres gens. Si Marie ne s'arrête pas, Élisabeth pourra toujours s'en laver les mains et déclarer fièrement : je l'avais avertie au dernier moment.

Mais Marie Stuart non plus ne serait pas Marie Stuart si on pouvait l'avertir et la mettre en garde, si elle agissait d'une façon prudente et réfléchie. Certes tout d'abord elle n'accuse réception de la lettre de Babington que par quelques lignes qui, ainsi que l'annonce, rudement déçu, l'envoyé de Cecil, ne montrent pas encore « *her very heart* ». Elle hésite à se confier, et son secrétaire Nau lui conseille vivement de ne pas écrire le moindre mot ayant trait à une affaire aussi compromettante. Mais le plan est trop séduisant, l'appel trop tentant pour qu'elle puisse résister à son plaisir néfaste d'intriguer. « Elle s'est laissée aller à l'accepter », remarque Nau avec un malaise visible. Pendant trois jours elle s'enferme dans sa chambre avec ses secrétaires Nau et Curle et répond point par point, d'une façon détaillée, aux différentes propositions qui lui ont été soumises. Le 17 juillet, quelques jours après avoir reçu la lettre de Babington, sa réponse est envoyée par la voie ordinaire du tonneau.

Mais cette lettre de malheur ne va pas loin. On ne l'expédie pas à Londres comme à l'ordinaire. Impatients de connaître la décision de Marie Stuart, Cecil et Walsingham ont envoyé à Chartley le secrétaire chargé du déchiffrement, Phelippes, afin qu'il transcrive sur-le-champ la réponse de la prisonnière. Un hasard étonnant veut qu'au cours d'une promenade en voiture Marie Stuart aperçoive le messager de mort. Ce visage étranger la surprend. Pourtant comme cet homme affreusement marqué par la petite vérole (elle le décrit dans une lettre) la salue d'un léger sourire — il ne peut pas contenir sa joie maligne — Marie Stuart, qui vit dans un nuage d'espoir, croit que c'est un envoyé de ses amis venu examiner les lieux en vue de sa libération. Mais ce Phelippes a quelque chose de beaucoup plus dangereux à examiner. A peine la lettre de Marie Stuart est-elle sortie du tonneau qu'il se met férocement au travail. Le gibier est pris, il s'agit maintenant de le dépecer rapidement. Mot par mot la lettre est déchiffrée. D'abord viennent les phrases générales. Marie Stuart remercie Babington et fait trois propositions différentes pour le coup de main qui doit l'enlever de Chartley. C'est intéressant pour l'espion, mais ce n'est pas encore le plus important, l'essentiel. Voici que de joie méchante le cœur de Phelippes s'arrête de battre : enfin il est arrivé au passage qui contient, noir sur blanc, le « consent » de Marie Stuart — désiré et voulu depuis des mois par Walsingham — à l'assassinat de la reine. En réponse à la communication de Babington, selon laquelle six nobles sont prêts à tuer Élisabeth dans son palais, la prisonnière déclare froidement, d'une façon positive : « Il faut donc dire aux six nobles de se mettre à l'œuvre et donner les instructions nécessaires afin qu'on vienne me tirer d'ici dès que l'affaire sera terminée... » Il n'en fallait pas davantage. Par là Marie Stuart a trahi « *her very heart* », elle a approuvé le plan d'assassinat : la conjuration policière de Walsingham a enfin réussi. Mandants et complices, maîtres et serviteurs se félicitent mutuellement du succès de leur entreprise malpropre. « Maintenant vous avez assez de documents », écrit triomphalement Phelippes à son maître. De son côté, Amyas Paulett, qui se doute que bientôt l'exécution de la victime va le délivrer de son poste de geôlier, est pris d'une pieuse émotion. « Dieu a béni mes efforts, écrit-il, et je me réjouis qu'il récompense ainsi mes fidèles services. »

Puisque « l'oiseau de paradis » est pris dans les rets qu'on lui a tendus, Walsingham n'aurait pas besoin en fait d'hésiter plus longtemps : son plan a réussi, sa triste besogne est achevée. Mais il est si sûr de son affaire qu'il peut se payer le plaisir sinistre de s'amuser encore quelques jours avec ses victimes. Il fait envoyer à Babington la lettre de Marie Stuart, copiée depuis longtemps. Cela ne peut pas faire de mal, se dit Walsingham, qu'il lui réponde encore une fois et qu'une nouvelle pièce vienne grossir le dossier de l'accusation. Mais il semble qu'entre-temps Babington se soit rendu compte à quelque signe qu'un mauvais œil a pénétré son secret. Une peur immense l'assaille brusquement. Quand un danger invisible et insaisissable le menace, le plus courageux lui-même peut sentir ses nerfs fléchir. Telle une bête traquée, il court de tous les côtés. Il saute sur un cheval et fuit dans la campagne au galop ; puis il revient à Londres et — véritable moment à la Dostoïevski — se présente chez l'homme qui joue avec son sort, chez Walsingham, — acte fou et cependant compréhensible de la part d'un homme désemparé. Il veut se rendre compte s'il y a déjà des soupçons contre lui. Le ministre de la police, calme et froid, ne se trahit pas et le laisse s'en aller tranquillement ; il se dit qu'il est préférable d'agir ainsi, car l'imprudence de cet illuminé ne manquera pas de le servir encore. Mais Babington sent déjà dans l'ombre la main prête à l'empoigner. En hâte, il écrit un billet à un de ses amis où, pour se donner du courage, il trouve des paroles vraiment héroïques, vraiment romaines : « Le four ardent est prêt où notre foi va être mise à l'épreuve. » En même temps il adresse un dernier mot à Marie Stuart pour lui demander d'être calme et d'avoir confiance.

Mais à présent Walsingham a assez de preuves en main ; il frappe sans avertir. L'un des conjurés est arrêté, et dès que Babington l'apprend, il voit que tout est perdu. Désespéré, il propose encore à son compagnon Savage de courir avec lui au palais et de tuer Élisabeth. Il est déjà trop tard, les sbires de Walsingham sont derrière eux, et ce n'est qu'avec des difficultés inouïes qu'ils réussissent à s'échapper au moment même où on veut les arrêter. Mais où aller? Toutes les routes sont barrées, tous les ports alertés, et ils n'ont ni argent ni provisions. Pendant dix jours ils se cachent dans les bois de Saint John, près de Londres (aujourd'hui le cœur de la ville), dix journées d'angoisse et de terreur irrémédiables. Puis la famine les prend impitoyablement à la gorge. En fin de compte elle les pousse dans une maison amie, où on leur donne du pain et la communion. On les y arrête et on les traîne, enchaînés, à travers la ville. Tandis que ces jeunes gens ardents et audacieux attendent dans une cellule de la Tour la torture et l'exécution, au-dessus de leurs têtes toutes les cloches de Londres célèbrent le succès d'Élisabeth. Par des feux de joie et des cortèges la population fête la victoire de la reine, l'écrasement de la conjuration et la défaite de Marie Stuart.

Pendant ce temps la prisonnière, qui ne se doute encore de rien, vit à Chartley des heures de joyeuse émotion, les premières depuis de nombreuses années. Ses nerfs sont tendus. A chaque moment peut arriver le cavalier qui lui apportera la nouvelle que le plan a été exécuté. Aujourd'hui, demain, après-demain, il est possible qu'on vienne la chercher pour la conduire à Londres, au Palais royal. Déjà elle voit en rêve la noblesse et la bourgeoisie qui l'attendent, en habits de fête, aux portes de la ville, elle entend les cloches sonner joyeusement (elle ne sait pas, la malheureuse, qu'en réalité les cloches sonnent déjà pour célébrer son échec). Un jour encore, deux jours peut-être, et ce sera la fin de son cauchemar : l'Angleterre et l'Écosse seront réunies sous son sceptre et la foi catholique rendue au monde entier.

Aucun médecin ne connaît de meilleur remède que l'espoir pour un corps fatigué, une âme accablée. Depuis que Marie Stuart, toujours d'une confiance crédule, se voit si près du triomphe, une transformation complète s'est opérée en elle. Elle a retrouvé soudain une nouvelle fraîcheur, une sorte de jeunesse ; cette femme, qui, au cours des dernières années, était toujours épuisée, qui ne pouvait pas marcher plus d'une demi-heure sans se plaindre de douleurs au côté et de rhumatismes, monte de nouveau à cheval. Elle-même est étonnée de ce changement surprenant. Elle écrit (alors que la faux a déjà passé sur la conjuration) à son « cher Morgan » qu'elle remercie Dieu de ne l'avoir pas encore fait descendre si bas qu'elle ne puisse manier son arbalète pour tuer un cerf et suivre les chiens à la chasse.

C'est pourquoi le 8 août elle accepte avec plaisir l'invitation que lui fait Amyas Paulett, si inamical d'ordinaire (le sot puritain, pense-t-elle, ne se doute pas de la rapidité avec laquelle sa charge de geôlier va prendre fin), de participer à une partie de chasse dans le parc du château de Tixall. Elle est accompagnée de son majordome, de ses deux secrétaires et de son médecin. Paulett lui-même, particulièrement aimable ce jour-là, se joint au joyeux cortège avec quelques-uns de ses officiers. Il fait un temps radieux, le soleil est chaud, les champs sont verts et luxuriants. Marie Stuart presse vivement son cheval de l'éperon pour mieux respirer l'air pur et se donner davantage l'idée de la liberté. Il y a des semaines, des mois qu'elle n'a pas été si jeune, jamais au cours de toutes ces sombres années on ne l'a vue si gaie et si fraîche qu'en ce magnifique matin d'août. Tout lui paraît beau et facile : celui dont l'espoir fait battre le cœur se sent béni de Dieu.

Peu avant d'arriver à l'entrée du parc de Tixall la rapide chevauchée ralentit, les chevaux s'avancent au petit trot. Soudain le cœur de Marie se met à battre furieusement. Devant la grande porte du château stationne tout un groupe de cavaliers. Ô jour de bonheur ! Ne serait-ce point Babington et ses compagnons ? La promesse secrète de la lettre va-t-elle s'accomplir si vite ? Mais voilà qui est bizarre : un seul des cavaliers se détache du groupe, il s'approche lentement et avec une étrange solennité, puis il ôte son chapeau et s'incline : sir Thomas George. Bientôt le cœur de Marie qui, l'instant d'avant, battait si fort et si joyeusement s'arrête. Sir Thomas George vient de lui communiquer en quelques mots que la conjuration de Babington a été découverte et qu'il a l'ordre de s'emparer de ses deux secrétaires.

Marie Stuart se tait. Un oui, un non, une question, une plainte pourrait la trahir. Peut-être ne devine-t-elle pas encore toute l'importance du danger qui la menace, mais bientôt elle en a la cruelle appréhension quand elle voit qu'Amyas Paulett ne prend aucune disposition pour la reconduire à Chartley. Maintenant elle comprend le sens de son invitation : on l'a attirée hors de chez elle pour pouvoir perquisitionner dans ses appartements sans être dérangé. A coup sûr on est en train de bouleverser et d'examiner attentivement ses papiers, sa correspondance diplomatique, qu'avec son assurance souveraine elle prenait si peu soin de cacher, oubliant qu'elle n'était plus reine mais prisonnière d'une puissance étrangère. On lui laisse largement le temps de penser à ses négligences et à ses fautes : pendant dix-sept jours on la retient à Tixall sans lui permettre d'écrire ou de recevoir une seule lettre. Désormais elle sait que tous ses secrets sont connus de Cecil et de Walsingham et que tout espoir de délivrance est anéanti. De nouveau elle est descendue d'un degré, elle n'est plus simplement prisonnière, déjà elle est accusée.

Marie Stuart est tout autre quand elle reprend le chemin de Chartley. Ce n'est plus dans un galop vivant et joyeux, l'arbalète à la main, accompagnée de ses fidèles, comme lorsqu'elle en est venue ; c'est fatiguée, découragée, déçue, vieillie, qu'elle s'avance lentement, silencieusement, entourée de gardiens et d'ennemis. A son arrivée, elle n'est pas du tout étonnée de trouver ses coffres et armoires fracturés, de constater la disparition de ses papiers, lettres et documents, de voir les derniers fidèles de sa cour l'accueillir avec des larmes dans les yeux et des regards désespérés. Elle sait que maintenant tout est fini. Un petit événement inattendu lui fait oublier un moment sa détresse. En bas, dans une chambre de serviteur, une femme est en train d'accoucher, la femme du secrétaire Curle, que l'on a conduit à Londres, dans l'espoir d'obtenir de lui un témoignage défavorable à la reine ; elle est là seule, sans médecin ni prêtre. Aussitôt Marie — éternelle solidarité des femmes et des malheureux — descend pour soigner l'accouchée, et c'est elle qui baptise le nouveau-né.

Marie Stuart reste encore quelques jours dans ce maudit château, puis l'ordre vient de la transférer dans un autre, où elle sera plus que jamais séparée du monde. C'est Fotheringhay qu'on a choisi ; elle a vécu dans bien des endroits en qualité d'hôte et de prisonnière, de reine et de captive, ici ce sera sa dernière demeure. Ses pérégrinations sont terminées, bientôt le repos final sera accordé à cette âme inquiète.

Mais tout cela qui semble au plus haut point tragique n'est rien comparé aux horribles tortures que l'on prépare durant ces jours aux malheureux jeunes gens qui ont sacrifié leur vie pour Marie Stuart. L'Histoire est injuste, elle ne décrit que la misère des puissants, les victoires et les tragédies des grands de la terre. Elle est indifférente aux petits, comme s'ils souffraient moins que les autres. Babington et ses compagnons — qui connaît encore aujourd'hui leurs noms, tandis que la scène, les livres et les portraits ont immortalisé de multiples fois le souvenir de la reine ? — doivent supporter pendant trois heures d'effroyables tortures, plus de souffrances que Marie Stuart n'en a supporté en ses vingt années de captivité. La mort par strangulation paraît trop bénigne aux instigateurs du complot. Il est décidé avec l'approbation de Cecil, de Walsingham et d'Élisabeth elle-même — encore une bien sombre tache sur son honneur — que l'exécution des traîtres sera prolongée par des tortures particulièrement raffinées. Babington et six de ces jeunes gens, dont deux sont encore des adolescents et qui n'ont commis d'autre crime que d'avoir donné du pain à leur ami lorsqu'il était venu frapper à leur porte, sont tout d'abord pendus pendant un court instant ; puis ils sont détachés encore vivants de la potence afin que puisse s'assouvir sur leurs corps palpitants tout le diabolisme d'un siècle barbare. Le bourreau accomplit alors son hideux travail de boucher qui commence par l'ablation des organes sexuels ; il taille dans la chair douloureuse des suppliciés avec une telle lenteur et une telle cruauté que la populace même de Londres en est secouée d'horreur et d'indignation et que le lendemain on est obligé d'abréger les tortures des autres. Une fois de plus le sang a coulé pour cette femme à qui a été donné le pouvoir fatal d'entraîner sans cesse de nouvelles victimes dans son orbe tragique. Une fois de plus, mais c'est la dernière ! La danse macabre qui a commencé avec Chastelard est terminée. Personne ne se sacrifiera plus pour son rêve de puissance et de grandeur. La victime, à présent, ce sera Marie Stuart elle-même.

Élisabeth contre Élisabeth

Août 1586-février 1587

A présent le but est atteint. Marie Stuart est tombée dans le piège, elle a donné son « consent », elle est coupable. Élisabeth n'a plus besoin de s'occuper de rien, la justice agira et décidera pour elle. La lutte qui durait depuis un quart de siècle est terminée, la reine d'Angleterre l'a emporté. Elle pourrait se réjouir, comme le fait le peuple, qui, dans les rues de Londres, fête bruyamment à la fois la victoire de sa souveraine sur celle qui voulait attenter à ses jours et le succès de la cause protestante. Mais toute victoire comporte une part d'amertume. C'est justement maintenant qu'elle pourrait frapper qu'Élisabeth sent sa main trembler. Faire mourir la captive est mille fois plus difficile que de prendre l'imprudente au piège. Si elle avait voulu se débarrasser de sa rivale par la violence elle en aurait eu cent fois l'occasion. Déjà quinze ans plus tôt le Parlement avait demandé qu'on l'exécutât. Et de son lit de mort John Knox avait encore conjuré Élisabeth de ne pas l'épargner : « Si vous ne coupez pas le mal dans sa racine, les branches qui semblent mortes donneront de nouveaux bourgeons, et cela plus vite que vous ne le pensez », lui écrivait-il. Chaque fois elle avait répondu qu'elle ne pouvait pas tuer « l'oiseau fuyant l'épervier qui était venu chercher refuge auprès d'elle ». Mais maintenant il n'y a plus de choix qu'entre la grâce et la mort. La décision toujours ajournée et qu'on ne peut plus écarter se fait pressante. Élisabeth frémit, elle devine les conséquences immenses, d'une portée incalculable qu'aura son attitude. Il est difficile de se représenter aujourd'hui ce qu'il y avait de nouveau et de révolutionnaire dans la mesure prise contre Marie Stuart et qui ébranla toute la hiérarchie du monde. Car que signifie en somme l'envoi d'une reine à l'échafaud si ce n'est montrer à tous les peuples asservis de l'Europe que les monarques sont eux aussi responsables de leurs actes devant la justice et nullement intangibles ? Ce n'est pas la mort d'un être humain, c'est une idée qui arrête Élisabeth. Ce précédent d'une tête couronnée qui tombe sur le billot aura ses répercussions pendant des siècles, ce sera une menace permanente pour tous les rois de la terre. Sans cet exemple il n'y eût pas eu d'exécution de Charles Ier, ni ensuite de Louis XVI et de Marie-Antoinette. Avec son regard d'aigle, son sens aigu des responsabilités, Élisabeth pressent toute l'importance de la décision qu'elle doit prendre ; elle hésite, elle atermoie, remet à plus tard. De nouveau, et plus passionnément que jamais, se déroule en elle le duel de la raison et du sentiment, la lutte d'Élisabeth contre Élisabeth. Et toujours c'est un spectacle émouvant que celui d'un être en lutte avec lui-même.

Obsédée par ce conflit entre ce qu'elle veut et ce qu'elle ne veut pas, Élisabeth essaie encore d'échapper à l'inévitable. Mais chaque fois qu'elle a voulu écarter une décision, celle-ci a fini par s'imposer. Au dernier moment elle essaie de se décharger sur Marie Stuart. Elle lui envoie une lettre (qui n'a malheureusement pas été conservée) où elle lui demande de faire par écrit, de reine à reine, l'aveu de sa participation au complot et de s'en remettre à son jugement personnel.

Cette proposition serait en somme une solution. Elle épargnerait à Marie Stuart l'humiliation d'un jugement public, la condamnation à mort et l'exécution. Pour Élisabeth, de son côté, ce serait l'assurance absolue de tenir sa gênante rivale dans une sorte de captivité morale. Rendue inoffensive par son aveu, Marie Stuart eût sans doute pu vivre ensuite tranquillement dans l'obscurité, cependant qu'Élisabeth aurait poursuivi son règne dans l'éclat de la gloire et de la puissance. Les rôles seraient, dès lors, bien définis, Élisabeth et Marie Stuart ne se dresseraient plus l'une en face de l'autre dans l'histoire, on verrait une coupable à genoux devant celle qui lui a pardonné, une femme graciée devant celle qui lui a fait grâce.

Mais Marie ne veut pas qu'on la gracie. Sa plus grande force a toujours été la fierté, et elle préfère s'agenouiller devant le billot que devant Élisabeth. Plutôt nier, même contre l'évidence, que d'avouer, plutôt mourir que de s'incliner ! Et c'est ainsi qu'elle oppose un silence fier à cette offre qui la sauverait, mais l'humilierait en même temps. La reine d'Écosse est vaincue, soit, mais elle peut encore une chose sur terre : mettre dans son tort Élisabeth, son ennemie. Et puisqu'il lui est impossible de lui nuire ailleurs, c'est sur l'échafaud qu'elle lui fera honte aux yeux du monde de son injustice en mourant glorieusement.

Marie Stuart a repoussé la main qui lui était tendue. Élisabeth, pressée par Cecil et Walsingham, est maintenant contrainte de s'engager dans la voie qu'elle déteste. Pour donner à la procédure projetée une base juridique, on convoque tout d'abord les légistes de la Couronne ; on sait que ces derniers prennent toujours les décisions qu'exige d'eux le maître de l'heure. Avec zèle ils fouillent l'histoire à la recherche de précédents, de rois soumis à un tribunal ordinaire, cela afin que l'accusation ne constitue pas une rupture trop visible avec la tradition. Mais ils sont assez pitoyables les exemples qu'ils trouvent à grand-peine : ils citent Caïétan, un petit tétrarque de l'époque de César, un certain Licinius, beau-frère de l'empereur Constantin, tout aussi inconnu que le précédent, et enfin Conradin von Hohenstaufen et Jeanne de Naples. Dans leur zèle servile ils vont jusqu'à déclarer superflu le tribunal composé de nobles proposé par Élisabeth. Il suffirait, à leur avis, du moment que le crime a été commis dans le Staffordshire, de traduire Marie Stuart devant le jury ordinaire de ce district. Mais cette interprétation par trop démocratique de la loi ne convient pas du tout à la reine d'Angleterre. Elle tient aux formes, elle veut qu'une petite-fille des Tudor et fille des Stuart soit jugée et condamnée d'une façon vraiment royale, avec tout le respect que l'on doit à une princesse, et non par une poignée de paysans et de boutiquiers. Elle réprimande vivement ses légistes trop zélés : « Ce serait en vérité une jolie procédure contre une princesse ! Je considère comme utile, pour éviter de telles absurdités, de confier l'examen d'une affaire aussi importante à un grand nombre de juges et de nobles du pays. » C'est un procès royal, une exécution royale, un enterrement royal qu'elle veut pour Marie Stuart, et c'est pourquoi elle convoque un tribunal de la noblesse, composé de quarante-six membres choisis parmi les hommes les plus distingués et les plus haut placés du royaume.

Marie Stuart ne montre aucune disposition à se laisser interroger ou condamner fût-ce par les sujets les plus authentiquement nobles de sa « sœur ». « Comment, déclare-t-elle avec hauteur aux envoyés, qu'elle reçoit dans sa chambre sans faire un seul pas à leur rencontre, votre maîtresse ne sait-elle pas que je suis née reine ? Croit-elle que je rabaisserai ma position, mon État, la race dont je suis issue, le fils qui me succédera, les rois et princes étrangers, dont les droits sont blessés en ma personne, en acceptant une telle invitation ? Non, jamais ! Aussi courbée que je puisse paraître, mon cœur est droit et ne se soumettra à aucune humiliation. »

C'est une loi constante pourtant que ni le bonheur ni le malheur ne peuvent changer complètement le caractère. Les qualités et les défauts de Marie Stuart restent les mêmes à travers sa vie. Elle aura toujours aux moments critiques une attitude fière, mais chaque fois elle sera trop nonchalante pour résister longtemps à une forte pression. De même que pour la conférence d'York, elle finit par abandonner sa thèse de la souveraineté inviolable, renonçant ainsi à la seule arme que redoute son ennemie. Après une longue lutte elle se montre prête à répondre aux envoyés d'Élisabeth.

Le 14 octobre 1586 la grande salle du château de Fotheringhay offre un spectacle solennel. Dans le fond on a érigé un dais surmontant un fauteuil d'apparat, qui, durant toutes ces heures tragiques, restera vide. Sa présence muette indique que la reine d'Angleterre préside, d'une façon invisible, ce tribunal, en sa qualité d'autorité suprême. A droite et à gauche de l'estrade sont alignés, selon leur rang, les membres du tribunal. Au milieu se trouve la table des accusateurs publics, des commissaires, des légistes et des greffiers.

C'est là qu'est conduite Marie Stuart, vêtue sévèrement de noir comme de coutume depuis plusieurs années; elle marche appuyée sur le bras de son majordome. En entrant elle jette un coup d'œil sur l'assemblée et dit avec mépris : « Que de juges ici et pas un seul pour moi ! » Puis elle s'avance vers le fauteuil qu'on lui a désigné, à quelques pas du dais et plus bas. L'« overlordship », la prédominance, tant contestée de l'Angleterre sur l'Écosse, est rendue ici visible par cette disposition. Mais même en face de la mort Marie Stuart se refuse à la reconnaître : « Je suis reine de naissance, dit-elle d'une voix assez haute pour que tous l'entendent, et j'ai été mariée à un roi de France. Ma place devrait être là. » Elle indique le trône vide.

L'audience commence. De même qu'à York et à Westminster tout a été organisé au mépris des règles du droit les plus élémentaires. Cette fois encore on a déjà exécuté avec une hâte suspecte les principaux témoins — autrefois le serviteur de Bothwell, aujourd'hui Babington et ses compagnons. Les juges devront se contenter de leurs déclarations arrachées par la torture. Et, nouvelle infraction à la loi, même les documents à charge sur la base desquels on se propose de la condamner, les lettres de Marie Stuart à Babington et celles de Babington à Marie Stuart, on n'en donne pas lecture — la chose est étrange — d'après l'original, mais d'après des copies. Avec raison Marie Stuart interpelle Walsingham : « Comment puis-je être sûre qu'on n'a pas contrefait mes chiffres pour me faire condamner à mort ? » Juridiquement un avocat aurait ici la possibilité d'engager une offensive vigoureuse, et si on en eût accordé un à l'accusée, il lui eût été facile de souligner toutes les illégalités manifestes commises à son détriment. Mais Marie Stuart est seule devant ses juges, ignorante des lois anglaises, sans la moindre connaissance des pièces de l'accusation. Elle ne se contente pas de contester certains faits vraiment suspects, elle nie tout en bloc, elle conteste même ce qui est incontestable. Elle commence par nier avoir jamais connu Babington et le lendemain elle est obligée, sous le poids de preuves contraires, de reconnaître qu'elle avait menti. Par là elle aggrave sa position, et il est trop tard lorsqu'à la dernière minute elle se retranche derrière son point de vue d'autrefois et revendique, en tant que reine, le droit d'être crue sur parole. C'est en vain qu'elle s'écrie : « Mylords, je suis venue dans ce pays me fiant à l'amitié et aux promesses de la reine d'Angleterre. » Car ce n'est pas représenter le droit, le droit éternel et inattaquable, que veulent ces juges, mais uniquement procurer la paix à leur reine, à leur pays. La sentence est préparée depuis longtemps, et lorsque le 25 octobre les commissaires se réunissent dans la Chambre Étoilée à Westminster, un seul, lord Zouche, a le courage de dire qu'il n'est pas très convaincu de la culpabilité de l'accusée. Par là, certes, il enlève au verdict le charme de l'unanimité, mais les autres, servilement, déclarent ce qu'on attendait d'eux. C'est ainsi qu'un greffier prenant note de leur jugement écrit de sa plus belle plume, sur parchemin, que « ladite Marie

Stuart, qui prétend au trône du royaume d'Angleterre, a élaboré et approuvé divers plans dans le but de blesser, de détruire ou de tuer la personne royale de notre souveraine, la reine d'Angleterre ». Et le châtiment pour un tel crime, le Parlement l'a fixé d'avance, c'est la mort.

Dire le droit et juger est la tâche des commissaires. Ils se sont prononcés pour la culpabilité et la mort. Mais Élisabeth, en sa qualité de reine, dispose d'un droit supérieur : celui de grâce. Elle peut empêcher l'exécution de la condamnée. Encore une fois la voici devant une maudite décision à prendre. Que faire ? De nouveau Élisabeth est dressée contre Élisabeth. Et de même que dans la tragédie antique les chœurs se répondent et s'opposent l'un à l'autre, à droite et à gauche de l'homme tourmenté par sa conscience, de même s'élèvent maintenant des voix de l'extérieur et de l'intérieur, les unes lui conseillant la dureté, les autres l'indulgence. Au-dessus d'elles flotte, dans l'invisible, le juge de toute action humaine, l'histoire, qui jamais ne parle des vivants, mais attend qu'ils aient accompli leur destin pour peser leurs actes devant la postérité.

A droite les voix disent nettement et impitoyablement : mort, mort, mort ! Le chancelier d'État, le conseil de la Couronne, les amis les plus proches d'Élisabeth, les lords et les bourgeois, le peuple, tous ne voient qu'un seul moyen d'obtenir la paix pour le pays et la tranquillité pour leur reine : la décapitation de Marie Stuart. Le Parlement lui envoie une pétition solennelle : « Nous demandons humblement, dans l'intérêt de notre religion, pour la sécurité de la personne de la reine et le bien du royaume que Votre Altesse donne l'ordre de publier sans retard la sentence prononcée contre la reine d'Écosse, et, comme nous ne voyons pas d'autre moyen d'assurer la tranquillité de Votre Majesté, de faire exécuter rapidement ladite sentence. »

Pour Élisabeth, cette pression est la bienvenue. Elle désire ardemment que le monde entier puisse constater qu'elle ne poursuit pas Marie Stuart de sa haine, mais que c'est le peuple anglais qui exige l'exécution du jugement. Et plus l'insistance est visible, plus elle fait de bruit, plus cela lui est agréable. L'occasion lui est ainsi donnée de jouer la comédie de la bonté et de l'humanité sur la grande scène de l'histoire, et, en tant que comédienne expérimentée, elle l'exploite jusqu'au bout. Tout d'abord elle déclare retenir l'avertissement éloquent du Parlement et remercie humblement Dieu de l'avoir sauvée du danger; puis elle élève la voix et s'adresse en quelque sorte par-delà l'espace au monde entier et à l'histoire pour dégager sa responsabilité dans le sort de Marie Stuart :

« Quoique ma vie ait été dangereusement menacée, dit-elle, j'avoue que rien ne m'a été plus douloureux que de voir une personne de mon sexe, de même rang et d'origine, et qui m'était si étroitement apparentée, se rendre coupable d'un si grand crime. J'étais si éloignée de toute méchanceté à son égard qu'aussitôt après la découverte des plans criminels dirigés contre moi, je lui ai écrit en secret que si elle voulait me faire l'aveu de sa faute dans une lettre confidentielle tout serait réglé en silence. Si j'ai fait cela, ce n'était pas pour l'attirer dans un piège, car à cette époque je savais déjà tout ce qu'elle pouvait m'avouer. Mais même maintenant que l'affaire est déjà allée si loin, si elle manifestait franchement son repentir et si personne n'élevait plus de prétention en son nom contre moi, je lui pardonnerais encore volontiers s'il ne s'agissait que de ma vie et non aussi de la sécurité et du bien de mes États. » Elle avoue ensuite ouvertement à quel point son hésitation est déterminée par la crainte du jugement de l'histoire : « Nous autres princes nous sommes exposés comme sur une tribune aux regards et à la curiosité du monde entier. La plus petite tache sur nos vêtements est observée, la moindre faiblesse dans nos actions rapidement remarquée, et c'est pourquoi nous devons veiller particulièrement à ce que nos actions soient toujours justes et honorables. » Aussi prie-t-elle le Parlement de l'excuser si elle ne prend pas une décision immédiate : « C'est mon habitude, même dans les affaires beaucoup moins importantes que celle-là, de réfléchir longtemps à ce qui doit être finalement décidé. »

Ces paroles grandiloquentes sont-elles sincères ou non ? L'un et l'autre à la fois, car en Élisabeth s'opposent deux désirs : d'une part elle voudrait être débarrassée de son adversaire et d'autre part se montrer magnanime aux yeux du monde. Au bout de douze jours elle fait demander au lord-chancelier s'il n'y a pas moyen d'épargner la vie de Marie Stuart tout en préservant la sienne propre. Mais une fois de plus le conseil de la Couronne et le Parlement insistent en disant que la seule issue est la mort de la coupable. Et de nouveau Élisabeth répond. Un ton de sincérité presque convaincant anime ce qu'elle dit :

« Je suis aujourd'hui dans la plus grande division avec moi-même. Dois-je parler ou me taire ? Si je parle et me plains, je ne serai pas sincère, si je me tais, tous vos efforts auront été vains. Cela peut vous paraître étrange que je me plaigne, et pourtant j'avoue que c'était mon plus grand désir qu'on pût trouver quelque autre moyen pour assurer votre sécurité et la mienne que celui qui a été proposé... Mais maintenant qu'il a été décidé que mon salut ne peut être assuré que par sa mort, j'éprouve une profonde tristesse à l'idée que moi, qui ai gracié tant de rebelles et pardonné tant de trahisons, je doive me montrer cruelle à l'égard d'une si haute princesse... » Déjà elle laisse entendre que, pourvu qu'on insiste suffisamment, elle est disposée à se laisser convaincre. Mais habile et équivoque comme toujours elle ne dit ni oui ni non et conclut de la façon suivante : « Je ne suis pas opposée à votre opinion, je comprends vos raisons, et je vous prie d'agréer mes remerciements, d'excuser mes incertitudes, et de prendre en bonne part une réponse qui n'en est pas une. »

A droite les voix ont parlé. Clairement, implacablement elles ont dit : mort, mort, mort ! Mais à gauche celles du cœur se font de plus en plus éloquentes. Le roi de France envoie une délégation spéciale chargée d'attirer l'attention de la reine d'Angleterre sur l'intérêt commun qui lie tous les rois. Il rappelle à Élisabeth qu'en défendant l'inviolabilité de Marie Stuart, c'est aussi la sienne qu'elle défend et que la première règle d'un État qui veut gouverner sagement et vivre heureux est de ne pas verser le sang. Il lui dit qu'elle ne doit pas oublier que le droit d'hospitalité est sacré chez tous les peuples. Il espère que la reine d'Angleterre ne commettra pas un crime contre Dieu en portant la main sur une tête couronnée. Et comme Élisabeth, avec sa ruse habituelle, ne donne que des demi-assurances et prononce des phrases impénétrables, le ton des envoyés étrangers se fait plus tranchant. Ce qui était tout d'abord une prière devient un avertissement impérieux, une menace ouverte. Mais Élisabeth, femme d'expérience et familiarisée depuis un quart de siècle avec toutes les habiletés de la politique, a l'oreille fine. Dans tous ces discours pathétiques, elle ne prête attention qu'à une chose : les envoyés cachent-ils dans les plis de leur toge le mandat de rompre les relations diplomatiques et de déclarer la guerre ? Elle a vite fait de se rendre compte que derrière toutes ces phrases tapageuses ne résonne aucun acier, que ni Henri III ni Philippe II ne sont vraiment résolus à sortir l'épée du fourreau lorsque la hache aura frappé la nuque de Marie Stuart.

Aussi, en fin de compte, ne répond-elle plus que par des haussements d'épaules indifférents au tonnerre diplomatique de la France et de l'Espagne. A vrai dire il est une objection qu'il faut écarter d'une manière plus adroite : celle de l'Écosse. Plus que personne au monde, Jacques VI aurait le devoir sacré d'empêcher l'exécution d'une reine écossaise en pays étranger, surtout que le sang que l'on se propose de verser c'est son propre sang, la femme à qui l'on veut ôter la vie, c'est celle qui lui a donné le jour. Certes l'amour filial n'a jamais occupé une grande place dans le cœur de Jacques VI. Depuis qu'il est devenu le « pensionnaire » et l'allié d'Élisabeth, sa mère, qui lui a refusé le titre de roi, qui l'a renié solennellement et a essayé de passer son droit d'héritage à un roi étranger, n'est pour lui en fait qu'un obstacle. A peine la nouvelle lui est parvenue de la découverte du complot de Babington qu'il se dépêche d'envoyer ses félicitations à Élisabeth ; et, à l'ambassadeur de France, qui le dérange dans son occupation favorite, la chasse, en le priant d'intervenir en faveur de sa mère, il répond sur un ton courroucé, « qu'il fallait qu'elle bût la boisson qu'elle avait brassée ». Il lui est indifférent, déclare-t-il formellement, « qu'on la traite d'une façon sévère et même qu'on pende tous ses ignobles serviteurs » ; le mieux serait « qu'elle ne s'occupât plus de rien d'autre que de prier Dieu ». Non, toute cette affaire ne l'intéresse pas, et ce fils peu sentimental se refuse tout d'abord d'envoyer une ambassade à Londres. Ce n'est que lorsque Marie Stuart est condamnée et que tout le pays s'indigne qu'une souveraine étrangère veuille porter atteinte à la vie de la reine d'Écosse qu'il finit par se rendre compte du triste rôle qu'il jouerait s'il continuait à se taire et ne faisait point quelque chose, ne fût-ce que pour la forme. Certes il ne va pas aussi loin que son Parlement, qui demande qu'au cas où Marie Stuart serait exécutée on dénonce immédiatement l'alliance avec l'Angleterre et même qu'on lui déclare la guerre. Mais il se met néanmoins à son pupitre et écrit des lettres énergiques et menaçantes à Walsingham, en même temps qu'il envoie une ambassade à Londres.

Élisabeth a, bien entendu, compté avec cette protestation. Mais ici aussi elle prête uniquement attention à ce qu'il y a derrière les déclarations officielles. Les envoyés de Jacques VI se partagent en deux groupes. L'un, le groupe officiel, demande à haute et intelligible voix que la condamnation ne soit en aucun cas exécutée. Il menace de rompre l'alliance, fait résonner le fer, et les nobles qui le composent s'expriment avec une sincère conviction patriotique. Mais ils ne se doutent pas que pendant qu'ils prononcent de fermes paroles dans la salle de réception un représentant secret de Jacques VI s'est glissé par une porte dérobée dans les appartements privés d'Élisabeth à l'effet d'y traiter une affaire beaucoup plus importante pour le roi d'Écosse que la vie de sa mère : sa reconnaissance comme héritier du trône d'Angleterre. Ce négociateur a l'ordre — ainsi que le communique l'ambassadeur de France, toujours très bien informé — de lui faire savoir que si son maître la menace si énergiquement ce n'est que pour sauver l'honneur et les apparences et il la prie de ne pas « prendre cette vivacité en mauvaise part ». C'est ainsi qu'Élisabeth sait d'une façon certaine ce qu'elle savait probablement depuis longtemps : Jacques VI est prêt à « avaler » *(to digest it)* sans protester l'exécution de sa mère, pourvu qu'on lui donne une assurance ou une demi-assurance qu'il héritera du trône d'Angleterre. Et bientôt commence dans la coulisse un maquignonnage des plus ignobles. Liés par le même et sombre intérêt l'ennemie et le fils de Marie Stuart se rapprochent. Tous deux veulent en secret la même chose, et tous deux ont également intérêt à le tenir caché. Pour l'un comme pour l'autre la reine d'Écosse est un obstacle, mais ils doivent procéder comme si c'était leur intérêt et leur devoir le plus sacré de la défendre et de la protéger. En réalité Élisabeth ne lutte pas pour la vie de Marie Stuart ni Jacques VI pour la vie de sa mère : ce qu'ils veulent c'est faire un geste « sur la scène du monde ». En fait Jacques VI a donné à entendre depuis longtemps que même dans le cas où une décision extrême serait prise il ne créerait aucune difficulté à Élisabeth, lui laissant ainsi la liberté d'exécuter sa mère. Avant même que l'ennemie, l'étrangère l'ait envoyée à la mort, son propre fils l'avait sacrifiée !

Ni la France, ni l'Espagne, ni l'Écosse, ni personne, Élisabeth en est maintenant convaincue, ne l'empêchera d'agir si elle veut en finir. Et il n'y a peut-être plus qu'un seul être au monde qui puisse encore sauver Marie Stuart : la condamnée elle-même. Elle n'aurait qu'à demander sa grâce, il est probable qu'Élisabeth se satisferait de ce triomphe. Au fond elle n'attend même que cet appel, qui la délivrerait de ses tortures morales. Tout sera fait au cours de ces dernières semaines pour briser la fierté de Marie Stuart. Dès que la condamnation à mort est prononcée, Élisabeth lui en fait parvenir le texte, et Amyas Paulett, ce fonctionnaire zélé qu'une honnêteté excessive rend antipathique, profite immédiatement de l'occasion pour offenser la malheureuse, qui n'est plus pour lui « qu'une femme morte sans nulle dignité ». Tout d'abord il ne se découvre plus devant elle — petite et sotte insolence d'un être subalterne, que le malheur d'autrui rend arrogant ; puis il ordonne aux serviteurs de Marie Stuart d'enlever le dais, surmonté de ses armes, qui l'a suivie partout. Comme ceux-ci refusent d'obéir, Paulett veut le faire abattre par ses propres gens. Aussitôt Marie Stuart remplace les armes par un crucifix, pour montrer qu'elle s'appuie sur une force bien plus grande encore que sa royauté. A chaque petite offense mesquine et vexatoire de ses ennemis elle réplique par un geste énergique. « On me menace de me tuer, écrit-elle à ses amis, si je ne demande pas grâce, mais je dis que s'ils ont déjà décidé de me faire mourir, ils n'ont qu'à consommer l'injustice jusqu'au bout. » Tant pis pour Élisabeth si elle la fait exécuter ! Plutôt la mort, qui rabaisse son adversaire devant l'histoire, qu'une bienveillance hypocrite, qui lui donnera une auréole de magnanimité ! Au lieu de protester contre sa condamnation ou de faire appel à la clémence de son ennemie elle remercie humblement le Seigneur, en tant que chrétienne, de cette décision, mais en tant que reine elle répond avec hauteur à Élisabeth :

« Madame, je rends grâce à Dieu de tout mon cœur de ce qu'il luy plaist de mettre fin par vos arrests au pèlerinage ennuyeux de ma vie. Je ne demande point qu'elle me soit prolongée, n'ayant eu que trop de temps pour expérimenter ses amertumes. Je supplie seulement Votre Majesté que, puisque je ne dois attendre aucune faveur de quelques ministres zélez qui tiennent les premiers rangs dans l'Estat d'Angleterre, je puisse tenir de vous seule, et non d'autres, les bienfaits qui s'ensuyvent :

« Premièrement je vous demande que, comme il ne m'est pas loisible d'espérer une sépulture en Angleterre selon les solennitez catholiques pratiquées par les anciens rois vos ancêtres et les miens, et que dans l'Écosse on a forcé et violenté les cendres de mes ayeuls, quand mes adversaires seront saoulez de mon sang innocent, mon corps soit porté par mes domestiques en quelque terre saincte pour y être enterré, et surtout en France, où les os de la reyne ma très honorée mère reposent, afin que ce pauvre corps qui n'a jamais eu de repos tant qu'il esté joint à mon âme le puisse finalement rencontrer alors qu'il en sera séparé ;

« Secondement, je prie Votre Majesté, pour l'appréhension que j'ay de la tyrannie de ceux au pouvoir desquels vous m'avez abandonnée, que je ne sois point suppliciée en quelque lieu caché, mais à la veue de mes domestiques et autres personnes qui puissent rendre témoignage de ma foy et obeyssance envers la vraye Église et défendre les restes de ma vie et mes derniers soupirs contre les faux bruits que mes adversaires pourroient faire courir ;

« En troisième lieu, je requiers que mes domestiques, qui m'ont servy parmy tant d'ennuys et avec tant de fidélité, se puissent retirer librement où ils voudront et jouyr des petites commoditez que ma pauvreté leur a léguées dans mon testament.

« Je vous conjure, Madame, par le sang de Jésus-Christ, par notre parenté, par la mémoire de Henri Septieme, nostre père commun, et par le titre de reyne que je porte encore jusques à la mort, de ne me point refuser des demandes si raisonnables et me les assurer par un mot de votre main ; et là-dessus je mourray comme j'ay vescu. Votre affectionnée sœur prisonnière. »

On le voit, au cours des derniers jours de cette lutte qui se poursuit déjà depuis plusieurs décades les rôles se sont renversés d'une façon étrange et inattendue. Depuis qu'elle a appris sa condamnation à mort, Marie Stuart se sent plus sûre d'elle-même. En recevant le document fatal son cœur tremble moins que la main d'Élisabeth lorsqu'elle l'a signé. Marie Stuart a moins peur de mourir qu'Élisabeth de la faire mourir.

Peut-être croit-elle, au fond d'elle-même, que la reine d'Angleterre n'aura pas l'audace de la livrer, elle, une autre reine, au bourreau ? Peut-être son assurance est-elle trompeuse ? Toujours est-il qu'un observateur aussi soupçonneux qu'Amyas Paulett ne peut découvrir en elle la moindre trace d'inquiétude. Elle ne se plaint pas, ne questionne pas, ne demande aucune faveur à ses gardiens ; elle n'essaie pas d'avoir des rapports secrets avec ses amis à l'étranger ; toutes ses colères, ses résistances, ses révoltes sont finies ; elle s'incline devant son sort, devant Dieu : qu'il décide !

La condamnée passe son temps à se préparer sérieusement à la mort. Elle fait son testament, partage ses biens entre ses serviteurs, écrit aux princes et aux rois, non plus cette fois pour les exhorter à envoyer des armées et à faire la guerre, mais pour leur assurer qu'elle est prête à mourir dans la foi catholique et pour la foi catholique. Le calme est enfin venu. La crainte et l'espoir, « les pires ennemis de l'homme », comme dit Goethe, ne peuvent plus rien sur son âme affermie. De même que plus tard Marie-Antoinette c'est seulement en face de la mort qu'elle comprend son véritable devoir. Le sens de sa responsabilité devant l'histoire lui fait surmonter son indolence native. Ce n'est point pour sauver sa vie qu'elle se prépare, mais en vue d'une mort efficace, démonstrative, d'un triomphe final. Elle sait que seul un trépas héroïque peut racheter aux yeux du monde les erreurs tragiques de sa vie et qu'une dernière victoire lui est réservée dans cette existence par une fin digne.

A ce calme souverain de la condamnée s'opposent le trouble, l'embarras, la nervosité d'Élisabeth. Alors que Marie Stuart est résolue, Élisabeth est encore en lutte avec elle-même pour prendre une décision. Jamais elle n'a autant souffert de son adversaire que maintenant qu'elle la tient tout à fait entre ses mains. Elle en perd le sommeil et reste plongée des journées entières dans un sombre silence. On devine que cette question insupportable ne la quitte pas; signera-t-elle la condamnation à mort? laissera-t-elle exécuter Marie Stuart? Elle a beau vouloir écarter ce rocher de Sisyphe, toujours il revient lui meurtrir l'âme. En vain ses ministres s'efforcent de la décider, elle n'entend que la voix de sa conscience. Elle repousse toutes les propositions et ne cesse d'en demander de nouvelles. Cecil la trouve « changeante comme le temps ». Une fois elle est pour la mort, une autre pour la grâce. A chaque instant elle interroge ses amis pour savoir s'il n'y a pas « un autre moyen », tout en sachant bien qu'il n'en existe pas. Mais si cela pouvait être fait sans qu'elle eût besoin d'en donner l'ordre formel, *pour* elle et non pas *par* elle! De plus en plus elle lutte avec cette peur de la responsabilité qui l'arrête, sans cesse elle pèse les avantages et les inconvénients de l'exécution de sa rivale, et au grand désespoir de ses ministres elle ajourne constamment sa décision par des phrases obscures et équivoques qui ne font que trahir sa nervosité. « *With weariness to talk, Her Majesty left off all till a time I know not when* », déplore Cecil, qui, en calculateur habile et froid, ne comprend pas les scrupules qui assaillent la reine. Cependant si celle-ci a donné à Marie Stuart un dur geôlier, il en est un autre beaucoup plus dur, le plus cruel qu'il y ait au monde, qui la tient, elle, prisonnière jour et nuit : sa conscience.

Cette lutte intérieure d'Élisabeth contre Élisabeth, pour savoir si elle doit obéir à la voix de la raison ou à celle de l'humanité dure près de six mois. Étant donné la tension nerveuse, intolérable que peut créer une pareille situation, il est tout naturel qu'un beau jour la décision arrive aussi soudaine qu'une explosion.

Le mercredi 1er février 1587 le secrétaire privé d'Élisabeth, William Davison — Walsingham a la chance ou la sagesse d'être malade durant ces jours-là — est brusquement avisé, dans le parc de Greenwich, par l'amiral Howard que la reine désire qu'il soumette à sa signature l'ordre d'exécution de Marie Stuart. Davison va chercher le document, que Cecil a rédigé de sa propre main, et le remet à sa souveraine en même temps qu'un certain nombre d'autres pièces. Mais, chose étrange, voilà qu'Élisabeth, comédienne consommée, ne paraît nullement pressée de signer. Elle fait l'indifférente, bavarde avec Davison de choses tout à fait en dehors et admire par la fenêtre la limpidité de cette belle matinée d'hiver. Ce n'est qu'ensuite qu'elle lui demande tout à fait incidemment — a-t-elle vraiment oublié pourquoi elle l'a fait venir ? — ce qu'il lui apporte. Davison répond : des papiers à signer, entre autres celui que lord Howard l'a chargé spécialement de lui remettre. Élisabeth prend les pièces, mais se garde bien de les lire. Rapidement elle les signe l'une après l'autre, y compris, bien entendu, l'ordre d'exécution. Il semble qu'elle ait voulu tout d'abord faire croire qu'elle l'avait signé par inadvertance. Mais avec cette femme versatile on ne sait jamais à quoi s'en tenir. Toujours est-il que l'instant d'après elle trahit déjà à quel point elle était consciente de ce qu'elle faisait en déclarant à Davison que si elle a hésité si longtemps à mettre sa signature au bas du document c'est uniquement afin de bien montrer qu'elle ne s'y est décidée qu'à contre-cœur. Qu'il le porte maintenant au chancelier pour y faire apposer le grand sceau et ensuite qu'on le remette aux personnes chargées de l'exécuter. Ce mandat est clair, il ne laisse au secrétaire aucune possibilité de douter de la volonté de la reine. Le fait qu'elle lui parle froidement des détails de l'exécution prouve d'ailleurs d'une façon convaincante qu'Élisabeth s'était depuis longtemps familiarisée avec l'idée de faire mourir sa rivale. Elle lui dit que la décapitation aura lieu dans la grande salle du château, car la cour d'honneur ou la cour intérieure ne lui paraissent pas bien convenir pour cela ; en outre elle lui recommande avec insistance de ne faire connaître à personne qu'elle a signé l'ordre d'exécution. Quand on a trouvé, après de grandes difficultés, la solution d'un problème on se sent toujours le cœur léger. Élisabeth aussi est de meilleure humeur maintenant qu'elle a enfin pris une décision ; elle est même joyeuse, car elle dit en plaisantant à Davison que sûrement la douleur que lui causera cette nouvelle va tuer Walsingham.

Le secrétaire croit maintenant — et on peut le comprendre — l'affaire réglée. Il s'incline et se dirige vers la porte. Mais en réalité Élisabeth n'est jamais nettement décidée à quoi que ce soit, chez elle une affaire n'est jamais vraiment terminée. Lorsque Davison est sur le seuil elle le rappelle ; sa bonne humeur, sa résolution, vraie ou feinte, sont déjà disparues. Élisabeth va et vient avec inquiétude dans la pièce. N'y aurait-il pas un autre moyen pour se débarrasser de son ennemie ? Les membres de l'« Association » n'ont-ils pas juré de faire mourir toute personne ayant participé à un attentat contre la reine d'Angleterre ? Amyas Paulett et son assistant étant membres de ladite « Association », ne serait-ce pas de leur devoir de se charger de la mort de la coupable et de lui ôter, à elle, la reine, la responsabilité d'une exécution publique ? Walsingham devrait en tout cas leur écrire dans ce sens à tous les deux.

Le bon Davison se sent peu à peu mal à l'aise. Il voit ce que veut la reine. Probablement regrette-t-il déjà que cette conversation importante n'ait pas de témoins. Mais qu'importe, son mandat est clair ! Il va tout d'abord à la chancellerie, y fait apposer le sceau sur l'ordre d'exécution, puis il se rend chez Walsingham, qui rédige immédiatement une lettre à Amyas Paulett dans le sens désiré par Élisabeth. La reine, écrit-il, a constaté avec regret un certain manque de zèle de sa part, du fait que vu le danger que représente Marie Stuart pour Sa Majesté, il n'a pas trouvé « de lui-même et sans autre mandat » un moyen de la faire disparaître. C'est en toute tranquillité d'esprit qu'il peut prendre sur lui de la supprimer, étant donné le serment qu'il a prêté comme membre de l'« Association », et puisqu'il ne ferait que rendre service à la reine, dont la répugnance à verser le sang est bien connue.

Cette lettre n'avait pas encore touché Amyas Paulett et en tout cas la réponse ne pouvait pas être arrivée de Fotheringhay que le vent avait déjà tourné à Greenwich. Le lendemain matin, jeudi, un messager frappe à la porte de Davison avec un mot d'Élisabeth. Celle-ci le prie, au cas où il n'aurait pas encore été chez le chancelier, de s'en abstenir jusqu'à ce qu'elle l'ait vu. En hâte Davison se rend auprès de la reine et déclare que son ordre de la veille a été exécuté aussitôt. Élisabeth semble en être satisfaite, car elle se tait et ne fait aucun reproche à Davison et surtout elle ne lui dit pas de rapporter le document. Elle ne fait que se plaindre encore que toujours on rejette sur elle toutes les responsabilités. Elle va de long en large dans la pièce avec nervosité. Le secrétaire attend une décision, un ordre précis. Mais brusquement Élisabeth le quitte sans lui avoir rien ordonné.

C'est une scène tout à fait shakespearienne que la reine d'Angleterre joue là sous les yeux de ce spectateur. On pense involontairement à Richard III reprochant à Buckingham que son adversaire vive encore mais ne lui donnant pas l'ordre clair et net de le tuer. C'est le regard offensé de Richard III, que son vassal comprend et qu'il fait semblant de ne pas comprendre, que rencontre le malheureux Davison. Il sent qu'il est sur un sol glissant et fait des efforts désespérés pour s'accrocher à d'autres. Il ne veut pas porter à lui seul le poids d'une pareille responsabilité historique ! Il va tout d'abord trouver Hatton, l'ami de la reine, et lui décrit sa terrible situation : Élisabeth lui a bien remis le document signé avec l'ordre de le porter à la chancellerie, mais il se rend compte dès maintenant, d'après son attitude, que plus tard elle niera. Hatton connaît trop Élisabeth pour ne pas deviner sa tactique, mais il n'a aucune envie d'être catégorique avec Davison. Et maintenant l'un rejette la responsabilité sur l'autre. Élisabeth s'est déchargée sur Davison, qui essaie d'en faire autant sur Hatton, qui, à son tour, avertit Cecil. Le chancelier ne veut pas prendre l'affaire sur lui et il convoque pour le lendemain une sorte de conseil secret de la Couronne. Les proches amis et confidents d'Élisabeth sont présents : Leicester, Hatton et sept autres nobles qui connaissent par expérience la versatilité d'Élisabeth. Là, enfin, on tient un langage clair : Élisabeth, constatent-ils d'un commun accord, veut éviter pour son prestige moral que l'on sache que l'ordre d'exécution vient d'elle. Elle voudrait, pour se créer un alibi, sembler surprise aux yeux du monde devant le fait accompli. Le devoir de ses fidèles est par conséquent de participer à cette comédie et de faire, en apparence contre la volonté de la reine, ce qu'elle désire en réalité. Étant donné la lourde responsabilité dont on se chargeait ainsi, il fallait faire en sorte que la violence de sa colère vraie ou feinte ne pût retomber sur une seule personne. Cecil propose donc qu'ils donnent tous ensemble l'ordre de l'exécution. Lord Kent et lord Shrewsbury sont chargés d'y assister ; Beate, le clerc du Conseil, les précédera à Fotheringhay avec les instructions nécessaires. Maintenant c'est sur les dix membres du conseil de la Couronne que repose toute la responsabilité de l'acte : en prenant cette décision tant désirée par Élisabeth de déborder leur compétence ils l'ont enfin déchargée d'un terrible « fardeau ».

Élisabeth a toujours été très curieuse. Elle veut savoir, et immédiatement, tout ce qui se passe autour d'elle et dans le pays. Mais, fait étrange, cette fois elle ne s'enquiert ni auprès de Davison, ni auprès de Cecil, ni auprès de qui que ce soit, de ce qu'est devenu l'ordre qu'elle a signé. Au cours des trois journées qui viennent de s'écouler elle a tout à fait oublié ce qui l'avait exclusivement préoccupée depuis des mois. Comme si elle avait bu des eaux du Léthé, cette affaire de la plus haute importance semble être sortie de sa mémoire. Et lorsque le dimanche on lui remet la réponse d'Amyas Paulett à la proposition qui lui a été faite elle se tait encore.

La lettre de Paulett n'est pas faite pour la réjouir. Il a tout de suite compris quel rôle ingrat on veut lui faire jouer et il sait aussi quelle récompense l'attend : une fois qu'il aura supprimé Marie Stuart la reine le traitera publiquement d'assassin et le fera traduire en justice. Il n'ignore pas qu'il n'a aucun remerciement à attendre des Tudor, il n'a pas du tout envie d'être un bouc émissaire. Mais pour ne pas paraître désobéir à sa reine, l'habile puritain se retranche derrière une instance supérieure, son Dieu. Il couvre son refus du manteau de la moralité. « Mon cœur se remplit d'amertume, écrit-il sur un ton pathétique, à l'idée que je suis assez malheureux d'avoir vu le jour où on me donne au nom de ma bonne souveraine l'ordre de commettre un acte que Dieu et la loi réprouvent. Mes biens, ma situation, ma vie même, sont à la disposition de Sa Majesté, et je suis prêt à y renoncer dès demain si elle le désire, car c'est à sa faveur uniquement que je les dois. Mais Dieu me préserve de supporter un tel naufrage de la conscience et de laisser à mes descendants la honte d'avoir répandu le sang en dehors de la loi et sans un ordre officiel ! J'espère que Sa Majesté, avec sa bonté ordinaire, prendra en bonne part ma loyale réponse. »

Mais Élisabeth ne pense nullement à accueillir avec bonté la lettre de son Paulett, dont peu de temps avant elle louait encore avec enthousiasme les « *spotless actions, wise orders and safe regards* ». En proie à la colère elle se livre à des appréciations malveillantes sur le compte des « gens délicats et pointilleux » qui promettent tout, mais ne tiennent rien. Paulett n'était qu'un parjure, lui qui avait signé l'« *Act of association* », aux termes duquel il s'engageait à servir sa reine, même au péril de sa vie ! Mais elle en connaissait d'autres qui ne reculeraient point. Et elle citait un certain Wingfield. Avec une indignation vraie ou feinte elle s'en prend au malheureux Davison — Walsingham, lui, est toujours « malade » — qui lui conseille avec naïveté de s'engager dans le chemin de la légalité qui est sans danger. Elle lui répond vivement que des gens plus intelligents sont d'un autre avis. « Il est extrêmement temps, s'écrie-t-elle, d'en finir avec cette affaire, et c'est une honte pour vous tous qu'elle ne soit pas encore terminée. »

Davison se tait. Il pourrait dire que tout est en bonne voie. Mais il se rend compte que rien ne serait plus désagréable à la reine que de lui apprendre ce qu'elle sait probablement depuis longtemps, à savoir que le messager porteur de son ordre dûment scellé est déjà en route pour Fotheringhay et qu'il est accompagné d'un homme chargé de transformer l'ordre en exécution, la parole en sang : le bourreau de Londres.

« *En ma fin est mon commencement* »

8 février 1587

« En ma fin est mon commencement » : cette parole dont le sens, alors, n'était pas encore très clair, Marie Stuart l'avait brodée jadis sur une étoffe. A présent sa prédiction va se réaliser. Sa mort tragique rachètera aux yeux de la postérité les fautes de sa jeunesse, elle leur donnera un tout autre caractère, elle sera en vérité le début de sa gloire. Décidée et réfléchie, la condamnée se prépare à cette ultime épreuve. A deux reprises, quand elle était une toute jeune reine, il lui fallut voir comment un gentilhomme meurt sous la hache; elle apprit de bonne heure que l'horreur d'une fin aussi odieuse ne peut être surmontée que par l'héroïsme. Marie Stuart le sait, la postérité et aussi ses contemporains jugeront son attitude : la moindre défaillance, la moindre hésitation, le moindre frémissement quand elle penchera sa nuque sur le billot serait une trahison envers sa grandeur royale. Elle recueille donc silencieusement ses forces en ces semaines d'attente. Cette femme d'ordinaire si impulsive ne s'est préparée à rien dans la vie avec autant de calme et d'assurance qu'à sa dernière heure.

Aussi ne trahit-elle ni frayeur ni étonnement lorsque, le mardi 7 février 1587, ses serviteurs lui annoncent l'arrivée de lord Shrewsbury et de lord Kent, accompagnés de magistrats. Elle a soin de faire venir tout d'abord ses femmes et la majeure partie de sa suite. Puis elle reçoit les visiteurs. Car elle veut désormais que ses fidèles soient auprès d'elle à tout moment, afin qu'un jour ils puissent témoigner que la fille de Jacques V et de Marie de Lorraine, dans les veines de qui coulait le sang des Tudor, des Valois, des Stuart, sut faire glorieusement face à la plus dure des épreuves. Shrewsbury, l'homme dont elle habita la maison pendant près de vingt ans, ploie le genou et incline sa tête grise. Sa voix tremble un peu quand il lui annonce qu'Élisabeth a été forcée de céder aux instances de ses sujets et d'ordonner l'application du jugement. Marie Stuart ne paraît point surprise par l'affreuse nouvelle; sans la moindre trace d'émotion — elle sait que chacun de ses gestes figurera dans le registre de l'histoire — elle écoute la lecture de l'arrêt de mort, puis, calmement, elle se signe et dit : « Dieu soit loué pour la nouvelle que vous m'apportez. Je ne saurais en recevoir de meilleure, parce qu'elle m'annonce la fin de mes peines et la grâce que Dieu m'accorde de mourir pour la gloire de son nom et de son Église catholique. » Elle ne discute pas le jugement. Elle ne veut plus se défendre en tant que reine contre l'injustice d'une autre reine, elle veut, en chrétienne, accepter la souffrance et peut-être aime-t-elle déjà son martyre comme l'ultime triomphe que lui accorde cette vie. Elle ne demande que deux choses : qu'on autorise son aumônier à l'assister et que l'exécution n'ait pas lieu dès le lendemain matin, afin qu'elle ait le temps de prendre ses dernières dispositions. Ces deux prières lui sont refusées. Le comte de Kent, protestant fanatique, répond qu'elle n'a pas besoin d'un prêtre de la fausse doctrine, mais il veut bien lui envoyer un pasteur réformé, afin qu'il l'instruise dans la vraie religion. Bien entendu Marie Stuart n'accepte pas, au moment où elle s'apprête à témoigner de sa foi devant toute la catholicité, d'être catéchisée par un prêtre hérétique. Le refus de différer son exécution est moins cruel que cette odieuse prétention vis-à-vis d'une femme qui va mourir; car comme elle n'a qu'une nuit pour se préparer à la mort, ces heures sont tellement remplies qu'il n'y a plus place pour la crainte et l'inquiétude. C'est une grâce de Dieu que le temps paraisse toujours trop court au mourant.

Marie Stuart utilise ses derniers moments avec un sang-froid et une mesure qui autrefois lui étaient, hélas ! étrangers. Grande princesse, elle veut une mort grandiose, et avec son sens parfait du style, qui toujours la distingua, avec son goût artistique héréditaire et sa dignité innée au moment du danger, elle prépare son trépas comme une grande cérémonie, une fête, un triomphe. Rien ne doit être improvisé, abandonné au hasard, à l'humeur du moment ; tout doit être calculé, d'un effet imposant, d'une royale beauté. Chaque détail a sa place comme une strophe touchante ou puissamment émouvante dans le poème héroïque d'une mort exemplaire. Pour avoir le temps de recueillir ses pensées et d'écrire tranquillement les lettres nécessaires, Marie Stuart a commandé un peu plus tôt que d'habitude son repas, auquel elle donne la solennité d'une cène. Après avoir mangé, elle réunit autour d'elle tous ses serviteurs et se fait passer une coupe de vin. Gravement, mais le visage serein, elle lève le calice au-dessus de ses fidèles, qui tous sont tombés à genoux. Elle boit à leur santé et les exhorte ensuite à rester dévoués à la religion catholique et à vivre en paix entre eux. Elle leur demande pardon à tous, individuellement — on dirait une scène de la *Vie des saints* — des torts que, consciemment ou inconsciemment, elle a pu avoir envers eux. Alors elle remet à chacun d'eux un souvenir : des bagues, des joyaux, des colliers et des dentelles, toutes ces petites choses précieuses qui ont autrefois orné et égayé sa vie. Ils reçoivent ces présents à genoux, en silence ou sanglotant, et la reine, malgré elle, est remuée jusqu'aux larmes par la déchirante affection de ses fidèles.

Elle se lève enfin et passe dans sa chambre, où des cierges brûlent sur la table. Il lui reste encore beaucoup à faire jusqu'au matin : relire son testament, se préparer à gravir son calvaire et rédiger ses dernières lettres. Dans l'une, la plus pressante, elle prie son confesseur de veiller cette nuit-là et de prier pour elle ; il habite la même demeure qu'elle et n'en est séparé que par deux ou trois pièces, mais le comte de Kent — le fanatisme est toujours sans pitié — a défendu au consolateur de quitter son appartement, afin qu'il ne donne pas à Marie Stuart l'extrême-onction « papiste ». La reine écrit ensuite à sa famille, à Henri III et au duc de Guise ; un souci l'obsède à la dernière heure, un souci qui l'honore tout spécialement. Avec la pension que lui servait la France, elle pourvoyait aux besoins de ses serviteurs. Qui se chargera d'eux quand elle sera morte ? Elle prie donc le roi de veiller à ce qu'ils ne manquent de rien et de faire dire des messes « pour une royne qui a été nommée très-chrestienne et meurt catholique, dénuée de tous ses biens terrestres ». Avant, elle avait déjà écrit à Philippe II et au pape. Il n'y a plus qu'une souveraine à qui elle n'a pas encore envoyé de lettre, Élisabeth. Mais Marie Stuart ne lui adressera plus un mot. Elle ne veut plus rien lui demander, elle n'a plus rien à lui dire : ce n'est que par un fier silence et une mort grandiose qu'elle peut encore humilier sa vieille adversaire.

Bien longtemps après minuit Marie Stuart se décide enfin à se coucher. Elle a accompli jusqu'au bout sa tâche en ce monde. Désormais son corps exténué n'accordera plus à son âme qu'un asile de quelques heures. Dans un coin ses femmes agenouillées prient en silence ; elles craignent de troubler son sommeil. Mais Marie Stuart ne dort pas. Les yeux ouverts, elle regarde dans l'immense nuit ; elle n'accorde quelque détente qu'à ses membres, afin, quand viendra le matin, de pouvoir affronter d'un pas assuré et l'âme forte la mort plus forte encore.

Marie Stuart s'est habillée pour bien des fêtes, pour des mariages, couronnements, baptêmes et exercices de chevalerie, pour la guerre, la chasse et les voyages, pour des réceptions, bals et tournois, toujours elle s'est vêtue avec splendeur, consciente du pouvoir du beau sur le monde. Mais jamais elle ne s'est parée avec plus de recherche que pour l'instant suprême de sa mort. En vérité elle dut étudier des jours et des semaines à l'avance le cérémonial d'une heure aussi tragique et en choisir chaque détail avec intention. Elle a sans doute examiné pièce par pièce sa garde-robe en vue de cette solennité unique : on dirait que, dans un dernier sursaut de coquetterie, elle a voulu, en tant que femme, donner pour tous les temps l'exemple de la perfection avec laquelle une reine marche à l'échafaud. De six heures à huit heures du matin, ses femmes l'habillent. Elle ne veut pas se présenter devant le billot comme une pécheresse tremblante et mal vêtue, elle veut mettre pour l'ultime épreuve une robe somptueuse, une robe de cérémonie ; elle choisit la plus grave et la plus belle, en velours cramoisi-brun, à corsage de soie noire, la fraise blanche dressée et les manches amples et pendantes. Un manteau de satin noir avec parements de zibeline recouvre ce faste solennel, et la lourde traîne est si longue que son majordome est obligé de la porter. Un voile de veuve étend sa blancheur vaporeuse depuis la tête jusqu'aux pieds, des scapulaires et deux rosaires remplacent toute parure terrestre, des souliers de maroquin blancs assourdiront son pas quand elle se dirigera vers l'échafaud. Elle-même a pris dans son coffre le mouchoir avec lequel on lui bandera les yeux, un mouchoir de fine batiste, frangé d'or, brodé sans doute par elle. Elle a choisi judicieusement la moindre agrafe, la moindre boucle de sa robe, de façon que tout soit en harmonie ; elle a même prévu qu'avant d'incliner sa tête sur le billot il lui faudrait se déshabiller devant des étrangers. En vue de cette dernière et tragique minute Marie Stuart a revêtu sous son costume de cérémonie une jupe de taffetas velouté rouge découvrant ses épaules et porte des gants montants couleur de feu, afin que le sang, en jaillissant, ne tranche pas trop violemment sur ses vêtements. Jamais une condamnée ne s'est préparée à la mort avec autant d'art et de grandeur.

A huit heures du matin on frappe à la porte. Marie Stuart ne répond pas, elle est encore à genoux sur son prie-dieu et récite à haute voix la prière des agonisants. Ses dévotions terminées elle se lève et, à la seconde sommation, fait ouvrir. Le shérif entre, le bâton blanc à la main — bientôt il sera brisé — et lui dit en s'inclinant très bas : « Madame, les lords vous attendent et m'ont délégué vers vous. » « Allons », répond Marie Stuart.

Le dernier tourment commence. Soutenue à droite et à gauche par deux de ses serviteurs, elle s'avance lentement, les membres enflés et ankylosés par les rhumatismes. Elle s'est munie des armes de la foi, afin qu'aucune crainte ne vienne l'assaillir et l'ébranler : outre l'*Agnus Dei* qu'elle porte au cou et les deux chapelets pendus a sa ceinture, elle tient à la main, comme une pieuse épée, une croix d'ivoire. Il faut que le monde voie comment une reine meurt dans la foi catholique et pour la foi catholique. Il faut qu'on oublie les folies et les fautes qui pèsent sur sa jeunesse, qu'on oublie que c'est la complice d'un meurtre prémédité qui marche à la mort : elle veut montrer à la postérité qu'elle tombe en martyre de la cause catholique, victime de ses ennemis hérétiques.

Ses serviteurs ne l'assistent que jusqu'à la porte. Il en a été ainsi convenu et décidé. Il ne faut pas qu'ils paraissent prendre part à l'acte odieux en conduisant eux-mêmes leur souveraine à l'échafaud. Ils ne veulent la servir que dans ses appartements et non devenir les aides du bourreau. Deux subordonnés d'Amyas Paulett sont chargés de l'aider à descendre l'escalier : seuls des ennemis doivent participer au meurtre. En bas, sur la dernière marche, devant l'entrée de la grande salle où aura lieu l'exécution, André Melville se met à genoux devant elle ; c'est à lui, en sa qualité de noble écossais, qu'incombera la mission de transmettre au fils la nouvelle de l'exécution de sa mère. La reine le relève et l'embrasse. La présence de ce fidèle témoin lui est agréable, elle ne peut que fortifier son énergie. Et lorsque Melville lui dit : « Ce sera la tâche la plus cruelle de ma vie d'annoncer que ma vénérée reine et maîtresse est morte », elle lui répond : « Tu dois plutôt te réjouir que je sois arrivée au bout de mes peines. Dis surtout que je suis morte fidèle à ma religion, en vraie catholique, en vraie Écossaise, en vraie princesse. Que Dieu pardonne à ceux qui ont exigé ma fin ! Et dis à mon fils que je n'ai jamais rien fait qui ait pu lui nuire, que je n'ai jamais renoncé à notre souveraineté. »

Après ces paroles, elle se tourne vers Shrewsbury et Kent et les prie de permettre à ses femmes d'assister à sa fin. Le comte de Kent objecte que les femmes, par leurs pleurs et leurs cris, susciteraient du désordre et pourraient en outre provoquer du scandale en voulant tremper leurs mouchoirs dans son sang. Mais Marie insiste. « J'en prends l'engagement, réplique-t-elle, elles ne feront rien de pareil... Et je suis sûre que votre souveraine ne refuserait pas à une autre reine l'assistance de ses femmes à son dernier moment. Il est impossible qu'elle ait donné des ordres aussi rigoureux. Même si j'étais de moindre rang, elle me l'accorderait, et je suis sa cousine, je suis du sang d'Henri VII, veuve du roi de France et reine d'Écosse. »

Les deux hommes se consultent ; finalement on permet à quatre de ses serviteurs et à deux de ses femmes de l'accompagner. Marie Stuart est satisfaite. Escortée de cette petite troupe de fidèles et d'André Melville, qui porte sa traîne, elle pénètre dans la grande salle de Fotheringhay, à la suite du shérif, de Shrewsbury et de Kent.

Toute la nuit la pièce a retenti de coups de marteau. Les tables et les chaises ont été enlevées ; à un bout de la salle a été dressée une plate-forme haute de deux pieds et tendue de noir comme un catafalque. Au milieu, devant le billot recouvert d'une draperie noire, on a placé un tabouret noir avec un coussin. C'est là que la reine devra s'agenouiller pour recevoir le coup mortel. A droite et à gauche deux sièges attendent Shrewsbury et Kent, représentants d'Élisabeth, cependant que contre le mur se tiennent immobiles comme des statues de bronze deux personnages vêtus de velours noir et masqués : le bourreau et son aide. Seuls la victime et les bourreaux ont le droit de monter sur cette scène terriblement sinistre; dans le fond de la salle se presse le public des spectateurs. Gardée par Paulett et ses soldats, une barrière a été tendue derrière laquelle se massent deux cents gentilshommes accourus des environs pour assister au spectacle inouï de l'exécution d'une reine. Au-dehors le peuple, attiré par la nouvelle, se presse devant les portes du château, mais l'entrée lui est interdite : il faut être de sang noble pour avoir le droit de voir verser le sang royal.

Marie pénètre avec calme dans la salle. Reine dès les premiers jours de sa vie, elle a, depuis toujours, appris à observer une attitude royale et cet art élevé ne l'abandonne pas, même en ce cruel instant. La tête haute, elle monte les deux marches de l'échafaud. C'est ainsi qu'à quinze ans elle est montée sur le trône de France, c'est ainsi qu'à Reims elle s'est avancée vers l'autel. C'est ainsi qu'elle serait montée sur le trône d'Angleterre si d'autres étoiles avaient présidé à son destin. Elle s'était agenouillée près du roi de France, puis près du roi d'Écosse, pour recevoir la bénédiction du prêtre avec la même humilité et la même fierté qu'elle attend aujourd'hui la bénédiction de la mort. Elle écoute avec indifférence le secrétaire relire la sentence. Et ses traits accusent une expression si aimable, presque joyeuse, que Wigmore, l'agent secret de Cecil, ne peut s'empêcher de signaler dans le rapport qu'il fait à son maître qu'elle a accueilli la lecture de son arrêt de mort comme s'il s'était agi de sa grâce.

Une cruelle épreuve lui est encore réservée. La condamnée veut faire de sa dernière heure une chose pure et sublime, elle veut qu'elle rayonne sur le monde comme une grande flamme du martyre, comme un fanal de la foi. Mais les lords protestants tiennent à empêcher que le dernier geste de sa vie ne devienne l'impressionnante profession de foi d'une pieuse catholique ; ils essaient donc encore au tout dernier moment de diminuer par d'odieuses mesquineries la dignité de Marie Stuart. Plusieurs fois la reine pendant le trajet de sa chambre au lieu de l'exécution s'était retournée pour voir si malgré tout son confesseur ne se trouvait pas dans le public afin d'obtenir sa bénédiction tout au moins par un signe muet. Mais inutilement. Et voilà que, au moment même où elle se prépare à subir sa peine sans les secours de la religion, à la dernière seconde, apparaît soudain près d'elle le pasteur réformé de Peterborough, Fletcher, — incarnation de la lutte effroyable et cruelle des deux religions qui a troublé sa jeunesse et bouleversé sa destinée. Les lords savent parfaitement, par ses refus répétés, que l'ardente catholique préfère plutôt mourir sans consolations spirituelles que d'accepter l'assistance d'un prêtre hérétique. Mais de même que Marie veut honorer sa religion devant l'échafaud, les protestants désirent honorer la leur en cette circonstance : eux aussi veulent que leur Dieu soit présent. Prétextant s'intéresser au salut de l'âme de la condamnée, le pasteur commence un sermon fort médiocre, que Marie Stuart, qui ne demande plus qu'à mourir, cherche en vain à interrompre. Trois ou quatre fois elle prie le doyen de Peterborough de s'arrêter, lui déclarant qu'elle persévérait dans la foi catholique pour la défense de laquelle il lui était donné ce jour-là, par la grâce de Dieu, de répandre son sang. Mais notre homme a peu de respect pour la volonté d'une mourante et beaucoup de vanité. Il a soigneusement préparé son sermon et il est très fier de le produire devant une si noble assistance. Il continue à parler sans arrêt. Finalement Marie Stuart ne voit pas d'autre moyen de s'opposer à ce prêche déplaisant que de prendre son crucifix dans une main, son paroissien dans l'autre, de tomber à genoux et de prier tout haut en latin. Au lieu d'unir leurs voix dans une invocation commune à Dieu, les deux religions s'affrontent encore au pied de l'échafaud ; comme toujours, la haine est plus forte que le respect de la détresse étrangère. Shrewsbury et Kent, suivis par la majorité de l'assemblée, se mettent à psalmodier en anglais. Lorsque le pasteur enfin se tait et que le calme est revenu, la condamnée fait une courte prière en anglais pour l'Église chrétienne qui a été offensée. Elle remercie Dieu d'être arrivée au terme de ses peines, elle déclare hautement, pressant le crucifix sur sa poitrine, qu'elle espère être sauvée par le sang du Christ, dont elle tient la croix dans ses mains et pour lequel elle est prête à verser le sien. Le fanatique comte de Kent essaie une dernière fois de troubler son recueillement en l'exhortant à renoncer à ces « tromperies papistes ». Elle ne répond ni par un mot ni par un regard, mais elle élève distinctement la voix au-dessus de la salle pour pardonner à ses ennemis qui ont si longtemps réclamé sa mort et prier Dieu de les conduire à la vérité.

Le silence se fait. Marie Stuart sait ce qui va se passer maintenant. Une dernière fois elle baise le crucifix, se signe et dit : « Accueillez-moi, Jésus, dans vos bras miséricordieux aussi largement ouverts qu'ils le sont sur cette croix et pardonnez-moi mes péchés. Amen. »

Le moyen âge est violent et cruel, mais il n'est pas sans âme. Dans maintes de ses pratiques il a plus profondément conscience de son inhumanité que notre époque. Toute exécution, si barbare soit-elle, a, au milieu de son horreur, un bref instant d'humaine grandeur ; avant que le bourreau lève la main pour se mettre à tuer ou à torturer, il doit demander pardon à sa victime. C'est ainsi que l'exécuteur et son aide, le visage à présent découvert, s'agenouillent devant la condamnée et la prient de leur pardonner ce qu'ils vont faire. Et Marie Stuart de leur répondre : « Je vous pardonne de tout cœur, car j'espère que cette mort me délivrera de toutes mes peines. » Le bourreau et son aide se relèvent et se préparent à leur tâche.

En même temps Jane Kennedy et Élisabeth Curle ont commencé à déshabiller Marie Stuart, qui les aide à enlever son *Agnus Dei.* Elle le fait d'une main ferme et — comme le rapporte l'agent de son ennemi Cecil — « avec une telle hâte, qu'elle paraît impatiente de quitter ce monde ». Lorsque le manteau noir, puis la robe sombre tombent de ses épaules, l'habit de soie pourpre jette un vif éclat ; et dès que ses suivantes auront glissé les gants rouges par-dessus ses manches elle apparaîtra comme une flamme sanglante, image grandiose et inoubliable. C'est le moment des adieux. La reine embrasse ses femmes et leur demande de ne pas sangloter, d'être calmes. Alors elle s'agenouille sur le coussin et récite à haute voix le psaume latin : « *In te, domine, confido, ne confundar in aeternum.* »

A présent il ne lui reste plus grand-chose à faire. Elle n'a plus qu'à pencher la tête sur le billot, qu'elle enlace de ses deux bras. Jusqu'au dernier instant Marie Stuart a conservé sa grandeur royale. Aucune de ses paroles, aucun de ses gestes n'exprime la crainte. Dignement la fille des Stuart, des Tudor, des Guise s'est préparée à la mort. Mais à quoi sert toute la dignité humaine, toute la grandeur héréditaire ou étudiée devant l'horreur inhérente à tout meurtre ! Jamais — et là tous les livres et les rapports mentent — la décapitation d'un homme ne peut être purement émouvante et romantique. La mort par la hache sera toujours quelque chose d'horrible et d'abject. Le premier coup du bourreau a mal porté, le couperet s'est abattu sourdement sur l'occiput. Un gémissement étouffé s'échappe de la bouche de la victime. Le deuxième coup s'enfonce profondément dans la nuque et fait jaillir le sang. Mais il faut frapper une troisième fois pour achever la décollation. Et, nouvelle horreur, lorsque l'exécuteur veut saisir la tête par les cheveux pour la montrer, elle roule sur le plancher comme une boule sanglante : il n'a en main que la perruque; le bourreau la ramasse et la présente à l'assistance. Vision fantomatique : c'est la tête d'une vieille femme aux cheveux ras et gris. Un instant l'effroi paralyse le public, plus personne ne respire. Puis, enfin, de la gorge du doyen de Peterborough sortent péniblement ces mots : « Amen ! Amen ! Ainsi périssent les ennemis de la reine ! »

L'étrange tête blafarde aux yeux éteints semble regarder les gentilshommes, qui, si le sort en eût décidé autrement, eussent été ses plus fidèles serviteurs, ses sujets les plus dévoués. Pendant un quart d'heure encore les lèvres qui ont refoulé la peur de la créature avec une force surhumaine frémissent convulsivement et les dents claquent. Pour atténuer l'épouvante du public on jette en hâte un drap noir sur le tronc et sur la tête de méduse. Déjà les bourreaux s'apprêtent à enlever les tragiques débris, lorsqu'un petit incident rompt le silence et l'effroi. Au moment où ils ramassent le tronc sanglant pour le transporter dans la pièce voisine où il doit être embaumé, quelque chose se met à bouger sous les habits. Sans que personne l'eût aperçu, le petit chien de la reine l'avait suivie et s'était blotti contre elle pendant l'exécution. Maintenant il sort, inondé de sang et se met à aboyer, glapir, hurler et mordre, se refusant à quitter le cadavre. Les bourreaux veulent l'écarter de force. Mais il ne se laisse pas empoigner et assaille avec rage les grands fauves noirs qui viennent de le frapper si cruellement. Cette petite bête défend sa maîtresse avec plus de courage que Jacques VI sa mère et que des milliers de nobles leur reine, à qui ils ont pourtant juré fidélité.

Épilogue

1587-1603

Dans la tragédie grecque le drame, sombre et lent, est toujours suivi d'une satire rapidement enlevée : l'épilogue satirique ne manque pas non plus dans la tragédie de Marie Stuart. Sa tête est tombée le matin du 8 février, le lendemain tout Londres connaît déjà la nouvelle qui est saluée dans la capitale et le pays entier par une joie délirante. Si l'ouïe d'ordinaire si fine de la souveraine n'était pas devenue subitement insensible, Élisabeth devrait demander quelle est la fête inscrite au calendrier que ses sujets célèbrent avec une telle fougue. Mais elle se garde sagement de poser des questions et se drape dans le manteau de l'innocence. Elle veut être informée officiellement de ce qui s'est passé et feindre la surprise.

C'est à Cecil qu'incombe la tâche peu agréable d'aviser la prétendue ignorante de la décapitation de sa « chère sœur ». Depuis vingt ans bien des orages de colère — réelle ou simulée pour des raisons politiques — se sont abattus sur ce conseiller éprouvé, sur cet homme calme et froid ; mais la scène qui éclate alors est sans précédent. Comment ? On a osé, à son insu, sans son ordre formel, exécuter Marie Stuart ? Par exemple ! C'est trop fort ! Jamais, si ce n'est au cas où l'ennemi eût pénétré en Angleterre, elle n'avait envisagé aussi cruelle mesure. Ses conseillers l'ont trompée, trahie, ils ont agi avec elle comme des misérables. Son prestige, son honneur sont irrémédiablement compromis aux yeux du monde par cet acte hypocrite et perfide. Sa pauvre, sa malheureuse sœur a été victime d'une erreur épouvantable, d'une infâme coquinerie ! Élisabeth sanglote, crie, trépigne comme une folle. Elle reproche furieusement au vieillard d'avoir eu l'audace, avec les membres du Conseil, de faire exécuter, « sans son autorisation formelle », l'ordre qu'elle a pourtant signé.

Or, Cecil et ses amis étaient sûrs d'avance qu'Élisabeth se déchargerait publiquement de cet acte ourdi et voulu par elle en le rejetant sur le compte « d'une méprise de ses ministres ». Conscients de leur initiative souhaitée par la reine, ils s'étaient entendus pour prendre sur eux la responsabilité dont elle ne voulait pas. Pourtant ils avaient cru qu'elle ne se servirait d'eux qu'aux yeux du monde et que dans son cabinet privé elle les remercierait d'avoir fait disparaître sa rivale. Mais Élisabeth a si bien préparé son rôle que, malgré elle, sa colère devient authentique. Et ce qui s'abat sur Cecil ce n'est pas un orage de théâtre, mais une véritable décharge de rage, un tonnerre d'injures, une pluie d'insultes. Élisabeth se livre presque à des voies de fait sur son conseiller, elle lui dit des paroles si blessantes que le vieillard offre sa démission. Pour le punir de sa prétendue audace, il est prié de ne plus se montrer à la cour pendant quelque temps. La colère royale va maintenant se déverser, brûlante, sur le malheureux Davison, le remplaçant de Walsingham (on voit combien celui-ci a eu raison d'être malade au cours de ces journées décisives). C'est lui qui sera le bouc émissaire, c'est lui qu'on sacrifiera pour prouver l'innocence de la reine. Élisabeth jure que jamais il n'a été chargé de remettre l'ordre d'exécution à Cecil pour y faire apposer le sceau de l'État. Il a agi contre la volonté de la reine, de sa propre initiative, et il lui a causé par sa témérité un tort considérable. Sur l'ordre d'Élisabeth, on fait un procès au fonctionnaire infidèle — en vérité trop fidèle. Un jugement établira devant l'Europe entière que l'exécution de Marie Stuart est uniquement imputable à ce misérable et qu'Élisabeth est on ne peut plus innocente. Car bien entendu les mêmes conseillers qui ont juré de partager la responsabilité d'une décision prise en commun abandonnent honteusement leur compagnon, ne pensant qu'à sauver de l'orage royal leurs charges et leurs sinécures. Davison, qui n'a eu comme témoin de l'ordre d'Élisabeth que le silence des murs, est condamné à une amende de dix mille livres — somme que jamais il ne pourra payer — et jeté en prison ; plus tard, officieusement, on lui sert bien une pension, mais jamais plus, du vivant d'Élisabeth, il ne pourra reparaître à la cour, sa carrière est brisée, sa vie est finie. Il est toujours dangereux, pour des courtisans, de ne pas comprendre les désirs secrets de leur souverain. Mais il est souvent plus funeste encore de les avoir trop bien compris.

La jolie fable de l'ignorance et de l'innocence d'Élisabeth est par trop audacieusement montée pour être crue. Et peut-être n'y a-t-il qu'une seule personne qui accorde crédit à cet exposé fantaisiste : Élisabeth elle-même. Une des particularités les plus étranges des natures hystériques ou teintées d'hystérie est non seulement de mentir étonnamment, mais encore de se leurrer elles-mêmes. Ce qu'elles prétendent est vrai à leurs yeux du fait qu'elles le disent, et leur mensonge est parfois d'autant plus redoutable qu'il est de bonne foi. Élisabeth est sincère, sans doute, quand elle déclare et jure de tous côtés que jamais elle n'a ordonné ni voulu l'exécution de Marie Stuart. Car il est bien vrai qu'une partie de sa volonté s'y est opposée et le souvenir de cette opposition supplante peu à peu celui de la participation effective qu'elle y a prise. Son accès de rage en apprenant la nouvelle, dont la vérité ne lui déplaît pas, mais qu'elle ne veut pas savoir, n'est pas uniquement simulé ; elle éprouve aussi — tout, dans sa nature, est ambigu — une colère réelle, authentique; elle s'en veut d'avoir laissé faire violence à ses sentiments, elle en veut à Cecil, qui l'a poussée à l'acte sans avoir su lui en épargner la responsabilité. Élisabeth s'est tellement persuadée, elle s'est à ce point suggestionnée que l'exécution a eu lieu contre sa volonté, elle s'est tellement menti à elle-même qu'un accent presque convaincant vibre dans ses paroles. Il ne semble vraiment pas que ce soit de l'hypocrisie quand elle reçoit l'ambassadeur de France en grand deuil et lui assure que ni la mort de son père, ni la mort de sa sœur « n'ont autant remué son cœur », mais elle n'était qu'« une pauvre et faible femme entourée d'ennemis ». Si les membres du Conseil qui lui ont joué ce tour misérable n'avaient pas été à son service depuis si longtemps leurs têtes eussent tombé sur le billot. Quant à elle, elle n'avait signé l'ordre que pour calmer son peuple et avec l'idée de ne le faire exécuter qu'au cas où une armée étrangère eût envahi l'Angleterre.

L'affirmation — mi-mensonge mi-vérité — qu'elle n'a jamais voulu la mort de sa rivale, Élisabeth la maintient également dans la lettre écrite de sa propre main qu'elle adresse à Jacques VI. Elle y parle de la « peine extrême » que lui a causée l'erreur infâme commise à son insu et sans son assentiment (« *without her knowledge and consent* »). Elle prend Dieu à témoin « qu'elle est innocente dans cette affaire » et que jamais elle n'a songé à faire exécuter sa mère, quoique ses conseillers l'y poussassent journellement. Et, pour prévenir l'objection toute naturelle qu'elle aurait trouvé en Davison un bouc émissaire, elle dit fièrement qu'aucune puissance de la terre ne pourrait la contraindre à charger autrui de ce dont elle serait responsable.

Mais Jacques VI n'est pas particulièrement avide de savoir la vérité, il ne désire qu'une chose, maintenant : se décharger du soupçon de n'avoir pas défendu avec assez d'énergie la vie de sa mère. Il est obligé de faire semblant de protester, il lui faut, comme Élisabeth, simuler la surprise et l'indignation. Il recourt aux grands gestes et déclare solennellement qu'un pareil acte doit être vengé. Il défend à l'envoyé anglais de pénétrer sur le sol écossais et envoie chercher la lettre d'Élisabeth par un de ses messagers à la ville frontière de Berwick : l'Europe doit voir que Jacques VI montre les dents aux meurtriers de sa mère. Mais le cabinet de Londres a depuis longtemps préparé le philtre qui fera « avaler » au fils « indigné » la nouvelle de l'exécution de sa mère. Dans une missive diplomatique secrète qui part en même temps que l'épître de la reine destinée « à la scène du monde », Walsingham communique au chancelier d'Écosse que la succession au trône d'Angleterre est assurée à Jacques VI et qu'ainsi la sombre affaire se termine très bien. Délicieuse solution qui agit comme un charme sur ce fils si accablé. Jacques VI ne parle plus de rompre l'alliance. Il lui importe peu que le corps de sa mère soit enterré dans un coin de cimetière. Il ne proteste pas qu'on n'ait tenu aucun compte de la dernière volonté de Marie Stuart de reposer en terre française. Il est tout à coup convaincu de l'innocence d'Élisabeth et il souscrit complaisamment à la version menteuse de « l'erreur ». « Vous vous lavez de toute complicité dans ce malheureux événement », écrit-il à Élisabeth ; et, en honnête « pensionnaire » de la reine d'Angleterre, il souhaite que « sa conduite honorable soit à jamais connue dans le monde ». Un doux vent de promesse a vite apaisé les vagues agitées de son humeur. Et la paix et la concorde règnent désormais entre le fils de la suppliciée et celle qui a ordonné de la mettre à mort.

La morale et la politique vont chacune leur chemin. C'est pourquoi on juge toujours un événement sur des plans totalement différents, selon qu'on le voit du point de vue humain ou du point de vue de l'intérêt. Moralement, l'exécution de Marie Stuart reste un acte inexcusable : contre tout droit des gens, en pleine paix, on a retenu une reine prisonnière, on l'a fait tomber dans un piège et on l'a livrée à la justice de la manière la plus perfide. Mais on ne saurait nier non plus que, politiquement, sa suppression était pour l'Angleterre une bonne mesure. En politique, hélas ! ce n'est pas le droit qui décide, mais le résultat. Et dans le cas de Marie Stuart le résultat justifie le meurtre, car il donne le calme à l'Angleterre et à sa reine. Cecil et Walsingham ont bien estimé les positions. Ils savaient qu'en face d'un gouvernement vraiment fort les autres États sont toujours faibles et qu'ils lui passent lâchement ses violences et ses crimes. Ils calculaient fort justement que le monde ne se laisserait pas émouvoir par cette exécution, et en effet les bruyantes menaces de vengeance de France et d'Écosse s'arrêtent court. Henri III ne rompt pas du tout les relations diplomatiques avec l'Angleterre, comme il l'avait déclaré. Il se soucie encore moins de venger la mort de la reine d'Écosse que de sauver sa vie. Certes, il fait dire à Notre-Dame une belle messe pour le repos de son âme et les poètes de la cour composent quelques élégies en son honneur, mais c'est tout : Marie Stuart est oubliée, elle ne compte plus pour la France. Au Parlement écossais on s'agite quelque peu, Jacques VI revêt le deuil ; mais bientôt il retourne à la chasse avec plaisir sur les chevaux que lui a donnés Élisabeth, accompagnés des braques dont elle lui a fait cadeau, et il continue d'être le voisin le plus commode que l'Angleterre ait jamais connu. Seul se montre enfin Philippe le Temporisateur avec son *Armada*. Mais il est seul et il a contre lui la chance d'Élisabeth qui est liée à sa grandeur, comme c'est le cas pour tous les souverains glorieux. Avant même que la bataille s'engage, l'*Invincible Armada* est dispersée par la tempête et l'attaque de la contre-Réforme, préparée de longue main, s'effondre d'elle-même. Élisabeth a définitivement vaincu, et l'Angleterre, par la mort de Marie Stuart, a surmonté un danger redoutable. Les temps de la défense sont passés, sa flotte va pouvoir sillonner les océans et travailler à la fondation d'un grandiose empire mondial. La richesse du pays s'accroît, un art nouveau fleurit dans les dernières années de la vie d'Élisabeth. Jamais la reine n'a été plus admirée, plus aimée et plus vénérée qu'après son acte affreux. Toujours les grands édifices politiques ont été construits avec les pierres de l'injustice et de la cruauté, toujours leurs fondations ont eu le sang pour ciment ; en politique seuls les vaincus ont tort et l'histoire, en poursuivant sa marche, les foule de son pas d'airain.

Il est vrai que le fils de Marie Stuart verra sa patience encore fortement mise à l'épreuve : il n'arrivera pas au trône d'Angleterre d'un bond, comme il le rêvait : le prix de son indulgence ne lui est pas payé aussi vite qu'il l'espérait. Cruelle torture pour un ambitieux : pendant seize ans, presque aussi longtemps que sa mère a été maintenue captive par Élisabeth, il est forcé d'attendre que le sceptre tombe de la main refroidie de la vieille femme. Pendant ce temps il vit, dépité, dans ses châteaux d'Écosse, il va souvent à la chasse, il écrit des considérations sur des questions religieuses et politiques, mais sa principale occupation reste cette longue et vide et irritable attente d'une certaine nouvelle de Londres. Elle met longtemps à venir. On dirait que le sang de Marie Stuart a été transfusé à Élisabeth et l'a rajeunie. Elle est mieux portante, plus solide depuis la fin de sa rivale. Ses nuits d'insomnie sont terminées, la fébrile inquiétude qui ne l'avait pas quittée pendant des mois et des années a disparu maintenant que le calme est rendu à son pays et que sa vie n'est plus tourmentée. Il n'est plus personne sur terre pour lui disputer sa couronne ; il n'y a plus que la mort contre laquelle elle lutte avec une énergie et une jalousie farouches. Tenace et obstinée, la septuagénaire ne veut pas mourir ; elle erre des journées entières sans but dans son palais, elle ne peut pas rester au lit, elle ne peut pas rester dans sa chambre. Elle se refuse sinistrement, grandiosement, à abandonner la place pour laquelle elle a lutté si longtemps et sans pitié.

Enfin, son heure vient quand même; dans un terrible combat la mort terrasse l'entêtée; mais le poumon râle encore, le vieux cœur rebelle palpite toujours, de plus en plus faible. Sous la fenêtre un envoyé de l'impatient héritier d'Écosse attend, son cheval sellé, un signe convenu. Une des femmes de la reine a promis de laisser tomber une bague, au moment même où Élisabeth rendrait le dernier soupir. L'attente est longue. Le messager lève en vain son regard, la vieille reine vierge qui a repoussé tant de prétendants se refuse aussi à la mort. Enfin, le 24 mars 1603, la fenêtre s'ouvre, une main de femme en sort précipitamment, la bague tombe. Aussitôt le courrier enfourche sa monture et galope sans arrêt dans la direction d'Édimbourg durant deux jours et demi, course de plus de quatre cents milles qui deviendra légendaire.

Trente-sept ans plus tôt, lord Melville avait mis autant de précipitation pour venir d'Édimbourg à Londres annoncer à Élisabeth que Marie Stuart venait de donner le jour à un fils que ce messager pour apprendre à ce même fils que la mort d'Élisabeth lui conférait une deuxième couronne. Car le roi d'Écosse, Jacques VI, est également devenu, enfin! roi d'Angleterre sous le nom de Jacques Ier. Les deux couronnes sont réunies pour toujours, la lutte funeste de tant de générations est terminée. L'Histoire suit souvent des voies obscures et tortueuses, mais toujours le sens historique l'emporte; toujours, pour finir, ce qui est nécessaire se réalise.

Jacques Ier s'installe avec satisfaction au palais de Whitehall, où sa mère avait tant rêvé de résider. Enfin le voilà débarrassé des soucis d'argent et son ambition est calmée; seul lui importe le bien-être, l'immortalité ne l'intéresse pas. La chasse reste son plaisir favori, il fréquente volontiers le théâtre pour y protéger, unique chose qu'on puisse dire à sa louange, un certain Shakespeare et autres auteurs honorables. Faible, paresseux, inintelligent, dépourvu de ce brillant esprit qui était le partage d'Élisabeth, sans le courage et la passion romanesque de sa mère, il administre honnêtement l'héritage commun des deux ennemies : ce que les deux femmes avaient désiré pour elles de toute la force de leur cœur et de leur âme lui est tombé dans la main comme un fruit mûr. A présent que l'Angleterre et l'Écosse sont réunies, il faut oublier qu'une reine d'Écosse et une reine d'Angleterre empoisonnèrent leurs vies par l'inimitié et la haine qu'elles se vouaient. L'une n'est plus dans son tort ni l'autre dans son droit, la mort les a placées sur le même plan. Elles peuvent donc, elles qui si longtemps furent farouchement opposées, reposer l'une à côté de l'autre. Jacques Ier fait transférer en grande pompe le corps de sa mère du cimetière de Peterborough, où elle gît solitaire, comme une répudiée, dans le caveau des rois d'Angleterre, à l'abbaye de Westminster. Voici, taillée dans la pierre, l'image de Marie Stuart, tout près, taillée dans la pierre également, celle d'Élisabeth. La vieille lutte des deux reines est maintenant apaisée, plus de contestation de part ni d'autre. Celles qui, dans la vie, ne se sont jamais vues les voilà côte à côte, unies éternellement comme des sœurs dans le sommeil sacré de l'immortalité.

Table

Composition réalisée par EURONUMÉRIQUE

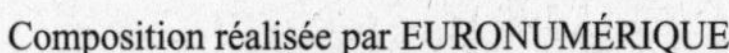

Achevé d'imprimer en avril 2011 en Espagne par
LITOGRAFIA ROSÉS
Dépôt légal 1re publication : janvier 2001
Édition 12 – avril 2011
LIBRAIRIE GÉNÉRALE FRANÇAISE – 31, rue de Fleurus – 75278 Paris Cedex 06